Anwalt Fickel würde seine Geschäfte als Terminhure am Amtsgericht zu gern ein wenig ruhen lassen, um sich endlich gebührend seinem Privatleben zu widmen, genauer gesagt: seiner neuen Fernfreundin Astrid Kemmerzehl. Doch Bad Bocklet ist weit, und ausgerechnet jetzt geht es zu Hause um die Wurst.

Das Traditionsunternehmen Krautwurst Thüringer Wurstspezialitäten hat Insolvenz angemeldet, Massenentlassungen stehen bevor, und das Schlimmste ist: Ein Produktionsstopp scheint unvermeidlich. – Die Folgen für Südwestthüringen und seine Bevölkerung wären verheerend: kalter Bratwurstentzug und Tofuschock, verwaiste Grillgitter und Löschbierschwemme. Eine ganze Region droht abzudriften. Zu allem Überfluss ist der Insolvenzverwalter spurlos verschwunden. Ist er mit einem Geldkoffer durchgebrannt, wie es Geschäftsführer Jürgen Krautwurst befürchtet, oder wurde er von Schlachter Menschner mit dem Schweinespalter erschlagen? Eine total verfahrene Situation – wer, wenn nicht Anwalt Fickel sollte den Karren aus dem Dreck ziehen? Dabei muss er sich allerdings zwischen zwei Leidenschaften entscheiden: Liebe oder Rostbratwurst.

Hans-Henner Hess

Grillwetter

Anwalt Fickel ermittelt

DUMONT

Von Hans-Henner Hess sind bei DuMont außerdem erschienen:
Herrentag
Der Bobmörder
Das Schlossgespinst

Originalausgabe
August 2017
DuMont Buchverlag, Köln
Alle Rechte vorbehalten
© 2017 DuMont Buchverlag, Köln
Umschlaggestaltung: Lübbeke Naumann Thoben, Köln
Umschlagabbildung: © plainpicture / Heidi Mayer
Satz: Fagott, Ffm
Gesetzt aus der Scala
Druck und Verarbeitung: CPI books GmbH, Leck
Gedruckt auf säurefreiem und chlorfrei gebleichtem Papier
Printed in Germany
ISBN 978-3-8321-6376-1

www.dumont-buchverlag.de

Wurst ist eine Götterspeise.
Denn nur Gott weiß, was drin ist.

Jean Paul, 1763–1825
(davon 2 Jahre in Meiningen)

Inhalt

§ 1	Schlachter Menschner (noch zu haben)	... 9
§ 2	Der blutige Schweinespalter	... 27
§ 3	Die Oberstaatsanwältin nimmt ein Bad / Vol. I	... 51
§ 4	Schweine-Zyklus	... 67
§ 5	Eine heiße Spur	... 85
§ 6	Insolvenzrichterin Scharfenberg	... 101
§ 7	Auf der Palme	... 125
§ 8	Wie der Fickel um ein Haar zum Kulturpessimisten geworden wäre	... 145
§ 9	Trist, trister, Tristan	... 167
§ 10	Die längste Bratwurst der Welt	... 187
§ 11	Ein unbescheidenes Anwesen	... 211
§ 12	Der Ritt nach Canossa	... 237
§ 13	Totensonntag im September	... 259
§ 14	Kleine Nötigungen unter Juristen	... 275
§ 15	Im Auge des Schlachters	... 289
§ 16	Die Oberstaatsanwältin nimmt ein Bad / Vol. II	... 309
§ 17	Rache ist Blutwurst	... 323
§ 18	Ex-itus	... 333
§ 19	Nur die Wurst hat zwei	... 345

§ 1

Schlachter Menschner
(noch zu haben)

Wenn man als Anwalt eines bestimmt nicht tun sollte, dann des Nachts angesäuselt mit dem Auto über eine Landstraße fahren. Da nützen im Falle des Falles die besten Beziehungen nichts. Aber erstens hatte der Fickel im Bergstübchen auf der Hohen Geba gerade einmal zwei kleine Dingslebener[1] getrunken, und zweitens knatterte er in seinem beige-braunen Wartburg 353 Tourist mit siebzig Stundenkilometern zuzüglich Toleranz vorschriftsmäßig die menschenleeren Serpentinen vom Hochplateau hinab; Nebenstrecke, versteht sich. Im Radio leierte eine Kassette The Best of Paolo Conte, dem singenden Anwalt aus Italien, die ihm seine Fernfreundin Astrid Kemmerzehl sicher nicht ohne Hintergedanken geschenkt hatte. Und obwohl der Fickel weder Italienisch konnte noch singen, knödelte er mit dem schnauzbärtigen Kollegen im Duett: »*Ta-da-ti – ta-dat-yeah ...*«

Im Bergstübchen hatte der Fickel einer Informationsveranstaltung des Meininger Anwaltsvereins beigewohnt, Thema des Abends: »Das Insolvenzrecht im Lichte der neuesten höchstrichterlichen Rechtsprechung«. Oder so ähnlich. Nicht, dass ihn der Vortrag wirklich interessiert hätte, aber traditionell waren warmes Essen und Getränke bei solch exklusiven Veranstaltungen

---

[1] Regionales Bier, führt bei übermäßigem Genuss zur Dingsleber.

frei. Eine gute Gelegenheit, seine teuren Beitragszahlungen in Naturalien umzumünzen und vor allem mal wieder den freien Ausblick über die Rhön zu genießen: das Land der offenen Fernen, die deutsche Toskana ...

Fickels Laune konnte kaum besser sein. In einer, spätestens anderthalb Stunden würde er in Bad Bocklet ankommen. Ein langes Wochenende lag vor ihm. Freitags war im Meininger Amtsgericht gewöhnlich nicht viel los. Da konnte man auch mal den Herrgott einen guten Mann sein lassen und sich stattdessen an Astrid Kemmerzehls Kochkünsten erfreuen, die die besten Rouladen der Welt zu schmoren verstand, zumindest im deutschsprachigen Raum. Nur schade, dass am Samstag in Meiningen das Dampflokfest stattfand, nach dem Herrentag der zweite absolute Höhepunkt des Kalenderjahres. Das ist das Problem an einer Fernbeziehung: Man kann sich nicht zerteilen. Aber mit Mitte vierzig war es irgendwo an der Zeit, Prioritäten zu setzen, erwachsen zu werden und Verantwortung zu übernehmen.

»Dab-n-di-dam-dam, dam-di-dam-da-da-dam.«

Anwalt Fickel wurde aus seinen tiefschürfenden Gedanken gerissen, als ihm aus dem Rückspiegel plötzlich zwei Scheinwerfer entgegenblickten: die Augen eines Raubtiers, eines sehr *schnellen* Raubtiers, ausgestattet mit einer Lichthupe. »So ein Dunselmann«, fluchte der Fickel leise. Oder war das womöglich die Polizei? Er begann zu schwitzen, schaltete das Radio aus und fuhr noch vorsichtiger – so weit dies überhaupt möglich war. Jetzt durfte man bloß keinen Fehler machen. Zum Beispiel ein Pfefferminzbonbon lutschen. Denn wenn die Beamten Pfefferminz rochen, wussten sie sofort Bescheid. Da konnte man praktisch gleich einen Alkoholtest fordern. Nur bei Anwälten waren sie manchmal vorsichtiger ... Wo befand sich aktuell der Mitgliedsausweis der Rechtsanwaltskammer? Im Schreibtisch, zweite Schublade von oben. Wozu verfügte man über ein fotografisches Gedächtnis, wenn man ständig vergaß, es zu benutzen? – Der Fickel beschloss, nicht grundlos in Panik zu verfallen. Mehr als 0,5 Promille hatte er keinesfalls intus. Nur: Das Blutabnehmen wollte er sich trotzdem gern ersparen, allein schon wegen der erblich bedingten Schlupfvenen.

Entschlossen wandte er seinen Blick wieder nach vorn und schaltete das Fernlicht ein; keinen Moment zu früh, denn um ein Haar hätte er die nächste Kurve verpasst. Wie sein Fahrlehrer immer zu sagen pflegte: »Leichtsinn ist das Elixier des Sensenmannes.« Der Fickel bremste, schaltete den Gang runter, und am Scheitelpunkt beschleunigte er sanft aus der Kurve heraus, so wie er es einst gelernt hatte – damals, als es noch keine intelligenten Autos gab, sondern nur Zwei- und Viertakter.

Der andere Wagen war, praktisch ohne abzubremsen, durch die Kurve gerast und klemmte nun an der hinteren Stoßstange des Wartburgs. Das war auf keinen Fall die Polizei, sondern Nötigung im Straßenverkehr. Doch der Fickel ließ sich nicht hetzen und fuhr stur sein Tempo. Wie einst Jan Ullrich in den Pyrenäen. Der Hintermann blendete erneut auf und hupte. Als ihm das Schauspiel zu bunt wurde, zog Anwalt Fickel nach rechts und ging vom Gas – die ultimative Unterwerfungsgeste des untermotorisierten Automobilisten. Kurz darauf huschte ein schwarzer Schatten mit dezentem Brausen mühelos aus dem verqualmten Windschatten des Wartburgs. Für einen Moment sah der Fickel den von Xenon-Scheinwerfern taghell erleuchteten Wald vor sich. Dann war der Schlitten auch schon vorbei und gewann Meter für Meter an Vorsprung. Die roten Rücklichter entfernten sich rasch. Der fuhr mindestens hundert Sachen, und das auf einer Siebziger-Strecke. Dem Benehmen nach konnte es sich nur um einen Kollegen handeln. Wo steckt eigentlich die Polizei, wenn man sie mal braucht?

Die Landstraße lag wieder schwarz und einsam im schummrigen Kegel der Wartburgscheinwerfer. Mit geübtem Handgriff schaltete der Fickel das Autoradio ein. Beim Klang von Paolo Contes sonorer Stimme und der Aussicht auf das bevorstehende Wiedersehen mit Astrid Kemmerzehl beruhigte sich Fickes Puls langsam wieder.

»Avrà più di quarant'anni e certi applausi ormai son dovuti per amore ...«

Wie aufs Stichwort meldete sich Fickels Handy – eine Nachricht aus Bad Bocklet. »Essen ist fertig, bis gleich. A.« Das Gute an einer Fernbeziehung war, dass man sich irgendwo ständig zueinander hingezogen fühlte. Der Fickel steckte das Handy weg. Nicht auszuschließen, dass er dabei eine Hundertstel Sekunde nicht richtig aufgepasst hatte. Denn als er wieder nach vorne spähte, war im Grunde schon alles zu spät. Schließlich blickte er direkt in ein gleißend helles Licht, das wie aus dem Nichts aufgetaucht war und sich rasend schnell näherte: vielleicht noch fünfzig Meter entfernt, oder vierzig, nein, höchstens dreißig ... Der Fickel glaubte im ersten Moment an eine optische Täuschung beziehungsweise eine Begegnung der dritten Art, aber dann sah er, dass das Licht eigentlich aus zwei Scheinwerfern bestand, die zu einem riesigen Fahrzeug gehörten, genauer gesagt zu einem Kleintransporter. Hinter dem Steuer erkannte er den Umriss des bulligen Fahrers, der, weit mehr als die Hälfte der Straße für sich beanspruchend, auf den Wartburg zuhielt. Was war heute bloß los? Fand hier etwa eine Rallye statt?

Als besonnener Verkehrsteilnehmer ließ es der Fickel nicht etwa auf eine Kraftprobe ankommen, sondern lenkte seinen Wagen so weit nach rechts, bis er fast zur Hälfte über dem Straßengraben hing, zum Ausgleich warf er selbst sein ganzes Gewicht nach links. Noch weiter auszuweichen war ein glattes Ding der Unmöglichkeit. Gerade als der Fickel eine Lücke erspäht hatte, die vielleicht die Chance bot, um mit dem Wagen hindurchzuschlüpfen, machte der Kleintransporter erneut einen unvorhergesehenen Schlenker und schoss direkt auf die weiche Flanke des Wartburgs zu. Dem Fickel blieb nicht einmal genug Zeit, um einen Schreck zu bekommen, zu hupen oder gar zu bremsen. Er konnte nur hilflos zusehen, wie sein Sicherheitsabstand dahinschmolz: noch fünf Meter, noch zwei, dann anderthalb ... Der Fickel glaubte, durch die Frontscheibe, von den Armaturen rötlich illuminiert, eine höhnisch grinsende Fratze zu erkennen: der Teufel höchstpersönlich. Wenn der Kleintransporter frontal in das dünne Wartburgblech (null Sterne im Euro-Crashtest) knallte, waren Schlupfvenen sicherlich Fickels kleinstes Problem.

Nach glücklich überstandenen Nahtoderlebnissen berichten Menschen häufig von mysteriösen Lichtern oder von einem sich im Geiste abspulenden Spielfilm des eigenen Lebens, wobei je nach Vorliebe Vorwärts- und Rückwärtsversionen vorkommen. Oder dass längst verstorbene Personen plötzlich an der Schwelle des Todes auftauchen, die einem die Hand reichen und einen ins Jenseits führen, wo Nektar und Ambrosia bereits aufgetischt werden. Das Reservoir an spirituell erhebenden Erfahrungen auf dem Scheideweg zwischen Sein und Nichtsein scheint im Grunde unerschöpflich.

Aber das Erstaunliche war: Während der Fickel seinem Ende entgegenraste, geschah vor seinem inneren Auge: nichts. Kein Film, weder vor- noch rückwärts, nicht einmal das zarteste Aufflackern eines Lebensfunkens – oder wenigstens ein Testbild ... Die Mattscheibe blieb einfach komplett schwarz.

Vielleicht lag der Sendeausfall daran, dass der Fickel insgeheim gar nicht vorhatte, auf dieser schlecht ausgebauten Straße an der Hohen Geba das Zeitliche zu segnen. Just in dem Moment, als es Spitz auf Knopf stand, zeigte sich für ihn selbst überraschend, was der Fickel an den Lenkseilen des Bobs in Oberhof gelernt – oder treffender ausgedrückt: verinnerlicht – hatte: Wenn die Gedanken nämlich in solch einem Moment, in dem es auf tausendstel Sekundenbruchteile ankommt, erst den Umweg über den Kopf, sprich das Gehirn mit all seinen Windungen und Synapsen, nehmen müssen, um dort datentechnisch verarbeitet zu werden, dann kommen die Anweisungen aus dem Tower definitiv zu spät bei den ausführenden Stellen an; und wenn man dann endlich anfängt zu lenken, ist man bereits tot. Aber beim Fickel kam die Reaktion, respektive der Befehl an die Extremitäten, zu handeln, wie hundertfach in den Kurven der Oberhofer Rodelbahn trainiert, direkt aus dem benachbarten Rückenmark. Und mit dieser Abkürzung der Signalwege in seinem Körper gelang es ihm, den beige-braunen Wartburg 353 Tourist steil, praktisch in einer Neunzig-Grad-Kurve, nach links zu ziehen, wobei es nicht ausblieb, dass das Heck leicht ins Schleudern geriet und die schmalen Pneumant-Reifen fast so lustig auf dem Asphalt quietschten wie bei einer Verfolgungsjagd im Parkhaus.

Der Kleintransporter, der ihn bei ungehindertem Geschehensablauf mit Sicherheit frontal aufgeraucht hätte, schoss aufgrund des waghalsigen Manövers nun hauchdünn an Fickels Beifahrerseite vorbei, sodass die Scheiben in ihren altersschwachen Dichtungsgummis vibrierten. Doch bevor der Fickel triumphieren konnte, setzte der Wartburg hart auf dem Waldboden auf und vollführte einen Bocksprung ins Unterholz. Äste und Zweige peitschten gegen die Windschutzscheibe und schrappten an den Flanken entlang. Die Stoßdämpfer erklärten die Kapitulation. Mit einem explosionsartigen Knall riss der Außenrückspiegel aus der Verankerung. Hui, das war knapp! Was stand diese dämliche Fichte auch mitten im Wald herum?

Mit einem finalen Ruck kam der Wagen endlich zum Stehen. Doch die plötzliche Ruhe wirkte auf die Nerven fast beunruhigend. Der Fickel brauchte einige Sekunden zur inneren Einkehr. Ein kurzes Abtasten sämtlicher Gliedmaßen – Fazit: alles noch dran. Paolo Conte sang mit mediterraner Gelassenheit weiter. *Vecchia pista da elefanti ...* Fickel versuchte, das Radio auszuschalten. Aber wieso tat er sich dabei nur so schwer? Es konnte etwas damit zu tun haben, dass die Hand so ungewohnt zitterte. – Wahrscheinlich handelte es sich nur um einen harmlosen Schock. In der Zeitung las man häufig: Der Fahrer des verunfallten Pkw wurde wegen eines Schocks ins Krankenhaus eingeliefert (und verstarb dort aus bislang ungeklärter Ursache).

Der Fickel versuchte, seine Gedanken zu ordnen: Wer oder was war das eben? Ein Kleintransporter. Aber wer saß am Steuer? Sicher nicht der Teufel, der hatte gewiss Besseres zu tun. Vielleicht ein Förster. Oder ein Verrückter. Oder ein verrückter Förster. Zumindest gemeingefährlich. Der Fickel würgte fluchend den Rückwärtsgang rein. Das Getriebe heulte angesichts der ungewohnten Fahrtrichtung wie eine Flugzeugturbine. Aber die Reifen griffen ins Leere. War er etwa auf einem Baumstumpf gelandet? Nein, mit etwas mehr Kupplung ging es munter rücklings durch den Farn. Der Wartburg, ein Wagen für jede Lebenssituation, Crashtest hin oder her.

Wenige Sekunden später fühlte der Fickel wieder Asphalt unter den Rädern. Er stoppte und stieg mit wackligen Knien aus. Willkommen in Dunkeldeutschland[2]. Man konnte buchstäblich die eigene Hand vor Augen nicht sehen. Zum Glück gab es heutzutage die modernen Kommunikationsmittel. Ein Blick aufs High-

---

[2] Früher gebräuchliche Bezeichnung für Ostdeutschland in Anspielung auf mangelnde Ausleuchtung der Straßen, heutzutage eher eine Gesinnungsfrage.

techhandy aus einer vergangenen Epoche verschaffte Gewissheit: kein Empfang. Aber eben hatte es doch noch funktioniert, zum Kuckuck! Ein Mal falsch abgebogen, und schon war man durchs Netz gefallen. Der Fickel schüttelte das Handy, hielt es in die Luft. Nichts. Wer hier telefonieren will, ist selber schuld. Die Rhön ist trotz ihrer zentralen Lage eines der am dünnsten besiedelten Gebiete Mitteleuropas. Im Mittelalter gab es hier wenigstens noch Hexen.

Der Fickel glaubte, in einiger Entfernung, circa achtzig Meter den Abhang hinunter, etwas Weißes im Wald zu erkennen: vermutlich der havarierte Kleintransporter. Was da vorne aus dem Kühler kam, war das etwa Rauch? Wahrscheinlich handelte es sich nur um verdampfende Kühlflüssigkeit. Allerdings kam aus dem Inneren der Fahrkabine kein Lebenszeichen. Na und, was ging es den Fickel im Grunde an? Immerhin hatte der Kerl *ihm* die Vorfahrt genommen. Er tat gut daran, einfach weiterzufahren, bis er wieder Empfang hatte, und dann die Rettungskräfte zu informieren. – Andererseits: bis die hier vor Ort waren … Wenn man sich mal in die Lage des Fahrers versetzte, nachts auf einer einsamen Landstraße, eingezwängt in ein brennendes Autowrack, womöglich schwer verletzt. Was drängte sich da auf? Menschliches Mitgefühl, oder andersherum ausgedrückt: § 323 c StGB: Unterlassene Hilfeleistung. Davon mal ganz abgesehen: Hatte sich der Fickel je im Leben vor Verantwortung gedrückt? Jawohl, wo immer es möglich war. Aber da hing meistens auch kein Menschenleben dran, höchstens das eigene, also Peanuts.

Der Fickel zögerte dennoch. Was, wenn das eine Falle war und dieser Lebensmüde auf ihn losging? Man hatte ja schon so allerhand gelesen. Zur Sicherheit holte er den Wagenheber aus dem Fonds. Der hatte ihm schon gute Dienste geleistet. Das Display seines Handys als Taschenlampe nutzend, tastete sich der Fickel abwärts durch den Wald. Es roch nach heißem Gummi, Öl und Benzin. Nicht unbedingt ein gutes Zeichen. Aber gegen den Geruch an sich konnte man nichts sagen. Wie in der Werkstatt. Und dann lag da noch etwas in der Luft, was nicht ganz zu dem ganzen Szenario passte. Ein Geruch, oder vielmehr ein Duft …

»Hallo?«, rief der Fickel in den Wald hinein.

Warum antwortete der Kerl nicht? Der Fickel tastete sich vorsichtig von Baum zu Baum zu dem Wrack herunter. Der Kleintransporter war auf der rechten Seite gegen einen Baum geprallt und auf die Fahrerseite gestürzt; zum Glück, musste man nüchtern konstatieren, denn ein paar Meter weiter ging es steil bergab. Die Beifahrerseite war stark eingedrückt, die Frontscheibe hing geborsten und verbogen in der Fassung. Hoffentlich hatte da keiner gesessen. Der Aufschlag musste mörderisch gewesen sein, fünfzig Stundenkilometer, mindestens.

Als er sich dem Heck des Wracks näherte, fühlte der Fickel unter seinen Füßen etwas Matschiges. Was zum Teufel war das? Es hatte seit Tagen nicht geregnet. Der Fickel bückte sich. Es fühlte sich vertraut und weich an, wie … nun ja, wie Hackfleisch? Im Licht des Handydisplays war die rosig glänzende Masse klar zu erkennen, die unter dem umgestürzten Kleintransporter hervorzuquellen schien. Hatte der Wagen ein Wildschwein erfasst, und hatte der Fahrer deshalb die Kontrolle verloren? Oder hatte doch ein Beifahrer drinnen gesessen und war bei dem Aufprall hinausgeschleudert worden … Der Kleintransporter wog mindestens drei Tonnen, oder mehr – Fleischpresse nix dagegen. Der Fickel spürte, wie etwas im Hals nach oben drängte: die beiden kleinen Dings im Verein mit Rollbraten, Rosenkohl und Semmelknödeln. Nicht zu vergessen, die Salzstangen von der Tischdeko, Nachbartische eingeschlossen.

Der Fickel schluckte alle Befürchtungen runter und beleuchtete mit dem Handy den Waldboden um sich herum. Doch er musste zwei Mal hingucken, um zu begreifen, was er dort sah. Kassler, Steak, aber auch größere Fleischstücke, Schinken und Braten lagen zwischen Laub und Moos verstreut im Unterholz. Ein Teppich aus Wurst. Gott sei Dank handelte es sich dabei offenbar nicht um die Überreste des Beifahrers. Anscheinend hatte sich lediglich die Heckklappe des Kleintransporters bei dem Aufprall geöffnet und einen Teil der Ladung freigegeben. Dennoch vorsichtig und auf alles gefasst schlich der Fickel um den Wagen herum und spähte durch die gesprungene Windschutzscheibe ins Fahrerhäuschen, den Wagenheber in der feuchten Hand, jederzeit bereit …

In dem Fahrerhäuschen war nichts zu erkennen. Zu neblig. Oh nein, das war der Rauch. Aber durch die Schwaden hindurch erkannte der Fickel zweifelsfrei die Konturen eines zwischen Airbags eingeklemmten Körpers. Wenn sich da drinnen noch jemand aufhielt, dann sicher nicht freiwillig.

Was also tun? Die Scheibe einschlagen? Zu gefährlich. Also, nichts wie Tür auf und raus mit dem Mann an die frische Luft. Der Fickel kletterte auf die oben liegende Beifahrerseite. Sag bloß. Auf der Seite des Kleintransporters prangte das wohlbekannte Logo von »Krautwurst Thüringer Wurstspezialitäten«: zwei unter einem grinsenden Schweinkopf wie Schwerter gekreuzte Bratwürste, Jack Sparrow lässt grüßen.

Jetzt ging dem Fickel mitten in der Finsternis ein Licht auf, zumindest was die seltsame Ladung des Transporters anging. Krautwursts Unternehmen war eine, wenn nicht *die* Südthüringer Institution. Die traditionsreiche, über viele Generationen hinweg ihrem Handwerk treu gebliebene Metzgerfamilie hatte Anfang der Neunzigerjahre unter Inkaufnahme eines größtmöglichen wirtschaftlichen Risikos das bis dato volkseigene Fleischverarbeitungskombinat von der Treuhandanstalt übernommen und auf Erfolg getrimmt. Nach einigen mageren folgten viele, viele fette Jahre, in denen es mit der Meininger Wurst steil bergauf ging. Vor allem seitdem Jürgen Krautwurst junior den Laden übernommen und bundesweit expandiert hatte, brummten die Geschäfte. Auch wenn die Produktionsanlagen zwischenzeitlich wegen der Geruchsemissionen[3] ins malerische Rhöndörfchen Rippershausen verlagert worden waren, Krautwursts *Original Thüringer* waren ein Markenzeichen, ein Gütesiegel, kurz: die Benchmark in Sachen Rostbratwurst schlechthin, selbst wenn ein paar Leute in Ost-, Nord-, West- oder Zentralthüringen gerne mal anderes behaupteten.

Der Fickel zog und ruckelte mit aller Macht an der Tür des Kleintransporters. Doch anscheinend hatte sich der Rahmen – sprich: die ganze Karosserie – des Kleintransporters beim Aufprall gründlich verzogen. Die Tür war blockiert. Aber der Fickel hatte ja noch den Wagenheber dabei. Mit drei wuchtigen Schlägen schlug er die Scheibe ein. Die Scherben prasselten auf den unbeweglich am Steuer eingeklemmten Mann wie Hagelkörner. Zum Glück war der Ärmste schon ohnmächtig. Dichter Qualm schlug dem Fickel aus dem Inneren entgegen. Sicher auch nicht gesund, dem Reizhusten nach zu urteilen. Wie hielt der das da drinnen überhaupt aus? Immerhin gelang es dem Fickel unter Aufbietung sämtlicher zur Verfügung stehender Körperkräfte, seinen Wagenheber zwischen Tür und Gehäuse zu zwängen. Wie war das? Gib mir einen festen Punkt, und ich hebe die Welt aus den Angeln. Zumindest sinngemäß. Aber Archimedes kannte die heutigen Kleintransporter nicht.

---

3 Juristische Umschreibung für entsetzlichen Gestank.

Der Fickel stemmte sich mit aller Kraft und unter Einsatz seines Körpergewichts von nicht unerheblichen 95 Kilo gegen den Wagenheber. Das Gehäuse gab ein leise knarzendes Geräusch von sich, oder waren es die Knie? Nein, diesmal nicht. Millimeter für Millimeter hob sich die widerspenstige Tür aus dem Rahmen. Ein letztes Quietschen. »Und sie bewegt sich doch.« Galileo Galilei, schon wieder ein Italiener, allerdings ohne Schnauzer.

Der Fickel zog die Tür so weit wie möglich auf, damit sie ihm bei der nachfolgenden Operation nicht ins Kreuz fiel, und wartete, bis sich der Rauch aus der Kabine verzogen hatte. Dann hängte er sich mit dem Oberkörper kopfüber in die Kabine hinein. Gerüche von versengendem Kunststoff und Benzin empfingen ihn – aber auch ... Moment! Die Kräuternote kam dem Fickel sofort bekannt vor. Rhöntropfen. Dieser Dunselmann hatte tatsächlich alkoholisiert am Steuer gesessen. Fehlte nur noch, dass er am Handy rumgespielt hatte. Der Fickel spitzte die Ohren. Was war das eigentlich für ein seltsames Geräusch? Ein Wildschwein. Nein, das Grunzen rührte aus dem Rachen des Fahrers, der hinter dem Steuer anscheinend tief und fest eingeschlafen war und seelenruhig vor sich hin schnarchte. War es denn die Möglichkeit? Fuhr einen fast über den Haufen und hielt erstmal ein Nickerchen.

Der Fickel sah etwas genauer hin, soweit das bei dem weiter munter aus der Lüftung quellenden Rauch möglich war. Den Knaben hinterm Steuer kannte er doch: kräftiger Wuchs, Zinkennase, Heldenkinn, fliehende Stirn ... – Wenn man ihn sich zwanzig Jahre jünger vorstellte, Bartstoppeln abzog und Haar hinzuaddierte, landete man automatisch bei Heiko Menschner, einem ehemaligen Sportskameraden vom ASK[4] Oberhof.

---

4 Armeesportklub – Wettrüsten im Trainingsanzug.

Von seiner Körperkraft, den Hebeln und der Schwungmasse her brachte der Menschner alles mit, was einen Weltklasse-Bob-Anschieber ausmacht, leider haperte es ein wenig an der Grundschnelligkeit: 14,8 Sekunden auf hundert Meter – bergab. Da war selbst mit Doping nichts zu machen. So musste er schweren Herzens aus dem Sportinternat wieder aus- und auf dem Hof seiner gestrengen Mutter bei Kaltennordheim wieder einziehen.

Immerhin war der Menschner intelligent genug gewesen, aus seinen immensen Körperkräften anderweitig Kapital zu schlagen, und hatte sich nach einer Lehre zum Fleischergesellen als Hausschlachter in der gesamten östlichen Rhön einen Namen gemacht. Kaum ein Dorffest, bei dem Schweine-Menschner nicht als Erster vor Ort gewesen war, um Hand ans Spanferkel zu legen, und nach der Obstlerverkostung in tiefster Nacht als Letzter heimwärts trudelte. Manchmal blieb er sogar und schlief, genügsam wie kein Zweiter, in der Scheune oder im Schweinestall. Das Geld, das er verdiente, lieferte er stets brav bei seiner Mutti ab, die es für ihn verwaltete.

Denn das war der Stachel in Menschners Fleisch: Bei aller Geselligkeit und allem wirtschaftlichen Erfolg hatte er mit seinen gut vierzig Lenzen noch immer keine passende Frau für sich gefunden, nicht mal eine unpassende wie die meisten anderen. Und das, obwohl seine Ansprüche wahrlich nicht sehr hoch waren und er ein kleines Vermögen für seine legendären Heiratsanzeigen in der Wochenendbeilage des regionalen Boulevardmagazins ausgab, garniert mit einem Porträtfoto und der verheißungsvollen Überschrift: »Herz zu verschenken«. Vielleicht hatte diese Formulierung bei den Damen, die den Menschner von seiner Berufstätigkeit her kannten, einfach nicht die richtigen Assoziationen ausgelöst.

Der Fickel ächzte vor Anstrengung. Der Kerl wog mindestens hundert Kilo. Allein und ohne Flaschenzug würde er den Schlachter nie aus der Fahrerkabine bekommen. Äußerlich konnte man an dem Mann keinerlei Verletzungen erkennen. Zwar war Menschners Wams über und über mit Blut bedeckt, doch das war bereits getrocknet. Genau wie an den dunklen Stellen, die er überall auf Armen, Händen und sogar im Gesicht aufwies.

»Ach-tung, Auuuugen geeeeraaade-aus!«, rief der Fickel eine alte, jedem ostdeutschen Sportler in Fleisch und Blut übergegangene Losung und rüttelte den Menschner an der Schulter. Doch der gab erneut nur ein kräftiges Grunzen von sich, das sich irgendwie beunruhigend anhörte. Am Ende handelte es sich gar um ein Todesröcheln. Womöglich hatte er wegen zerfressener Gefäße infolge jahrelanger Fehlernährung hinter dem Steuer soeben einen Herzinfarkt oder Schlaganfall erlitten und deshalb die Kontrolle über den Transporter verloren?

Ja, das war *die* Erklärung. Und der Fickel war der Einzige, nicht Anwesende ausgeschlossen, der ihn jetzt noch retten konnte. Dabei hatte er einst sehr gute Gründe gehabt, warum er Anwalt geworden war und nicht etwa Arzt. Das Abstrakte lag ihm einfach mehr im Blut. Aber es half ja nichts. – Also: wie war das gleich gewesen beim Erste-Hilfe-Kurs anno 1987? Herzdruckmassage war in dieser Stellung quasi unmöglich. Mund zu Mund Beatmung auch, wenngleich aus anderen Gründen. Ein Blick auf den Menschner genügte: Knollennase, wulstige Lippen, Dreitagebart ... Irgendwo gab es eine Schmerzgrenze.

Andererseits konnte man auch nicht einfach nur so herumhängen, irgendwas musste man angesichts des gesundheitsschädlichen Rauches tun. Der Fickel drückte mit aller Macht, so gut es in dieser Position eben ging, ein paar Mal kräftig auf den Brustkorb. Das Röcheln wurde immer ungleichmäßiger, dann setzte es unvermittelt aus. Atemstillstand. Das hatte der Fickel ja fein hingekriegt.

»Mensch, Heiko, jetzt hab dich nicht so!« Der Fickel rüttelte seinen einstigen Sportkameraden an der Schulter. Keine Reaktion. Nur Menschners Lippen glänzten feucht im Mondlicht.

Och nö, dachte Fickel, warum ausgerechnet ich?

Er haderte noch einige Sekunden mit seinem Schicksal, dann hielt er dem Leblosen die Nase zu und schloss seine Augen. So, wie er es beim Küssen gelernt hatte, damals nach dem Jugendtanz[5] im Volkshaus, beim Nachhauseweg durch die Werra-Auen. Lang, lang war es her. Wie hieß das nette Mädchen mit der Zahnspange noch mal? Breitmaulfrosch. Schönheit ist nicht alles, die kann man sich notfalls dazudenken. Intelligenz eher nicht. Aber wenn jetzt anstelle vom Menschner zum Beispiel Isabelle Huppert seine Hilfe bräuchte, das würde sicher einiges erleichtern, oder Astrid Kemmerzehl oder ... – Wieso fiel ihm ausgerechnet *jetzt* seine Exfrau ein, die Oberstaatsanwältin Gundelwein? Gut, küssen konnte sie. Das war das geringste Problem. Dabei konnte sie ja auch nicht sprechen. Ihre Lippen waren, wenn der Fickel ehrlich zu sich war, durchaus appetitlich; die vom Menschner hingegen ... Bloß nicht dran denken. Lieber an etwas Motivierendes, zum Beispiel: Wer ein Leben rettet, rettet die ganze Menschheit. Rechtsanwalt Fickel überwand alle inneren Widerstände und pustete, so doll es seine Lungen hergaben, in den Schlund des anderen hinein. (Glücklicherweise war der anscheinend von Rhöntropfen hinreichend desinfiziert.)

Der Fickel zog sich zurück und holte tief Luft. Der Menschner machte keine Anstalten, sich wieder einzuloggen. Also, noch einmal das Ganze von vorn. Tief Luft holen und ... – Plötzlich schlug

---

5 Ostdeutsch für Disco.

der Menschner die Augen auf und blickte den Fickel, der mit geschürzten Lippen vor ihm hing wie eine Fledermaus, fragend an. Der Fickel war derart überrascht, dass er auch nicht wusste, was er in der konkreten Situation sagen sollte. Immerhin hatte man sich circa fünfundzwanzig Jahre nicht mehr gesehen.

»'n Abend Heiko. Wie geht's dir denn?«

Der andere blinzelte verwirrt.

»Kennst du mich noch?«

Der Menschner nickte. »Sind wir wieder zu hoch in den Kreisel reingefahren?«, erkundigte er sich besorgt. Der Kreisel war eine gefährliche Kurve in der Oberhofer Rodelbahn. Offenbar ging der Menschner davon aus, dass er mit dem Fickel in einem Bob saß, medizinisch ausgedrückt: weder zeitlich noch räumlich orientiert. Vielleicht eine Gehirnerschütterung.

Doch da begann der Menschner derart zu würgen, dass der Fickel schon glaubte, er würde ersticken. Plötzlich trat ein heißer Schwall aus seinem Mund und ergoss sich über die Armaturen und den immer noch prallen Airbag. Der saure Geruch von Magensäften und Kräuterschnaps breitete sich rasend schnell in der Kabine aus und vermischte sich mit den ätzenden Gasen, die aus dem Motorraum drangen.

Wie sollte ein Mensch das alles aushalten? Erst der Beinahe-Crash, dann das Hackfleisch auf dem Waldboden, die Knutscherei mit dem Menschner – und schließlich zur Krönung auch noch *das*. Vielleicht war es aber auch nur das Spiegelneuron, das seine Wirkung tat. Fickels Magen kapitulierte und gab nun ebenfalls seinen Inhalt preis: Rollbraten, Semmelknödel und Rosenkohl, nicht zu vergessen die zwei Dings – alles Retour. Schade um die Beiträge für den Anwaltsverein.

Der Menschner sah aufmerksam zu und kommentierte, als es vorüber war: »Tut gut, ge'?«

Aus den Augenwinkeln konnte der Fickel sehen, wie kleine Flammen aus dem Motorraum zündelten. Denn wo Rauch, da auch Feuer.

»Wir sollten langsam raus hier«, schlug er vor. Menschner nickte grummelnd und versuchte vergeblich, sich aus seiner seitlichen Position zu bewegen. Der Fickel löste den Anschnallgurt, und mit gemeinsamer Anstrengung evakuierten sie den Menschner durch die Beifahrertür ins Freie. Die Waldluft tat beiden gleichermaßen gut. Aber der Schlachter war immer noch voll wie ein Butterfass und musste sich noch geschlagene drei weitere Mal übergeben. Objektiv betrachtet schien er kaum in der Lage, sich auf den Beinen zu halten. Wie er in diesem Zustand überhaupt mit dem Kleintransporter bis hierher gelangt war, war dem Fickel schleierhaft. So ein Schlachter hat eben eine ganz andere Konstitution als ein Normalsterblicher.

Der Fickel legte den starken Arm des Schlachters über seine Schulter, und gemeinsam stolperten sie, sich an Bäumen abstützend, bergauf in Richtung des Wartburgs. Kurz bevor sie die Straße erreichten, blieb der Menschner jedoch unvermittelt stehen wie der Ochs vor der Kuh, hob den Zeigefinger und sagte: »Mooo-ment.«

Hilflos musste der Fickel zusehen, wie sein Sportskamerad den ganzen Abhang wieder hinuntertorkelte und Anstalten machte, in das total verqualmte Führerhaus zu klettern. War der jetzt komplett durchgeknallt? Oder waren das nur die Folgen einer Gehirnprellung? Wozu hatte er ihn da unter Einsatz seines Lebens rausgeholt und wach geküsst?

Als der Fickel sich bereits innerlich darauf einstellte, dass die ganze Rettungsaktion womöglich umsonst gewesen war, kam der Menschner triumphierend mit einer Flasche in der Hand wieder zum Vorschein und kroch auf allen vieren den Berg hinauf.

Kaum oben angekommen, hielt er dem Fickel die Flasche hin. Und das war das erste Mal, seit der Fickel denken konnte, dass er einen ihm angebotenen Schluck Rhöntropfen dankend ablehnte.

»So, dann fahren wir mal zur Polizei«, sagte er und hielt dem Menschner die Beifahrertür seines Wartburgs auf. Astrid Kemmerzehl würde sich noch etwas gedulden müssen.

Der Schweineschlachter sah den Fickel erschrocken, beinahe panisch an.

»Keine Bullen«, befahl er, und in dem Ton, in dem er das sagte, konnte man das durchaus als Drohung auffassen.

§ 2

Der blutige Schweinespalter

Kriminalrat Recknagel, langjähriger leitender Beamter des Dezernats 1, Abteilung 1 der Meininger Polizeidiensstelle – Delikte gegen das Leben und die Gesundheit –, hatte eine sehr genaue Vorstellung davon, wie der weitere Abend verlaufen sollte. Schon den ganzen Tag lang freute er sich auf das gemeinsame Abendessen in den eigenen vier Wänden mit dem seinerzeit zweitschönsten Mädchen der Klasse 10b an der Polytechnischen Oberschule am Pulverrasen, Abschlussjahrgang anno dunnemals, mit dem er seit nunmehr drei Jahrzehnten glücklich verheiratet war. Vielleicht würde man sich später gemeinsam einen Krimi oder eine Talkshow im Fernsehen ansehen. Oder ein gutes Buch lesen. Und am späteren Abend würde das Ehepaar Recknagel vielleicht einen Cognac trinken, oder zumindest der Teil des Ehepaars, der Weinbrand mochte. Womöglich hatte seine Frau auch etwas auf dem Herzen. Oder wer weiß: Wenn Sie so aufwendig kochte, gab es manchmal auch etwas zu feiern. Was könnte das wohl sein?

Als Recknagels Handy, das er wie immer auf der Kommode abgelegt hatte, klingelte, war die Versuchung groß, es einfach zu ignorieren. Das Display zeigte die Nummer von Christoph, einem jungen Mitarbeiter seiner Abteilung. Er rief so gut wie nie jenseits der Arbeitszeit an. Vielleicht suchte er mal wieder den Schlüssel für den Dienstwagen? Nach kurzem, aussichtslosem

Ringen gab der Kriminalrat seinem Pflichtgefühl nach, jedoch nicht, ohne sich gleichzeitig selbst dafür zu verdammen.

»Was gibt's?«, sagte der Kriminalrat knapp.

»Hallo, Chef. Ich stehe hier gerade in der Wurstfabrik in Rippershausen. Sie wissen schon: *Ob im Osten oder Westen, Krautwurst schmeckt am besten.*«

Natürlich war der Kriminalrat sofort im Bilde. Krautwurst Thüringer Wurstspezialitäten waren in Meiningen eine Institution. Doch wie der Recknagel wusste, steckte die Firma seit einiger Zeit in ernsten wirtschaftlichen Schwierigkeiten.

»Können Sie mal herkommen? Ich brauche dringend Ihren Rat«, bettelte Christoph. Seine Stimme klang nervös. Seit seiner Beförderung, die er ebenso überstürzt wie unverdient für die Aufklärung des Langguth-Falles erhalten hatte, durfte er eigenständig Ermittlungen leiten. Allerdings gehörte er zu den Kollegen, die sich mit steigender Verantwortung zunehmend nach allen Seiten absicherten, anstatt selbstbewusste Entscheidungen zu treffen. Kriminalrat Recknagel klemmte das Handy zwischen Ohr und Schulter und säbelte mit der freien Hand eine hauchdünne Scheibe Fleisch von einem kolossalen, von der Ofenhitze noch dampfenden Braten, während seine Frau in der Küche letzte Hand an den Nachtisch legte.

»Wo liegt denn das Problem?«, erkundigte sich Recknagel zögernd, während er beobachtete, wie sich das Messer wie von selbst in das langsam mürbe gegarte Fleisch grub. Unter der knusprigen Fettkruste sickerte eine dunkle Fleischbrühe heraus und verströmte einen mild würzigen Geruch, der die winzigen, Zilien genannten Härchen an den Epitheln in der Nase des Kriminalrates in Schwingung versetzte und somit sein gesamtes olfaktorisches System auf das Angenehmste reizte.

»Vorhin, kurz vor achtzehn Uhr, hat sich Insolvenzverwalter

Enzian beim Notruf gemeldet, dass ein Schlachter ihn tätlich angegriffen habe. Aber als die Kollegen circa zwanzig Minuten später vor Ort waren, haben sie keinen von beiden mehr angetroffen.«

»Hm«, machte der Recknagel. »Wieso haben die Kollegen denn so lange gebraucht?«

»Alle verfügbaren Kräfte waren durch die Massenkarambolage bei Grabfeld gebunden. Der Notruf schien dem Einsatzleiter nicht besonders dringlich.«

Recknagel seufzte. Das war mal wieder typisch: den Notruf eines Rechtsanwalts nicht als eilig anzusehen ... Dabei hatte der Name Ludwig Enzian in Meiningen einen Klang wie Donnerhall. Der Volksmund hatte dem smarten Rechtsanwalt nicht umsonst den Ehrentitel »Plattmacher« verliehen, da er ganz Südthüringen seit der Wende praktisch im Alleingang deindustrialisiert hatte: ob Piko Elektrik[6], Welton-Herrenwäsche oder leider, leider auch die allseits beliebte Schlosspils-Brauerei – unzählige Meininger Unternehmen hatte Insolvenzanwalt Enzian in den letzten Jahrzehnten erfolgreich abgewickelt beziehungsweise: gesundgeschrumpft. Seine bevorzugte Therapiemethode war hierbei die Rosskur. Denn viele tausend Mitarbeiter und Subunternehmer hatten im Laufe der Jahre ihre Arbeitsplätze und/oder Existenzen verloren, während Rechtsanwalt Enzian auf der Rangliste der wohlhabenden Meininger Stufe um Stufe emporgeklettert war. Jetzt hatte es also auch Krautwurst erwischt.

»Haben Sie schon Nachforschungen über den Verbleib des Herrn Enzian angestellt?«, erkundigte sich der Kriminalrat und schob sich die hauchdünne, fast durchsichtige Scheibe des Bratens zwischen die Zähne. Das Fleisch zerfiel beinahe auf Reck-

---

6 Spielkonsolen made in GDR.

nagels Zunge und zündete dort ein wahres Feuerwerk der Aromen. Welcher Philosoph hatte gesagt, Essen sei die Erotik des Alters? Das hier war entschieden besser. Und so alt war der Recknagel noch gar nicht. Zwar war das Haar lichter und der Bauch fülliger als – sagen wir mal – mit Mitte vierzig, und auch sein Gesicht verhehlte nicht, dass er bereits einiges durchgemacht hatte, aber in Sachen Genuss fühlte er fast wie ein Adoleszent. Und das war schließlich das Entscheidende, dass man dem Alter etwas entgegenzusetzen hatte.

»Zu Hause geht niemand ran, und sein Handy ist tot. Außerdem haben wir hier in seinem Büro frische Blutspuren entdeckt«, erklärte Christoph. »Wir müssen vom Schlimmsten ausgehen ...«

Recknagel kaute langsam runter und blickte wehmütig auf das Stillleben, das sich vor ihm ausbreitete: Neben dem Bratenteller dampften in einer original Meißner Porzellanschüssel ein halbes Dutzend rohe Thüringer Klöße vor sich hin. Auch die mit gedünsteten Zwiebeln und gebratenem Speck veredelten Brechbohnen sahen einladend aus. Und die Soße erst. Dem Kriminalrat lag bereits das süß-saure Aroma mit Anklängen von geschmorter Birne, Sellerie und Wacholder auf der Zunge, das einzig und allein Frau Recknagel in dieser Finesse hinbekam.

»Also gut«, seufzte Recknagel pflichtbewusst. »Ich bin gleich bei Ihnen.«

Zehn Minuten später saß der Kriminalrat schlecht gelaunt und mit knurrendem Magen in seinem hochmodernen, übermotorisierten Dienstwagen und lenkte ihn in nördlicher Richtung aus dem Meininger Stadtgebiet hinaus Richtung Walldorf; dort bog er scharf nach links ab, kurz darauf wieder rechts, und schon befand er sich in den sanften Vorläufern der Rhön. Er schaltete das Fernlicht ein. Eine gottverlassene Gegend war das hier. Und gerade deshalb reizvoll. Wenn es nur nicht so finster wäre. Der Recknagel fluchte leise vor sich hin. Nach wenigen hundert Metern passierte er das Ortsschild von Rippershausen, ein pittoreskes Dorf *in the middle of nowhere,* berühmt für sein Schwimmbad, das auch als Löschteich diente, seine Landwirtschaft, bevorzugt Schweinezucht, sowie das Gasthaus »Zur Sonne«, das leider inzwischen geschlossen hatte, aber ein Mal im Jahr noch seine Pforten für den Kulturbiergarten öffnete, der den Ort für drei Tage in einen kulturellen Ausnahmezustand versetzte.

Was war das? Der Kriminalrat hatte einen Schatten registriert, der seinen Weg kreuzte. Der hochmoderne Dienstwagen bremste scharf ab. Im Scheinwerferkegel blickten dem Recknagel die grünen Augen einer schwarzen Katze vorwurfsvoll entgegen, als hätte sie noch nie ein Auto gesehen. Von rechts nach links, Glück bringt's, memorierte der Kriminalrat und hupte, da das Tier keine Anstalten machte, den Weg freizugeben. Die Katze drehte sich seelenruhig um die eigene Achse und verließ die Straße gemessenen Schrittes nach rechts. Zum Glück war der Kriminalrat nicht abergläubisch. Er trat wieder aufs Gaspedal.

Etwas außerhalb des Dorfkerns erhob sich ein schmuckloser, quaderförmiger Zweckbau aus der Landschaft, der von einem mit Stacheldraht bewehrten Zaun umfasst war und von allen Seiten gleißend hell angestrahlt wurde. Dieser schmucklose Bunker bildete die Heimat des größten und bekanntesten Fleischartikelherstellers der Region: Krautwurst Thüringer Wurstspezialitäten – seines Zeichens Hersteller des wichtigsten Exportschlagers aus dem Freistaat seit dem Werther: der Original Thüringer Rostbratwurst.

Kriminalrat Recknagel stellte den Wagen ab, stieg aus und blähte die Nüstern. Reinste Landluft: feucht und erdig, veredelt mit Silage- und Güllenoten, und über dem ganzen Bukett schwebend ein dezent süßlicher Verwesungsgeruch, der direkt von der

Wurstfabrik herüberwehte. Zu DDR-Zeiten stank das volkseigene Fleischverarbeitungskombinat noch zum Himmel, heute müffelte es hier streng nach EU-Emissionsschutzrichtlinie. Auf den Lampen und Geländern der Wurstfabrik hockten Heerscharen von Aaskrähen. Grau-schwarze Hyänen der Lüfte. Einige der Vögel kreisten über dem Gebäude und krächzten: *Hitchcock at his best.*

Recknagel hielt sich fröstelnd den Mantel zu und schloss den Wagen ab. An der beschrankten Einfahrt befand sich ein hell erleuchtetes Pförtnerhäuschen, in dem ein älterer, ausgesprochen hagerer Mann in einer Art Security-Uniform hockte, die eher an einen Schaffner der Deutschen Reichsbahn erinnerte. Der Pförtner schien jedoch keine Augen für seine Umgebung zu haben, sondern stierte intensiv auf einen alten Laptop. Im Profil erinnerte er ein wenig an Clint Eastwood in einem seiner späteren Filme. Wie der Recknagel sehen konnte, spielte er durchaus gekonnt eine Partie Tetris. Der Kriminalrat klopfte energisch ans Fenster und zeigte seinen Dienstausweis vor.

»Kripo Meiningen, Recknagel mein Name – wie der Skispringer«, sagte der Kriminalrat seinen Spruch auf. »Und Sie sind?«

»Sittig«, erwiderte der andere ungerührt, »ich bin hier Hausmeister, Werkschutz und Mädchen für alles.« Offenbar hielt er es nicht für nötig, von seinem Laptop aufzusehen. »Geh'n Sie einfach durch. Zweite Tür, Eingang zwo.«

»Spielen Sie immer am Computer bei der Arbeit?«

»Ich warte schon seit zwei Monaten auf mein Gehalt«, erwiderte das grauhaarige »Mädchen für alles«. »Da möchte ich mal Ihre Arbeitsmoral erleben, wenn Sie an meiner Stelle wären.«

Der Kriminalrat ließ sich vom Ton des anderen nicht provozieren und bat den Pförtner höflich um eine Liste, wer wann das Gelände betreten oder verlassen hatte.

»Muss das sein?«, fragte der Pförtner genervt und parkte auf dem Laptop ein Quadrat perfekt in eine Lücke ein.

»Nur, damit Ihnen zwischendurch nicht langweilig wird«, erwiderte der Kriminalrat ironisch und betrat das Betriebsgelände. An der Produktionshalle traf er auf seinen Mitarbeiter Christoph, der gerade eine Kameradrohne steuerte, um das Gelände bis ins kleinste Mauseloch abzufilmen. Das waren harte Zeiten für Mörder und andere Verbrecher, wenn man die heutigen Möglichkeiten mal mit denen von vor dreißig Jahren verglich. Recknagel konnte sich noch an den ersten Computer KC 85/2[7] erinnern, der monatelang vor sich hin gestaubt hatte, da in der gesamten Kripo niemand einen blassen Schimmer gehabt hatte, wozu man das Ding brauchte.

»'n Abend, Chef«, sagte Christoph, ohne den Blick von der Drohne abzuwenden. »Ich bin hier gleich fertig.«

Er trug Klamotten, die der Kriminalrat eher in der Altkleidersammlung vermutet hätte. Ausgefranste Jeans, Cowboystiefel und eine Jacke, die mit Buttons zugekleistert war wie die eines Formel-1-Rennfahrers. Wahrscheinlich wollte er später noch ausgehen. Recknagel beobachtete, wie Christoph die Drohne geschickt landete.

»Ich hoffe, ich habe Sie nicht bei irgendwas gestört«, sagte Christoph.

»Nicht so wichtig«, log der Recknagel. »Bringen Sie mich mal auf Stand.«

»Wir haben alle anwesenden Leute befragt und das ganze Firmengelände systematisch abgesucht. Der Insolvenzverwalter ist wie vom Erdboden verschluckt. Nur sein Auto steht noch da ...«

---

[7] Klein-Computer des VEB Mikroelektronik »Wilhelm Pieck« Mühlhausen mit 4 KByte ROM und einem Betriebssystem namens CAOS.

Er zeigte mit dem Kopf auf ein BMW Z3 Cabriolet, das nicht weit entfernt an der Stirnseite der Produktionshalle parkte und gerade von zwei KTU-Leuten untersucht wurde. Ein elegantes Fahrzeug, edel und zugleich sportlich, mit zwei bis drei Jahresdurchschnittsgehältern gelistet – wie geschaffen dafür, sich damit bei der Belegschaft eines insolventen Betriebes beliebt zu machen. »Sein Auto lässt man doch nicht einfach stehen und haut ab«, behauptete Christoph.

»Es sei denn, es ist kaputt«, erwiderte der Recknagel trocken.

»Das ist doch kein Trabi«, konterte Christoph und winkte dem Kriminalrat, ihm zu folgen. »Ich zeig' Ihnen mal was.« Recknagel folgte seinem Mitarbeiter in den vorderen Teil des Gebäudes, in dem anscheinend der Verwaltungstrakt untergebracht war sowie Spinde und Duschräume für die Angestellten. Im Flur hingen überall Hinweise auf die Hygienevorschriften, die allerdings ihrerseits überwiegend einen vergilbten, fettigen Eindruck machten. »Hier ist es«, sagte Christoph und öffnete eine Sperrholztür. Dahinter befand sich ein nüchtern eingerichteter, fensterloser Raum, in dem ein Schreibtisch und ein Regal mit Akten herumstanden. Zwei KTU-Beamte in weißer Arbeitskleidung suchten den Raum nach DNA-Spuren und Fingerabdrücken ab. Laserscanner und 3D-Kameras sorgten dafür, dass kein Detail undokumentiert blieb.

»Hier hat sich Herr Enzian anscheinend zuletzt aufgehalten«, erklärte Christoph.

An der Wand hing ein überdimensionierter Kalender, auf dem eine junge, mit Kurven gesegnete Frau aufreizend mit einer Bratwurst posierte. Dazu hatte jemand den Satz gedichtet: »Thüringer – nur original mit zwanzig Zentimetern.«

Recknagel kratzte sich an der Schläfe. Christoph grinste. »Witzig, ne? Der hier ist noch besser.« Er blätterte um. Wieder rekelte sich dasselbe Model leicht beschürzt in einer unnatürlichen Haltung. »Original Thüringer – was anderes kommt mir nicht ins Brötchen.«

»Danke, das genügt«, sagte der Kriminalrat. Er sah sich im Raum um. Ein Stuhl am Schreibtisch war umgefallen, der Computerbildschirm wies einen Sprung auf.

»Sehen Sie sich das mal an.« Christoph wies auf die Schreibtischplatte, auf der ein größerer Blutfleck zu sehen war, flankiert von mehreren kleinen, bereits angetrockneten Spritzern, insbesondere auf der Computertastatur, die mittels eines Lumiscene-Sprays und UV-Licht sichtbar gemacht worden war.

»Hier saß wahrscheinlich Rechtsanwalt Enzian«, spekulierte Christoph, ganz in seiner Rolle als Ermittler à la CSI: NY. »Der Täter kommt rein, Enzian steht auf und wird – zack – vom Täter mit einem Messer noch am Tisch niedergestreckt.«

»Oder er hatte einfach Nasenbluten«, entgegnete der Kriminalrat freundlich.

Christoph blickte seinen Chef vorwurfsvoll an. »*Sie* sagen doch immer, wir sollen bei potenziellen Straftaten erstmal vom schlimmsten anzunehmenden Fall ausgehen.«

»Da haben Sie absolut recht«, gab Recknagel ohne innere Überzeugung zu. »Haben Sie schon jemanden in Verdacht? Diesen Schlachter?«

Christoph nickte. »Ein gewisser Heiko Menschner. Angeblich hatte er noch Forderungen in Höhe von 10 000 Euro an die Firma Krautwurst und wollte sich mit dem Vergleichsangebot von Herrn Enzian nicht abspeisen lassen.«

»Wie lautete denn das Angebot?«

»Um die fünf Prozent.«

»Das heißt, er hätte 9500 Euro Miese gemacht. Da kann man schon mal sauer werden«, konzedierte der Kriminalrat.

»Berichten zufolge ist Herr Menschner heute am frühen Abend im Betrieb aufgekreuzt, um sich zu beschweren. Zeugen haben beobachtet, wie er vor dem Eintreffen der Kollegen einen firmeneigenen Kleintransporter widerrechtlich mit Wurst- und Fleischwaren beladen hat und damit davongefahren ist. – Vermutlich, kurz nachdem er Herrn Enzian erschlagen hat.«

»Angenommen Sie haben recht. Was hat er mit der Leiche gemacht?«

Christoph zog seine Stirn in Falten. »Das ist das Übelste an der Geschichte. Ich zeig's Ihnen.«

Er führte den Kriminalrat über den Flur in Richtung Produktionshalle. Der unverwechselbare Geruch nach rohem Fleisch wurde mit jedem Schritt intensiver. Christoph stoppte und wies auf eine doppelte metallische Tür. »Da geht's rein.« Recknagel entzifferte die verwitterten Lettern über der Pforte: »Zerlegehalle – Unbefugte kein Zutritt!«.

»Nach Ihnen«, sagte Christoph und hielt dem Chef zuvorkommend die Tür auf. Ein Schwall kalter Luft kam ihnen entgegen. Recknagel trat ein und sah sich um: Boden und Wände des großen, rechteckigen Raumes waren komplett weiß gekachelt, im Zentrum befanden sich metallische Tische, Gerätschaften und Arbeitswannen, an den Wänden hingen Messer, Knochensägen und Schläuche bereit. Entfernt erinnerte das Interieur an einen Operationssaal, doch links und rechts, überall baumelten an Fleischerhaken Dutzende Schweinehälften von der eigens mit einer Tragevorrichtung versehenen Decke herab. Der Boden glänzte von Fett, Blut und undefinierbaren Geweberesten, die zusammen eine dünne Schmierschicht auf den einfachen Kacheln bildeten. Ein kleiner Ausrutscher, und schon wäre man mit dem Allerwertesten mitten in der Bescherung gelandet.

»Bitte.« Christoph reichte dem Kriminalrat zwei Plastiküberzieher für die Schuhe. Recknagel stöhnt leise in sich hinein, stülpte sich die Dinger über seine Wildledermokassins und glitt ein paar Meter ins Innere des Raums auf einen Hackklotz zu, neben dem eine junge Beamtin hockte und Proben aus einer beachtlichen Blutlache entnahm, die sich rings um den Hackklotz gebildet hatte und die vom Rand her langsam verkrustete. Es roch metallisch und süßlich, und der Recknagel hatte unwillkürlich einen Geschmack im Mund, als hätte er sich zu fest auf die Zunge gebissen.

»Was haben wir denn da?«, erkundigte sich der Recknagel. »Schweineblut?«

Christoph wiegte skeptisch den Kopf hin und her. »Wir nehmen ein paar Stichproben und lassen sie in der Rechtsmedizin untersuchen«, erklärte er. »Sicher ist sicher.«

»Sie halten es für menschlich?«, hakte der Kriminalrat ungläubig nach.

»Der Mantrailer[8] hat uns direkt hierhergeführt, nachdem er im Büro die Spur von Herrn Enzian aufgenommen hat.«

Recknagel blickte sich um – Schweinehälften, wohin das Auge sah. Schinken, Haxen, Koteletts … Kein Wunder, dass es einen Hund hierherzog.

»Das ist aber noch nicht alles«, sagte Christoph eifrig und zauberte aus der Asservatenbox, die neben der Beamtin auf dem Boden stand, ein gewaltiges, martialisch aussehendes Instrument, halb Messer, halb Beil hervor. Es war in eine durchsichtige Tüte verpackt.

»Das Teil haben die Kollegen draußen in der Mülltonne gefunden. Ein sogenannter Schweinespalter. Man benutzt es, um … Wie der Name schon sagt.«

---

[8] Auch Schweiß- oder Personensuchhund genannt. Kann Menschen gut riechen.

Der Recknagel sah sich das Gerät genauer an. Es war ziemlich schwer, der Griff lag gut in der Hand wie bei einem überdimensionierten Küchenmesser. Die rechteckige Schneidefläche verjüngte sich keilartig zur Schneide hin. An der Klinge waren Blutspuren erkennbar, die allem Anschein nach recht oberflächlich abgewischt worden waren.

»Laut Schnelltest ist das Blut an dem Teil eindeutig menschlich«, sagte Christoph bedeutungsschwanger. »Und warum wirft jemand wohl ein intaktes Messer in den Müll und wischt es vorher noch sauber?«, fügte er rhetorisch hinzu.

»Verstehe ich Sie richtig?«, fragte der Kriminalrat ungläubig. »Sie denken, dieser Schlachter hat Rechtsanwalt Enzian umgebracht und seine Leiche hier zerstückelt?«

Christoph kratzte sich am Kopf. »Blut wäre dafür genug vorhanden ... Und jemand, der jeden Tag Dutzende Schweine zerhackt, der tut sich vielleicht auch etwas leichter damit, zur Abwechslung mal einen Menschen zu zerlegen, oder?«

»Denken Sie lieber nach, bevor Sie einen ganzen Berufszweig unter Generalverdacht stellen«, mahnte Recknagel. »Ich glaube, Sie gucken zu viel Fernsehen.«

»Ich hab nur Netflix«, erwiderte Christoph treuherzig.

»Was ist das denn?«

»Eine Internetseite. Da kann man Serien und Filme ansehen.«

»Also ein Sender?«

Christoph kratzte sich am Kopf. »So was Ähnliches. Kennen Sie zufällig ›True Detective‹? Da geht's um zwei Ermittler, die so rituelle Frauenmorde aufklären.«

Recknagel schüttelte den Kopf, zum einen als Antwort auf die Frage, zum anderen ganz allgemein. Ohne Psychopathen, die ihre Opfer verstümmelten und/oder komplett zerlegten, ging heutzutage in der Unterhaltung anscheinend gar nichts mehr. Der

Kriminalrat musste sich schon arg bemühen, darin keinen Verfall der Sitten zu sehen.

»Die Serie ist echt gut«, bestätigte die junge KTU-Beamtin, »zumindest die erste Staffel.«

»Was hat unser Täter Ihrer Meinung nach mit den Leichenteilen angestellt?«, grätschte Recknagel in das sich anbahnende Fachgespräch.

»Entweder hat er die im Transporter einfach mitgenommen, oder ...« Christoph stockte angewidert.

»Oder ...?«

»Das müssen Sie mit eigenen Augen sehen.«

Christoph führte den Kriminalrat durch eine Nebentür nach draußen auf das Gelände hinter der Halle. Recknagel prallte zurück. Ein Gestank biblischen Ausmaßes nach faulen Eiern und Schwefelgasen kam ihm entgegen – wie Leunawerke[9] und Phlegräische Felder[10] zusammengenommen. Der Kriminalrat hielt sich ein Taschentuch vors Gesicht. Christoph deutete auf einen riesigen Industriemüllcontainer, der bis zum Rand mit unterschiedlichen Teilen von Schweinen in allen möglichen Verwesungsgraden gefüllt war: Schwarten, Schädel, Knochen und Gekröse faulten, gärten und verwesten so vor sich hin, sehr zur Freude von mehreren Millionen Fliegen. Selbst die Aaskrähen hielten einen gehörigen Sicherheitsabstand. Christoph war ziemlich grün im Gesicht geworden. »Mann, wenn ich das gewusst hätte, hätte ich vorhin den Burger nicht gegessen«, sagte er.

»Weshalb, um alles in der Welt, steht das hier einfach so in der Landschaft rum?«, fragte der Recknagel, als er wieder einigermaßen atmen konnte.

---

9 Geruch nach verfaulten Eiern, der aus Schornsteinen kommt. (DDR)
10 Geruch nach verfaulten Eiern, der aus dem Boden kommt. (Italien)

»Krautwurst produziert im Moment auf Halde – und die Entsorgung kostet Geld, deshalb lassen sie das Zeug hier einfach vor sich hin gammeln«, sagte Christoph achselzuckend. »Ich vermute, dass die Leiche, oder was von ihr übrig ist, sich irgendwo unter dem ganzen Kladderadatsch befindet. Ich hab angewiesen, dass jedes Fitzelchen einzeln untersucht wird.«

»Da wird sich Dr. Haselhoff sicher freuen«, konstatierte der Kriminalrat. »Ich hoffe, der Kühlraum in der Rechtsmedizin reicht dafür aus.«

»Ich muss weg hier, sonst muss ich kotzen«, sagte Christoph und eilte davon.

»Moment«, rief ihm der Kriminalrat hinterher. »Wo finde ich den Chef?«

Christoph hielt sich die Hand vor den Mund und deutete auf die Laderampe. »Dritte Tür rechts«, brachte er noch hervor. Recknagel kehrte durch das Fabriktor ins Innere der Halle zurück. Kurz darauf fand er sich in einer Art Großküche wieder, dem Herzstück der Wurstfertigung: In der Mitte standen ein Fleischwolf, eine große Waage sowie ein riesiges Rührgerät, ein sich horizontal drehender Ring von fast zwei Metern Durchmesser, in dem der zähe Wurstteig angemischt wurde.

Ein stämmiger, leicht untersetzt wirkender, vielleicht fünfzigjähriger Mann, der von Kopf bis Fuß in weiße Kleidung gehüllt war, stand an der Wurstpresse und füllte in atemberaubender Geschwindigkeit das aus einem Ventil schießende Brät in einen Schafdarm ab, der wie eine lange weiße Schnur auf eine Trommel gerollt war. Eine große schlanke Frau, gut zwanzig Jahre jünger und gut zwanzig Zentimeter größer als der Mann, stand daneben und warf Nachschub in die Wurstfüllmaschine. Ein paar Sekunden sah der Recknagel dem Schauspiel fasziniert zu, dann rief er vernehmlich: »Hallo?«

Der Mann blickte auf, dabei achtete er kurz nicht auf seine Hände, der Darm rutschte von der Wurstspritze – und das rosige Brät flog ihm ungebremst gegen den Bauch, von wo es sich in alle Richtungen verteilte.

»Stop, Sandy, mach aus!« Die Angesprochene drückte eilig den Notknopf.

»Verdammte Schweinerei«, schimpfte der Mann und klaubte sich das Brät vom Kittel. Dann wandte er sich zornig an den Recknagel: »Ziehen Sie sich gefälligst was über, oder haben Sie die Hygienevorschriften nicht gelesen?« Er zeigte auf einen Haken, an dem Kittel, Haarnetz und Schürze hingen. Recknagel entschuldigte sich eilfertig und kleidete sich vorschriftsmäßig ein, auch wenn das blaue Haarnetz beinahe vor Fett triefte.

»Wir haben schon genug Ärger mit den Behörden«, rief der Mann. »Wer ist denn auf die glorreiche Idee gekommen, den Hund in den Lagerraum zu lassen?«

Recknagel entschuldigte sich nochmals, diesmal für seinen unerfahrenen Mitarbeiter, und stellte sich vor.

»Krautwurst, Jürgen«, sagte der Mann nun etwas versöhnlicher. »Ich bin der Inhaber. Und das ist meine Frau Sandy.«

Die junge Frau lächelte den Kriminalrat freundlich, fast ein wenig kokett an. Sie verfügte über eine ausgeprägt weibliche Figur und ein hübsches Gesicht. Selbst mit den unter dem Haarnetz verborgenen Haaren und dem Astronauten-Look war sie in der Umgebung zweifelsfrei ein optischer Lichtblick. Sie kam dem Kriminalrat sofort bekannt vor.

»Ich hab Sie doch oben im Büro auf dem Kalender gesehen«, sagte der Recknagel, ein wenig peinlich berührt. Aber Sandy Krautwurst schien es nicht das Geringste auszumachen, dass man sie als Wurst-Playmate wiedererkannt hatte. »Der Kalender ist nicht aktuell«, erklärte sie, als sei das der springende Punkt.

»Meine Frau wurde vom Thüringer Fleischerei-Fachverband vor zwei Jahren zur Bratwurstprinzessin gewählt«, erklärte Jürgen Krautwurst stolz.

»Eigentlich bin ich gelernte Fleschereifachverkäuferin«, ergänzte Sandy mit schelmischem Lächeln und brachte ihren Busen in Stellung, dass der Kittel spannte. »Aber das Modeln ist meine Leidenschaft. – Hat Ihnen der Kalender gefallen?«

»Doch, doch«, antwortete der Recknagel ausweichend. »Ich muss Ihnen jetzt allerdings ein paar Fragen zu Ihrem Insolvenzverwalter stellen.«

»*Vorläufiger* Insolvenzverwalter«, berichtigte Krautwurst. »Im Moment läuft noch das Eröffnungsverfahren.«

»Aber wo der vorläufige ... also Herr Enzian sich aufhält, wissen Sie nicht?«

Jürgen Krautwurst schüttelte den Kopf. »Ich war die ganze Zeit hier drin und habe nichts mitgekriegt.« Nebenbei ging er zu einem großen Sack und schüttete mit Hilfe einer Schöpfkelle ein grünliches Pulver in das Brät. Die hochgeheime Gewürzmischung, in der Majoran, Kümmel und auch Knoblauch eine nicht unwesentliche Rolle spielten. »Der taucht bestimmt wieder auf«, sagte Jürgen Krautwurst, kein Auge von der Wurstmasse lassend, die sich im Kutter wälzte.

»Wann haben Sie ihn zuletzt gesehen?«, wandte Recknagel sich an Sandy Krautwurst.

»Als er gekommen ist, so gegen vier ...«

»Haben Sie mit ihm gesprochen?«

»Nein, er ist gleich ins Büro verschwunden.«

Sie kippte frische Fleischbrocken in den Wolf und drückte einen Knopf. Die Maschine begann dröhnend zu arbeiten.

»Können wir uns irgendwo ungestört unterhalten?«, fragte Recknagel Jürgen Krautwurst.

Krautwurst tippte seiner Frau auf die Schulter: »Ich geh mal mit dem Kommissar eine schmoken, ge'?«

Sandy nickte, und Jürgen Krautwurst lotste Recknagel nach draußen an die »frische« Luft. Dort zog er sofort eine braune Packung Cabinet[11] heraus und hielt sie dem Kriminalrat einladend hin. Der lehnte dankend ab. Krautwurst zündete sich nervös eine Fluppe an.

»Eine Scheiße ist das«, sagte er ganz allgemein und blies den grauen Rauch in den Nachthimmel.

»Bestimmt keine einfache Situation für Sie«, sagte der Kriminalrat verständnisvoll. »Die Insolvenz ist ein Einschnitt ...«

»Das können Sie laut sagen«, seufzte Krautwurst. »Wenn man bedenkt, wie viel Herzblut ich hier reingesteckt habe. Als ich den Betrieb nach der Wende von meinen Eltern übernommen habe, da gab es gerade mal das Ladengeschäft in der Anton-Ullrich-Straße. Und jetzt sind wir einer der größten Produzenten in ganz Thüringen ...«

»Und wieso sind Sie dann pleite?«, fragte Recknagel.

Schließlich konnten sich die Meininger einiges an Demografie- und Wirtschaftsversagen vorwerfen lassen, jedoch weiß-Gott-nicht die einheimische Fleischwirtschaft durch mangelnden Wurstkonsum in den Ruin getrieben zu haben.

»Ich weiß auch nicht, was los ist«, seufzte Krautwurst, »ich hab einfache eine Pechsträhne.

Seit Jahren wehte der gesamten Branche ein eisiger Wind ins Gesicht. Angefacht von Lobbygruppen wurden jahrhundertealte Ernährungsgewohnheiten hinterfragt. Wurst galt wegen des Natriumnitrits (E250), Mononatriumglutamats[12] (E621) und der

---

11 Die Marlboro des Zonen-Cowboys.
12 Auch bekannt als »das Salz des Ostens«.

gesättigten Fettsäuren plötzlich als ungesund und/oder wegen der Massentierhaltung sogar als unethisch. Plötzlich mussten sich Wurstkonsumenten einen überholten Lebensstil vorwerfen lassen. Wurstimitate aus Soja-, Weizen- und Pilzeiweiß machten den Platzhaltern in den Supermarktkühlregalen plötzlich unlautere Konkurrenz.

Aber das größte Problem von Krautwurst war hausgemacht und betraf die Leberwurst im Glas. Vor einigen Monaten hatte sich 200 Kilometer nördlich in Wernigerode ein Drama abgespielt. Dort mussten etliche Bewohner eines Seniorenheimes nach dem Verzehr der Meininger Hausmacherleberwurst im Glas mit Lähmungserscheinungen ins Krankenhaus eingeliefert werden. Zwei der Senioren fielen sogar ins Koma, und ein Zweiundneunzigjähriger wäre um ein Haar gestorben. In der Leberwurst wurden große Mengen des Bakteriums Clostridium botulinum gefunden, welches unter Luftabschluss ein starkes Nervengift[13] produziert, das den berüchtigten Botulismus auslöst, besser bekannt unter der laienhaften Bezeichnung Wurstkrankheit.

Die Lebensmittelbehörde wurde auf den Plan gerufen und ermittelte die Meininger Leberwurst als Auslöser. Aufgrund einer defekten Heizungsanlage sei die Wurst nicht ausreichend erhitzt und somit nicht pasteurisiert worden, wie es die Lebensmittelvorschriften verlangten.

»*Ein* defektes Heizungsrelais«, sagte Krautwurst bitter, »und alles ist aus.«

Auch wenn ihm keine konkrete Pflichtverletzung nachgewiesen werden konnte, hatten Handelsketten und Kunden ihr Ur-

---

13 Das sogenannte Botox, führt auch zu akuter Gesichtslähmung, Opfer u. a. Cameron Diaz, Nicole Kidman, Meg Ryan ...

teil auch ohne Schuldspruch gefällt und Krautwurst auf die schwarze Liste gesetzt. – Vor wenigen Wochen nun hatte Jürgen Krautwurst den schweren Gang zum Insolvenzgericht antreten müssen.

Doch entgegen den schlimmsten Befürchtungen hatte Insolvenzverwalter Enzian einen Sanierungsplan erstellt und die Hoffnung geweckt, sich mit den Gläubigern auf eine Schuldenquote zu einigen, um den Betrieb weiterführen zu können. Um den Angestellten ihre Löhne zu zahlen, hatte er Insolvenzgeld bei der Arbeitsagentur beantragt. Allerdings waren bis jetzt weder Schulden abgebaut noch Gehälter ausgezahlt worden. Jürgen Krautwurst zeigte durchaus Verständnis dafür, dass da manch einer ungeduldig wurde.

»Zum Beispiel Herr Menschner«, sagte der Kriminalrat.

Krautwurst schnippte die Asche von seiner Zigarettenspitze auf den Boden. »Für den Heiko tut mir das persönlich wirklich leid«, sagte Krautwurst bedauernd. »Aber ich kann ihn ja schlecht auszahlen und die anderen Schuldner über den Kamm scheren. Da würde ich mich doch strafbar machen, ge'?«

Recknagel nickte. »Halten Sie es für möglich, dass Herr Menschner die Hutschnur gerissen ist und er Ihrem Insolvenzverwalter etwas äh … angetan hat?«, fragte er vorsichtig.

»Ob er ihn zerstückelt hat, meinen Sie?« Krautwurst schüttelte verständnislos den Kopf. »Ihr Kollege guckt wohl ein bisschen viel Fernsehen?«

Recknagel musste unwillkürlich lächeln. »Nur Netflix.«

Krautwurst nahm einen tiefen Zug von seiner Zigarette. »Heiko kann doch keiner Fliege was zuleide tun.«

»Nur Schweinen?«

»Das ist was völlig anderes«, sagte Krautwurst und entließ den Rauch aus seinen Lungen.

Recknagel stierte in die Dunkelheit, in der sich die einsame Landschaft der Rhön versteckte. »Ich würde trotzdem gern wissen, wo Rechtsanwalt Enzian abgeblieben ist. Der kann sich doch nicht einfach in Luft auflösen.«

»Tja«, sagte Jürgen Krautwurst. »Ich kann mir das auch überhaupt nicht erklären. Aber für sein Verschwinden gibt es bestimmt einen total einleuchtenden Grund.«

»Sicher«, bestätigte der Recknagel, »dann will ich Sie mal nicht länger aufhalten.« Er wandte sich zum Gehen. Doch kaum, dass er ein paar Schritte gegangen war, drehte er sich noch einmal um. »Ach, ähem: Was machen Sie und Ihre Frau eigentlich um die späte Stunde noch bei der Arbeit? Ich meine, wenn Sie Ihre Wurst sowieso nicht loswerden?«

Krautwurst lächelte verschmitzt. »Einen Pfeil habe ich noch im Köcher«, sagte er. »Kommen Sie mal mit.« Er warf die Zigarette auf den Boden und lotste den Kriminalrat ein paar Meter weiter durch eine Tür, auf der in großen Lettern »Kühlraum« stand. Dort drin war es noch kälter als in den anderen Produktionsräumen. Der gesamte Raum wurde von etwas Riesigem, länglich Weißem ausgefüllt, das in sich eingerollt war wie eine vorsintflutliche Riesenschlange.

»Was ist das denn für ein Lindwurm?«, wunderte sich der Recknagel.

»*Das* wird die längste Bratwurst der Welt«, sagte Krautwurst stolz.

Recknagel unterdrückte ein Lachen. War das Größenwahn oder Kleingeisterei? Wahrscheinlich beides. Aber wenn man wie Krautwurst mit dem Rücken zur Wand stand, blieb einem wohl nur noch die Vorwärtsverteidigung.

»Wie lang soll das Teil denn noch werden?«, erkundigte sich Recknagel.

»Wenn wir die ganze Nacht durcharbeiten und morgen noch mal richtig ranklotzen: gut sechs Kilometer«, antwortete Krautwurst. »Da stecken fast vierzig Schweine drin.«

»Von wem soll das gute Stück denn verzehrt werden?«, fragte der Kriminalrat.

»Die Wurst wird übermorgen beim Dampflokfest in handliche Teile zerlegt und verkauft. Das Guinness-Buch will extra eine Delegation schicken. Dann wird sich ja herausstellen, wer die längste hat, die Bayern[14] oder wir.« Jürgen Krautwurst zeigte ein süffisantes Lächeln. Jemand, der seine eigene Frau als Wurstmodel vermarktete, der schreckte vor keiner Peinlichkeit so leicht zurück. Auf der anderen Seite musste man kein Prophet sein, um sich vorzustellen, dass Krautwurst mit seinem Wurstweltrekord beim Dampflok-Spektakel, zu dem jedes Jahr viele Tausend Besucher aus der gesamten Republik nach Meiningen strömten, sicher gut ankommen würde. Denn zwischen Dampflok- und Bratwurstfreunden dürfte es durchaus eine gewisse Schnittmenge geben.

»Hauptsache, wir kommen wieder in die positiven Schlagzeilen«, erläuterte Krautwurst zufrieden. »Und nebenbei schmelzen wir noch ein paar Überkapazitäten ab. Wenn alles klappt, starten wir wieder durch.«

»Ich drücke Ihnen die Daumen«, sagte Recknagel. Er bedankte sich für die umfassenden Auskünfte und wies Jürgen Krautwurst an, sich für weitere Nachfragen bereitzuhalten. Schließlich kramte er noch umständlich seine Visitenkarte raus. »Und falls Herr Enzian wieder auftaucht oder sich bei Ihnen meldet, rufen Sie mich bitte umgehend an ...«

---

14 Bezieht sich auf den derzeit gültigen Wurstrekord: 5888 m, aufgestellt von Metzger Bernhard Oßner und Helfern bei Landshut am 27.06.1999.

Als Recknagel das Betriebsgelände verließ, klopfte er erneut beim Pförtner Sittig an, der immer noch mit herabfallenden Quadraten und Winkeln kämpfte. »Gleich, gleich«, rief der Grauhaarige.

»Sofort«, bestand der Recknagel und langte durchs Fenster auf die Tastatur.

Da gab der Laptop ein Geräusch von sich. »Oh nee, so kurz vorm Highscore!«, jammerte Sittig und drückte dem Recknagel missmutig eine Liste mit wenigen Einträgen in die Hand.

»Ist die vollständig?«, erkundigte sich der Kriminalrat erstaunt.

»Im Moment sind ja alle auf Kurzarbeit, da ist nicht viel los hier. Das heißt, zwischendurch war ich mal fünf Minuten weg – ein menschliches Bedürfnis. Sie wissen schon.«

Recknagel studierte die Liste genauer.

»Herr Enzian ist um fünfzehn Uhr fünfundvierzig in seinem Fahrzeug auf das Betriebsgelände gefahren und hat es seither nicht verlassen?«

Sittig zuckte mit den Schultern. »Wenn es da so steht, wird es wohl so sein.«

»Sein Auto steht ja tatsächlich noch da. Wäre es aus Ihrer Sicht möglich, dass er bei jemand anders mitgefahren ist?«

Der Pförtner dachte kurz nach. »Möglich schon. Aber ich kenne in der Firma eigentlich niemanden, der Herrn Enzian freiwillig mitnehmen würde.«

»Warum haben Sie eigentlich nicht verhindert, dass Heiko Menschner vorhin mit einem Firmenwagen weggefahren ist?«, erkundigte sich Recknagel. »Wäre das nicht Ihre Aufgabe?«

Sittig zuckte die Achseln. »Was sollte ich denn Ihrer Meinung nach dagegen tun – mich vors Auto schmeißen? Hier geht doch sowieso alles den Bach runter …«

Der Kriminalrat versuchte, angesichts der indolenten Gleichgültigkeit seines Gegenübers ruhig zu bleiben. »Haben Sie zufällig gesehen, ob außer Herrn Menschner noch jemand in der Fahrkabine saß?«, fragte er.

Der Pförtner schüttelte den Kopf. »Nee, da war keiner. Glaube ich zumindest.«

Recknagel seufzte und sah sich um. »Gibt es hier irgendwo Kameras?«

Sittig verneinte erneut. »Das ist hier eine Wurstfabrik und nicht die Bank von England«, witzelte er.

Kriminalrat Recknagel sah ein, dass eine weitere Befragung im Moment Zeitverschwendung war. Er überließ den Pförtner wieder seinem Tetris-Spiel und ging zurück zum Parkplatz, wo Christoph Beamte instruierte und Anweisungen gab. Jetzt, nachdem er sich beim Kriminalrat abgesichert hatte, war er ganz in seinem Element.

»Und?«, empfing ihn Christoph, »was sagen Sie jetzt?«

Kriminalrat Recknagel ließ seinen Blick über die Wurstfabrik schweifen, mit der Zerlegehalle, dem Gammelfleischcontainer und sämtlichen Fliegen und Aaskrähen. »In einem Punkt gebe ich Ihnen recht«, sagte er. »Irgendwas stinkt hier gewaltig.«

Der Appetit auf Schweinebraten war ihm jedenfalls gründlich vergangen.

§ 3
Die Oberstaatsanwältin nimmt ein Bad / Vol. I

Oberstaatsanwältin Gundelwein hatte ihre Wohnung in der Villa in der Berliner Straße in gedämpftes Licht getaucht. Die Vorhänge waren zugezogen, die Heizkörper aufgedreht, ihr steuerlich offiziell als Arbeitsmittel deklarierter Laptop fütterte die hochwertigen Boxen mit Wohlfühlmusik. Sade, Marvin Gaye, Simply Red und so weiter – auf gut Deutsch: Kuschelrock. Wozu brauchte man einen eigenen Musikgeschmack? Das hatte ihr auch noch niemand erklären können.

Im Badezimmer plätscherte das Wasser in den Luxus-Whirlpool mit Massagedüsen. Eine gewöhnliche Wanne war für Menschen der Körpergröße wie die der Gundelwein einfach nicht angemessen. Irgendein Körperteil ragte immer aus dem Wasser: die Füße, die Knie oder die Schultern. Deshalb hatte sie sich die sündhaft teure Wanne auf eigene Kosten nachträglich einbauen lassen. Einziger Nachteil: Es brauchte fast eine Viertelstunde, bis sie vollgelaufen war und die Massagedüsen aktiviert werden konnten. Und Geduld war nicht unbedingt die Primärtugend der Oberstaatsanwältin.

Sie legte den Bademantel ab, stülpte ihn vorsorglich über den Handtuchwärmer und prüfte die Wassertemperatur mit der Hand. Das Thermometer zeigte drei Striche über dem roten an: genau richtig. Die Gundelwein setzte sich auf den Rand des

Pools und senkte vorsichtig einen Fuß ins Wasser. Sie spürte, wie sich die Haut unter der Hitze unwillkürlich zusammenzog. Ein kleiner Schmerz wie Nadelstiche, der alsbald von selbst verschwand. Jetzt war das zweite Bein an der Reihe. Die Gundelwein blieb einen Moment in der Wanne stehen, dann ging sie ganz langsam in die Hocke. Zentimeter für Zentimeter umhüllte das Wasser ihren Körper und ließ ihre Haut krebsrot anlaufen. Schließlich glitt sie mit einem leisen Aufschrei ganz hinein, sodass etwas Wasser über den Rand schwappte.

Sie wartete, bis das Brennen in den oberen Hautschichten nachließ und die Wärme durchaus angenehm in sie hineinströmte und ihre Muskeln entspannte. Die Gundelwein schloss die Augen und genoss für einen kurzen Moment das Gefühl der Geborgenheit, das von ihr Besitz ergriff. Dann nahm sie sich eine Zeitschrift und blätterte ziellos in der NStZ[15] herum. Die Strafrechtsreform, neueste Rechtsprechung zum Sexualstrafrecht. Doch sie konnte sich nicht recht auf die trockenen Fachartikel konzentrieren. Zu viele Dinge waren in letzter Zeit geschehen, die ihr im Kopf herumgeisterten. In den letzten Jahren, oder eigentlich seit sie denken konnte, hatte ihr Leben zu fünfundneunzig Prozent aus Arbeit bestanden. Nun, da sie kurz vor der Krönung ihrer bisherigen Laufbahn stand – der Ernennung zur Leitenden Oberstaatsanwältin, die morgen bei einer Feierstunde über die Bühne gehen sollte –, waren die einstigen Träume, ihre mühsam aufgebaute Karriere plötzlich zur Nebensache degradiert worden, und das durch ein eher banales biologisches Ereignis.

Der Zufallsgenerator von iTunes hatte Whitney Houston ausgewählt, ausgerechnet den ultimativen Schmachtfetzen: »I will

---

15 »Zeitschrift für das ganze Strafrecht«; nicht zu verwechseln mit der Zeitschrift für die gesamte Strafrechtswissenschaft« (ZStW).

always love you«. Das passte ja. War die Sängerin nicht in einer Badewanne ertrunken? So einen Fall hatte es in Meiningen auch schon mal gegeben. Auf den ersten Blick ein Unfall, doch unter den Nägeln der verstorbenen Frau hatten aufmerksame KTU-Leute Fasern des Pullovers des Ehemannes gefunden. An seinen Ärmeln war noch Badeschaum nachweisbar gewesen, womit die Indizienkette geschlossen war. – Wer badet, lebt gefährlich. Zumindest, wenn man verheiratet ist …

Die Gundelwein ließ noch etwas heißes Wasser nachlaufen und beobachtete die Wellen, die sich vom Wasserhahn aus in konzentrischen Kreisen über die Oberfläche verteilten und den Blick auf ihren Körper verzerrten. Dennoch erkannte die Oberstaatsanwältin zweifelsfrei eine kleine Wölbung am Unterbauch, die ihr an ihrem vom Schwimmtraining definierten Körper ungewohnt, ja direkt unpassend vorkam. War das überhaupt schon möglich – nach gerade einmal sechs Wochen seit dem Ereignis? Auch wenn sie theoretisch *alles* über Schwangerschaft wusste – wie es sich praktisch anfühlte, ein Kind in sich zu tragen, blieb ein Mysterium. Den Kontakt zu werdenden Müttern hatte sie aus gutem Grund stets gemieden. Denn sobald eine Kollegin in der Behörde in anderen Umständen war, konnte man sich mit ihr kaum noch über berufliche Belange unterhalten, sondern nur noch über Geburt, Heirat, Esoterik oder Bausparverträge. Pünktlich zum Mutterschutz verschwand die Kollegin mit rosigen Wangen für viele Monate, meist für einige Jahre von der Bildfläche, oft genug auf Nimmerwiedersehen. Vielleicht ließ sie sich irgendwann, wenn die Kinder aus dem Haus waren, von einer kleinen Kanzlei einstellen und verteidigte als Karikatur ihrer selbst Taschendiebe oder Verkehrsrowdys gegen Strafbefehle.

Nicht nur ein Mal hatte die Gundelwein, wenn sie ehrlich zu sich war (und das war sie eigentlich immer), davon profitiert, dass eine Mitbewerberin um die nächste Beförderungsstufe von plötzlichem Nestbautrieb befallen worden war. Spätestens ab dem fünfunddreißigsten Geburtstag war es bei Lehrgängen für Juristinnen mit ihrer Berufserfahrung auf der Damentoilette einsam geworden. Auf der Karrierestufe der Oberstaatsanwältin und darüber blieben die Männer – oftmals glückliche Familienväter mit drei oder mehr Kindern – meist unter sich, obwohl in allen Stellenausschreibungen ausdrücklich die Rede davon war, der Dienstherr strebe danach, den Anteil an Frauen in der Abteilung zu erhöhen. Schöne Worte für Sonntagsreden, aber die meisten Mütter scheiterten mit ihren unterbrochenen Biografien an der unscheinbaren, aber in ihrem semantischen Gehalt knallharten Formulierung »bei gleicher Eignung«.

Die Gundelwein hatte keinesfalls vor, sich in dieses Schicksal zu fügen. Ihr Kind würde von Anfang an damit leben müssen, dass es im Leben seiner Mutter Wichtigeres gab, als Windeln zu wechseln oder Breichen zu kochen. In welchem Jahrhundert lebten wir denn? Kinder wurden schließlich unter allen möglichen Umständen geboren, nicht selten in prekären Verhältnissen. Dann würde es auch einer bestens ausgebildeten, durchaus einkommensstarken Person wie der Gundelwein gelingen, ein Kind allein großzuziehen. Wozu gab es Haushaltshilfen, Babysitter, Kitas, Schulen mit Ganztagsbetreuung? Im günstigsten Fall würde die Oberstaatsanwältin keinerlei berufliche Beeinträchtigung erfahren, und dennoch würde sie als Mutter nicht weniger als perfekt sein. Letztlich war alles nur eine Frage der Organisation. Und der Disziplin.

Wer in allen Überlegungen der Gundelwein eine untergeordnete Rolle spielte, war der Kindsvater. Sie hatte ihn nach einfachen Kriterien ausgesucht: Über ein Mindestmaß an Intelligenz und Einkommen sollte er verfügen, stattlich und vor allem groß gewachsen musste er sein, dazu gesund, gutaussehend und vor allem nicht zu anhänglich. Denn was die Gundelwein am wenigsten gebrauchen konnte: Jemand, mit dem sie die Liebe des Kindes teilen musste und der ihr womöglich bei der Erziehung reinredete. Gleichzeitig hatte sich die Gundelwein für die Auswahl ein zeitliches Limit gesetzt. Schließlich hatte sie mit Anfang vierzig nicht mehr viele Jahre zu verlieren. Auch, wenn sie selbst ihr biologisches Alter um einiges niedriger ansetzte: Sie trank nicht, rauchte nicht, ernährte sich ballaststoffreich und fleischarm, aber vor allem trieb sie viel Sport. Yoga, Sit-ups, Schwimmen. Wenn sie sich selbst so betrachtete – ihre Muskeln, die straffe Haut –, konnte sie locker als Mittdreißigerin durchgehen, vielleicht sogar Anfang dreißig. Die kleinen Krähenfüße um die Augen konnte man ebenso vernachlässigen wie die leichten Fältchen um den Mund herum. Wie die Erfahrung lehrte, zählte für Männer ohnehin nur die Figur.

Beim Juristenball vor wenigen Monaten war ihr Ludwig zum ersten Mal begegnet. Von selbst wäre er der Gundelwein vielleicht nicht sofort aufgefallen, aber ihre weiblichen Detektoren hatten einen blendend aussehenden Anwalt um die fünfzig registriert, der eine Art Epizentrum der Veranstaltung bildete – weil wirklich jede Frau zwischen dreißig und sechzig Jahren mit ihm tanzen, flirten und scherzen wollte. Dieser Mann besaß jene natürliche Lässigkeit, eine gewisse Souveränität, um nicht zu sagen Arroganz, die in einer kleinen Stadt wie Meiningen so selten ist wie Bernstein und die auf gelangweilte Frauen einfach unwiderstehlich wirkt. Auch die Gundelwein war in den Genuss eines Tanzes mit dem umschwärmten Kollegen gekommen, und das, obwohl sie Tanzen im Grunde hasste. Als Frau von hohem Wuchs war die Auswahl an Partnern von vornherein gering, und überhaupt handelte es sich beim Gesellschaftstanz um ein archaisches, männlich dominiertes Anbahnungsritual, in welchem die Frau zum Objekt fremder Eroberungslust degradiert wurde. Aus diesen guten Gründen hatte die Oberstaatsanwältin es nie für nötig befunden, die entsprechenden Schrittfolgen von Walzer, Rumba oder Cha-Cha-Cha zu erlernen, und pflegte derartige Veranstaltungen meist sitzend zu verbringen. Doch an der Hand dieses wirklich schamlos attraktiven Mannes hatte sich die Oberstaatsanwältin plötzlich nicht mehr zu groß oder hüftsteif gefühlt, sondern federleicht, aufgehoben und von der Musik – beziehungsweise vom starken Arm ihres Partners – getragen. Widerstandslos hatte sie sich von ihrem Tänzer über das Parkett führen, nach seinem Belieben drehen und herumwirbeln lassen, als sei sie nicht die ranghöchste Vertreterin der örtlichen Strafverfolgungsbehörden, sondern ein willenloser Backfisch. Zu ihrer eigenen Überraschung hatte sie sogar so etwas wie Spaß dabei empfunden. Ein kleines persönliches Wunder. Und Grund genug, sich denjenigen, der für dieses Wunder verantwortlich war, genauer anzusehen.

Bis dato hatte die Gundelwein nicht gerade ein glückliches Händchen bei den Männern gehabt. Angefangen bei ihrem ersten wirklichen Freund, der eigentlich ein Auge auf ihre beste Freundin geworfen hatte und irgendwie bei ihr gestrandet – oder besser gesagt: notgelandet – war. Die Beziehung war ein einziges Missverständnis gewesen, das aus irgendeinem Grund vier Jahre lang nicht aufgeklärt worden war. Dann folgte während des Studiums eine kurze Episode mit einem fünfundzwanzig Jahre älteren Jura-Professor. Alles, was ihr davon blieb, war die Neigung zum Strafrecht sowie eine angefangene Doktorarbeit über den Verbotsirrtum. Es folgten einige amüsante Abenteuer während des Referendariats, bevor endlich Claus in ihr Leben trat, der ebenso ehrgeizig, perfektionistisch und vor allem groß war wie sie selbst. Mit Claus bildete sie erst eine Lern-, dann auch eine Lebensgemeinschaft, was zu dieser Zeit im Grunde kaum einen Unterschied für sie darstellte. Zusammen bestanden sie das zweite Staatsexamen – Note: vollbefriedigend[16] – und starteten gemeinsam ihre hoffnungsvollen Karrieren, bis Claus eine Stelle als Strafrichter annahm und die Gundelwein sich in eine andere Stadt, ausgerechnet nach Meiningen, versetzen lassen musste, da sie wegen der lästigen Gewaltenteilung nicht im selben Gericht wie ihr Lebensgefährte als Staatsanwältin tätig sein durfte. Dass sie Claus kurz darauf mit einer blonden Anwältin bei offener »Tatbegehung« erwischte, war der eigentliche Grund dafür, dass sie überstürzt den Erstbesten – beziehungsweise schlechtesten – geheiratet hatte: einen verkrachten Meininger Provinzanwalt mit dem unmöglichen Namen Fickel. Letztlich musste auch die Gundelwein konstatieren: Rache taugt nicht als Ehemotiv.

Die Gundelwein legte eine duftende Badekugel ins Wasser, die sich brodelnd auflöste und sie an den Beinen kitzelte. Wenn sie sich jetzt, ziemlich genau seit ihrem vierzigsten Geburtstag, mit dem Gedanken trug, sich fortzupflanzen, dann kam natürlich nur ein kleiner Kreis als Chromosomenlieferant dafür in Frage. Genau genommen sollte es bei solch einer wichtigen Entscheidung schon der erste Preis sein, zumindest in Meiningen. Und der hörte auf den Namen Ludwig Enzian. Obwohl sie in Sachen Verführung nicht gerade die Erfahrenste war, war ihr der umworbene Tänzer und Charmeur schließlich doch ins Netz gegangen. Endlich konnte die Gundelwein die Rendite für ihren durchtrainierten Körper einfahren, für den sie sich seit vielen Jahren mindestens drei Mal pro Woche im Schwimmbad quälte. Ein verheirateter Mann, für den sich eine derart attraktive

---

[16] Karriereklimax für angehende Juristen.

Gelegenheit bot, war leichte Beute. Und was für eine. Erfreulicherweise hatte Ludwig sämtliche Erwartungen erfüllt, die er als Tänzer geweckt hatte.

Doch als die Oberstaatsanwältin kürzlich die möglichen Folgen ihrer leidenschaftlichen Begegnung andeutete, hatte Ludwig nicht sonderlich charmant reagiert. Zunächst war er wortkarg geworden und hatte dann Zweifel in den Raum gestellt, ob es angesichts ihres Alters überhaupt eine »Option« sei, das Kind zu bekommen. Dass es gerade *wegen* ihres Alters die *einzige* Option für die Gundelwein war, überstieg anscheinend seine männliche Vorstellungskraft. Schließlich hatte er sogar einen Vaterschaftstest in Erwägung gezogen, und als selbst das nicht fruchtete, sogar seine angeblich suizidgefährdete Ehefrau ins Feld geführt, die er *unter keinen Umständen* verlassen könne. Die Oberstaatsanwältin hatte sich das Schwadronieren ihres begnadeten Tänzers gefasst, aber mit wachsender Ernüchterung angehört. Was bildete der Kerl sich eigentlich ein? War es nicht an ihm, dem Himmel für das Geschenk, ja das Opfer zu danken, das sie brachte? Dafür, dass er sie bei der erstbesten Gelegenheit fallen ließ wie eine überzählige Mätresse, würde er noch bezahlen müssen, und zwar nicht zu knapp. Als Folterinstrumente standen zur Verfügung: das Familienrecht sowie die Düsseldorfer Tabelle[17].

Die Gundelwein drehte den Wasserhahn zu und strich sich zärtlich über ihren gewölbten, aber immer noch schlanken und festen Bauch. Eigentlich hatte sie mal wieder alles richtig gemacht. Erst die Karriere, dann die Familienplanung ... So wie sie Ersteres allein und aus eigener Kraft gestemmt hatte, würde sie

---

17 Legt einkommensabhängig den Unterhaltsbedarf für Trennungskinder fest. Im Fachjargon auch: »Dusseltabelle«.

auch Letzteres ohne fremde Hilfe meistern. – Lektion Nummer eins für ihr Ungeborenes: Von anderen konnte man nur enttäuscht werden, wenn man den Fehler beging, etwas von ihnen zu erwarten. Hingegen gab es kein größeres Glück auf Erden, als autark und unabhängig von fremdem Willen und Gutdünken seine eigenen Ziele zu verfolgen und diese zu erreichen. Glücklicherweise hatte man als Frau heutzutage in Mitteleuropa alle Möglichkeiten selbst in der Hand.

Die Oberstaatsanwältin schreckte hoch. Hatte es eben an der Tür geklingelt? Sie blickte auf die Uhr. Eine halbe Stunde vor Mitternacht kam doch kein Paketbote mehr. Dienstlich war um die Zeit auch keine Störung zu erwarten – und wenn, wurde sie angerufen. Ihre Handynummer hatte sie für solche Fälle an allen entscheidenden Stellen der Strafverfolgungsbehörden hinterlegt. Die Gundelwein wartete und horchte. Es klingelte noch einmal, nachdrücklich, wie um klarzustellen, dass es beim ersten Mal kein Irrtum gewesen war.

Der späte Besucher konnte eigentlich nur einer sein: Lover Ludwig, der seinen Fehler eingesehen hatte und nun mit Blumen reumütig vor der Tür stand, um sich zu entschuldigen und den einen oder anderen Liebesschwur loszuwerden. Selbst wenn es lächerlich war, die Show durfte man sich nicht entgehen lassen. Die Oberstaatsanwältin kletterte flink aus der Badewanne, wickelte sich eilig ein Handtuch um das feuchte Haar und warf sich den vorgeheizten Bademantel über, sorgsam darauf bedacht, ihn vorn am Dekolleté nicht zu fest zu schließen.

Mit feuchten Füßen eilte sie über den Parkettboden zur Wohnungstür, während Whitney Houston weiter aus den Boxen schmachtete. Ohne durch den Spion zu gucken, wie sie es sonst immer tat, riss die Oberstaatsanwältin die Tür auf. »Je später der Abend …«

Doch der zweite Teil des Satzes kam ihr nicht mehr über die Lippen. Vor der Tür stand nicht der strahlende, von den Göttern beschenkte Anwalt in den besten Jahren, sondern eine zierliche, konservativ, aber teuer gekleidete, ziemlich verloren wirkende Frau, grob geschätzt knapp fünfzig, die mit leiser, zittriger Stimme sagte: »Entschuldigen Sie die späte Störung, aber ich habe gesehen, dass bei Ihnen noch Licht ist.« Ihr Gesicht hatte etwas Spitzes, die Augen suchten nervös nach Halt.

Die Oberstaatsanwältin zurrte den Bademantel zurecht. »Wie kann ich helfen?«

»Darf ich kurz reinkommen?«

Die Gundelwein zögerte. Normalerweise ließ sie niemanden in ihre Wohnung, schon gar nicht um diese Zeit, dazu eine Unbekannte. Nachher hatte sie eine Straftat begangen und wollte sich stellen. Oder sie wollte für einen Angehörigen um Gnade bitten. Es gab die erstaunlichsten Vorkommnisse.

»Mein Name ist Annemarie Stöcklein«, sagte die Unbekannte, »ich bin Ludwigs Frau.«

Oberstaatsanwältin Gundelwein blickte die späte Besucherin überrascht an. Dieses graue Mäuslein mit ihrem tantenhaften Schick, die keinem Blick standhielt, und der stolze, in jeder Hinsicht schillernde Ludwig – wie passte das zusammen? Die Oberstaatsanwältin entschloss sich, vorerst keinen Fußbreit nachzugeben.

»Ludwig – und weiter?«

»Enzian, er ist Anwalt. Sie müssten ihn kennen.«

Die Gundelwein tat, als müsste sie erst nachdenken.

»Gut möglich. Was ist denn mit dem Kollegen?«

»Ich wollte nur fragen, ob Sie vielleicht wissen, wo er ist.«

Die Gundelwein war ehrlich verblüfft. War sie in einem französischen Arthouse-Film gelandet? Die Ehefrau, die ihren Mann bei der Geliebten sucht ... Welch eine Selbsterniedrigung. Solch ein unwürdiges Verhalten musste bestraft werden, Ignoranz war noch das Mindeste.

»Wie kommen Sie darauf, dass ich das wissen könnte?«, erkundigte sich die Gundelwein kühl.

Die Frau knetete ihre Hände ineinander, dass die Finger ganz weiß wurden. »Ich habe Ihre Nummer sehr häufig in seiner Handyabrechnung gefunden.«

»Woher wissen Sie, dass es meine Nummer ist?«

»Ihre Visitenkarte war in seinem Kalender ... Mit Nummer und Adresse.«

Die Gundelwein fiel beinahe in Ohnmacht. Für so blöd hatte sie Ludwig nicht gehalten. Andererseits: War seine Naivität nicht auch rührend – ein Zeichen kopfloser Verliebtheit?

»Wir hatten kürzlich beruflich miteinander zu tun«, sagte die Gundelwein knapp. »Wie kommen Sie nur dazu, hier um diese Uhrzeit zu klingeln?«

Die späte Besucherin versuchte, an der Gundelwein vorbeizulinsen.

»Sie haben doch ... eine Affäre mit ihm?«, fragte sie beinahe ängstlich.

Die Gundelwein lachte so laut heraus, dass sie selbst von der Lautstärke überrascht war.

»Selbst *wenn*, ginge es Sie nichts an«, sagte die Oberstaatsanwältin. »Was ich in meiner Wohnung anstelle – und mit wem –, ist allein meine Angelegenheit.«

Annemarie Stöcklein blickte die Oberstaatsanwältin mit tränenumflorten Augen von unten an. Diese Person war keine ernsthafte Gegnerin. Jedes Triumphgefühl erstarb beim Anblick ihres von Eifersucht, Depression und Trauer ausgemergelten Gesichts. Fast schämte sich die Gundelwein dafür, ihr – wenn auch nur vorübergehend – den Mann ausgespannt zu haben. Sie seufzte.

»Okay, ich will ganz offen zu Ihnen sein. Wir hatten eine Affäre«, sagte die Oberstaatsanwältin, »aber sie ist vorbei. Ihr Mann hat sich zu meinem Leidwesen für Sie und seine Ehe entschieden.«

Die Besucherin war bei den ersten Worten zusammengezuckt. Nach dem letzten Satz sah sie die Gundelwein mit waidwundem Blick an. »Ist das wahr?«

»Sie können gern hereinkommen und nachsehen, ob Sie ihn finden«, sagte die Gundelwein leichthin und hielt sogar die Tür auf. Gleichzeitig dachte sie: Die dumme Gans wird doch nicht wirklich …?

Doch die Angesprochene zog ihre Schuhe aus, stellte sie sorgfältig nebeneinander auf die Türschwelle und ging mit einem halb verschluckten »Danke« an der Gundelwein vorbei in die Wohnung. Derart dreist hatte lange niemand gewagt, die Worte der Oberstaatsanwältin anzuzweifeln. Annemarie Stöcklein ging ohne sichtbare Scheu ins Wohnzimmer, spähte ins Arbeits- und schließlich auch ins Schlafzimmer. Im Bad stellte sie fest: »Oh, Sie haben gerade gebadet.«

Die Gundelwein deutete auf ihren Handtuch-Turban. »Was wollen Sie noch wissen? Welche Cremes ich benutze?«

Annemarie Stöcklein schüttelte den Kopf. »Entschuldigen Sie, ich …« Sie fasste sich an die Stirn. Die Gundelwein fühlte Panik in sich aufsteigen. Die wird doch jetzt nicht …? Und ob sie wird. Wenn die Oberstaatsanwältin sie nicht gehalten hätte, wäre die Frau der Länge nach hingeschlagen. Die Gundelwein hievte sie hinüber in ihre Küche und setzte sie dort auf einen Stuhl. Erstaunlich, wie leicht sie war. Durch das Kleid fühlte sie einen mageren, knochigen Körper.

»Soll ich einen Arzt rufen?«, vergewisserte sich die Oberstaatsanwältin eher genervt als fürsorglich.

Die Frau des Liebhabers der Gundelwein schüttelte den Kopf. »Tut mir leid, ich bin sonst nicht so«, sagte Annemarie Stöcklein, als sie sich wieder gefangen hatte. »Haben Sie vielleicht einen Schnaps für mich?«

Die Gundelwein zögerte. Wie weit sollte das noch gehen? Sie hatte nicht die geringste Lust, sich die Geschichte einer gescheiterten Ehe anzuhören – oder gar auf eine Verbrüderungsszene zwischen enttäuschten Frauen wie in einem Rosamunde-Pilcher-Film.

Dennoch griff sie in den Schrank und schenkte der Dame ein Glas Cognac ein, den sie von den Kollegen zum vierzigsten Geburtstag geschenkt bekommen hatte.

Annemarie Stöcklein bedankte sich und kippte sich das Getränk mit einer geübten Bewegung hinter die Binde. »Noch einen?«, fragte die Gundelwein eher rhetorisch. Die andere nickte. Nach dem zweiten lächelte sie zaghaft.

»So, jetzt geht's besser.«

»Schön«, antwortete die Gundelwein, »ich wollte nämlich gerade ins Bett.« Ostentativ schaltete sie den Kuschelrock aus.

Es dauerte ein paar Sekunden, bis die Worte zu der Besucherin durchgedrungen waren, die mit leerem Blick ihr Glas umklammerte. »Sicher. Ich störe Sie nicht länger.«

Annemarie Stöcklein strich sich die Bluse glatt und erhob sich. Die Gundelwein brachte sie noch zur Tür. Nachdem sie umständlich die Schuhe angezogen hatte, wandte sie sich noch einmal an die Gundelwein. »Sie wissen nicht zufällig, bei wem Ludwig sonst noch sein könnte?«

Die Gundelwein schüttelte den Kopf. »Haben Sie's mal in der Kneipe versucht?«

»Ludwig trinkt nichts«, erwiderte sie. »Nie.« Die Gundelwein musste lächeln. Sie dachte an den Champagner, den er aus ihrem Bauchnabel ... Aber das würde sie dieser hysterischen Schnapsdrossel nicht sagen.

»Eigentlich waren wir zum Essen verabredet«, sagte Annemarie Stöcklein, »heute ist doch unser Hochzeitstag.«

»Na dann, herzlichen Glückwunsch«, sagte die Gundelwein und bemerkte ein bisschen spät, dass es aus ihrem Munde ein wenig zynisch klang. Annemarie Stöcklein schien das aber nicht zu bemerken. Sie entschuldigte sich noch einmal wortreich für die späte Störung »und überhaupt« und ging, ohne sich noch einmal umzusehen, die Stufen vor dem Eingang hinunter.

Wie ein Geist, dachte die Gundelwein kopfschüttelnd. Was fand Ludwig nur an der? Ihr Aussehen war allenfalls mittelmäßig, die Figur eher androgyn, die Haltung ohne innere Spannung ... Wieso hielt er trotz allem weiter an seiner Ehe fest, anstatt einen Neustart mit ihr zu versuchen – wirklich nur aus Bequemlichkeit? Ein Stück weit fühlte sich die Gundelwein in ihrer Eitelkeit gekränkt. Sie ging in die Küche und sah, wie die schmale Silhouette von Annemarie Stöcklein draußen leicht schwankend in der Dunkelheit verschwand. Und wennschon. Ich hab was, was du nicht hast, dachte die Gundelwein.

Einer spontanen Regung folgend griff sie zum Handy und wählte Ludwigs Nummer, die sie trotz allem noch gespeichert hatte. Doch es meldete sich nur die gelangweilte Stimme der Voicemail-Box: »Der Teilnehmer ist zurzeit nicht zu erreichen, bitte versuchen Sie es später noch einmal.« Ein wenig wunderte sich die Gundelwein nun doch. Wo steckte ihr Exlover nur? Warum versetzte er seine neurotische Frau ausgerechnet an ihrem Hochzeitstag, wenn er ach so besorgt um ihr seelisches Wohl war?

Die Oberstaatsanwältin ging zurück ins Badezimmer. Das Wasser war inzwischen um einige Grad abgekühlt. Normale Badetemperatur, mithin viel zu kalt für die Gundelwein. Sie zog den Stöpsel und beobachtete, wie das Wasser gurgelnd in einem Wirbel im Abfluss verschwand. Sie merkte nicht, dass sie zwei Augen durch das Fenster aufmerksam beobachteten.

§ 4

Schweine-Zyklus

Der Fickel erwachte am nächsten Morgen in seinem Bett in dem Mansardenzimmer am Töpfemarkt, das dem Finanzamt seit vielen Jahren als Anwaltskanzlei geläufig war, und je mehr Erinnerungen an den letzten Abend zurückkehrten, desto weniger fühlte er sich im Grunde dazu bereit, aufzuwachen und in die sogenannte Wirklichkeit einzutauchen. Denn von der war aktuell nicht allzu viel Positives zu erwarten. Nach einer halben Stunde zwischen Wachen und Träumen hörte er, wie Frau Schmidtkonz, seine Vermieterin, mit schriller Stimme schimpfte. Kurz darauf klopfte es energisch an seiner Tür. Da half nur eins: tot stellen, beziehungsweise: schlafend. Denn wer schläft, der sündigt nicht. Aber seine Vermieterin gehörte einer Generation an, in der man als Werktätiger[18] um acht Uhr unter der Woche sein Recht auf Schlaf verwirkt hatte. Selbst an einem Freitag.

»Ich habe immer sehr viel Geduld mit Ihnen gehabt, Herr Fickel. Aber was zu weit geht, geht zu weit!«, rief sie durch die Tür.

Der Fickel tat so, als ginge ihn das nichts an.

»Ich weiß genau, dass Sie mich hören. Also: Was macht dieser Mann in meiner Badewanne?«

Niemand konnte einem Anwalt befehlen, was er in seinem Bett zu tun oder zu lassen hatte. Schließlich hatte man als Mie-

---

18 DDRisch für jemanden, der einen Beruf ausübt, nicht notwendig in einem Werk.

ter auch ein Recht auf Privatsphäre. Selbst in einer Wohnkanzlei.

»Wenn Sie nicht sofort erklären, wer das ist und wie er in mein Haus gekommen ist, rufe ich die Polizei«, schimpfte Frau Schmidtkonz.

Irgendwo war dieses Totstellen auf Dauer in höchstem Maße albern, kindisch und unreif – als könnte man einfach so die Augen vor seinen Problemen verschließen. Der Fickel hob also langsam seine Lider und blickte direkt in das empörte Gesicht seiner Vermieterin, die jetzt in ihrem Wochentagskittel neben seinem Schlafsofa stand.

»Guten Morgen«, sagte er und gähnte vorwurfsvoll.

»Das wird sich noch herausstellen«, erwiderte die alte Lady streng.

Frau Schmidtkonz zog den Fickel aus dem Bett und lotste ihn ins Badezimmer. Und da sah er auch gleich die Bescherung. Wer lag da, die Wange an die leere Flasche Rhöntropfen gekuschelt wie an einen Teddybären, vor Blut und Schmutz starrend, nach Schnaps riechend und selig schnarchend? Schlachter Heiko M., genannt: Schweine-Menschner, genau wie der Fickel ihn, wenn er ganz ehrlich zu sich war, aus Mangel an Alternativen gestern Nacht im volltrunkenen Zustand dort abgelegt hatte. Aber wenn man einen Appel und ein Ei für ein Zimmer bezahlt, das beim Finanzamt auch noch als Kanzleiräume absetzt und darüber hinaus gelegentlich bekocht wird, ist die Benutzung der Badewanne zu bestimmungswidrigen Zwecken vertraglich eher nicht inklusive. Das musste selbst der Fickel realistisch betrachtet zugestehen.

»Herr Menschner hatte einen Unfall, ich konnte ihn doch nicht einfach so auf der Straße liegen lassen«, verteidigte sich der Fickel, und dann tischte er seiner Vermieterin eine Geschichte auf, die denklogisch und moralisch-praktisch einzig und allein darauf hinauslaufen *konnte*, dass man das arme Unfallopfer dazu einlud, in der eigenen Badewanne zu nächtigen. Das leuchtete schließlich auch seiner Vermieterin ein.

»Aber jetzt ist auch mal gut«, sagte Frau Schmidtkonz. »Schließlich muss ich auch mal ins Bad.« Was eine direkte Aufforderung an ihren Mieter beinhaltete, Abhilfe zu schaffen, und zwar pronto. Also rüttelte der Fickel den nächtlichen Badewannengast an der Schulter.

»Hallo, Sportsfreund, aufstehen!«

Er mühte sich eine Weile ab, aber der Menschner schnarchte seelenruhig weiter. Dieser Mann konnte einfach immer und in jeder Position schlafen. Beneidenswert.

»So wird das nie was«, befand Frau Schmidtkonz. Und ehe der Fickel sich's versah, hatte sie die Dusche in der Hand und die blau gekennzeichnete Armatur aufgedreht. Der Wasserstrahl traf den Menschner zunächst an der Brust. Aber selbst das schien ihm nichts auszumachen. Er drehte sich lediglich ein wenig auf die Seite. Schmutzige Rinnsale flossen von seinem Körper herab wie im Frühjahr das Schmelzwasser vom Drachenberg.

»So ein Dreckssschwein«, empörte sich die Schmidtkonz kopfschüttelnd. Ohne Skrupel lenkte sie den Strahl in Menschners Gesicht, praktisch Waterboarding[19], da endlich schreckte der Menschner hoch und schrie wie am Spieß: »Hilfe!« Und dann heulte er plötzlich völlig zusammenhanglos. »Bitte, Gnade! Ich wollte ihn doch gar nicht umbringen …«

»*Wen* wollten Sie nicht umbringen?«, fragte Frau Schmidtkonz mit einer Spur von Misstrauen, während sie das Wasser abstellte. Wer wollte ihr die Vorbehalte auch verübeln, so wie sich der

---

19 Verbotene Vernehmungsmethode, selbst ohne Vernehmung.

Menschner in der Badewanne wand: Räuber Hotzenplotz mit blutigem Wams, vor Kälte und Wut zitternd. Als er den Fickel entdeckte, beruhigte sich der Menschner langsam. »Du lebst«, sagte er glücklich. »Ich hab geträumt, wir hatten einen Unfall, und hinterher lagst du tot im Wald.«

Anscheinend hatte er ein paar Gedächtnislücken, um die ihn der Fickel im Hinblick auf seine gestrige Mund-zu-Mund-Beatmung direkt beneidete. Die allfällige Umarmung lehnte der Fickel trotz oder gerade *wegen* bereits erfolgter Intimitäten dankend ab.

»Wo kommt denn das ganze Blut her?«, erkundigte sich Frau Schmidtkonz mit Blick auf das sich rötlich färbende Wasser in der Badewanne. »Sind Sie etwa verletzt?«

Der Menschner suchte eine Weile vergeblich nach einer Wunde, und der Fickel klärte seine Vermieterin auf, dass der Schlachter gewissermaßen berufsbedingt mit Blut in Berührung kam. Da war Frau Schmidtkonz beruhigt und auf einen Schlag milde gestimmt, denn die Wurstbranche war ja etwas ganz anderes als die Anwaltszunft, da wurde schließlich *richtig* gearbeitet. »Bleiben Sie, wo Sie sind, und werden Sie erstmal wieder ein richtiger Mensch«, bestimmte sie fürsorglich. »Und Ihre Sachen werfe ich gleich mal in die Waschmaschine.«

Der Menschner war zwar etwas schüchtern, weil es gänzlich ungewohnt für ihn war, sich vor einer Frau zu entkleiden, auch wenn Frau Schmidtkonz theoretisch seine Mutter hätte sein können. Aber schließlich saß er alsbald in Unterhosen in der Wanne und duschte fröhlich seinen über alle Maßen behaarten Körper, während sich seine Kleidung in der Trommel drehte und Frau Schmidtkonz in der Küche ein kräftigendes Frühstück zubereitete. Der Fickel musste sich derweil auf der Gästetoilette rasieren. Das hatte er mal wieder von seiner Gutmütigkeit.

»Übrigens hat Ihre Bekannte schon drei Mal versucht, Sie zu erreichen«, sagte Frau Schmidtkonz, die Fickels Fernfreundschaft mit Astrid Kemmerzehl durchaus kritisch sah. Schließlich vermietete sie nicht umsonst an alleinstehende Herren. Fickel bedankte sich artig und zog sich an einen stillen Ort zurück, um Astrid Kemmerzehl zurückzurufen. Die Ärmste hatte sich natürlich völlig überflüssige Sorgen gemacht, trotz der gestern noch eilig abgesetzten SMS (Ank. wg. Unfalls erst morgen, gute Nacht!). Fickel berichtete ausführlich von seinem nächtlichen Erlebnis, wobei er seine Rolle als Lebensretter nur am Rande erwähnte, dafür aber umso nachdrücklicher sein beschädigtes Auto. Er musste Astrid Kemmerzehl hoch und heilig versprechen, den Wagen vor der Abfahrt noch einmal gründlich durchchecken zu lassen.

Plötzlich stand der splitterfasernackte Menschner vor dem Fickel, was der Telefonturtelei sofortig ein natürliches Ende setzte. Glücklicherweise stellte sich heraus, dass der Schweineschlachter praktisch dieselbe Konfektionsgröße wie der Fickel besaß, was Letztgenannten dann doch etwas erstaunte, schließlich war er gefühlt um einiges schlanker als sein einstiger Sportskamerad. Doch er musste zugeben: Frisch geduscht und in Fickels Klamotten sah der Menschner fast wie sein Ebenbild aus.

Beim Frühstück zeigte sich der Schlachter allerdings wieder von seiner animalischen Seite, wie er sich die Marmeladenbrötchen, praktisch ohne zu kauen, in den Rachen schob, das von Frau Schmidtkonz liebevoll zubereitete Rührei hinterherstopfte, den nachtschwarzen Kaffee in sich hineinschüttete und dabei allerlei Geräusche fabrizierte, die dem Appetit der anderen Anwesenden nicht unbedingt förderlich waren, um es vorsichtig zu formulieren. Aber da konnte der Schweine-Menschner nichts für, Stichwort Kinderstube.

Nach vier Brötchen holte der Schlachter kurz Luft und fragte ungeniert in die Runde: »Gibt's hier eigentlich auch was Richtiges zu essen?«

Denn wer ein echter Karnivore[20] ist, der wird von ein paar Kohlenhydraten und Eiweißen nicht satt. Der braucht was zum Beißen zwischen die Zähne: Fett, Knorpel, Muskeln, Flechsen. Eine solche Nahrung dient irgendwo auch dem Aggressionsabbau, da die Betätigung der Kaumuskeln nachweislich die niederen Instinkte besänftigt. Deshalb geht es bei der Tagung des Fleischerhandwerks in aller Regel friedlicher zu als in einem Veganerkaufhaus.

Glücklicherweise hatte die Frau Schmidtkonz noch ein Pfund Hackepeter[21] im Kühlschrank vorrätig, das sich der Menschner – hübsch angerichtet mit Eigelb, Pfeffer, Salz und Zwiebeln – fingerdick auf die Bemme strich.

»Hmmm, lecker«, grunzte er zufrieden wie ein Junkie nach dem Schuss. Denn der Menschner hatte in seinem Leben derartige Mengen an Fleisch verzehrt, dass praktisch jede Zelle seines Körpers aus Atomen bestand, die in den letzten vierzig Jahren mal Bestandteil eines Tiers gewesen waren. Mit allen Vor- und Nachteilen, die solch eine Körperchemie mit sich bringt. Kaum dass der Menschner zwischen zwei Brötchen kurz Luft holte, wollte Frau Schmidtkonz von ihm mehr über die Vorgeschichte des mysteriösen Unfalls wissen, der den Gast in ihre Stube geführt hatte, und auch der Fickel war nicht abgeneigt, die Gründe für seinen nächtlichen Ausritt ins Unterholz zu erfahren. Kaum dass er darauf angesprochen wurde, wuchs dem Menschner eine riesige Sorgenfalte auf der Stirn.

---

20 Fleischfresser, typische Vertreter: Wölfe, Raubkatzen, Thüringer.
21 Schweine-Rohkost.

»Du bist doch jetzt Anwalt, ge'?«, wandte er sich an den Fickel.

Das war immer so eine heikle Frage, denn einerseits: ja; andererseits, von der fachlichen Kompetenz her ehrlicherweise: nein. Aber dem Fickel war natürlich sofort klar, der Menschner brauchte einfach mal jemanden zum Reden. Schließlich ging dafür heutzutage niemand mehr zum Pfarrer, mangels Glaubens. Zum Frisör auch nicht, mangels Haarwuchs. Und beim Arzt war das Wartezimmer immer gerammelt voll mit den Gesunden, die eigentlich nur reden wollten. Also musste zum Druckablassen neuerdings immer öfter der Anwalt ran. Ob Doppelmord, Scheidung oder Rückenschmerzen – Reden half einfach immer. Schon wegen Placebo-Effekts.

Zumindest machte der Menschner aus seinem Herzen keine Mördergrube und holte bei seinem Bericht sehr weit aus, angefangen bei der gemeinsamen Zeit in der KJS[22] in Oberhof. Nachdem der Menschner dort aus sportlichen und disziplinarischen Gründen abgegangen (worden) war, hatte er zum Abtrainieren ein Praktikum beim Fleischer absolviert und war dort schließlich hängen geblieben. Seither hangelte er sich als freischaffender Metzger so durch: hier eine Hausschlachtung, dort ein Dorffest, wo man seine Dienste brauchte; und wenn einmal Ebbe war, gab es da noch den Brot- und Butterjob im Schlachthof. Im Grunde hatte sich der Menschner im Laufe der Jahre ein stabiles Geschäftsmodell aufgebaut. Auch wenn die Arbeit an sich nicht immer angenehm war – wer könnte das guten Gewissens von der seinigen schon behaupten –, ließ sich auf diese Weise immerhin lange Zeit einigermaßen auskömmlich existieren. Seinen Verdienst lieferte der Menschner immer treu daheim bei

---

22 Kinder- und Jugendsportschule, wo der Muskel gehärtet wurde.

seiner Mutti ab, sodass am Monatsende auch noch etwas übrig war im Portemonnaie. So hätte es ewig weitergehen können, wenn ... ja wenn der Menschner nicht plötzlich angefangen hätte zu denken. Denn wenn der Mensch anfängt, eigenständig zu denken, kommt er mitunter auf Ideen, und die tun ihm manchmal nicht gut.

Beim Menschner begann das Unglück, also das Denken, ausgerechnet im Schlachthof, praktisch zwischen zwei Schweinehälften. Genauer gesagt, als er vor circa zwei Jahren einem todgeweihten Eber in die Augen sah und sich darin irgendwo selbst begegnete, mit anderen Worten: einem fühlenden Wesen. Und in dem Moment stellte sich der Menschner die peinliche Frage: Wie wäre es, wenn der Eber an seiner Stelle wäre – und umgekehrt? Was, wenn der Zweck seiner Existenz nur darin bestünde, fett und schwer zu werden, um irgendwann kopfüber an einem Haken hängend zu enden? Wo steckte denn da der Sinn?

Der Menschner stierte mit leerem Blick auf seinen Teller.

»Immerhin dient das Fleisch ja einem guten Zweck«, wagte der Fickel einzuwenden. Als Anwalt war er schließlich gewohnt, mit einer gewissen Doppelmoral an die Dinge heranzugehen.

»Stimmt«, konzedierte der Menschner und präparierte sich eine weitere Bemme mit dem Hackepeter. Doch dann verdüsterte sich seine Miene wieder, als er anfügte: »Aber das, was da im Schlachthof abgeht, hat mit herkömmlichem Metzgerhandwerk gar nichts mehr zu tun.«

»Ach ja?«, hakte die Frau Schmidtkonz interessiert ein. »Wovon sprechen Sie denn genau?« Als mündige Verbraucherin und Wurstendkonsumentin wollte sie natürlich alles über die Rohstoffgewinnung für ihre Rot-, Gelb-, Sülz-, Leber- und Bratwürste wissen. Der Fickel war hingegen eher von der Sorte Verdränger. Schließlich wollte er sich nicht den Appetit verderben lassen.

Wie es in der Fleischindustrie zugeht, das ist nämlich nichts für schwache Nerven, da konnte der Menschner ein Lied von singen. (Biss in die Bemme.) In der Schlachtstraße wurde im Akkord geackert – ohne Rücksicht auf Mensch und Tier. Für einen sauberen Bolzenschuss blieb da natürlich keine Zeit, geschweige denn für den kurzen intimen Moment der Absolution zwischen Mensch und Tier. Denn von Haus aus war der Menschner nämlich eher zart besaitet, einer, der das Schlachtvieh erst um Verzeihung bat, bevor er zu seinem blutigen Handwerk schritt. Aber in den Produktionsabläufen der Großschlachthöfe war für derartige Sentimentalitäten weder Zeit noch Raum. Da zählte jede Sekunde, der gesamte Prozesss war gnadenlos auf Effizienz ausgerichtet. Kaum angekommen, wurden Sauen wie Eber bereits aus den Lkws in die Schlachtstraße getrieben und en gros mit der Stromzange behandelt. Davon bestenfalls halbwegs ausreichend betäubt, wurden die Tiere flugs mit flinker Hand abgestochen und zum Entbluten vorsichtig, damit das Eisbein bloß keinen Schaden nahm, mit den Hinterläufen an Fleischerhaken aufgehängt. Der Rest war Absieden, Ausnehmen, Zerlegen, Fellabziehen, mit anderen Worten: nichts für Feingeister. Vom Schwein zum Schnitzel in fünf Minuten.

Frau Schmidtkonz runzelte die Stirn, und auch der Fickel empfand die Schilderung der Produktionsabläufe im Schlachthaus als eine Spur zu detailreich. Für seinen ehemaligen Sportskameraden indes war das tägliche Routine. Doch nachdem der Menschner einmal damit angefangen hatte zu denken, war es aus. Plötzlich wollte ihm das Schlachten im Betrieb nicht mehr so akkurat von der Hand gehen. Aus dem einstigen Aktivisten[23] wurde ein Mitläufer, bestenfalls unterer Durchschnitt. Seine Mutter hatte we-

---

23 Im Sozialismus jemand, der die Norm versaut.

nig Verständnis für die plötzliche Dünnhäutigkeit ihres Sprösslings und schickte ihn weiter zum Schlachthof. In dieser Zeit begann der Menschner damit, den einen oder anderen Euro beiseite zu legen, anstatt ihn wie gewohnt daheim abzugeben. Denn kaum, dass er angefangen hatte mit dem Denken, war in ihm auch schon der Plan gereift, ein größeres Rad zu drehen und das eigene Schicksal in die Hand zu nehmen. Das war es schließlich, was den Menschner letztlich vom Eber unterschied: dieses winzig kleine Stück Freiheit.

Natürlich investierte er als gelernter Fleischer nicht in Volkswagen-Aktien oder Windkraftanlagen, sondern in etwas, womit er sich wirklich auskannte, und da blieb eigentlich nur eins: das Schwein. Um weiterhin in den Spiegel schauen zu können, kaufte der Menschner nur Tiere von Höfen mit halbwegs artgerechter Haltung. Denn wenn er als Schlachter ein Schweineleben nahm, sollte es wenigstens ein richtiges gewesen sein: mit ausreichend Platz, solidem Futter und ordentlich Matsch zum Suhlen. Und weil der Menschner irgendwo auch ein Geschäftsmann war, investierte er nicht etwa blindlings in jede Sau, sondern spezialisierte sich auf nordamerikanische Durocs, eine alte und besonders vornehme Rasse.

»Das ist der Mercedes unter den Schweinen«, schwärmte der Menschner und blickte dabei derart verträumt vor sich hin, beinahe so, als wäre er verliebt. – Fickel notierte: Schwein ist nicht gleich Schwein. Die Welt ist komplexer, als man denkt.

Die dunkelbraunen Durocs gelten unter Züchtern als besonders pflegeleicht in der Haltung, robust und frohwüchsig. Sie verfügen einfach über einen goldenen Charakter, und der begleitet sie bis in die Pfanne. Denn das Duroc-Fleisch weist eine edle, von Gourmets besonders geschätzte Marmorierung auf. Durch das intramuskuläre Fett wird das Wasser in den Zellen besser gebunden, wodurch das Fleisch beim Kochen und Braten nicht so zusammenschnurrt wie das eines herkömmlichen Hybrid-Schweins[24]. Der Fickel staunte nicht schlecht, wie der Menschner lässig aus dem Handgelenk mit den Fachbegriffen jonglierte, also: Chapeau.

Auch Frau Schmidtkonz hatte gefesselt zugehört und pflichtete bei: »Ich sag's ja. Was heutzutage an der Fleischtheke verkauft wird, das ist einfach keine Qualität mehr. Am Sonntag hatte ich einen Bratverlust – das grenzte schon an Betrug!«

Und weil es nicht nur der Frau Schmidtkonz so erging, hatte der Menschner darin eine echte Marktlücke entdeckt und begonnen, mit seinem Ersparten zunächst bei einem Züchter günstig Duroc-Ferkel zu kaufen und diese in von ihm eigens ausgewählten Fütterungsbetrieben artgerecht mästen zu lassen. Sobald das Schwein das richtige Schlachtgewicht aufwies, also je nach Geschlecht bis zu 350 Kilo, zahlte er den Mäster mit den Erlösen, die er auf dem Fleischmarkt einstrich, spielend wieder aus und machte dabei noch einen hübschen Schnitt. Alles in allem ein todsicheres Geschäft für alle Seiten, zumindest, solange nichts schiefging ...

Der Menschner wurde direkt nostalgisch beim Gedanken an die guten alten Zeiten. Anfangs hatte für so ein Geschäft stets ein Handschlag ausgereicht. Unter den Bauern, Schlachtern und Fleischern in der Rhön gab es schließlich so eine Art Ehrenkodex. Man kannte sich und vertraute einander. Und da er mit Jürgen Krautwurst immer gute Geschäfte gemacht hatte und der die Vorzüge des Duroc-Fleischs zu schätzen wusste, hatte der Menschner keinerlei Vorbehalte, als Krautwurst neulich gleich fünfzig Schweine pro Monat im Abo bestellte, um damit seine

---

24 Aus verschiedenen Rassen bzw. Zuchtlinien gekreuzte Mastschweine, die ihrerseits nicht zur Fortpflanzung, sondern nur für den Teller bestimmt sind.

neue Premiumbratwurst-Linie aufzubauen. Und wegen der Aussicht auf gute Geschäfte und auch ein wenig aufgrund der schönen Augen der Bratwurstprinzessin Sandy (Traumfrau, aber leider vergeben) hatte der Menschner ausnahmsweise nicht auf Vorkasse bestanden. Spätestens mit dem Großauftrag von Krautwurst hatte Menschners Schweinehandel nämlich den Breakeven-Point[25] erreicht, und er träumte bereits davon, seiner Mutti eine neue Küche zu spendieren. Doch dann hatte Krautwurst über Nacht Insolvenz angemeldet, und der gerichtlich eingesetzte Insolvenzverwalter Enzian kündigte als erste Amtshandlung sämtliche Lieferverträge.

Dummerweise hatte der Menschner seine Durocs schon seit etlichen Monaten in den Fütterungsbetrieben stehen, und nun, da aus den Ferkeln ausgewachsene Sauen und Eber geworden waren und jeden Tag teures Futter wegfraßen, wollten die Mäster langsam ihr Geld sehen. Aber ohne seinen Hauptabnehmer Krautwurst wusste der Menschner plötzlich nicht mehr, wohin mit den Tieren – ein echter Schweine-Zyklus eben. Als wären das nicht genug Probleme, legte der Insolvenzverwalter die Daumenschrauben an und war nicht einmal dazu bereit, den vereinbarten Kaufpreis für die bereits gelieferten Schweine zu bezahlen, sondern offerierte ihm nur eine Quote von sage und schreibe fünf Prozent des Kaufpreises. Der Menschner sah den Fickel restlos empört an: »Das kann er doch nicht machen, oder?!«

Da fragte er natürlich den Richtigen. Aber nach allem, was man über Insolvenzverwalter wusste, konnten die in einem zahlungsunfähigen Unternehmen praktisch schalten und walten, wie es ihnen gefiel. Über ihnen war nur der blaue Himmel. Im Grunde ein Traumjob, fast wie Bundestrainer und Papst in Per-

---

[25] Gewinnschwelle; wer vorher stolpert, landet in der Verlustzone.

sonalunion, und dazu noch viel einträglicher als zum Beispiel Terminhure. Hätte man das früher gewusst ...

Aber auch Frau Schmidtkonz machte sich so ihre Gedanken: »Wie kann das eigentlich sein, dass eine Traditionsfirma wie Krautwurst auf einmal pleitegeht?«, fragte sie kopfschüttelnd.

»Na, wegen dieser verdammten Wurstkrankheit«, sagte der Menschner und leckte sich die Finger ab.

Bei dem Stichwort musste der Fickel unwillkürlich lachen, denn das klang in seinen Ohren eher nach einem Gräuelmärchen aus der Vegetarierlobby, aber wie so vieles war auch die Wurstkrankheit im wahren Leben weniger harmlos als gedacht. Man konnte es sich geradezu bildlich vorstellen: Da macht sich jemand zum Abendbrot arglos ein Glas mit leckerer Thüringer Leberwurst auf, legt zwecks Steigerung und Vollendung des Genusses vielleicht noch ein saures Gürkchen obendrauf, und am nächsten Tag beim Aufwachen: Kopfschmerzen, Übelkeit und eine ärgerliche Lichtempfindlichkeit. Da denkt sich natürlich erstmal niemand etwas dabei, denn die Nebenwirkungen kennt man ja vom billigen Fusel aus dem Netto. Aber am Nachmittag, just beim Sturm der Liebe, fühlen sich plötzlich die Augenlieder an wie festgetackert, und wenn man ein paar Stunden später besorgt den Arzt rufen will, weil der Darm jetzt komplett verrücktspielt, liegt einem die Zunge wie eine tote Schlange im Mund und dummerweise kann man sich deshalb dem freundlichen Rettungssanitäter auch nicht verständlich machen. Da bleibt einem letzten Endes nichts anderes übrig, als sich in sein Schicksal zu fügen und still und leise an einer Atemlähmung zu Grunde zu gehen oder zumindest ins Koma zu fallen wie Heinz K. aus Wernigerode (die Presse berichtete).

»Und alles nur wegen einer defekten Heizungsanlage«, seufzte der Menschner kopfschüttelnd.

»Das riecht doch nach Sabotage«, urteilte Frau Schmidtkonz. Menschner blickte irritiert: »Wer macht denn *so was*?«, fragte er. Aber da war Fickels Vermieterin auch überfragt.

Alle bekannten Fakten erklärten allerdings bisher noch nicht, wie Fickels ehemaliger Sportskamerad in den Besitz des Kleintransporters geraten war, mit dem er die Straßen an der Geba unsicher gemacht hatte. Der Fickel hatte zwar bereits so eine Vorahnung, aber er hoffte, dass er sich irrte und es möge vielleicht nicht ganz so arg kommen. Natürlich vergeblich.

Denn jetzt kam der Menschner zum heiklen Teil seines Berichts. Er hatte es bislang noch nicht übers Herz gebracht, seiner Mutti die prekäre wirtschaftliche Situation zu beichten, in die er sich hineinmanövriert hatte. Bei der Gelegenheit hätte er ihr nämlich auch von den heimlich zurückgehaltenen Euro und seinen Geschäften mit den Duroc-Schweinen erzählen müssen. Und davor hatte er einen Heidenrespekt. Nicht wegen der paar Ohrfeigen. Aber wie stand er denn vor seiner Mutti da? – Ohne Frau, ohne Job, vor allem ohne Geld. Eine einzige Fleisch gewordene Enttäuschung. Und im Unterschied zum Eber kam er nicht mal als Schnitzeldepot in Frage.

In seiner Verzweiflung hatte sich der Menschner gestern ein klitzekleines bisschen Mut angetrunken und sich nach Rippershausen begeben, um die Angelegenheit mit Insolvenzverwalter Enzian »unter vier Augen« zu klären. Menschner hatte zu diesem Zweck ein Angebot geschnürt, das der andere im Prinzip nicht ausschlagen konnte, und das beinhaltete folgenden Deal: Wenn ihn der Enzian für die gelieferten Schweine ausbezahlte, würde er ihm die anderen für den Selbstkostenpreis ausliefern.

Überraschenderweise hatte der Insolvenzverwalter an dem Geschäft nicht das geringste Interesse gezeigt, denn wegen des stockenden Vertriebs waren sämtliche Lagerräume der Wurstfabrik sowieso bis unters Dach gefüllt, um nicht zu sagen: Krautwurst platzte aus allen Nähten. Aber das war natürlich nicht das, was der Menschner hören wollte – und bei den großen Hoffnungen, mit denen er angereist war, konnte er schon aus Selbstachtung nicht einfach ohne jedes Resultat den Rückweg antreten. Doch als er noch einen verzweifelten Anlauf nahm, dem Enzian seine Lage zu erklären, insbesondere unter Verweis auf seine betagte Mutti, hatte der Enzian nur gelacht. Und da hatte sich der Menschner spontan gezwungen gesehen, dem feinen Herrn Advokaten mal gründlich vor den Kopf zu stoßen, und zwar nicht im übertragenen, sondern fatalerweise im direkten Wortsinne.

Nicht, dass Fickel den Heiko Menschner in dem Punkt nicht verstehen konnte, schließlich trug sein Kollege Enzian, ein stadtbekannter Parvenü und eitler Geldsack erster Ordnung, ein Ohrfeigengesicht vom Allerfeinsten zu Markte. Und wer weiß, ob man bei sich bietender Gelegenheit nicht ebenso gehandelt hätte – denn spätestens als dieser gewissenlose Insolvenzverwalter das Meininger Schlosspils über die Klinge springen ließ, hatten einige ihre Fäuste in den Taschen geballt.

Nicht auszudenken, wenn mit Krautwurst Thüringer Wurstspezialitäten auch noch das letzte kulinarische Aushängeschild der Region vom Erdboden getilgt würde. Schließlich galt die Original Thüringer Rostbratwurst stets und im besten Sinne als weicher Standortfaktor für Meiningen. Die Folgen für die heimische Bevölkerung wären kaum auszudenken: kalter Bratwurstentzug, Tofuschock und Löschbierschwemme. – Eine ganze Region drohte abzudriften. Ein echtes Wurst-Case-Szenario.

Der Menschner hatte nun allerdings die Sorge, dass man ihm wegen dieser ganzen Schwachsinnsaktion eventuell etwas »anhängen« könnte. Und das nicht ganz zu Unrecht. Denn selbst eine moralisch und ästhetisch gerechtfertigte Ohrfeige wie die, die er dem Rechtsanwalt Enzian verabreicht hatte, war im strafrechtlichen Sinne eine schnöde Körperverletzung (§ 223 StGB), womöglich sogar eine gefährliche (§ 224 StGB), wenn man bedachte, dass sie von einem Schlachter ausgeteilt wurde, der mit einem Schlag gewöhnlich einen 350-Kilo-Eber in zwei Teile spaltete. Man konnte sich ja unschwer vorstellen, was da alles passieren konnte …

»Och, dem ist höchstens ein Zacken aus seiner Krone gefallen«, protestierte Menschner. »Ich hab den doch nur ein bisschen getätschelt.«

Selbst wenn man davon ausging, dass der Kollege Enzian von den Streicheleinheiten des Schlachters keine bleibenden Schäden davongetragen hatte: Den Kleintransporter mit dem bereits verarbeiteten Duroc-Schweinefleisch zu beladen und sich »auszuborgen« war sicher auch kein sonderlich geschickter Schachzug gewesen. Selbst wenn man von § 248b StGB (Unbefugter Gebrauch eines Fahrzeugs) einmal absah, so blieb allein das Kidnapping des Wurstmaterials rein tatbestandlich ein ganz gemeiner Diebstahl (§ 242 StGB), denn rein rechtlich gehörte die Wurst- mit zur Insolvenzmasse. Das wusste sogar der Fickel.

Und wenn man das alles mal ganz wertfrei und ohne Ansehen der Person vor dem Hintergrund betrachtete, dass der Menschner während der Fahrt keineswegs nüchtern gewesen war und somit auf dem Heimweg nebenbei die Paragrafen 315 c (Gefährdung des Straßenverkehrs) und 316 StGB (Trunkenheit im Verkehr) erfüllt hatte, konnte man im konkreten Fall durchaus von einem gewissen juristischen Beratungsbedarf sprechen. Versicherungsfragen und eigene Ansprüche vom Fickel mal außen vor.

Insgesamt gesehen war der Menschner jedenfalls nicht gerade in einer beneidenswerten Situation und brauchte dringend einen

Anwalt. Aber was ihn am meisten beschäftigte: Wenn er jetzt ins Gefängnis musste, was wurde dann aus seiner Mutti – ganz allein auf dem Hof in der Rhön?

»Machen Sie sich mal keine Sorgen, der Herr Fickel haut sie da schon raus«, sagte die Frau Schmidtkonz tröstend. »Der hat schon ganz andere Sachen gedeichselt.«

Der Fickel stöhnte innerlich auf. Lorbeeren zur falschen Zeit.

»Echt?«, fragte Schweine-Menschner und blickte den Fickel hoffnungsvoll an. »Kannst du das mit den Bullen irgendwie klären?«

Der Fickel zögerte. Eigentlich hatte er Astrid Kemmerzehl versprochen, gleich nach dem Frühstück loszufahren. Doch er kam gar nicht dazu, zu einer Erklärung anzusetzen.

»Sie wollen Ihren Freund doch nicht etwa wegen *Ihrer Bekannten* im Stich lassen?«, empörte sich Frau Schmidtkonz, die Gedanken ihres Untermieters erratend. Sogenannte weibliche Intuition, Nötigung nix dagegen.

Wobei, objektiv gesehen: Für die kleine Verspätung hatte Astrid Kemmerzehl im aktuellen Fall gewiss Verständnis. Außerdem war sie als Kantorin tagsüber ohnehin mit Proben beschäftigt. Es genügte vollauf, wenn der Fickel gegen Mittag losfuhr, sobald er seinen Job erledigt hatte. Dann hätten sie immer noch genug Zeit zum Süßholzraspeln. Er willigte also ein, und Frau Schmidtkonz nickte zufrieden.

»Kann ich dich auch mit Duroc-Fleisch bezahlen?«, erkundigte sich der Menschner erfreut über Fickels Zusage. »Sagen wir: Filet für 35 Euro das Kilo, Nackensteak für 25?«

»Ganz schön teuer«, befand Frau Schmidtkonz, die die Preise von der Fleischtheke auswendig kannte.

»Na schön«, lenkte Menschner ein, »30 – 20. Weil du's bist.«

Er hielt dem Fickel die Hand hin. Frau Schmidtkonz nickte

ihrem Mieter auffordernd zu. Was sollte man da machen? Es war ja an sich keine große Sache. Wozu hatte man studiert ...

»Bei der Gelegenheit kannst du ja auch gleich dafür sorgen, dass ich endlich mein Geld vom Krautwurst bekomme«, sagte der Menschner zufrieden. Und da beschlich den Fickel zum ersten Mal die Ahnung, dass es irgendwo vielleicht doch keine so gute Idee gewesen war, einem Schlachter den kleinen Finger zu reichen.

§ 5

Eine heiße Spur

Als Kriminalrat Recknagel am nächsten Morgen zur Arbeit kam, saß eine blasse, zierlich wirkende Frau in einem eleganten Kostüm wartend vor seinem Büro. Recknagel hatte es sich angewöhnt, am Freitag möglichst zeitig vor allen anderen zum Dienst zu erscheinen, um in Ruhe alles Liegengebliebene abzuarbeiten und den Schreibtisch frei zu haben, bevor es ins Wochenende ging. Das sollte ihm an diesem Tag ausnahmsweise nicht gelingen.

Recknagel grüßte die Dame höflich. Wer weiß, vielleicht eine neue Staatsanwältin, dachte er. Man musste auf alles vorbereitet sein. Als er den Schlüssel ins Schloss steckte, erhob sich die Unbekannte und trat auf ihn zu.

»Herr Kriminalrat?«

»Ja?«

»Entschuldigen Sie, dass ich Sie so überfalle. Ich weiß mir einfach nicht mehr anders zu helfen.«

Aus der Nähe betrachtet fiel Recknagel nun auf, dass die Augen der Frau gerötet waren, ihr Make-up war offensichtlich hektisch und mit zittriger Hand aufgetragen worden. Ihr Blick wirkte übermüdet und flackerte hin und her. Vielleicht hat sie ihren Ehemann vergiftet und will sich jetzt stellen, dachte der Kriminalrat unwillkürlich, ohne ernsthaft daran zu glauben, und öffnete seine Tür. »Kommen Sie doch bitte einfach mit rein, Frau …?«

»Stöcklein, Annemarie«, vervollständigte sie und stolzierte auf ihren hohen Schuhen am Kriminalrat vorbei, wobei sie eine Schleppe Chanelduft hinter sich herzog. Sie mochte vielleicht erst Mitte oder auch schon Ende vierzig sein und in einem Sinne gutaussehend, der mehr mit Geschmackssicherheit zu tun hat als mit Natürlichkeit. Jugend und Anmut waren anscheinend über die Jahre sukzessive durch Stil und Selbstbeherrschung ersetzt worden – in einem zähen täglichen Ringen um die eigene Attraktivität.

Die hat's auch nicht leicht, dachte Recknagel, ohne dass er hätte sagen können, woran sich sein Eindruck konkret festmachte. Der Kriminalrat verzichtete darauf, sich vorzustellen, schließlich stand sein Name ja an der Tür. Er folgte der Frau in sein Büro, das den Charme und die Atmosphäre eines Polizeirufs 110 aus den Achtzigerjahren verströmte, plus Flachbildschirm-Computer, minus Honecker-Porträt.

Recknagel bot seinem frühen Gast einen Platz vor seinem Schreibtisch an, blieb selbst aber noch stehen. »Wollen Sie auch einen Kaffee?«

Frau Stöcklein lehnte dankend ab. »Das ist nichts für meinen Magen, so früh am Morgen.«

Recknagel ging rüber in die Miniküche, warf eine Kapsel in den Automaten, drückte routiniert den Hebel durch und schaltete auf Brühen, mit extra wenig Wasser. Er hasste Kapselkaffee, aber es vereinfachte die Verwaltung der Kaffeekasse mit den Kollegen erheblich.

»Wie kann ich Ihnen helfen?«, fragte der Kriminalrat, als er mit einer dampfenden Tasse Mokka, neudeutsch Café Crème, wieder an seinem Platz saß. Sein chaotischer Schreibtisch mit dem Muster aus Kaffeeringen, durcheinandergeworfenen Papieren, allen möglichen Stiften und anderen Büromaterialien war ihm direkt ein bisschen peinlich. Normalerweise empfing er hier keine Gäste oder gar Zeugen.

»Ich mache mir Sorgen um meinen Mann«, erklärte die Dame mit leiser Stimme. »Er ist seit gestern Nachmittag spurlos verschwunden.«

»Haben Sie versucht, ihn auf dem Handy zu erreichen?«, erkundigte sich der Kriminalrat. Manchmal vergaß man in der Aufregung ja gerade das Naheliegende.

Die Dame nickte. »Es ist ausgestellt.«

»Krankenhäuser?«

»Ich habe alles abtelefoniert.« Sie blickte den Recknagel an. »Dabei war gestern doch unser Hochzeitstag.«

»Den vergesse ich auch immer«, sagte der Kriminalrat leichthin. »Dabei würde ich mir nichts denken.«

»Ludwig hat immer dran gedacht«, sagte Frau Stöcklein bestimmt. »Er ist so ein aufmerksamer Mann. Einfach so abzutauchen, ohne eine Nachricht … Das sieht ihm überhaupt nicht ähnlich.«

»Verstehe«, sagte Recknagel. »Waren Sie schon bei der Vermisstenstelle?«

Frau Stöcklein schüttelte den Kopf. »Ich wusste gar nicht, dass es so etwas gibt.«

»Genau genommen ist das hier die Mordkommission«, erklärte der Recknagel. »Wir sind nur zuständig für schwerste Straftaten gegen das menschliche Leben.«

Frau Stöcklein nickte. »Ich dachte, falls ihm etwas zugestoßen ist, wissen Sie vielleicht am ehesten Bescheid …«

»Aber dann hätten wir schon seine Leiche finden müssen«, entgegnete der Kriminalrat. »Und das wollen wir doch nicht hoffen, ge'?«

»Um Gottes willen.« Frau Stöcklein schüttelte entsetzt den Kopf und stand auf. »Entschuldigen Sie bitte die Störung. Erklären Sie mir bitte noch, wo genau ich hinmuss?«

Der Kriminalrat zögerte. Insgeheim vermutete er, es mit der ganz normalen Erosion einer Ehe zu tun zu haben. Aus Erfahrung wusste er, dass Ehemänner anfangs noch einen Riesenaufwand betreiben, um ihre Liebschaften zu kaschieren, irgendwann vergaßen sie einfach, überhaupt verheiratet zu sein. Die Midlifecrisis ist der Shakespeare des kleinen Mannes, der immerhin auch eine kleine Dosis Drama in seinem Leben vermisst. Offensichtlich hatte es die Frau Überwindung gekostet, sich überhaupt der Polizei anzuvertrauen. Wenn er sie abwies, ging sie womöglich nach Hause, ohne ihre Suchanzeige aufzugeben, und nahm Tabletten oder stürzte sich von einer Brücke.

»Jetzt haben wir ja schon mal angefangen«, entschied der Recknagel. »Da kann ich den Fall auch gleich aufnehmen. Dann wäre das erledigt.«

Über das Gesicht der Dame huschte ein schüchternes Lächeln. »Vielen Dank«, sagte Frau Stöcklein. »Ich hoffe, es klärt sich bald alles auf.«

Der Kriminalrat bereitete ein Formular vor. »Wie hieß Ihr Mann noch mal mit Vornamen? Ludwig?«

»Genau. – Sein vollständiger Name lautet Ludwig Enzian.«

Der Kriminalrat stutzte. »Sagten Sie nicht, Sie heißen Stöcklein?«

»Ich wollte meinen Namen bei der Hochzeit nicht aufgeben, und ein Doppelname kam für mich nicht in Frage.«

»Ist Ihr Mann zufällig Rechtsanwalt?«

Annemarie Stöcklein nickte. »Er arbeitet vorwiegend als Insolvenzverwalter.«

»Ah ja.«

Spätestens jetzt war der Kriminalrat hellwach. Sollte er sich gestern Abend tatsächlich getäuscht haben? Hatte er die Anzeichen in der Wurstfabrik, die auf eine Gewalttat hindeuteten, womöglich zu sehr auf die leichte Schulter genommen? War Rechtsanwalt Enzian Opfer eines Verbrechens geworden? Noch war es immerhin möglich, dass er gemütlich im Bett einer Geliebten lag, in einer Kneipe versumpft war oder in einer Spielhölle Haus und Hof verspielt hatte und sich darob nicht nach Hause traute.

Der Kriminalrat beschloss, bei der weiteren Befragung behutsam vorzugehen, um die labil wirkende Ehefrau nicht unnötig zu beunruhigen. »Also, weiter im Text«, sagte Recknagel und tippte fleißig mit, was ihm Frau Stöcklein diktierte. Größe der gesuchten Person: circa eins fünfundneunzig, Alter: einundfünfzig, Haarfarbe: schwarz gelockt mit grauen Schläfen. Besondere Merkmale? Keine, laut Ehefrau auffällig gutaussehend. Kleidung: dunkelblauer Anzug, hellblaues Hemd, roséfarbene Krawatte. Goldener Ehering am Ringfinger links (wahrscheinlich).

Von den Fragezeichen und der Klammerbemerkung sagte der Kriminalrat seinem Gegenüber nichts.

»Haben wir noch irgendwas vergessen?«

Sie schüttelte den Kopf.

»Haben Sie zufällig ein Foto von ihm zur Hand?«

»Einen Moment, bitte.« Annemarie Stöcklein wühlte in ihrer Handtasche. Endlich zog sie ein altes, etwas abgegriffen wirkendes Passfoto aus ihrem Portemonnaie. »Da war er noch etwas jünger. Aber er hat sich kaum verändert.«

Recknagel nahm das Foto in Empfang, auf dem ihm ein akkurat in Hemd, Krawatte und Jackett gekleideter Beau mit gegelten Haaren und blendend weißen Zähnen selbstbewusst entgegenlächelte. Lackaffe, schoss es dem Kriminalrat durch den Kopf. Und mindestens eine Nummer zu groß für die farblose

Frau Stöcklein. »Er sieht wirklich gut aus«, sagte er. »Wie ein Filmstar.«

Frau Stöcklein nickte seufzend. »Ihm ist es gar nicht so bewusst, welche Wirkung er auf andere hat, insbesondere auf Frauen«, sagte sie.

Recknagel verkniff sich ein Lächeln. »Wann haben Sie Ihren Mann denn zuletzt gesehen?«, fragte er mit pflichtgemäßem Ernst.

»Gestern Mittag, bevor er zur Arbeit gefahren ist. Er wollte nur kurz nach Rippershausen, in die Wurstfabrik. Er ist dort zum Insolvenzverwalter bestellt worden«, erklärte Frau Stöcklein.

»Ich weiß«, sagte der Kriminalrat. »Wollte Ihr Mann den Betrieb sanieren – oder gleich zerschlagen und die lukrativen Teile verscherbeln, wie üblich?«, erkundigte er sich mit kaum verborgenem Sarkasmus.

Annemarie Stöcklein sah den Recknagel irritiert an. »Manchmal müssen eben auch unpopuläre Entscheidungen getroffen werden. Es ist ja nicht seine Schuld, wenn ein Unternehmen zahlungsunfähig ist«, verteidigte sie ihren Mann. »Da haben andere lange vorher die Fehler gemacht.«

»Sicher«, relativierte Recknagel schnell. »Meine Frage zielte nur darauf ab, ob sich Ihr Mann in dem Betrieb Feinde gemacht hat.«

Frau Stöcklein zuckte mit den Achseln. »Als Insolvenzverwalter hat man immer mit irgendjemandem Ärger. Mit den Schuldnern, die alles besser wissen, oder einzelnen Gläubigern, die Angst um ihr Geld haben ... Vor allem natürlich mit den Angestellten. Das liegt in der Natur der Sache.«

»Aber konkret bedroht fühlte er sich nicht?«

Frau Stöcklein schüttelte nach kurzem Überlegen den Kopf.

»Wissen Sie zufällig, was er gestern in der Fabrik vorhatte? Hatte er einen speziellen Termin oder so ...?«

»Über solche Dinge haben wir nie gesprochen.«

»Wann wollte Ihr Mann denn zurück sein?«

»Spätestens um sieben. Wir hatten um acht im Henneberger Haus einen Tisch bestellt. Wie jedes Jahr an unserem Hochzeitstag.« Sie lächelte wehmütig. »Dort hat mir Ludwig nämlich damals den Antrag gemacht.«

»Sie haben zu Hause auf ihn gewartet?«

Enzians Frau nickte. »Gegen acht bin ich allein ins Henneberger Haus gefahren, aber er war nicht da«, berichtete sie. »In der Wurstfabrik habe ich auch niemanden mehr erreicht, und sein Handy war die ganze Zeit aus. Gegen neun bin ich langsam unruhig geworden und wieder nach Hause, weil ich dachte, dass er unsere Verabredung vielleicht vergessen hat.«

»Zu Hause war alles unverändert?«

Annemarie Stöcklein nickte. »Ich hab die halbe Nacht herumtelefoniert und bin fast verrückt geworden vor Angst.«

»Es tut mir leid«, sagte Recknagel vorsichtig. »Aber ich muss Sie das fragen: Könnte es sein, dass Ihr Mann eine Geliebte hat? So ein gutaussehender Mann bekommt bestimmt häufig Avancen ...«

Frau Stöcklein senkte ihren Blick und spielte nervös mit den Fingern. »Das habe ich mich natürlich auch gefragt«, sagte sie. »Aber dann hätte er mir doch wenigstens irgendeine Geschichte aufgetischt.« Sie sah den Kriminalrat mit großen Kajal-Augen beschwörend an. »Das würde mir mein Mann niemals antun. Niemals!«

»Hm«, machte Kriminalrat Recknagel bedächtig. »Fehlen denn persönliche Gegenstände? Zum Beispiel Rasierzeug, Zahnbürste und so weiter?«

Frau Stöcklein schüttelte den Kopf.

»Briefe oder Geld vielleicht?«

»Zu Hause bewahren wir kaum welches auf.«

Der Kriminalrat seufzte. »Also gut, Frau ... äh, Stöcklein, sobald wir etwas über den Verbleib Ihres Mannes erfahren, hören Sie von uns. Die meisten Vermissten tauchen nach kurzer Zeit wieder auf.«

Frau Stöcklein lächelte zaghaft und erhob sich. »Vielen Dank. Hoffentlich haben Sie recht.«

»Und Sie sagen uns bitte umgehend Bescheid, wenn er sich bei Ihnen meldet!«

»Natürlich.«

Recknagel geleitete die Besucherin zur Tür. Kurz bevor sie die jedoch erreichten, wurde die Tür von außen hektisch aufgerissen, und sein jüngerer Mitarbeiter Christoph stürzte atemlos herein.

»Morgen, Chef«, rief er, »ich komme gerade von der Geba. Die Kollegen von der KTU untersuchen da einen ausgebrannten Kleintransporter ... Raten Sie mal, auf wen der gemeldet ist.«

»Einen Moment«, bat der Kriminalrat mit Verweis auf die noch anwesende Annemarie Stöcklein.

»Krautwurst«, platzte es aus Christoph heraus.

Recknagel wollte einhaken, aber sein jüngerer Mitarbeiter war vor Aufregung nicht zu bremsen. »Im Ladebereich haben die Kollegen verkohlte Knochen- und andere Gewebereste entdeckt«, berichtete er aufgeregt. »Ich denke mal, wir haben die vermisste Leiche gefunden.«

»Jetzt halten Sie endlich Ihren Mund«, grätschte der Kriminalrat vehement in Christophs Redefluss hinein. »Kriegen Sie vielleicht noch mit, dass ich nicht allein bin?«

Annemarie Stöcklein war bei Christophs Worten noch blasser geworden, als sie ursprünglich bereits gewesen war.

»Darf ich vorstellen?«, sagte Kriminalrat Recknagel vorwurfsvoll, »Annemarie Stöcklein, die Frau von Herrn Ludwig Enzian.«

»Entschuldigung, ich wusste ja nicht ...«, ruderte Christoph eilig zurück mit Blick auf die zerbrechlich wirkende Frau, die sich nun mit ungläubiger Stimme an ihn wandte: »Habe ich Sie eben richtig verstanden? Sie glauben, dass mein Mann in dem Auto verbrannt ist?«

»Ähem ...« Christoph blickte hilfesuchend zum Kriminalrat, doch der kreuzte die Arme vor der Brust.

»Nein, keineswegs ... Noch wissen wir ja überhaupt nichts Genaues«, stöpselte Christoph. »Wir müssen erst die Befunde der Rechtsmedizin abwarten.«

Doch seine Worte schienen Frau Stöcklein kaum zu erreichen. »Ich habe gleich geahnt, dass da was nicht stimmt«, flüsterte sie tonlos. Sie schwankte leicht und musste sich an der Wand abstützen.

Christoph versuchte zu retten, was nicht mehr zu retten war, und erging sich in Erklärungen und Vermutungen. Aber er konnte nicht mehr viel ausrichten. Annemarie Stöcklein stand regungslos, mit geschlossenen Augen gegen die Wand gelehnt da. »Soll ich den polizeipsychologischen Dienst benachrichtigen?«, fragte Christoph den Kriminalrat leise.

Annemarie Stöcklein wurde jetzt von einem Weinkrampf geschüttelt. »Ich brauche keinen Therapeuten, ich will nur meinen Mann zurück.«

»Setzen Sie sich mal hin«, sagte der Kriminalrat väterlich und führte Annemarie Stöcklein zurück zu dem Stuhl. Dort saß sie wie ein Kind, das von ihren Eltern im Schulhort vergessen worden war.

»Hören Sie, das muss wirklich alles nichts bedeuten«, sagte der Kriminalrat in ruhigem, überlegtem Tonfall. »Wir finden heraus, wo Ihr Mann sich befindet. Auch falls ihm etwas passiert sein sollte, was wir nicht hoffen. – Darauf gebe ich Ihnen mein Wort.«

Er reichte der Frau seine Hand. Die blickte ihn aus ihren geröteten Augen an. Schließlich legte sie stumm ihre Hand in die des Kriminalrats.

»Haben Sie zufällig etwas bei sich, womit wir einen DNA-Abgleich Ihres Mannes durchführen können?«, erkundigte sich der Recknagel.

Annemarie Stöcklein schüttelte den Kopf. Recknagel betrachtete ihr Kostüm genauer. Es bestand aus einer Wollmischung, die erfahrungsgemäß wie ein Staubtuch funktionierte. »Sie sagten, Ihr Mann habe schwarze Haare?«

Die Angesprochene nickte. »Ein paar graue sind inzwischen auch darunter, aber nur an den Schläfen.«

»Darf ich?« Recknagel klaubte behutsam ein dunkles Haar von Frau Stöckleins Schulter, das dort elektrostatisch haftete. Nach längerem Suchen fand er noch ein weiteres zum Vergleich und verstaute beide in einer Tüte.

»Haben Sie jemanden, an den Sie sich wenden können?«, fragte Recknagel. »Falls Sie Unterstützung brauchen, meine ich.«

Annemarie Stöcklein schien sich etwas gefangen zu haben und nickte dem Recknagel zum Abschied dankbar zu. »Ich komme schon zurecht.«

Der Kriminalrat wartete, bis ihre Schritte auf dem Gang verhallt waren. »Das haben Sie ja sen-sa-tio-nell hingekriegt«, wandte er sich an seinen Mitarbeiter.

»Ich konnte ja nicht wissen, wer sie ist«, verteidigte sich Christoph. »Außerdem muss sie es sowieso erfahren, früher oder später.«

Kriminalrat Recknagel blickte den Kollegen skeptisch an. »Sie scheinen ja ziemlich sicher zu sein, dass ihr Mann tot ist.«

»Was denn sonst?«, bestätigte Christoph und setzte zu einer längeren Rede an, in der er die Indizien aufzählte: den Notruf, die Blutspuren in der Wurstfabrik, das ausgebrannte Auto, die verkohlten Gewebespuren, das Abtauchen des mutmaßlichen Täters ...

»Wir leiten eine Großfahndung ein«, schlug Christoph vor. »Am besten, wir suchen das gesamte Waldgebiet am Fuß der Hohen Geba mit einer Hundertschaft und der Hundestaffel ab. Wenn das nix bringt, fordern wir einen Hubschrauber an.«

»Warum nicht gleich Kampfflieger mit Wärmebildkameras?«, fragte der Kriminalrat.

»Gute Idee«, sagte Christoph, ohne auf die Ironie seines Chefs einzugehen. »Wenn wir die bekommen.«

»Ist das nicht ein bisschen viel Aufwand?«, wandte Recknagel ein.

»Irgendwo da draußen ist ein Schlachter unterwegs«, ereiferte sich der junge Kollege. »Der hat höchstwahrscheinlich einen Rechtsanwalt zerlegt. Der Typ ist eine Bestie.«

»Hundert Indizien ergeben zusammen immer noch keinen Beweis«, erwiderte der Recknagel, indem er eine kriminalistische Binsenweisheit zitierte.

»Was, wenn der Kerl noch einmal zuschlägt?«, echauffierte sich Christoph. »Ich übernehme da keine Verantwortung ...«

In seine Tirade hinein klingelte das Telefon, eine interne Nummer. Kriminalrat Recknagel ging ran. »Was gibt's?« Sein Gesicht zeigte eine kleine Überraschung. »Das gibt's ja nicht. Wir sind in einer Minute da.«

Er legte auf und blickte Christoph an. »Sie können die Kampfflieger im Horst lassen. Ihr Verdächtiger hat sich soeben gestellt.«

Christoph blickte seinen Chef perplex an. »Und was hat er mit der Leiche gemacht?«

»Das fragen wir ihn am besten selbst.«

Kriminalrat Recknagel hatte Mühe, seinem jüngeren Mitarbeiter, der im Eifer des Gefechts mächtig ausschritt, über die Flure und Treppen des Präsidiums zu folgen. Trotzdem langten sie kurz darauf gemeinsam in der Wache an, wo die alltägliche Polizeiarbeit abgewickelt wurde: Taschendiebstähle, Verkehrsunfälle, zuweilen auch eine Vermisstenanzeige. Der Kriminalrat war etwas außer Atem und überließ es lieber Christoph, sich durchzufragen.

An einem Schreibtisch saßen zwei mittelalte, kräftig gebaute Männer in merkwürdigen Klamotten Marke Ein-Euro-Shop. Einer zeigte eine hohe Stirn und fühlte sich in der Umgebung anscheinend ziemlich unwohl, der andere war ein alter Bekannter.

»Da brat mir einer 'nen Storch, was macht denn der Fickel hier?«, wunderte sich der Kriminalrat.

»Der Anwalt wird diesem Schlachter auch nicht helfen«, befand Christoph selbstgewiss.

»Hm«, brummte Recknagel, »abwarten.«

Der Kriminalrat begrüßte den Fickel fast freundschaftlich, auch wenn der seine Verwunderung darüber zum Ausdruck brachte, dass sich die Kollegen vom Morddezernat extra die Zeit nahmen, so eine kleine Lappalie – sprich Selbstanzeige wegen einfacher Körperverletzung – aufzunehmen, beziehungsweise wegen unbefugter Benutzung eines Kfz nebst anschließenden Verkehrunfalls ohne Personenschäden. Im Grunde lächerlich.

Nachdem die Personalien aufgenommen worden waren, forderte Christoph den Menschner väterlich auf: »Also, schießen Sie mal los: Was ist da gestern in der Wurstfabrik denn genau vorgefallen?«

Brav erzählte Schlachter Menschner den Polizisten nun die ganze Geschichte, exakt so, wie sie ihm sein Anwalt zuvor sorgfältig eingebläut hatte, fast, als würde er ein Gedicht aufsagen.

Er vergaß auch nicht, seine psychische Ausnahmesituation zu erwähnen – weil er sich durch Krautwursts Insolvenz in seiner Lebensgrundlage bedroht sah. Nicht zu vergessen, dass ihn der Enzian praktisch bis aufs Blut provoziert hatte. Und der kleine Faustschlag war natürlich nicht in der Absicht erfolgt, den anderen ernsthaft zu verletzen, sondern nur aus einem spontanen Abwehrreflex heraus, also quasi in Notwehr. Dazu noch unter dem enthemmenden Einfluss einer nicht unwesentlichen Menge Rhöntropfen.

Christoph hörte sich alles geduldig an und blickte stirnrunzelnd auf seine Notizen. »Verstehe ich Sie richtig: Als Sie den Insolvenzverwalter ins Gesicht geschlagen haben, da waren Sie also betrunken?«

Menschner nickte eifrig, wie es der Fickel ihm geheißen hatte.

»Und als Sie zehn Minuten später mit dem Wagen losgefahren sind, waren Sie wieder nüchtern?«

Schweine-Menschner blickte fragend zum Fickel und bejahte erneut, als dieser bekräftigend nickte.

Denn logisch: Bei der Begehung der Körperverletzung galt der Einfluss des Alkohols noch als strafmildernd, beim Autofahren eher nicht.

»Wir gehen davon aus, dass Herr Menschner bei Fahrantritt eine Blutalkoholkonzentration von exakt 0,5 Promille aufwies«, erklärte der Fickel.

»Und bei der Körperverletzung?«

Der Fickel zuckte mit den Schultern. »Vielleicht 1,0 bis 1,5.«

»Wie soll der Beschuldigte denn so schnell den Alkohol abgebaut haben?«, fragte Christoph ungläubig.

»Ich verfüge halt erblich bedingt über eine Hochleistungsleber«, sagte der Menschner. »Beweisen Sie mir erstmal das Gegenteil.«

Er lehnte sich auf seinem Stuhl zurück. Der Fickel blickte mit einer Mischung aus Verwunderung und Respekt zu seinem Schützling. Auch den Polizisten fiel dazu anscheinend nichts mehr ein. Kriminalrat Recknagel hielt sich vornehm zurück, denn er wollte Christoph bei »seinem« Fall nicht in die Parade fahren.

»Hat der Kollege Enzian wegen der Vorfälle denn überhaupt einen Strafantrag gestellt?«, erkundigte sich Anwalt Fickel.

Christoph verneinte zögernd. »Das nicht ...«

»Dann können wir ja Körperverletzung und unbefugte Fahrzeugnutzung schon mal von der Liste streichen«, erklärte der Fickel triumphierend. »Das sind doch Antragsdelikte[26], wenn ich mich nicht irre.«

Recknagel blickte betreten zu Boden.

»Herr Enzian wird seit gestern Nachmittag vermisst«, erklärte Christoph mit einem gewissen Unterton, halb Frage, halb Unterstellung.

Fickel blickte fragend zum Menschner, der zuckte ratlos die Achseln. Dann blickte er fragend zum Kriminalrat, doch der zeigte ebenfalls ein Pokerface.

»Sie sagten vorhin, Sie hätten eine Riesenwut auf den Insolvenzverwalter gehabt«, sagte Christoph suggestiv.

»Ja, klar«, antwortete der Menschner, dem als Einzigem noch nicht klar zu sein schien, worauf das Gespräch hinauslief. Fickel trat ihm herzhaft auf den Fuß.

»Aua!«, rief der Menschner. »Aber das stimmt doch.«

Fickel schüttelte schicksalsergeben den Kopf. Christoph blickte

---

26 Straftaten, die nur auf Antrag des Geschädigten verfolgt werden. Nicht zu verwechseln mit dem Eheantrag, wo Antragsteller und Geschädigter meist identisch sind.

dem Menschner direkt in die Augen. »Geben Sie's schon zu: Sie haben das Schwein umgebracht.«

Der Menschner war jetzt vollends verwirrt. Erstens war er gestern nur in der Wurstfabrik gewesen und nicht im Schlachthaus, und zweitens hatte er die Stromzange überhaupt nicht zur Hand gehabt. Also, wovon sprach der junge Beamte überhaupt?

»Ich meine: Sie haben Herrn Enzian nicht *ge*schlagen, sondern *er*schlagen«, rief Christoph mit sich überschlagender Stimme. »Und jetzt wollen Sie es so darstellen, als hätten Sie das nicht bemerkt?«

Menschner blickte hilfesuchend zu seinem Anwalt. »Du hast doch gesagt, wenn ich mich freiwillig stelle, dann passiert mir nichts«, quengelte er.

Aber dem Fickel waren im Moment die Hände gebunden. Denn zu der ganzen Latte an juristischen Problemen, die der Menschner mit sich rumschleppte, war nun auch noch § 211 StGB (Mord) hinzugekommen. Und der ist aus irgendwo nachvollziehbaren Gründen *kein* Antragsdelikt.

»Also: Was haben Sie mit der Leiche gemacht?«, fuhr Christoph in scharfem Tonfall fort. »Haben Sie sie gleich an Ort und Stelle zerstückelt?«

»Welche Leiche?«, fragte der Menschner, der offensichtlich immer noch nicht ganz auf der Höhe der Diskussion war.

»Sie gucken wohl zu viel fern, junger Mann«, protestierte der Fickel. Und ausgerechnet jetzt zeigte der Recknagel zum ersten Mal sein berühmtes Schmunzeln. »Er hat nur Netflix«, erwiderte er.

»Was ist denn das?«, fragte der Fickel.

»So 'n neuer Sender im Internet«, sagte der Menschner. »Aber bei uns auf dem Hof reicht die Dings-Geschwindigkeit dafür leider nicht.«

Christoph hatte das kurze Geplänkel teilnahmslos verfolgt, dann holte er sein übergroßes Handy raus, tippte und wischte eine Weile darauf herum und warf es schließlich vor dem Menschner auf den Tisch. »Das ist doch Ihrer, oder etwa nicht?«

Auf dem Display sah man das Foto des Schweinespalters, den die KTU in der Wurstfabrik gefunden hatte. Menschner war zusammengezuckt und linste verdattert auf das Gerät. »Den muss ich wohl irgendwo verloren haben«, sagte er.

Fickel und Recknagel wechselten einen kurzen Blick. Recknagel legte diskret seinen Finger auf den Mund.

»Mein Mandant verweigert die Aussage«, erklärte der Fickel.

»Die Indizien genügen auch so«, behauptete Christoph zufrieden und stand auf. »Sie haben Ihren Schweinespalter zwar abgewischt, aber wir haben noch Blutspuren daran gefunden.« Er ließ eine theatralische Kunstpause. »Und zwar menschliche.«

»Das ist ja 'n Ding«, sagte der Menschner offenbar ehrlich verblüfft.

»Sie hätten das Teil wenigstens etwas gründlicher säubern müssen«, sagte Christoph hämisch. »Ich verhafte Sie wegen des dringenden Verdachts, Rechtsanwalt Enzian getötet zu haben.«

Kurz darauf sah der Fickel fassungslos zu, wie sein ehemaliger Sportskamerad Menschner mit Handschellen abgeführt wurde. Der Kriminalrat wartete, bis sein Kollege von der Bildfläche verschwunden war, dann wandte er sich kopfschüttelnd an Fickel: »Wie sind Sie denn da wieder reingeraten?«

Aber das musste der Fickel auch erstmal verdauen.

§ 6

Insolvenzrichterin Scharfenberg

Nach der für alle Beteiligten überraschenden Festnahme seines Mandanten hatte Rechtsanwalt Fickel mal wieder allen Grund, an der Welt zu verzweifeln. Hatte ihm der Menschner mit seiner Geschichte etwa nur einen Bären aufgebunden? Oder brachte der Schlachter inzwischen mehr Empathie für einen todgeweihten Eber auf als beispielsweise für einen lebensfrohen Insolvenzverwalter – und hatte er diesen tatsächlich in einem Blutrausch mit dem Schweinespalter filetiert? In dem Fall konnte man durchaus von einer kleinen menschlichen Enttäuschung sprechen.

Aber so schnell wollte der Fickel nicht den Stab über seinen Mandanten brechen. Schließlich galt immer noch eine der kostbarsten Errungenschaften des Rechtsstaates: die Unschuldsvermutung. Bis jetzt hatte die Polizei lediglich Indizien in der Hand und keine Leiche, ja nicht einmal einen nennenswerten Bestandteil derselben. Und selbst wenn der Menschner den Enzian mit dem Schweinespalter gekitzelt hatte, konnte es dafür viele vernünftige Gründe geben, zum Beispiel Notwehr, Vollrausch oder geistige Umnachtung. Das Strafrecht wimmelte nur so von Hintertürchen. – Wozu war der Fickel denn Anwalt? Um seinen Lebensunterhalt zu bestreiten. Aber wenn man dabei ausnahmsweise auch der Gerechtigkeit ein wenig Vorschub leisten konnte, warum nicht?

An eine sofortige Abreise nach Bad Bocklet war unter diesen Umständen jedenfalls nicht mehr zu denken. Schließlich musste der Menschner »unverzüglich«, also bis spätestens zum Ablauf des nächsten Tages einem Richter (beziehungsweise einer Richterin) vorgeführt werden, der über die Unterbringung des Schlachters in einem Untersuchungsgefängnis zu entscheiden hatte. Astrid Kemmerzehl bemühte sich am Telefon redlich, den Fickel ihre Enttäuschung nicht spüren zu lassen. Was sollte man machen? Arbeit war ja im Grunde ein Fall höherer Gewalt. Und wahre Liebe kann bekanntlich warten, besonders im Segment vierzig plus.

Fickel beschloss, die Zeit bis zur möglichen Anhörung im Amtsgericht zu überbrücken. Freitags war im Justizzentrum ohnehin nicht viel los, da konnte man diskret ein paar Erkundigungen über den vermissten Rechtsanwalt Enzian einziehen und bei der Gelegenheit gleich preiswert zu Mittag essen. Selbst wenn freitags traditionell Fischtag war: Mensch und Schwein verbindet unter anderem, dass sie Allesfresser sind. Mit knurrendem Magen begab sich der Fickel auf direktem Wege in die Gerichtskantine, die in Meiningen sicher aus gutem Grund unter einem Dach mit der Bewährungshilfe untergebracht ist.

Doch als er mit dem Tablett vor der hell erleuchteten Vitrine stand und ihm der fade Geruch von gedünstetem Fisch in die Nase wehte, lachten ihn von nebenan Himmel und Erde an, nämlich frische Blutwurst[27] mit Äpfeln, Zwiebeln, Sauerkraut und Stampfkartoffeln. Das war natürlich nicht halb so gesund wie der Seelachs mit all seinen Omega-Fettsäuren, andererseits konnte man beim Fisch leicht an einer Gräte ersticken – eine Gefahr, die man bei Blutwurst eher vernachlässigen konnte. Dafür musste

---

27 Auch bekannt als Puttes, Blunzn, Flönz, Tote Oma oder Verkehrsunfall.

man dort wiederum chronische Erkrankungen wie Diabetes, Gicht und Arterienverkalkung im Blick behalten. Bewusste Ernährung hieß heutzutage, die freie Auswahl zwischen verschiedenen Todesarten zu haben.

Fickel war nach längerem Hin- und Herüberlegen zu dem Schluss gekommen, dass zu viel Vernunft auch wieder unvernünftig war, und stand soeben im Begriff, sich von der Küchenhilfe einen Teller mit Blutwurst reichen zu lassen. Zumal er beim Frühstück aufgrund von Menschners Appetit ein wenig kurz gekommen war. Doch da stand plötzlich die gerichtliche Serviceeinheit Therese neben ihm. »Igitt, ist das eklig«, protestierte sie mit angewidertem Blick auf die süßlich duftende dunkelbraunviolette Masse auf dem Teller. »Das wollen Sie doch nicht etwa ernsthaft essen?«

Auf ihrem Tablett thronte nur ein kleines Schälchen mit Salat, natürlich ohne Dressing. »Na ja, wer sich's erlauben kann«, fügte Therese schnippisch hinzu. Dabei versäumte sie nicht, einen strengen Blick auf Fickels Hemd zu werfen, das über dem Zentralmassiv eine gewisse Ausbeulung zeigte. Seit die Therese auf Diät war, war sie ständig unterzuckert und insbesondere vor den Mahlzeiten schwer genießbar. Trotz ihres goldenen Herzens.

»Einmal Fisch mit Dillsoße«, korrigierte der Fickel seine Bestellung bei der Küchenkraft. Nicht aus Überzeugung, sondern aus purem Opportunismus.

»Wenn *ich* Ihre Freundin wäre, würde ich dafür sorgen, dass Sie mehr auf Ihre Ernährung achten«, sagte die Serviceeinheit mit dem goldenen Herzen, als sie sich an einen Tisch gezwängt hatten. »Ganz zu schweigen von den ollen Hemden, die Sie ständig tragen.«

Langsam wurde der Fickel stutzig. Hatte er vielleicht irgendwas gesagt, das Thereses Missfallen geweckt haben könnte? Am

Hemd konnte es nicht liegen, das trug er schon seit zwanzig Jahren ... Da schrillten bei ihm natürlich die Alarmglocken. Als Terminhure[28] konnte es sich der Fickel mit jeder und jedem im Amtsgericht verscherzen, jedoch unter keinen Umständen mit der Serviceeinheit Therese, der Wächterin über das Telefon der Geschäftsstelle, wo zuverlässig gestresste Anwälte anrufen, die es nicht mehr rechtzeitig zur Verhandlung schafften und deren Platz in den mündlichen Verhandlungen der Fickel regelmäßig einnehmen durfte. Die guten Beziehungen zur Therese bildeten in Fickels Ich-AG Kapital-, Lebens- und Rentenversicherung in einem. Vielleicht sollte er ihr mal wieder ein Päckchen Pralinen mitbringen – oder war das etwa unsensibel wegen ihrer Diät?

Während die Therese ihren Salat mit Olivenöl und Balsamico benetzte, stocherte der Fickel lustlos auf seinem Teller herum. Fischfilet, Reis, Gemüse, überzogen mit einer undefinierbaren hellen Soße – ein Stillleben in Aquarelltönen, mit anderen Worten: Babynahrung. Der Fickel griff zum Salzstreuer und setzte ihn beherzt ein.

»Wollen Sie sich umbringen?«, rief Therese entsetzt. »Salz ist pures Gift für die Arterien.«

Glücklicherweise musste der Fickel nicht zu einer längeren Verteidigungsrede ansetzen, denn Rechtsanwalt Amthor, Fickels alter Freund, Kollege und ewiger Widersacher wanzte sich mit gut gefülltem Tablett heran. Auf seinen Tellern befanden sich a) eine frittierte Apfeltasche und b) eine tiefrote dampfende Knackwurst mit einer doppelten Portion Bautzener Senf, mittelscharf. Der Amthor klemmte sich mit den Worten »Ich darf doch« in die viel zu kleine Lücke zwischen Schemel und Wand, wobei der überwiegende Teil seines Bauches auf dem Tisch zu liegen kam. Sein

---

28 Juristischer Underachiever.

Mischfaser-Anzug dünstete das Aroma von Hâttric After Shave Classic und Myriaden gerauchter Karo[29]-Stängel aus. Merkwürdigerweise war die Therese nie so streng mit dem Amthor wie mit dem Fickel. Nur eine von vielen kleinen Ungerechtigkeiten am Meininger Amtsgericht.

»Und, was machen die Frauen?«, erkundigte sich der Amthor scheinbar harmlos und biss in die Knacker, dass das Fett fontänenartig herausspritzte. Man konnte seine Hintergedanken förmlich hören. Schließlich wartete er nur darauf, dass sich der Fickel bei Astrid Kemmerzehl eine Blöße gab, um selbst eine erneute Charmeoffensive zu starten. Einerseits durfte man ihm keine Hoffnung machen, andererseits vor der Therese, die glücklicher Single war und Pärchen daher grundsätzlich misstraute, nicht zu dick auftragen.

»Alles im grünen Bereich«, fasste der Fickel die Situation möglichst neutral zusammen.

Therese lachte spöttisch auf. »Kunststück. Wenn man sich nicht sieht, kann man auch nicht streiten, ge'?« Womit sie nicht ganz unrecht hatte. Das war auch wieder einer der zahlreichen Vorteile einer Fernbeziehung.

Während die Therese grimmig ihrem Salat zu Leibe rückte und Amthor seine Wurst vertilgte, erkundigte sich der Fickel angelegentlich, was die Anwesenden über Rechtsanwalt Enzian wussten, haltlose Gerüchte eingeschlossen. Schließlich ging doch nichts über eine profunde Recherche.

»Das ist doch der Gutaussehende mit den schwarzen Locken«, überlegte Therese schwärmerisch. Ein Mann wie einer Illustrierten entsprungen, nur leider – wie die meisten aus den Illustrierten – bereits vergeben.

---

29 Selbstmord in Zigarettenform.

Amthor wusste immerhin zu berichten, dass der Kollege Enzian ständig die großen Insolvenzen bearbeitete und deshalb Geld wie Heu haben musste. »Der hat anscheinend einen heißen Draht zum Insolvenzgericht. Das sag ich ganz neidfrei«, sagte der Amthor alles andere als neidfrei und widmete sich dem Verzehr seiner Apfeltasche, Krümelmonster at its best.

»Warum interessieren Sie sich denn für diesen Enzian?«, fragte die Serviceeinheit Therese neugierig. »Sind Sie etwa pleite?«

Diesen Verdacht wies Fickel natürlich weit von sich, drei Mal auf Holz geklopft. Während sich Therese und der Amthor über das bevorstehende Wochenende unterhielten, schob sich der Fickel die Reste seines Salzfisches hinter die Kiemen. Und irgendwo in Bad Bocklet schmorten gerade Rouladen im Ofen ...

»So, ich pack's dann«, erklärte der Amthor. »Heute läuft hier doch sowieso nix mehr.« Er erhob sich schnaufend und sagte an den Fickel gewandt: »Morgen wie immer: Vorglühen fürs Dampflokfest?«

Jetzt war der Fickel in einer echten Bredouille. Denn im Grunde würde er nichts lieber tun, als sich mit ein paar Freunden beim alljährlichen Stelldichein der Eisenbahnnostalgiker zu treffen und zusammen einen draufzumachen. Aber zugleich war es ihm eine Herzensangelegenheit, nach Bad Bocklet zu fahren und dort Süßholz zu raspeln. Daher sagte er entschlossen: »Mal sehen.«

Amthor konnte über den unzuverlässigen Kollegen mal wieder nur den Kopf schütteln und trollte sich heimwärts ins wohlverdiente Wochenende.

Kaum hatte sie aufgegessen, klingelte Thereses Handy. Als pflichtbewusste Serviceeinheit hatte sie ihr Diensttelefon während der Pause natürlich umgestellt. »Amtsgericht Meiningen, Geschäftsstelle ... Ach Sie sind es, Frau Knoche.« Therese entspannte sich. Während sie mit vielen Hmms und Ahas telefonierte, knabberte sie weiter ihren Salat. »Okay, ich sehe mal, was ich tun kann«, beendete sie das Gespräch.

»Arbeit für Sie«, sagte sie.

Fickel stand schon in den Startlöchern. »Hafttermin bei Leonhard?«

Therese sah den Fickel verständnislos an. »Wie kommen Sie denn darauf?«

Fickel zuckte mit den Schultern. Wer sonst als der Menschner sollte am Freitagmittag in Meiningen noch einen Anwalt benötigen? Und wer war zudem so naiv zu glauben, um die Zeit noch jemanden im Justizzentrum anzutreffen?

»Der Mann erwartet Sie an der Information«, sagte Therese. »Den Namen hat Frau Knoche mir nicht gesagt.«

Zusammen mit der Serviceeinheit machte sich der Fickel auf den Weg durch die Fußgängerpassage auf die andere Seite des riesigen Backsteinriegels der ehemaligen Stadtkaserne, die in ihrer Geschichte vielen Armeen Obdach gewährt hatte, und nun der Justiz. Doch plötzlich hatte der Fickel hier ein Piepen im Ohr wie bei einem mittelschweren Tinnitus.

»Hören Sie das auch?«, fragte Therese irritiert.

Also eher kein Tinnitus, dachte der Fickel, Gott sei Dank.

Als sie auf den Gerichtsvorplatz einbogen, standen sie plötzlich einer Menschenmenge von circa fünfzig bis sechzig Männern und höchstens einer Handvoll Frauen gegenüber, die ein höllisches Trillerpfeifenkonzert veranstalteten. Die reinste Schiedsrichter-Demo, nur dass die Teilnehmer überwiegend weiß statt schwarz gekleidet waren. Ein grobschlächtiger grauhaariger Mann, der im Unterschied zu den anderen merkwürdigerweise eine Art Schaffner-Uniform trug, hielt ein Transparent in die Höhe, auf dem mit ungeübter Hand ein weinendes Schwein gemalt war. Darunter stand etwas ungelenk: »Keine Sau interessiert sich für uns«. Zwei seiner Kollegen trugen ein großes, aus zwei Pappwürsten montiertes Grabkreuz. Weniger kreative Demonstranten hatten Plakate der Gewerkschaft Nahrung, Genuss, Gaststätten geschultert. Ein Lieferwagen hatte in der Einfahrt des Gerichts gestoppt. Ein Dutzend Arbeiter machten sich gerade daran, den Inhalt zu entladen: riesige Euro-Fleischkisten mit Wurst- und Fleischwaren, die an der Einfahrt zu einer Art Barrikade aufgetürmt wurden.

»Was ist das denn für ein wilder Haufen?«, wunderte sich die Serviceeinheit Therese angesichts des bunten Treibens, denn derartige Menschenaufläufe waren im Gericht eher die Ausnahme, vor allem am Freitag.

»Sieht aus wie eine Fleischer-Demo«, erklärte der Fickel. »Die Leute haben Angst um ihre Jobs, weil Krautwurst Insolvenz angemeldet hat.«

Die Stimmung in der Menge wirkte allerdings weniger ängstlich als vielmehr aufgeheizt, testosterongeladen und unterschwellig aggressiv. Vor dem Eingang des Amtsgerichts hatte sich ein Metzger-Pulk gebildet und machte seinem Unmut mit Sprechchören Luft, offensichtliches Ziel ihres Zorns: die Justiz. »Meininger Richter, Jobvernichter!«, skandierten sie im Chor.

»Die sollen sich nicht so aufspielen«, schimpfte die gerichtliche Serviceeinheit Therese, die als Beamtin leicht reden hatte. »Als ob wir was dafür könnten, dass die pleite sind.«

Die Demonstrierenden schienen sich untereinander ohnehin nicht ganz einig zu sein, gegen welches der zahlreichen Meininger Gerichte sie ihre Wut richten sollten: das Amts-, Land-, Arbeits-, Verwaltungs- oder aus lieber Gewohnheit das Sozialgericht? Die Wege des Rechts sind, übrigens nicht nur für Laien, unergründlich.

Während der Fickel noch überlegte, wie er sich unbemerkt an

der Menge vorbei ins Gericht schmuggeln könnte, näherte sich eine schwarze Limousine mit Jenaer Kennzeichen der Einfahrt. Im Fonds saß ein Glatzkopf, der in irgendeine Akte vertieft war. Doch als der Fahrer einparken wollte, bildete sich aus der Demonstration heraus spontan eine Menschenkette und stellte sich ihm in den Weg. Die Limousine stoppte abrupt und hupte nachdrücklich, was jedoch keinerlei Erfolg zeitigte. Im Gegenteil fachte es die Wut der Menge nur noch an. »Richter, Roben, Klün-gelei!«, skandierten die Demonstranten, wobei die Rufe von den Wänden der ehemaligen Russenkaserne donnernd widerhallten.

Die dunkle Limousine wendete und raste Richtung Bella-Aul[30]-Straße davon. Der Fickel hielt den Moment, da die Limousine noch die Aufmerksamkeit auf sich zog, für günstig, um sich diskret an der Menge vorbeizudrücken.

»Los, nix wie rein«, sagte die Therese und stöckelte mit ihren Schuhen Richtung Eingang.

Aber der Grauhaarige mit dem traurigen Schwein stellte sich ihnen breitbeinig in den Weg und bedeutete mit fast vergessener Zöllnergeste – offene Handfläche am ausgestreckten Arm – anzuhalten. Die Menge bildete sofort bedrohlich einen Kreis um Fickel und seine Begleiterin.

»Hier kommt keiner mehr durch«, sagte der vierschrötige Grauhaarige in unmissverständlichem Tonfall und verschränkte seine kräftigen Arme vor der Brust. »Das Gericht ist nämlich besetzt.«

»So?«, eiferte sich die gerichtliche Serviceeinheit. »Und warum, wenn ich fragen darf?«

---

30 Jüdische Frauenrechtlerin, Sozialdemokratin und Widerstandskämpferin gegen das Nazi-Regime, lebte in Meiningen, ermordet in Auschwitz. 1990 erhielt die nach ihr benannte Straße den alten Namen Kasernenstraße zurück, was 2014 wieder korrigiert wurde. Da sage noch einer, die Meininger seien nicht lernfähig.

»Damit demonstrieren wir für den Erhalt unserer Arbeitsplätze – und für die Thüringer Wurstkultur«, antwortete jemand aus der Menge.

Der Fickel war kurz aus dem Konzept. Kultur und Wurst in einem Wort, das klang erstmal schwer verdaulich.

»Wir verlangen, dass die traditionsreiche Großmetzgerei Krautwurst am Standort Rippershausen erhalten bleibt und die Produktion sofort wieder aufgenommen wird«, erklärte der Grauhaarige und wandte sich an die Umstehenden. »Und vor allem, dass endlich unsere Gehälter ausgezahlt werden!«

Ein vielstimmiger Chor signalisierte Zustimmung. »Wenn das Gericht uns blockiert, dann blockieren wir halt das Gericht«, rief ein Demonstrant. Die Menge johlte.

»Ich muss da aber rein«, beharrte der Fickel ruhig. Als ehemaliger Anschieber des Bobs Oberhof II ließ sich der Fickel von ein paar wild gewordenen Metzgern nicht so schnell den Schneid abkaufen.

»Was wollen Sie denn da überhaupt?«, erkundigte sich der Grauhaarige misstrauisch.

»Arbeiten«, antwortete Fickel lapidar.

Sein Gegenüber musterte ihn abschätzig von oben bis unten.

»Sie sind doch nicht etwa Richter?«

Statt einer Antwort zeigte der Fickel stumm seinen Mitgliedsausweis der Rechtsanwaltskammer.

»Hätte ich jetzt nicht gedacht«, erklärte der Grauhaarige mit Blick auf Fickels ausgebeultes Cordsakko. »Sind Sie *für* uns oder *gegen* uns?«

Im Grunde hätte sich der Fickel nicht einmal verbiegen müssen, um sich mit den Wurstkulturschaffenden solidarisch zu erklären. Andererseits hatte er seit seiner Jugend so einen Tick. Immer, wenn ihm irgendjemand ein Bekenntnis abverlangte, dann wollte es ihm partout nicht über die Lippen kommen, und sei es auch nur aus innerer Trägheit. Der Grauhaarige blickte ihn ungeduldig an. »Was ist denn nu'?«

Aus dem Gerichtsgebäude kam ein leicht untersetzter Mann in Lederkleidung hinzugeeilt. »Lassen Sie den Mann bitte durch, Herr Sittig«, rief der Ankömmling dem Grauhaarigen zu. »Ich hab den Anwalt bestellt.«

Der Grauhaarige zögerte. »Wir hatten doch vereinbart, dass wir keinen mehr ins Gericht reinlassen«, sagte er. »Ich bin zwar nur der Pförtner, aber hier habe ich das Sagen.«

»Ich will doch nur dafür sorgen, dass Ihre Gehälter ausgezahlt werden«, redete der Untersetzte auf den Grauhaarigen ein. »Und dafür brauche ich juristische Unterstützung.«

Fickel glaubte, sich verhört zu haben. Wie stellte sich der gute Mann das vor? Glaubte der etwa, dass er zaubern könne?

»Ganz genau«, sagte die gerichtliche Serviceeinheit Therese, »Herr Fickel ist einer unserer kompetentesten Mitarbeiter. Und jetzt lassen Sie uns gefälligst durch!«

Der Grauhaarige grummelte etwas in seinen Bart, dann machte er widerwillig Platz.

»Mein Name ist Jürgen Krautwurst«, sagte der Untersetzte, als sie das Amtsgericht betraten, »ich bin der Inhaber der Wurstfabrik ...« Fester Blick, feuchter Händedruck – erster Eindruck: nicht unsympathisch.

Serviceeinheit Therese zeigte an der Schleuse ihren Dienstausweis vor und eilte gleich weiter in die Geschäftsstelle, um vom Fenster aus den Fortgang der Demonstration zu beobachten.

»Ich kann meine Leute da draußen ja verstehen«, fuhr Krautwurst fort, als sie allein waren. Schließlich habe Insolvenzverwalter Enzian extra einen Überbrückungskredit bei der Bank aufgenommen und hoch und heilig versprochen, der Belegschaft alle ausstehenden Löhne vorzuschießen, damit sie morgen bei dem Weltrekordversuch mithelfen. »Und dann taucht er einfach mir nix, dir nix ab«, empörte sich der Wurstunternehmer.

Der Fickel stand erstmal auf dem Schlauch. »Was denn für ein Weltrekord?«

Krautwurst wunderte sich zwar, dass der Fickel noch nichts davon gehört hatte, doch dann berichtete er stolz von seinem Vorhaben, beim morgen bevorstehenden Dampflokfest die längste Bratwurst der Welt zu grillen. Der erste Impuls beim Fickel war: ungläubiges Staunen. Der Mann litt anscheinend unter akutem Größenwahnsinn. Sechs Kilometer Wurst, das waren ja praktisch 6000 Meter und somit bei einer mittleren Länge von zwanzig Zentimetern je Einheit nach Adam Riese nicht weniger als 30 000 Bratwürste. Wer soll die denn bitte schön in einer kleinen Mittelstadt wie Meiningen alle aufessen?

Aber Jürgen Krautwurst hatte alles bis ins kleinste Detail durchkalkuliert. Denn schon im letzten Jahr waren rund 20 000 Gäste zum Fest in die Stadt gekommen, die Zaungäste unter den Einheimischen nicht mal mitgezählt. Und wenn man die wenigen versprengten Vegetarier unter den Besuchern abzog, blieben immer noch mehr als genug Karnivoren übrig, sodass sich rein rechnerisch pro Nase höchstens eine Bratwurst ergab. Da musste man, wenn man den gesunden Appetit mancher Mitbürger berücksichtigte, schon fast wieder Angst haben, zu kurz zu kommen. Zumal Jürgen Krautwurst schon seit Tagen virales Marketing[31] für seine Aktion betrieb. Im Internet war praktisch von nichts anderem mehr die Rede als von Meiningen und der längsten Bratwurst der Welt. Zur Sicherheit hatte Krautwurst auch einen Preis für denjenigen ausgelobt, dem es gelang, die meis-

---

31 Epidemieartige Verbreitung nachrangiger Nachrichten.

ten Bratwürste zu verschlingen. Kurzum: Krautwurst plante sein Comeback auf der großen Bühne. Nur dass von Insolvenzverwalter Enzian ausgerechnet jetzt keine Spur war, passte nicht in sein Konzept. Und ohne den konnte Krautwurst nicht einmal die Grillkohle bezahlen. Stichwort Kontosperre.

»Haben Sie vielleicht eine Ahnung, was man da unternehmen kann?«, erkundigte sich Krautwurst. Unter normalen Umständen hätte man den Mann jetzt vertrösten und an einen Anwalt verweisen müssen, der sich mit der Materie auskennt, mit der *Rechts*materie wohlgemerkt. Andererseits hatte sich der Fickel ohnehin vorgenommen, beim Insolvenzgericht Erkundigungen einzuziehen – und dem Menschner wäre wohl am meisten gedient, wenn der Kollege Enzian irgendwo auftauchen würde, und zwar wenn möglich in einem Stück.

»Wir können ja mal einen Testballon steigen lassen«, sagte der Fickel, »aber ich kann nicht versprechen, dass es was bringt.«

Das war natürlich so ein Satz aus der Zauberkiste des Anwalts, das Pendant zu »alle Angaben ohne Gewähr« bei der Lottoziehung. Es waren nun einmal unverbindliche Zeiten, die heutigen, und warum sollte ausgerechnet der Fickel da eine Ausnahme machen?

»Leider kann ich Sie im Moment nicht bezahlen«, bemerkte Krautwurst mit leicht betretener Miene. »Aber Sie bekommen morgen bei dem Fest so viel Freibratwurst, wie Sie wollen.«

Anscheinend war es jetzt so eine neue Mode, dass jeder meinte, den Fickel in Fleisch bezahlen zu müssen, erst der Schlachter – und nun auch der Wurstfabrikant. Da konnte man sich glatt seine harte Ostmark zurückwünschen. Obwohl man die seinerzeit im Konsum auch überwiegend in Fleischprodukten anlegte, aus Mangel an Südfrüchten. Aber da der Fickel ohnehin recherchieren musste, nahm er die Aussicht auf eine Wurst-Flatrate gerne mit.

Jetzt war es allerdings so eine Frage, wie es um die Arbeitsmoral des Insolvenzgerichts bestellt war. Erfahrungsgemäß herrschte an den Wochenrandtagen nämlich gähnende Leere auf den Fluren der Gerichte. Schließlich gehörte es zu den vornehmsten Privilegien des Richterstandes, sich seinen Arbeitsort frei wählen zu können, weshalb auffällig viele Justiz-Akten nach Sonnencreme duften, andere nach Chemikalien aus dem Hobbykeller und/oder nicht selten Rotweinflecken aufweisen. Doch wer würde es den Kollegen verübeln? All die Verantwortung als Richter könnte ein normalsterblicher Jurist wie der Fickel gar nicht tragen, das Gewicht würde ihm glatt das Rückgrat brechen.

Fickel führte Jürgen Krautwurst zur Schleuse, die ins Innere des Amtsgerichts führte, und holte, während Krautwurst noch auf versteckte Waffen gecheckt wurde, an der Information Erkundigungen ein. Und sieh mal einer an, Richterin Scharfenberg saß *natürlich* noch an ihrem Schreibtisch, Freitag hin oder her. Da fragte man sich natürlich: Hat die arme Frau denn kein Privatleben?

Doch Insolvenzrichterin Scharfenberg war einfach ein besonderes Kaliber, eine Aktenfresserin und Vollblutjuristin *comme il faut*, die in vielen Dienstjahren an ihren Aufgaben nicht nur gewachsen, sondern in gewisser Weise mit ihnen sogar *ver*wachsen war. Sie stand wie ein Leuchtturm aufrecht und unantastbar in der Flut der täglich in die Geschäftsstelle des Gerichts gespülten Verfahren.

Ihren Ruf und ihre Unantastbarkeit verdankte sie neben ihrem Fleiß und ihrer Kompetenz auch der Tatsache, dass sie seit fünfundzwanzig Jahren mit Dr. Claus Scharfenberg verheiratet war, *der* Strafrechtsikone schlechthin, Verfasser mehrerer Standardkommentare und Vorsitzender Richter am 5. Strafsenat in Leipzig. Da ihr Mann beruflich noch mehr beansprucht war als sie selbst, hatte sie genügend Zeit und Muße, sich von Montag früh bis Freitagnachmittag ausgiebig den Meininger Insolvenzen zu widmen, bevor sie sich mit Beginn des Wochenendes ins Auto setzte, die gut 200 Kilometer in ihre sächsische Heimat absolvierte und ihren Mann aus dessen Gericht abholte. – Der Fickel konnte sich bestens vorstellen, wie die beiden nach einer erfüllenden Arbeitswoche gemeinsam essen gingen und auf höchstem Niveau über ihre Rechtsprechung diskutierten. Wer würde da nicht gern Mäuschen spielen?

Auf dem Weg zum Büro von Richterin Scharfenberg versuchte der Fickel, Wurstfabrikant Krautwurst noch ein paar Informationen über den Menschner zu entlocken. Denn je mehr ein Anwalt über seinen Mandanten weiß, desto besser für den Anwalt. Für den Mandanten manchmal auch.

»Der Heiko ist ja 'n tüchtiger Junge, aber er sieht einfach nicht über den Tellerrand«, urteilte Jürgen Krautwurst zähneknirschend. »Bei uns geht eine ganze Industrie den Bach runter, und er macht so einen Aufstand wegen seiner paar Duroc-Schweine.«

Der Fickel wandte ein, dass der Menschner immerhin Ausstände in Höhe von fast zehntausend Euro vorbrachte – das war schließlich kein Pappenstiel. Krautwurst winkte müde ab. »Sobald der Laden wieder brummt, zahle ich ihn aus«, behauptete er. »Aber er musste sich ja unbedingt mit dem Insolvenzverwalter anlegen. Das bringt doch nichts.«

Fickel nickte und erkundigte sich, ob Krautwurst Schlachter Menschner für fähig hielt, den Enzian umgebracht zu haben.

»Körperlich wäre das gar kein Problem für ihn«, erklärte Krautwurst unbefangen. »Aber ich hab 'ne ganz andere Theorie. Und die ist noch viel schlimmer.«

Da konnte man jetzt theoretisch lange überlegen, was nach Ansicht eines Wurstfabrikanten »noch viel schlimmer« war als ein kunstgerecht zerlegter Insolvenzverwalter. Aber da wäre der Fickel nie drauf gekommen: nämlich ein vollständig intakter Insolvenzverwalter. »Wenn ich mir vorstelle, der Enzian sitzt vielleicht auf irgendeiner Insel in der Karibik und verbrät *meine* Kohle, da schwillt mir der Kamm«, presste Krautwurst hervor. Denn beim Blick auf das Firmenkonto habe er die beunruhigende Beobachtung gemacht, dass dieses vollständig leer war. Obwohl Krautwurst sicher wusste, dass der Enzian einen Überbrückungskredit in Höhe von fünfhunderttausend Euro aufgenommen hatte, um den Mitarbeitern die Gehälter vorzustrecken, bis die Arbeitsagentur endlich die Summe ausbezahlte. Nun war also das Geld verschwunden, und der Enzian auch. Das war natürlich eine Koinzidenz, die einem zu denken gab.

Tatsächlich sah Jürgen Krautwurst angesichts der Vorstellung, sein Insolvenzverwalter könnte just in diesem Moment entspannt und mit Mojito-Glas in der Hand an einem Traumstrand sitzen, direkt verbittert aus. Dann sollte der doch bitte schön lieber tot sein. Fickel wagte einzuwenden, dass Rechtsanwalt Enzian seines Wissens glücklich verheiratet war – und überhaupt: Gab es Insolvenzverwalter, die sich an den ihnen anvertrauten Unternehmen bereichern beziehungsweise gleich mit der Kasse durchbrennen, nicht nur im Märchen beziehungsweise in irgendeiner SOKO im ZDF?

Angesichts solch lebensferner Naivität verzog Krautwurst ein wenig das Gesicht. »Sind Sie wirklich Anwalt?«, vergewisserte er sich. Eine Frage, die der Fickel beantwortete, indem er sie einfach im Raum stehen ließ. Praktischerweise langten sie ohnehin just in diesem Moment vor dem Büro von Richterin Scharfenberg an, in welches schon manch Pleitier aufrecht hinein- und gebeugt wieder hinausgegangen war. Die Richterin, die man weder in der Kantine noch an Stammtischen oder auf Festen antraf, kannte der Fickel nur vom Hörensagen. Denn von Insolvenzen war er beruflich wie privat bislang glücklicherweise verschont geblieben. Selbstbewusst klopfte er an und wartete, bis von drinnen ein »Herein« ertönte.

Richterin Scharfenberg hockte an ihrem Schreibtisch und verschwand beinahe zwischen zwei Aktenbergen. Angesichts der schieren Menge an Insolvenzen, die hier bearbeitet wurden, erschien es einem fast als Wunder, dass in Meiningen überhaupt noch jemand seine Rechnungen bezahlte.

Die Hüterin der Insolvenzakten war dünn und blass wie ein Blatt Papier aus ihrem Schönfelder[32], ihre vom Gesetz- und Aktenstudium gepeinigten Augen wirkten riesig hinter den ungewöhnlich dicken Brillengläsern, Marke Kompottschalen. Gleichzeitig war ihr Hals derartig dünn, dass man sich wunderte, wie er die Last eines derart gescheiten, von der Brille zusätzlich beschwerten Kopfes überhaupt tragen konnte. Ihr Habitus erinnerte entfernt an den irgendeines Insekts, obgleich eines mit IQ 180.

»Wie kann ich Ihnen helfen?«, fragte die Frau des Bundesrichters kühl.

»Ich bin Rechtsanwalt Fickel, und dieser Herr an meiner Seite ist ...«

Doch er schaffte es nicht einmal, seinen ersten Satz zu vollenden.

»Falls Sie sich als Insolvenzverwalter bewerben wollen, geben Sie Ihre Unterlagen bitte im Sekretariat ab«, fiel ihm Richterin Scharfenberg scharf ins Wort. »Wie Sie sehen, habe ich viel zu tun.«

Auf die Idee, sich als Insolvenzverwalter zu bewerben, wäre der Fickel nicht im Traum gekommen, nicht mal in einem Alb-

---

32 Gesetzessammlung, die sich bei Gesetzesnovellen analog updaten lässt.

traum. Akten wälzen, Rechnungen prüfen, Verträge kündigen und zu allem Überfluss auch noch Mitarbeiter entlassen ... Das war einfach nicht sein Jobprofil.

»Ich begleite nur Herrn Krautwurst«, stellte er die Verwechslung klar. »Es geht um ...«

»Ah, das Eröffnungsverfahren«, erinnerte sich Scharfenberg sofort. »Die Akte ist in der Geschäftsstelle.«

»Wir haben da ein kleines Problem mit unserem Verwalter«, sagte Krautwurst schüchtern.

»Mit Herrn Enzian? Inwiefern?«

Krautwurst blickte auffordernd zu seinem Anwalt. »Der ist seit gestern anscheinend spurlos verschwunden«, antwortete Fickel.

Die Richterin zog ihre linke Braue nach oben, was ihr Auge durch die Brille noch größer erscheinen ließ. Das sah nicht mehr gesund aus.

»Rechtsanwalt Enzian ist ein äußerst zuverlässiger Kollege. Ich arbeite seit vielen Jahren vertrauensvoll mit ihm zusammen. Er wird bestimmt seine Gründe haben.«

»Fragt sich nur, welche«, wandte Krautwurst ein und blickte wieder hilfesuchend zum Fickel.

»Vielleicht ist er ja krank«, sagte die Richterin.

»Schön möglich«, bestätigte der Fickel. »Aber er wird wirklich dringend gebraucht. Die Mitarbeiter der Firma gehen schon auf die Barrikaden.«

Die Richterin griff zum Telefon. »Das haben wir gleich.« Sie wählte und wartete ein paar Sekunden, dann legte sie offenbar ergebnislos wieder auf.

»In seinem Büro ist niemand. Ich versuch's noch mal bei ihm zu Hause«, sagte die Richterin. Und dort ging tatsächlich jemand ran.

»Scharfenberg hier, Amtsgericht Meiningen, ich muss kurz mit äh ... Ihrem Mann sprechen«, diktierte sie befehlsgewohnt ins Telefon.

»Ach, und *wo* kann ich ihn erreichen?« Richterin Scharfenberg lauschte und stützte ihren Kopf auf. »Ach ja ... Hm-mh.« Sie schnaubte genervt. »Jetzt reißen Sie sich doch bitte ein kleines bisschen zusammen, Frau Stöcklein! Er wird schon wieder auftauchen. Bitte sagen Sie mir dann umgehend Bescheid. Sie haben ja meine Nummer. Wiederhören.« Sie knallte den Hörer auf das Telefon.

»Merkwürdig«, sagte sie. »Seine Frau hat ihn schon als vermisst gemeldet. So was ist mir in zwanzig Jahren noch nicht passiert.«

»Das Problem ist, dass meine Angestellten heute eigentlich ihren ausstehenden Lohn ausgezahlt bekommen sollten«, erklärte Krautwurst vorsichtig. »Schließlich wollen wir morgen beim Dampflokfest die längste Rostbratwurst der Welt grillen.«

Richterin Scharfenberg blickte Krautwurst an, als hätte der ihr ein schlüpfriges Angebot unterbreitet.

»Soll das ein Scherz sein?«, fragte sie dann. »Sie sind zahlungsunfähig und verschwenden Ihre Ressourcen mit solchen ... entschuldigen Sie bitte: *Eulenspiegeleien*?«

Doch Krautwurst war weit davon entfernt zu scherzen. »Die Aktion ist von langer Hand geplant«, erklärte er selbstbewusst. »Wir fahren schon seit Tagen Sonderschichten, damit alles fertig wird ...«

Richterin Scharfenberg schüttelte, der Verzweiflung nahe, den Kopf. »Ich glaub' das alles nicht.«

»Herr Enzian war auch dafür«, bekräftigte Krautwurst. »Auf herkömmlichem Wege werden wir unser Rohmaterial eh nicht los, bei der negativen Publicity, die wir im Moment haben. Wenn das gute Fleisch bei uns im Lager vergammelt, dann hat doch keiner was davon.«

Den Fickel musste Krautwurst nicht mehr überzeugen. »Können *Sie* das nicht ausnahmsweise mal erlauben?«, erkundigte er sich vorsichtig bei der Richterin. »Immerhin geht es dabei auch um Arbeitsplätze und den gesamten Wirtschaftsstandort Meiningen.«

Jetzt betrachtete Richterin Scharfenberg den Fickel, als hätte er sie persönlich beleidigt. »Ihnen als Anwalt dürfte doch klar sein, dass diese Entscheidung außerhalb meiner Kompetenzen liegt«, belehrte sie ihn streng. »Ich habe Herrn Enzian als *starken vorläufigen Insolvenzverwalter* eingesetzt. Sie werden ja wohl wissen, was das bedeutet.«

Der Fickel kratzte sich hinterm Ohr. Es war immer wieder erstaunlich, was von einem Anwalt heutzutage erwartet wurde. Jetzt sollte man sich wohl auch schon im Insolvenzrecht auskennen. Was kam als Nächstes? Etwa Zivilprozessrecht?

»Was bedeutet es denn?«, fragte Krautwurst an Fickels Stelle nach einer längeren Gesprächspause. »Ich bin schließlich kein Jurist.«

»Das heißt, dass Rechtsanwalt Enzian momentan die alleinige Verwaltungs- und Verfügungsbefugnis über das Betriebsvermögen der Firma Krautwurst Thüringer Wurstspezialitäten innehat«, erläuterte die Richterin. »Und da Sie als Inhaber persönlich haften, betrifft das auch Ihr gesamtes Privatvermögen.«

»Leider«, seufzte Krautwurst. »Aber soll ich jetzt etwa verhungern, ohne Insolvenzverwalter?«

»So schnell wird das hoffentlich nicht passieren«, erwiderte die Richterin mit Blick auf Krautwursts stämmige Figur.

»Ich lebe gerade nur auf Kosten meiner Frau«, klagte Krautwurst.

»Befindet sich denn zurzeit Geld auf Ihren Konten?«, fragte die Richterin.

Jürgen Krautwurst verneinte. »Totale Ebbe. Obwohl Herr Enzian extra einen Kredit aufgenommen hat. Weil die dings ...« Er räusperte sich, dann fuhr er um Korrektheit bemüht fort: »... die Bundesagentur für Arbeit mit der Bewilligung des Insolvenzgeldes so lange braucht.«

»Hoffentlich hat sich der Herr Kollege nicht selbst bedient«, sagte der Fickel, lediglich Krautwursts düstere Befürchtungen von eben wiedergebend. Doch kaum hatte er es ausgesprochen, schoss der blassen Richterin das Blut ins Gesicht.

»Verstehe ich Sie richtig?«, donnerte Scharfenberg. »Sie bezichtigen einen hochgeachteten Juristen ohne jeden Anhaltspunkt einer schweren Straftat?«

»Aber wenn das Geld ...«, setzte der Fickel an.

»Passen Sie auf, was Sie sagen«, unterbrach Scharfenberg streng. »Das grenzt an üble Nachrede[33].«

»... nun mal weg ist«, vollendete der Fickel seinen Satz trotzdem, wenn auch etwas leiser.

»Wahrscheinlich hat Herr Enzian das Darlehen von der Bank auf ein anwaltliches Sonderkonto zahlen lassen«, sagte die Richterin, »das ist in solch einem Verfahren keineswegs unüblich.«

Ehe sich der Fickel tatsächlich noch eine Anzeige einfing, ruderte er lieber schnell zurück und verwies darauf, dass die Polizei ohnehin eher von einem Verbrechen nicht *durch,* sondern *zum* Nachteil des Kollegen Enzian ausging. Als der Fickel bei seinen Ausführungen unvorsichtigerweise den Schweinespalter erwähnte, schienen die schreckgeweiteten Augen der Richterin sogar die dicken Brillengläser zu sprengen. »Um Gottes willen«, flüsterte sie tonlos.

---

33 Vgl. § 186 StGB, stellt ehrenrührige Tatsachenbehauptungen unter Strafe, z. B. »Sie haben Ihr Examen wohl im Lotto gewonnen«.

»Noch ist ja nicht aller Tage Abend«, sagte Krautwurst. »Vielleicht ist der Enzian ja auch einfach nur in der Kneipe oder im Puff versackt, ge'?«

Er lachte meckernd. Richterin Scharfenberg rieb sich die Schläfen, um ihre angegriffenen Nerven zu beruhigen.

»Hören Sie, ich mache Ihnen einen Vorschlag«, sagte sie, nachdem sie angestrengt nachgedacht hatte. »Wenn Herr Enzian bis morgen früh nicht aufgetaucht ist, setze ich ersatzweise jemand anderen als vorläufigen Insolvenzverwalter ein. Der kann dann alles Notwendige regeln. Einverstanden?«

»Und was wird aus unserer Wurst?«, hakte Krautwurst besorgt nach.

Richterin Scharfenberg rollte mit ihren Augen.

»Das zu entscheiden obliegt dann auch dem vorläufigen Verwalter.«

Krautwurst zuckte mit den Achseln. Ein bisschen mehr Planungssicherheit wäre ihm sicher nicht unlieb gewesen.

»Aber morgen ist doch Samstag«, wandte der Fickel vorsichtig ein. »Wer weiß, ob da jemand zur Stelle ist.«

»Ich habe dieses Wochenende ohnehin Eildienst und bleibe in Meiningen«, erwiderte Richterin Scharfenberg. »Und jetzt lassen Sie mich bitte allein. – Wie Sie sehen, habe ich auch noch anderes zu tun.«

Sie deutete auf die beiden Aktenstapel, die weiterer Bearbeitung harrten. Angesichts solch einer wichtigen Beschäftigung wollte der Fickel natürlich nicht länger stören.

»Wenn Herr Enzian auftaucht, sagen Sie ihm bitte, dass er mich *unverzüglich* kontaktieren möchte«, befahl Richterin Scharfenberg abschließend. »Verstanden?«

Um ein Haar hätte Fickel die Hacken zusammengeknallt und »Zu Befehl« gerufen, aber dann hätte er sich womöglich wegen

Amtsanmaßung (§ 132 StGB) oder gar Vorbereitung eines Angriffskrieges[34] verantworten müssen.

Als sie hinter sich die Türe schlossen, sagte Krautwurst leise: »Ui, ui, ui. Mit der möchte ich auch nicht verheiratet sein.«

Zumindest war nun auch dem Fickel klar, dass der Kollege Enzian verdammt schwerwiegende Gründe haben musste, um die Anrufe dieser Richterin zu ignorieren.

---

34 Bagatelldelikt, vgl. ehem. § 80 StGB, seit 1.1.2017 nach deutschem Recht nicht mehr strafbar, sondern nur noch nach Völkerrecht.

§ 7

Auf der Palme

Oberstaatsanwältin Gundelwein hatte sich den Höhepunkt ihrer Karriere vielleicht ein klein wenig anders vorgestellt – eine Spur bedeutender, glamouröser, kurz: weniger provinziell. Gerade einmal zwanzig bis dreißig Menschen hatten sich zu der Feierstunde im Festsaal des Landgerichts eingefunden, die zu Ehren ihrer allfälligen Ernennung zur Leitenden Oberstaatsanwältin abgehalten wurde: der Präsident des Landgerichts Tenner, der Direktor des Amtsgerichts Leonhard, dazu die meisten der ihr unterstellten Kollegen von der Staatsanwaltschaft, allesamt nicht aus Neigung, sondern in der im Übrigen völlig korrekten Annahme, dass die Chefin dies von ihnen erwartete. Statt Champagner stand Rotkäppchen-Sekt, halbtrocken, zum Anstoßen bereit. Aber die Oberstaatsanwältin trank zurzeit sowieso keinen Alkohol.

Ehrengast und Laudator der Veranstaltung war der Thüringer Generalstaatsanwalt Schnatterer, der eine klassische 08/15-Rede hielt, in der von Kriminalitätsstatistiken, Aufklärungsquoten und der verantwortungsvollen Rolle der Strafverfolgungsbehörden in einem sich ständig wandelnden gesellschaftlichen Umfeld die Rede war. Ein Journalist knipste lustlos Fotos für den Lokalteil des Meininger Lokalblattes.

Die Gundelwein unterdrückte ein Gähnen. Zu allem Überfluss war ihr wie so oft in den letzten Tagen speiübel. Wo hatte sie gelesen, dass es dann ein Junge wird? Eigentlich logisch, dass das Testosteron im weiblichen Körper Abwehrreflexe auslöst. Im Grunde war ihr das Geschlecht des Kindes egal. Hauptsache, es hatte die schwarzen Locken seines Vaters und die Intelligenz seiner Mutter ...

Generalstaatsanwalt Schnatterer kam nach einigen weiteren rhetorischen Schleifen endlich auf die »Hauptperson der heutigen Veranstaltung« zu sprechen. In salbungsvollen Worten würdigte er die zahlreichen Talente der Oberstaatsanwältin: ihre Zielstrebigkeit, ihr Durchsetzungsvermögen und nicht zuletzt ihre Leitungskompetenzen, alles manifestiert in zwei hervorragenden Examina, der tadellosen Dienstakte und einigen spektakulären Anklagen, die in dieser Form sonst niemand in der Behörde zum Erfolg geführt hätte. »Aber was ich persönlich am meisten an ihr schätze, ist ihr unbestechlicher Blick, der auch vor der eigenen Behörde nicht haltmacht«, sagte der Generalstaatsanwalt. Es klang wie ein Kompliment, aber wenn man die Vorgeschichte mit dem korrupten LOStA Siebenthaler nicht kannte, hätte man die neue Leitende Oberstaatsanwältin anhand der Formulierung für eine Nestbeschmutzerin halten können.

»... und wer wie ich das Glück hat, die Kollegin Gundelwein auch privat zu kennen, wird unweigerlich von ihrem Charme und ihrem Humor bezaubert sein.«

Gleich kotze ich los, dachte die Gundelwein. Lächle, verdammt noch mal, du musst lächeln! Das ist schließlich *deine* Party.

Dabei war die ganze Veranstaltung im Grunde eine als Beförderung getarnte Verurteilung zu lebenslänglicher Festungshaft. Und das Gefängnis hieß Meiningen. All die Worte, mit denen der Generalstaatsanwalt ihre juristische und menschliche Kompetenz gepriesen hatte, all die Glückwünsche klangen in den Ohren der Gundelwein wie blanker Hohn. In Meiningen war sie kaltgestellt, abgeschoben, weit entfernt von den juristischen Schaltzentralen in Erfurt oder Jena, geschweige denn Karlsruhe, Leipzig oder Berlin. Gefangen in einer Kleinstadt mit 21000 Seelen, in der man nicht mal mit einem Kollegen einen Kaffee trinken konnte, ohne dass am nächsten Tag das ganze Gericht wusste, wie viele Stücke Zucker sie genommen hatte (natürlich keins).

»Ich wünsche Ihnen von Herzen viel Erfolg und ein gutes Händchen bei Ihren neuen Aufgaben.« Schnatterer überreichte ihr die Ernennungsurkunde in einer Mappe mit dem Thüringer Emblem, dem Bunten Ludowinger Löwen, und blinzelte sie von unten herauf an. Er war mindestens einen halben Kopf kleiner als die Gundelwein. Aus irgendeinem Grund sah er sich in der Rolle ihres Mentors, auch wenn sich alle seine Versprechungen, eine Karriere in der Generalstaatsanwaltschaft betreffend, in Luft aufgelöst hatten. Schnatterer stellte sich auf die Zehenspitzen und beugte sich nach vorn, sodass die Gundelwein sein Mundwasser riechen konnte: »Wir haben dann ja öfter miteinander zu tun. Sie wissen ja, wie ich Sie schätze. Fachlich *und* persönlich ...«

»Ich freue mich auf die Zusammenarbeit, Herr Generalstaatsanwalt«, erwiderte die Gundelwein artig. Der würde sich noch wundern, *wie* eng die Zusammenarbeit werden würde, wenn es erstmal darum ging, wer sie während des Mutterschutzes vertreten sollte. Aber davon sagte sie erstmal nichts. Einzig das Gefühl, ein Geheimnis in sich zu tragen, überhaupt seit langem wieder so etwas wie ein Privatleben zu führen, ließ sie diese würdelose Zeremonie überhaupt erst ertragen. Vor wenigen Wochen, als der Termin für die Veranstaltung festgelegt wurde, hatte sie die Beförderung noch gemeinsam mit Ludwig gefeiert. Damals hatte er sogar darauf bestanden, zu der Veranstaltung zu kommen. Wie schnell sich die Dinge änderten. Die Gundelwein schweifte mit ihren Gedanken ab zu ihrem Exlover. Wieso hatte seine Frau eigentlich keine Kinder, wenn sie ihren Mann doch so heiß und innig liebte? Vermutlich konnte sie keine bekommen – oder sie hatte zu lange damit gewartet. Ja, das musste es sein. Das würde auch ihr neurotisches Verhalten erklären. Fehlgeleiteter Nestbautrieb ...

»Das Wort hat die neue Leitende Oberstaatsanwältin Gundelwein«, rief Schnatterer ins Mikro, das bei der bescheidenen Größe des Publikums fast lächerlich wirkte. Die Gundelwein war beim Klang ihres Namens hochgeschreckt. Die Leute klatschten respektvoll, als sie ans Rednerpult trat. Wann hatte diese Folter endlich ein Ende? Nach ihrer Dankesrede, die bewusst knapp und bescheiden ausfiel, bekam die Gundelwein vom Generalstaatsanwalt noch ein in buntes Papier eingeschlagenes Ungetüm überreicht, das sie zunächst für einen überdimensionierten Blumenstrauß hielt. Doch als Schnatterer mühevoll das Papier herunterklaubte, musste sie erkennen, um was es sich tatsächlich handelte. Im Ernst: eine Yuccapalme?!

»Falls Ihre Kollegen Sie mal auf die Palme bringen«, sagte Generalstaatsanwalt Schnatterer und lachte schallend, was jedoch kein großes Echo fand.

»Die werde ich bestimmt nicht brauchen«, erwiderte die frischgebackene LOStA schlagfertig. »Meine Abteilung ist hervorragend besetzt.«

Die Abteilung klatschte fröhlich, insbesondere Staatsanwalt Hauenstein, der neu, talentiert und ehrgeizig war. Knapp über dreißig, mit einem »guten« bayrischen Staatsexamen, eine echte Perle, viel zu schade für die Provinz. Den musste man im Auge behalten.

»Na ja, ein bisschen Grün im Büro schadet nie«, befand Schnatter und drückte ihr die Pflanze samt Topf in die Hand. Die Anwesenden klatschten, doch der Applaus klang recht dünn.

Der Fotograf des örtlichen Boulevardmagazins war plötzlich hellwach. »Können Sie die Palme noch mal ein bisschen höher halten? Danke.«

Er knipste wild herum, während die Gundelwein etwas steif mit der Yuccapalme neben Schnatterer stand und versuchte, sich kleiner zu machen und dabei auch noch zu lächeln. Irgendwann würde sie sich für diesen unmöglichen Moment revanchieren. Vielleicht an dem Tag, an dem sie Schnatterer auf seinem Posten als Generalstaatsanwalt beerben würde.

Immerhin war sie nun endlich erlöst. Die meisten Besucher verschmähten den Sekt und verließen eilig den Raum, einige besonders ausgeprägte Schleimer traten noch an, um persönlich zu gratulieren. Schnatterer blickte auf seine Uhr. »Ich muss los. – Ich habe noch einen Termin mit dem Gerichtspräsidenten.«

»Selbstverständlich«, sagte die Leitende Oberstaatsanwältin.

Schnatterer zog die Gundelwein diskret ein paar Schritte zur Seite.

»Falls Sie heute Abend noch nichts vorhaben: Ich hätte noch eine Karte für die Wagnerpremiere übrig. ›Tristan und Isolde‹. Meine Frau ist leider verhindert …«

Sein Lächeln blitzte wie sein Ehering an der linken Hand. Die Gundelwein war von dem Angebot in doppelter Hinsicht überrascht. Die Premiere im Meininger Theater war seit Wochen restlos ausverkauft. Selbst sie als Abonnentin war nicht an eine Karte gekommen. Außerdem: Glaubte der Generalstaatsanwalt etwa, sie würde sich für die Beförderung erkenntlich zeigen? Der Zahn musste ihm gezogen werden.

»Ich glaube, das wäre nicht passend«, erwiderte sie kühl. »Aber danke für das freundliche Angebot.«

Falls Schnatterer enttäuscht war, wusste er dies geschickt zu verbergen.

»Unser Gespräch holen wir schnellstmöglich nach. Ich kenne einen sehr guten Italiener bei uns in Jena.« Er lachte ungezwungen. »Einen Ital-jena sozusagen.«

»Sehr gern«, antwortete die Gundelwein trocken. »Ich hab nämlich auch was mit Ihnen zu besprechen.«

Schnatterer blickte fragend.

»Es eilt nicht«, beschwichtigte sie.

Der Generalstaatsanwalt nickte arglos. »Wenn irgendwas ist, können Sie sich immer bei mir melden«, sagte er. »Und alles Gute noch mal.«

Handschlag. Und schon war er weg. Es folgte eine Gratulationskur, die die LOStA stoisch über sich ergehen ließ. Staatsanwalt Hauenstein trat als Letzter an sie heran und lächelte gewinnend. »Viel Erfolg bei den neuen Aufgaben. Auf mich können Sie immer zählen.«

Er hielt die Hand der Oberstaatsanwältin einen Moment länger fest als nötig. War das die übliche Schleimerei? Machte die neue Macht sie tatsächlich sexy? Oder hatte es womöglich mit ihrem Zustand zu tun? Hieß es nicht, dass eine frische Schwangerschaft eine Frau jünger und attraktiver erscheinen ließ? Oder zumindest weiblicher? Bis vor kurzem hätte die Gundelwein diese Aussage als chauvinistisch eingestuft, aber jetzt …

»Ich bräuchte mal ihren Rat in einer Angelegenheit«, sagte Hauenstein vertraulich. »Ein komplexer Sachverhalt. Es geht um einen Fall im Graubereich von Wirtschaftskriminalität.«

Die Gundelwein nickte. »Kommen Sie nächste Woche einfach in mein Büro, am besten Dienstag oder Mittwoch.«

»Gern«, sagte Hauenstein, zeigte noch einmal sein charmantestes Lächeln und schlenderte davon. Auf das Bürschchen musste sie gut aufpassen. Er war offenkundig mit einem enormen Selbstbewusstsein gesegnet. Aber wer sich für unfehlbar hielt, machte damit schon seinen ersten Fehler.

Der Saal leerte sich langsam. Die Gundelwein überlegte kurz, die Palme einfach stehen zu lassen. Aber das wäre ein Affront. Außerdem konnte die Pflanze noch als Symbol der ihr vom Generalstaatsanwalt verliehenen Macht nützlich sein. Sie würde diese Pflanze hegen und pflegen, damit sie in ihrer Obhut wachsen und gedeihen konnte.

»Jetzt lassen Sie mal gut sein«, herrschte sie den Journalisten an, der immer noch nach dem perfekten Bild für die nächste Ausgabe suchte: Leitende Oberstaatsanwältin mit Palme.

Der Journalist packte grummelnd seine Kamera weg. »Was ist das eigentlich für eine Geschichte mit dem ausgebrannten Transporter an der Geba?«, fragte er. »So viel KTU habe ich bei 'nem Verkehrsunfall noch nie gesehen.«

»Fragen Sie die Pressestelle der Polizei«, erwiderte die Gundelwein knapp, klemmte die Palme unter den Arm und verließ den Raum. Doch der Journalist ließ sich nicht so leicht abschütteln.

»Die sagen einem ja nichts«, klagte er. »Sonst scheißen sie einen immer zu mit Informationen, aber wenn wirklich mal was los ist ...« Er zuckte ratlos mit den Schultern.

»Sie erwarten doch nicht im Ernst, dass ich hier Ermittlungsgeheimnisse ausplaudere?«, parierte die Gundelwein, beinahe amüsiert über die freche Naivität des Lokalreporters.

»Gibt es vielleicht einen Zusammenhang mit dem mysteriösen Verschwinden dieses Insolvenzverwalters?«, hakte der nach, als seien die Worte der Gundelwein nicht zu ihm durchgedrungen.

»Ich weiß nicht, wovon Sie reden«, erwiderte die Gundelwein.

»Na, unser Plattmacher. Den Namen hab ich vergessen. So 'ne Schmalzlocke, schwarze Haare ... bisschen Eighties-Style.«

»Sprechen Sie etwa von Rechtsanwalt Enzian?«

»Genau so heißt der Typ.«

Gundelwein stoppte und sah den Journalisten entgeistert an. »Was ist denn mit ihm?«

Dieser blickte verdutzt. »Das wollte ich doch gerade von Ihnen wissen!«

Die Gundelwein fixierte den Journalisten mit ihrem von allen Untergebenen gefürchteten Blick, der einem ausgewachsenen Mann bei lebendigem Leibe das Ego aus den Stirnlappen wrang.

»Na ja, nur was die Kollegen vom Polizeifunk aufgefangen haben …«

»Sie hören den Polizeifunk ab?«

Der Journalist atmete tief durch. »Danke für das Gespräch«, murmelte er und stiefelte von dannen.

»Warten Sie!« Die Leitende Oberstaatsanwältin setzte ihm nach. »Falls Ihnen an guten Beziehungen zur Staatsanwaltschaft gelegen ist, sagen Sie mir sofort alles, was Sie wissen.«

»Damit Sie mich dann wegen irgendwelcher Vergehen in die Pfanne hauen?«, erwiderte der Journalist höhnisch. Der Vertreter der vierten Gewalt sah die Vertreterin der zweiten Gewalt von unten, aber dennoch irgendwie von oben herab an. »So wichtig ist das auch wieder nicht. Dann schreibe ich eben einen Artikel über die Rassekaninchenschau in Wahns. Das interessiert unsere Leser sowieso mehr.«

Damit wandte er sich endgültig ab und ließ die Leitende Oberstaatsanwältin stehen. Man konnte so viel Macht und Einfluss akkumulieren, wie man wollte, es schützte einen nicht vor der Unverfrorenheit Einzelner.

Die Gundelwein verließ das Gericht mit der Yuccapalme im Arm und einer gehörigen Portion Wut im Bauch und ging auf schnellstem Wege zu ihrem Auto. Das Tohuwabohu, das auf dem Vorplatz herrschte, registrierte sie kaum. Sie musste sofort hinüber in die Polizeiinspektion, um Näheres über den Verbleib ihres ehemaligen Liebhabers und Vaters ihres Kindes zu erfahren. Lieblos warf sie die Palme in den Gepäckraum und zog ihr iPhone hervor. Nervös tippte sie Ludwigs Nummer ein. Wieder antwortete nur die weibliche Computerstimme des Telefonanbieters. Zur Sicherheit checkte sie noch die Messenger-Dienste, über die sie aus Geheimhaltungsgründen kommuniziert hatten. Heimlich wie Terroristen – Terroristen der Liebe, wie Ludwig sich ausgedrückt hatte. Anschließend durchsuchte die Gundelwein auch die sozialen Netzwerke. Nirgends fand sie ein aktuelles Lebenszeichen von ihm. Sonst liebte ihr Exlover es, sich selbst darzustellen, wo es nur ging. Die Gundelwein war alarmiert. Vielleicht sind das auch nur die Hormone, dachte sie. Normalerweise ließ sie sich doch nicht so leicht aus der Fassung bringen.

Sie stieg ins Auto, startete und wollte den Parkplatz des Justizzentrums auf schnellstem Wege verlassen, doch an der Ausfahrt stieß sie auf eine wilde Meute weiß gekleideter Hallodris mit albernen Spruchbändern, die die Straße mit einer mindestens einen halben Meter hohen Barriere aus Fleischerkisten mit Schweineköpfen, Bratenstücken und Würsten in allen Größen versperrten. Sie hupte nachdrücklich. Doch die Demonstranten machten keinerlei Anstalten, aus dem Weg zu gehen oder die Sperre zu beseitigen. Notgedrungen bremste die Gundelwein ab. Geladen wie eine Dederon[35]-Bluse stieg sie aus.

»Soll das ein Scherz sein?«, rief sie mit bebender Stimme. »Das grenzt ja an Freiheitsberaubung!«

---

35 Eigenständige Kunststoff-Faser für DDR-Mode, bei der einem die Haare zu Berge standen.

»Wir machen nur von unserem demokratischen Demonstrationsrecht Gebrauch«, erwiderte einer der Störer, ein grauhaariger Hänfling, der merkwürdigerweise eine Uniform trug, die entfernt an einen Schaffner erinnerte. Zum Beweis seiner Autorität hielt er eine Salami wie ein Zepter in der Hand. Oder wie einen Schlagstock, wenn man so wollte.

»Das Versammlungsrecht toleriert nicht die Anwendung von Gewalt«, erwiderte die Gundelwein, noch einigermaßen gefasst. »Wenn Sie den Weg nicht freigeben, werde ich strafrechtliche Ermittlungen gegen Sie einleiten müssen.«

Der Grauhaarige kratzte sich nachdenklich am Kopf und beriet sich mit seinen Männern, was zu tun sei. Sie schienen kurz davor einzulenken. Einige fingen bereits an, Kisten beiseitezuräumen.

»Jetzt lassen Sie sich doch von der nicht ins Bockshorn jagen, Herr Sittig!«

Eine junge Frau, die sich bislang in der Menge versteckt hatte, drängte sich nach vorn. Sie war sehr jung und trug wie die anderen einen weißen Kittel, der bei ihr allerdings derart eng war, dass der Knopf über ihrem Busen drohte, abgesprengt zu werden. Ihre Jugend, die vorlaute Art und ihre unbekümmert zu Markte getragene Weiblichkeit genügten, dass sich die Oberstaatsanwältin von ihr sofort provoziert fühlte.

»Machen Sie mal 'nen Punkt«, sagte die junge Frau im Brustton ehrlicher Entrüstung. »Die Leute wollen hier doch nur ganz friedlich auf ihre Situation aufmerksam machen.«

Es war sonnenklar, dass sie die Gelegenheit nutzen wollte, um vor den Männern eine billige Show abzuziehen. Die Gundelwein war entschlossen, ihr nicht auf den Leim zu gehen.

»Von mir aus können Sie hier so viel demonstrieren, wie Sie wollen«, erwiderte sie äußerlich ruhig. »Aber Sie lassen mich jetzt bitte augenblicklich durch. – Ich bin die Leitende Oberstaatsanwältin und stecke in wichtigen Ermittlungen.«

»Und ich bin die Bratwurstprinzessin«, erwiderte die junge Frau selbstbewusst. »Wenn Sie es so eilig haben, rufen Sie sich ein Taxi.«

Sie hatte die Lacher auf ihrer Seite. Die Gundelwein sah rot. Ohnehin befand sie sich psychisch in einer Ausnahmesituation. Die Anspannung während der Zeremonie, die Yuccapalme, der indolente Journalist, der abgetauchte Exlover – und jetzt auch noch eine renitente Bratwurstprinzessin, wie auch immer sie an diesen Titel gelangt war. Hatten sich heute etwa alle gegen sie verschworen? Und das in ihrem Zustand.

»Wenn Sie nicht unverzüglich den Weg freigeben, muss ich leider von meinem Notwehrrecht Gebrauch machen und die Durchfahrt erzwingen«, warnte die frischgebackene Leitende Oberstaatsanwältin mit letzter Beherrschung.

»Das möchte ich sehen«, konterte die Bratwurstprinzessin und verschränkte die Arme vor der Brust.

»Ich habe Sie gewarnt.«

Die Gundelwein stieg in ihr Auto, startete den Motor und fuhr langsam auf die Sperre zu. Willfährig machten die Demonstranten ihr Platz. Aber die Barriere aus gefüllten Fleischerkisten versperrte die Straßenausfahrt auf ganzer Front. Jetzt konnte sie nicht mehr zurück, ohne sich komplett lächerlich zu machen. Wie hieß der passende Lehrsatz? Recht braucht dem Unrecht nicht zu weichen. Als sie ganz sicher sein konnte, niemanden zu verletzen, ließ sie die Kupplung springen und trat das Gaspedal durch. Mit quietschenden Reifen schnellte der Wagen nach vorn. Sie hörte einen dumpfen Knall, Kisten flogen zur Seite, manche kippten einfach um. Ein Schweinekopf kullerte wie ein Medizinball nach vorn auf die Straße und zwang einen Fahrradfahrer zu einer Vollbremsung. Der Fahrradfahrer schimpfte wie ein Rohrspatz. Du mich auch, dachte die Gundelwein und bremste scharf. Eine Kiste hatte sich unter der Stoßstange verkeilt. Sie steckte fest.

Die Fleischer johlten, pfiffen und buhten wie eine Junggesellenhorde beim Schlammcatchen. Aussteigen war unmöglich. Die Demonstranten fingen an, sich aus den umgekippten Fleischerkisten zu munitionieren und den Inhalt auf das Auto der Gundelwein zu werfen: Sülz-, Mett- und Leberwurst, große und kleine Fleischbrocken regneten auf das Dach des Kleinwagens nieder. Was war das geringelte Etwas auf ihrer Kühlerhaube? Ein Schweineschwanz?! Und das passierte ausgerechnet ihr, einer überzeugten Flexitarierin[36]. Angeekelt schaltete die Gundelwein ihre Wischanlage ein, doch auf der Windschutzscheibe bildete sich augenblicklich ein fast undurchdringlicher Fettfilm. Sie musste hier raus, koste es, was es wolle. Kurz entschlossen legte sie den ersten Gang wieder ein und fuhr an. Die im Radkasten eingeklemmte Kiste zersprang krachend in tausend Teile. Die Reifen schlingerten wie beim Aquaplaning, Schweine-, Rinder- und Putenmasse spritze in alle Richtungen auseinander.

Als sie endlich die offene Straße erreichte, bemerkte sie den penetranten Journalisten von eben, der grinsend die Kamera absetzte. Das gab sicher eine gepfefferte Schlagzeile in der Lokalpresse: »Staatsanwältin durchbricht Wurstbarriere«. Konnte sie dagegen etwas unternehmen? Nein, das würde die Sache nur verschlimmern.

Kochend vor Wut stieg die Gundelwein aus und wischte mit dem Ärmel ihrer Kostümjacke ein Guckloch in die Fettschicht auf ihrer Windschutzscheibe. Dann fuhr sie auf schnellstem Wege zur Polizeiinspektion und parkte dort sportlich zwischen zwei

---

36 Jemand, der gerne mit gutem Gewissen Fleisch isst.

Streifenwagen ein. Ein junger Polizeianwärter, der aus dem Gebäude kam, betrachtete den Wagen der Leitenden Oberstaatsanwältin mit Kennermiene. Schinken- und Fleischreste hatten sich über die Stoßstange verteilt und im Kühlergrill verfangen. Zudem war ein Blinker gebrochen.

»Wildunfall?«

»Ich bin in eine Demonstration geraten«, erklärte die Gundelwein mühsam beherrscht.

»Aha?« Der Polizist sah die Leitende Oberstaatsanwältin verunsichert an.

»Da haben irgendwelche Chaoten rechtswidrig eine Straßensperre aus Fleischkisten aufgebaut«, polterte die Gundelwein weiter. »Gleich da vorn an der Zufahrt zum Justizzentrum. Vielleicht sorgen Sie mal dafür, dass das aufhört.«

Der Beamte entspannte sich. »Ach so, die Demo von den Rippershausenern ... Die ist vorschriftsmäßig angemeldet. Da können wir nix machen.«

Dieses kleine Streifenhörnchen kam der Oberstaatsanwältin gerade recht. »Ich muss Sie wohl nicht an Paragraf 15, Absatz 3 in Verbindung mit Absatz 1, 1. Alternative des Versammlungsgesetzes erinnern«, zitierte die Gundelwein aus dem Kopf. »Danach sind Versammlungen, die eine Gefahr für die öffentliche Sicherheit und Ordnung darstellen, sofort aufzulösen.«

Der Polizist blickte irritiert. »Das ist absolutes Basiswissen im Polizeidienst. Immerhin vertreten Sie die Versammlungsbehörde«, donnerte die Gundelwein.

Der Beamte wollte am liebsten unter seiner Schirmmütze verschwinden. »Äh ... Ich informiere mal den Einsatzleiter«, stammelte er.

»Schönen Gruß von der Leitenden Oberstaatsanwältin«, gab ihm die Gundelwein noch mit auf den Weg, bevor der junge Mann loseilte, als ginge es um seinen Urlaubsanspruch für die nächsten drei Jahre.

Die Gundelwein folgte ihm gemessenen Schrittes ins Gebäude und stieg, immer zwei Stufen zugleich nehmend, die Treppen zur Kripo-Etage hinauf. Dort angekommen, klopfte sie energisch und betrat, ohne eine Aufforderung abzuwarten, das Büro von Kriminalrat Recknagel, in dem es immer noch beinahe so aussah wie 1989. Der Inhaber des Büros saß am Schreibtisch und telefonierte. Mit der Hand bedeutete er der Gundelwein, kurz zu warten. Sie setzte sich auf einen Stuhl. Seit wann roch es in dem muffigen Büro nach Chanel?

»Also: hier wie da nichts«, sagte der Kriminalrat in den Hörer. »Ja, das ist eine gute Nachricht. Danke für Ihre schnelle Hilfe, Doktor.« Er lachte etwas künstlich. »Machen Sie damit, was Sie wollen. Wiederhören.«

Recknagel legte schwungvoll auf und klatschte in die Hände. »Hab ich's doch gewusst.«

»Was?«, fragte die Gundelwein.

»Ach, nichts, was Sie interessieren müsste. Wir gehen da gerade so einer merkwürdigen Vermisstensache nach«, drechselte der Kriminalrat. »Deswegen konnte ich leider auch nicht zu Ihrer äh ... Feierlichkeit kommen. – Meinen herzlichsten Glückwunsch zur Beförderung.«

»Lassen Sie den Quatsch, ich weiß genau, dass Ihnen das genauso am Allerwertesten vorbeigeht wie mir«, erwiderte die Leitende Oberstaatsanwältin und erkundigte sich sofort nach der eben erwähnten Vermisstensache. »Handelt es sich dabei zufällig um den Insolvenzverwalter einer Wurstfabrik?«

»Sie wissen davon?«, erkundigte sich der Kriminalrat überrascht.

Die Oberstaatsanwältin nickte. »Gibt es denn tatsächlich konkrete Hinweise auf ein Kapitalverbrechen?«, fragte sie mit mühsam unterdrückter Anspannung.

Recknagel wiegte seinen Kopf, wie er es immer tat, wenn er sich nicht endgültig festlegen wollte. »Mein Mitarbeiter, der den Fall bearbeitet, geht davon aus«, sagte er. Und dann berichtete der Kriminalrat von den zahlreichen Indizien in der Wurstfabrik und davon, wie Christoph diese gedeutet hatte, von der Vermisstenanzeige durch die Frau des Insolvenzverwalters und schließlich von der geständigen Einlassung eines gewissen Heiko Menschner, den Insolvenzverwalter in alkoholisiertem Zustand körperlich misshandelt zu haben, und seiner daraufhin erfolgten Festnahme. Die Gundelwein hörte atemlos zu, selbst als der Name ihres Exmannes im Kontext des Verdächtigen fiel, reagierte sie nicht wie gewohnt mit einem bissigen Kommentar, wie Recknagel verwundert zur Kenntnis nahm.

»Haben Ihre Leute irgendwelche Hinweise auf eine Leiche entdeckt?«, fragte die Oberstaatsanwältin stockend.

»Das ist die gute Nachricht«, sagte der Recknagel. »Eben, als Sie kamen, hatte ich gerade Dr. Haselhoff, den Rechtsmediziner, am Apparat. Das verdächtige ... äh ... Gewebe- und Knochenmaterial, das wir aufgrund einer Spur in der Wurstfabrik sichergestellt hatten, ist zu einhundert Prozent tierischen Ursprungs.«

»Und in dem ausgebrannten Transporter, von dem mir dieser Journalist berichtet hat?«

»Auch dort konnten keine menschlichen Überreste gefunden werden.«

Die Gundelwein entspannte sich ein wenig. »Gott sei Dank.«

»So zart besaitet kenne ich Sie gar nicht«, kommentierte der Kriminalrat etwas unbedacht. Doch er bereute seine Worte sofort. Die Gundelwein sprang von ihrem Stuhl auf, als hätte sie sich auf eine Herdplatte gesetzt. »Was wollen Sie damit sagen? Dass ich gefühllos bin?«

»Aber kein Gedanke«, entschuldigte sich Recknagel sofort. »Verzeihen Sie, wenn das so rübergekommen sein sollte ...«

Die Gundelwein spürte, dass sie zu heftig reagiert hatte. »Wenn ein Juristenkollege möglicherweise Opfer eines Tötungsverbrechens geworden ist, dann bin ich genauso erschüttert wie jeder andere auch«, relativierte sie.

Dem Recknagel war seine Überraschung über den Ausbruch deutlich anzusehen. Man musste ihm zugestehen, dass die Gundelwein anlässlich des tragischen Selbstmords ihres Chefs, des Leitenden Oberstaatsanwalts Siebenthaler, oder auch nach dem gewaltsamen Tod der designierten Amtsgerichtsdirektorin Kminikowski keineswegs so angefasst gewesen war wie jetzt angesichts eines nicht einmal erwiesenen Verbrechens an Rechtsanwalt Enzian. Nach wenigen Sekunden hatte sich die Oberstaatsanwältin wieder im Griff. Ruhig Blut, dachte sie, das sind nur die Hormone. Als Schwangere war man einfach nicht zurechnungsfähig. Warum sagte einem das niemand vorher?

»Entschuldigen Sie, ich bin gerade ein bisschen durch den Wind«, sagte die Gundelwein. »Ich hatte eine kleine Auseinandersetzung mit ein paar aufgebrachten Fleischern.«

»Oje«, sagte Recknagel nur.

»Also, wie ist der aktuelle Erkenntnisstand?«, kehrte die Gundelwein zur Tagesordnung zurück. »Was haben wir gegen den Beschuldigten in der Hand?«

Recknagel tippte auf die Akte. »Bis jetzt haben wir nur Indizien. Da ist zum einen die Tatsache, dass Herr Enzian seit gestern Nachmittag spurlos verschwunden ist – und zum anderen, dass wir menschliches Blut am Schweinespalter des Beschuldigten Menschner nachgewiesen haben.«

Die Oberstaatsanwältin schluckte trocken. »Schweinespalter?«

»Das ist ein Fleischerwerkzeug, so ein Mittelding zwischen Beil und Messer«, sagte Recknagel. »Es wurde oberflächlich gereinigt in einer Mülltonne entdeckt. Laut DNA-Schnelltest handelt es sich zweifelsfrei um Blut von Herrn Enzian.«

Die Gundelwein wurde blass. »Also wurde er damit sicher verletzt ... oder sogar ermordet.«

»Darüber können wir im Moment nur spekulieren«, sagte der Recknagel. »Vielleicht will uns jemand auch nur weismachen, dass Herr Enzian tot ist.«

»Was sollte der- oder diejenige damit bezwecken?«, fragte die Oberstaatsanwältin.

»Wir tappen noch völlig im Dunkeln. Aber ich kann mir vorstellen, dass es eine ganze Reihe von Gründen gibt, einen Insolvenzverwalter für eine Weile von der Bühne verschwinden zu lassen ...«

»Sie meinen, er wurde Opfer einer Entführung?«

»Es wäre zumindest auch eine Möglichkeit«, bestätigte der Kriminalrat. »Ich halte es nicht einmal für ausgeschlossen, dass Herr Enzian seinen Tod selbst nur vorgetäuscht hat.«

»Wieso sollte er das tun?«

»Was weiß ich.« Recknagel zuckte mit den Achseln. »Berufliche oder private Probleme ... Da gibt es doch zig Möglichkeiten.«

»Private Probleme?«, hakte die Oberstaatsanwältin nach.

»Immerhin konnte oder wollte seine Frau nicht sicher ausschließen, dass ihr Mann eine Affäre hat.«

»Welche Ehefrau kann das schon?«, entgegnete die Gundelwein.

»Meine«, antwortete der Recknagel gelassen.

»Ich glaube jedenfalls nicht, dass Rechtsanwalt Enzian mit seiner Freundin durchgebrannt ist«, erwiderte die Gundelwein bestimmt, vielleicht eine Spur *zu* bestimmt.

Recknagel erkundigte sich interessiert, was die Oberstaatsanwältin ausgerechnet in dem Punkt so sicher mache.

»Schließlich ist er verheiratet – und ein angesehener Jurist«, lavierte die Gundelwein, und es klang fast wie eine Beschwörung. »Der lässt doch nicht einfach alles stehen und liegen ... wegen einer Frau.«

Hier wusste der Kriminalrat einmal mehr nicht, was er darauf antworten sollte. Aus Erfahrung wollte er eine Grundsatzdiskussion mit der Oberstaatsanwältin strikt vermeiden. Da konnte er nur verlieren, sogar wenn er im Recht war.

»Haben Sie denn irgendwelche konkreten Hinweise, mit wem der Vermisste in Kontakt stand?«, fragte die Gundelwein vorsichtig.

Recknagel verneinte. Das Handy, heutzutage praktisch ein externes Organ und Kondensat menschlicher Individualität, war genau wie dessen Besitzer unauffindbar. Zuletzt war es um 18.07 Uhr in der Funkzelle in Rippershausen eingeloggt gewesen. Seitdem war es tot: abgeschaltet und unauffindbar wie eine verlorene Sonde im All. »Aber wir bekommen noch die Kontaktdaten von seinem Telekommunikationsanbieter«, sagte Recknagel. »Vielleicht stoßen wir da auf etwas Interessantes. Zumindest wissen wir dann, ob er eine Freundin hatte ...«

Die Gundelwein räusperte sich. »Ich muss Ihnen mitteilen, dass auch meine private Nummer in den Anruflisten auftauchen wird.«

Der Kriminalrat blickte fragend, wirkte aber nach dem Gespräch auch nicht sonderlich überrascht.

»Ich hatte einige fachliche Fragen an Herrn Enzian im Zusammenhang mit möglicher Insolvenzverschleppung durch Herrn Krautwurst.«

Recknagel nickte verständig.

»Ich erwarte, dass Sie mich auf dem Laufenden halten, gerade weil Herr Enzian ein wichtiger Zeuge ist«, stellte die Gundelwein klar.

»Womöglich ist er ja gerade *deshalb* verschwunden«, spekulierte der Kriminalrat, »weil Herr Krautwurst was zu verbergen hat.«

»Denkbar«, bestätigte die Gundelwein. Einerseits konnte sie dem Kriminalrat unmöglich die Wahrheit über die Natur ihrer ehemaligen Bekanntschaft mit Ludwig Enzian sagen. Zugleich durfte sie der Polizei keine falschen Anhaltspunkte liefern.

»Sie ermitteln weiter in alle Richtungen«, befahl sie schließlich, die Worte möglichst neutral wählend. »Einstweilen gehen wir davon aus, dass Herr Enzian noch lebt, sich möglicherweise jedoch in einer akuten Gefahr für Leib und Leben befindet.«

Recknagel nickte. »Wir lassen bereits das gesamte Gebiet um Rippershausen herum mit der Hundestaffel absuchen. Leider hat es in der Nacht geregnet. Das erschwert die Suche erheblich.«

Die Gundelwein nickte.

»Welche Maßnahmen schlagen Sie noch vor?«, fragte der Kriminalrat sicherheitshalber.

Die Gundelwein überlegte länger als gewöhnlich, bevor sie sich zu einer Antwort durchringen konnte. »Lassen Sie den Beschuldigten frei«, sagte sie dann.

Recknagel sah sie überrascht an. »Wieso das denn? Herr Menschner ist im Moment der beste Verdächtige, den wir haben.«

»Ohne Leiche bekommen wir nie einen Haftbefehl durch«, erwiderte die Oberstaatsanwältin. »Die Beweislage ist einfach zu dünn.«

»Zugegeben. Aber er ist der einzige Ansatzpunkt.«

»Deswegen ja«, konterte die Gundelwein. »Sie lassen ihm eine lange Leine, damit er sich möglichst sicher fühlt – und überwachen ihn rund um die Uhr. Falls er Herrn Enzian gefangen hält, wird er uns so zu seinem Versteck führen.« Leiser fügte sie hinzu. »Oder zu seiner Leiche.«

Recknagel überlegte. »Das bindet ziemlich viele Kräfte«, wandte er ein. »Und die Aussicht, dass er ihn wirklich irgendwo eingesperrt hat, halte ich für eher gering. Um nicht zu sagen: unwahrscheinlich.«

»Das Leben des Kollegen Enzian sollte bei allen Überlegungen höchste Priorität genießen. Ich möchte mir später nicht vorwerfen lassen, wir hätten nicht alles unternommen, was in unserer Macht steht.«

Recknagel glaubte, einen feuchten Schimmer in den Augen der Gundelwein zu sehen. Waren das etwa Tränen?

»Okay, wir lassen nichts unversucht«, lenkte der Kriminalrat ein.

Die Gundelwein erhob sich und drückte dem Kriminalrat warm die Hand. »Ich danke Ihnen.«

Irgendwas ist an der Oberstaatsanwältin heute anders, dachte der Kriminalrat. Wahrscheinlich hatte es mit ihrer Beförderung zu tun. Ja. Das war im Grunde die einzige Erklärung.

§ 8

Wie der Fickel um ein Haar zum Kulturpessimisten geworden wäre

Der Fickel hatte sich nach dem kurzen Intermezzo im Insolvenzgericht in seine Kanzleiräume am Töpfemarkt begeben, um zu arbeiten, sprich: ein wohlverdientes Nickerchen zu halten, damit er später beim unweigerlich bevorstehenden Haftterim hellwach und ausgeruht war – ganz abgesehen von der anschließenden Fahrt nach Bad Bocklet. Aber kaum, dass er seine Beine hochgelegt hatte, surrte sein Hightechhandy aus einer vergangenen Dekade. Kriminalrat Recknagel meldete sich und erklärte ungewohnt wortkarg, dass der Fickel seinen Mandanten sofort aus dem polizeilichen Gewahrsam abholen könne. Der Verdacht habe sich nicht erhärten lassen, und daher werde der Beschuldigte Menschner unter strengen Meldeauflagen auf freien Fuß gesetzt. Einfach so, ganz ohne richterliche Anhörung. Nach dem Verlauf der polizeilichen Vernehmung war der Fickel direkt ein wenig überrascht. Aber man soll die Feste feiern, wie sie fallen. Also verschob er sein Nickerchen auf später und tuckerte zum Polizeipräsidium, wo sein Mandant bereits auf einer Bank saß und ihn erwartete. Er hielt einen in Zeitungspapier eingewickelten Gegenstand in der Hand. Als der Menschner seinen Anwalt bemerkte, lief er ihm mit ausgebreiteten Armen freudestrahlend entgegen und herzte ihn innig. Eine Sympathiebekundung, auf die der Fickel getrost hätte verzichten können. Aber es gibt eben

Menschen, die haben einfach ein anderes Distanzgefühl. Und wenn man sich derart nahe kommt, erfährt man Dinge über den anderen, die möchte man im Grunde gar nicht wissen. Zum Beispiel über dessen Atem. Der Menschner hatte nämlich, was Fickels Großmutter dereinst einen Wolfsmagen nannte: typische Folge einer fleischreichen Ernährung. Da konnte es schon mal passieren, dass der Magen, wenn er eine Weile nichts zu tun bekam, sich selbst kannibalisierte. Und dann hatte man den Salat.

»Danke, dass du mich da rausgeboxt hast«, freute sich der Schlachter mit Tränen der Rührung in den Augen. »Das werde ich dir nie vergessen.«

Wie sollte man ehrlicherweise mit dieser ergreifenden, aber natürlich komplett fehlgeleiteten Dankbarkeit umgehen? »Schon gut«, sagte der Fickel mit der ihm eigenen Bescheidenheit. »Das war echt kein großes kein Ding«. Irgendwann, nach ausgiebigem Knuddeln und Herzen, entließ der Menschner seinen Anwalt wieder aus der Gefangenschaft seiner Umarmung.

»Das soll ich dir übrigens von dem Bullen geben, der so heißt wie der Skispringer«, sagte er und drückte dem Fickel das in Zeitungspapier eingewickelte Paket in die Hand. Als der Fickel es mit einem schalen Vorgefühl öffnete, sah er in sein eigenes verdutztes Gesicht.

»Das ist aber nett von denen«, sagte der Menschner. »Die haben deinen Spiegel im Wald gefunden.«

Der Fickel freute sich natürlich auch irgendwo, den Außenspiegel seines beige-braunen Wartburg 353 Tourist, wenn auch leicht verbogen und mit einem hässlichen Sprung in der Mitte, wieder in seinem Besitz zu wissen. So ein historisches Teil ist ja heutzutage unersetzbar beziehungsweise unerschwinglich. Im Internet kostet ein unscheinbares Bauteil gerne mal mehr, als der ganze Wagen wert ist. Auf der anderen Seite verstärkte sich sein mulmiges Gefühl angesichts der Tatsache, dass die Polizei ganz offensichtlich über die nächtliche Beinahe-Karambolage Bescheid wusste.

Kurze Selbstdiagnose: Hatte der Fickel etwas falsch gemacht? Nicht auszuschließen. Welche Norm kam in Betracht? Unerlaubtes Entfernen vom Unfallort (§ 142 StGB). Allerdings war er ja der Geschädigte. Ohne Handynetz würde er womöglich immer noch wie bestellt und nicht abgeholt im Wald herumstehen. Und letztlich befand sich der Fickel zum Tatzeitpunkt praktisch in Gesellschaft, wenn nicht gar Geiselhaft, des Unfallgegners. Und sobald wieder Netz verfügbar gewesen war, hatte er immerhin *umgehend* die Feuerwehr über den neben der Straße vor sich hin glimmenden Kleintransporter informiert. Dass er in der Eile vergessen hatte, seinen Namen zu nennen, da konnte ihm niemand einen Strick draus drehen. Man bedenke schließlich: der Schock. Fickel beschloss, dem stummen Gruß des Kriminalrats erst einmal keine tiefere Bedeutung beizumessen, sondern sah zu, wie der Menschner versuchte, den Spiegel wieder in die Fassung zu drücken. »Na bitte, hält doch.« Mit Provisorien kennt man sich in Thüringen eben aus.

Auch hinsichtlich der Kratzer im Lack, die nun bei Tageslicht in ganzer Pracht und Schönheit hervortraten, zeigte sich der Menschner schuldbewusst und versprach, Abhilfe zu schaffen. Er kannte da einen, der einen kannte, der in solchen Sachen extrem versiert war. »Airbrush und so.« Ein echter Künstler eben. Der konnte den beige-braunen Originalton garantiert perfekt kopieren. »Da siehst du hinterher keinen Unterschied«, behauptete der Menschner. Fickel sollte es recht sein, solange das gute Stück nicht rostete.

Kumpel, der er war, bot er an, seinen momentan nicht motorisierten Mandanten noch schnell zu Hause auf seinem mütterlichen Hof in der Rhön abzusetzen, schließlich lag der für ihn fast auf dem Weg nach Bad Bocklet. Aber der Menschner verspürte keine rechte Lust, ohne Geld und mit derart viel Ärger an den Hacken unter die Fittiche seiner Mutti zurückzukehren. Wie sollte er diese Verkettung unglücklicher Umstände einer alten Frau erklären? Außerdem hatte er nach seiner Zeit in der Zelle natürlich einen Riesenknast und konnte einen Ochsen respektive Borg[37] verschlingen. »Ach, komm doch kurz mit zum Micha«, bat der Menschner, »danach kannst du mich ja immer noch nach Hause bringen.«

Der Fickel steckte jetzt natürlich in einem Gewissenskonflikt. Einerseits wollte sich sein Herz so schnell wie möglich auf den Weg nach Bad Bocklet machen, andererseits votierte sein Bauch eher dafür, zuvor die Goetzhöhle[38] aufzusuchen, um sich für die lange Reise, weit über 60 Kilometer, zu stärken. Denn ein Kantinendünstfisch hielt bei einem ausgewachsenen Mittvierziger nicht lange vor.

»Okay, aber nur ein halbes Stündchen«, sagte der Fickel, »dann muss ich wirklich los.«

Gesagt, getan. Doch als der Fickel den Schlüssel ins Zündschloss steckte und startete, gab der Wartburg nur ein ungewohntes Geräusch von sich, nicht unähnlich einem trockenen Husten.

»Das ist jetzt aber nicht meine Schuld«, verteidigte sich der Menschner vorauseilend. Dabei wusste er genauso gut wie der Fickel, dass bei dem jüngsten Off-Road-Abenteuer durchaus das eine oder andere sensible Teil seinen Geist aufgegeben haben

---

37 Armes Schwein. Verhält sich zum Eber wie der Ochs zum Stier.
38 Größte begehbare Kluft- und Spaltenhöhle Europas. Wenn ein/e Meininger/in sagt, er/sie/es geht in die Goetzhöhle, ist allerdings meist das gastronomische Rahmenangebot mit Baude, Kiosk und Freiterrasse gemeint.

konnte. Schließlich war der Wartburg zwar für die holprigen Straßen im Arbeiter-und-Bauern-Staat, jedoch nicht für den Einsatz in schwerem Gelände konzipiert worden.

Doch schon beim nächsten Versuch sprang der Motor glücklicherweise wie gewohnt an, sodass der Fickel das Thema Schadensersatz einstweilen noch zurückstellen konnte. Auf der kurzen Fahrt hinauf zum Herrenberg nutzte der Fickel die günstige Gelegenheit, »unter uns Pfarrerstöchtern« seine Neugier zu stillen. Denn eine Frage ließ ihn nicht los: Wie war das menschliche Blut bloß an Menschners Schweinespalter geraten?

Über diese heikle Frage hatte sich der Schlachter bereits in der Zelle das Gehirn zermartert, doch es war einfach nichts Gescheites dabei herausgekommen. Der Menschner konnte sich nur noch dunkel daran erinnern, den Enzian mit seiner Faust attackiert zu haben, und zwar ungefähr an der Nasenwurzel. Falls dort aber, mal laut nachgedacht, statt der Faust ein Schweinespalter mit ähnlicher Intensität aufgeschlagen wäre, dann hätte dies vermutlich größere neurologische Probleme zur Folge gehabt. Aber allein die Möglichkeit, er könne sich da irgendwie vertan haben, wies der Menschner weit von sich, obwohl seine Sinne zu dem Zeitpunkt zugegebenermaßen schon ein bisschen benebelt waren – der Unterschied zwischen einem schlachtreifen Eber und dem Enzian, der sei ihm allerdings durchaus noch bewusst gewesen. »Großes Pionierehrenwort«[39], schwor Menschner und hob zwei Finger.

Immerhin hatte der Menschner im Knast vor lauter Langeweile auch schon eine eigene Theorie zu den Vorgängen in der Wurstfabrik entwickelt: Wahrscheinlich habe er den Schweine-

---

[39] Junge Pioniere sollten u. a. stets die Wahrheit sagen, weshalb viele ganz verstummten.

spalter einfach liegen gelassen, als er den Kleintransporter mit der ihm (gefühlt) rechtmäßig zustehenden Wurst aus seinen Duroc-Schweinen beladen hatte. Und dann muss doch tatsächlich jemand das Teil gefunden und damit den Enzian erledigt haben, womöglich sogar in der Absicht, diese Sauerei dem Menschner in die Schuhe zu schieben. Heutzutage scheuten die Mörder ja vor gar nichts mehr zurück.

Fickel hätte durchaus das eine oder andere dazu sagen können, aber seine Aufmerksamkeit wurde inzwischen von einem ganz neuen Phänomen absorbiert. Denn, Zufall oder nicht, seit sie bei der Polizeiinspektion losgefahren waren, war ihnen ein schwarzer Audi auf den Fersen. Das wäre dem Fickel unter normalen Umständen sicher gar nicht aufgefallen, aber weil er ständig in seinen Außenspiegel blickte und prüfte, ob der auch wirklich fest angebracht war und bei dem Fahrtwind nicht etwa wackelte, sah er jedes Mal dasselbe Ingolstädter Fabrikat, in dem zwei Männer mit Sonnenbrillen saßen. Beim ersten, zweiten und dritten Mal dachte er sich nicht viel dabei, aber als er einmal bei »Orange« über die Ampel gehuscht war und hernach wieder in den Rückspiegel sah, klebte der Audi noch immer an seiner Stoßstange. Wer fuhr schon freiwillig bei Rot über die Ampel, nur um in einer blaugrauen Abgaswolke stecken zu bleiben, Marke 1:50-Gemisch?

Da blieb nur eins: abhängen. Zum Beispiel durch Geschwindigkeit. Aber da man mit hoher Geschwindigkeit in diesem Fall nicht weiterkam, musste man eben in die andere Richtung denken. Denn in puncto Langsamkeit war der Wartburg 353 praktisch jedem heutigen Fabrikat turmhoch überlegen. Doch sosehr der Fickel die Geschwindigkeit auch drosselte, der Audi war selbst dieser ungewohnten Herausforderung gewachsen. Sogar als der Fickel den Blinker setzte und an den Rand fuhr, tat es ihm der nachfolgende Schlitten gleich und hielt in gebührendem Abstand an.

»Warum fährst du denn so langsam?«, erkundigte sich Fickels ehemaliger Bob-Sportsfreund. »Soll ich mal anschieben?« Er lachte gemütlich.

Weil der Fickel seinen Mitfahrer nicht beunruhigen wollte, wiegelte er ab, schob kurzerhand die Kassette rein und cruiste mit akustischer Untermalung über die Werrabrücke: *It's wonderful, it's wonderful, it's wonderful, good luck my baby,* sang Paolo Conte, und der Fickel, plötzlich leicht ums Herz, stimmte mit ein: *Tschi bum tschi bum tschi bum – bum tschi bum ... dab-di-du-di-du-di-du ...* Er trommelte mit den Fingern auf das Lenkrad. Italiener hatten Rhythmus eben einfach im Blut, wie Thüringer ihr Cholesterin.

»Was ist das denn für bescheuerte Musik?«, beschwerte sich der Menschner. »Schalt mal auf Antenne Thüringen.« Aber da bogen sie auch schon in die Helenenstraße ein und waren praktisch am Ziel. Als der Fickel routinemäßig in den Rückspiegel blickte, war der Verfolger verschwunden. Da war er wohl mal wieder am Anschlag mit den Nerven gewesen. Wer sollte eine Terminhure nebst Schweineschlachter in einem beige-braunen Wartburg verfolgen? Die CIA? Man sollte sich tunlichst nicht so wichtig nehmen.

Als Fickel und der Menschner an der Goetzhöhle eintrafen, war die Baude schon gut gefüllt. An zwei zusammengestellten Tischen hatte sich ein gutes Dutzend der Demonstranten aus Krautwursts Fabrik versammelt und wertete lautstark die Erfolge des Tages aus. Der ältere Mann im Schaffnerkostüm führte auch hier das große Wort. An dem Tisch wurde geprostet, gescherzt und gelacht. Vor allem die Episode, als die riesige Staatsanwältin mit dem kleinen Auto durch die Wurstbarriere gerast war, sorgte – mit einigen Ausschmückungen versehen – für gute Laune. Angesichts der saftigen Schilderungen schmunzelte der Fickel kurz in sich hinein. Aber nur ein klitzekleines bisschen. Er war schließlich nicht von der nachtragenden Sorte. Gewiss nicht.

Ein Stück abseits saß ein auffallend unauffälliges Paar an einem Tisch: eine sehr blonde Frau mit sehr hohen Wangenknochen und sehr kleiner Nase, die den größten Teil ihres Gesichts hinter einer sehr großen Sonnenbrille verbarg (trotz anhaltend geschlossener Wolkendecke), dafür aber ein beeindruckendes Dekolleté im Dirndl präsentierte. Sie hatte ein Weinglas vor sich stehen, während sich ihr schnauzbärtiger Begleiter an einem Weißbierglas festhielt. Dessen opulente Figur wurde von einem blau-weiß gestreiften Fleischerhemd, einer Lederhose und einem Paar Hosenträger notdürftig zusammengehalten – ein Bajuware *comme il faut*. Er trug allerdings jene Art von kirschroter Gesichtsfarbe zu Markte, die einen immer hoffen lässt, dass ein Arzt im Raum ist. Der Menschner knuffte den Fickel in die Seite. »Den Rotschädel da, den kenne ich irgendwoher«, murmelte er. Aber er konnte sich partout nicht erinnern, wo er ihm begegnet war.

Während Schweineschlachter Menschner bei den Kollegen von der Wurstfabrik Platz nahm, klopfte der Fickel nur kurz auf die Tischplatte und steuerte ein ruhiges Plätzchen am anderen Ende des Raumes an, wo er einen schönen Blick über die Stadt, aber auch zum Tresen hin hatte. Es ging doch nichts über eine vertraute Umgebung, ein Refugium, eine Insel in haltlosen Zeiten. Was braucht der Mensch mehr? Zum Beispiel etwas zu essen.

Der Menschner orderte lautstark: »Wie immer.« Höhlenmicha notierte: »Schlachterplatte royal ohne Sättigungsbeilagen«.

Doch als Fickel nun auch »wie immer« seine Rostbratwürste mit Kartoffelpüree und Sauerkraut bestellen wollte, pries ihm Höhlenmicha mit verheißungsvoller Miene eine Überraschung an. Er habe nämlich kürzlich seine Karte ergänzt. »Eine echte Horizonterweiterung«, versprach er.

Aber der Fickel wollte gar nicht seinen Horizont erweitern, sondern einfach nur seine gewohnten Thüringer mit Senf. Höhlenmicha erwiderte, die Erfüllung dieses Wunsches sei ohne weiteres leider nicht mehr möglich, da er als einer der ersten Gastronomen in Meiningen auf »echte Markenqualität« umgestellt habe. Schließlich sei seinen Gästen die einheimische Ware wegen der bekannten gesundheitlichen Risiken nicht mehr zuzumuten.

Fickel protestierte und versuchte dem Höhlenmicha ins Gewissen zu reden, dass er Jürgen Krautwurst unrecht tue. Schließlich war ja nur die Leberwurst im Glas vom Botulismus befallen, nicht jedoch die untadelige, über alle Zweifel erhabene Thüringer Rostbratwurst im luftigen Naturdarm. Bei der hatte es noch nie auch nur den geringsten Anlass zur Beanstandung gegeben.

Doch Höhlenmicha fegte Fickels Einwände vom Tisch: »Jetzt mach doch nicht so einen Aufstand. Denen da drüben hat's schließlich auch geschmeckt.« Er deutete auf die Angestellten von Krautwurst, deren leere Teller sich auf dem Tisch stapelten. Das sollte einer verstehen: Eben hatten sie noch für ihre Arbeitsplätze demonstriert, und jetzt fraßen sie der Konkurrenz aus der Hand. Wenn sie sich da mal nicht ins eigene Fleisch schnitten ...

Aber der Fickel wäre nicht der Fickel, wenn er nicht weiter felsenfest auf seiner ihm gewohnheitsrechtlich zustehenden original Krautwurst-Thüringer bestanden hätte. Schließlich hatte er heute schon genug Kompromisse bezüglich seines Speisezettels gemacht. Höhlenmicha wollte sich gerade leise fluchend zurückziehen, um im Tiefkühlfach nachzusehen, ob da noch alte Bestände herumlagen. Doch da mischte sich der Rotkopfige vom Nachbartisch in das Gespräch ein: »'etzt moachn's koa Gschiss und probian'S, wos a guade boarische Wuascht is. Wenns Ihna ned schmeckat, zoi i d'Rechnung.«

Fickel wollte freundlich ablehnen, denn was der Bauer nicht kennt ... Doch der Höhlenmicha flüsterte ihm ehrfürchtig zu, ob er den Mann denn nicht erkenne, oder wenigstens seine Frau. Aber der Fickel und sein Personengedächtnis – ein eigenes Thema. Und überhaupt: Sahen diese Bayern in ihrer Tracht irgendwo nicht alle gleich aus? Der Rotkopfige war aber, wie sich der Fickel belehren lassen musste, nicht *irgendeine* Lederhose, sondern niemand Geringeres als *der* Wuaschtkini[40] persönlich: Wolfgang Stückl aus München, bekannt aus Presse, Funk und Werbung (»A Stückl Wuascht geht immer«). Seine Prominenz verdankte er auch der Tatsache, dass er mit der berühmten fränkischen Schauspielerin verheiratet war, die neben ihm saß und immer in diesen Klassefrauenfilmen mitspielte, in die man sich zuweilen hineinverirrte, wenn man sich beim Fußball oder Tatort aus Versehen auf die Fernbedienung setzte. Eine bessere Werbeträgerin konnte sich der Stückl für seine Fleischprodukte gar nicht wünschen.

»Brroobierrren Sie mal unsre Närmbärcher, die schmeggd grrrad so wie Ihrrre Dürrringer«, fränkelte die Schauspielerin freundlich.

Um des lieben Friedens willen und im Namen der Völkerverständigung ließ sich der Fickel schließlich breitschlagen, der invasiven Wurst eine Chance zu geben. Immer noch besser als ein Dünstfisch.

---

[40] Bayrisch-zärtlich für König, in Anlehnung an den Vater aller Kinis: Ludwig II.

»Also einmal die Fränkische Rostbratwurst«, notierte Höhlenmicha erleichtert.

»Guade Entscheidung«, gratulierte der Oberbayer.

»Sie werrrden'S ned berrrreuen«, fügte die Schauspielerin hinzu.

Während der Fickel an einer Vita Cola nippte, wanzte sich der Grauhaarige in der Schaffneruniform an Fickels Tisch. »Darf ich ...?«

Obwohl der Fickel lieber ungestört geblieben wäre, nickte er.

»Mein Name ist Erwin Sittig«, stellte er sich vor. »Das vorhin am Gericht war nicht persönlich gegen Sie gerichtet.«

»Kein Problem«, sagte Fickel. »Wenn Sie das nächste Mal das Gericht besetzen, mache ich vielleicht mit.«

Sittig redete nicht lange um den heißen Brei herum und erkundigte sich, was sein Chef Krautwurst mit Fickels juristischer Unterstützung in Sachen Gehaltsauszahlung erreicht hatte. Doch das konnte und durfte der Fickel ihm natürlich nicht sagen. Erstens: keine Ahnung, zweitens: Anwaltsgeheimnis.

»Typisch«, konstatierte Sittig, »der Chef dreht seine krummen Dinger, sogar mit anwaltlicher Unterstützung, und uns Kleine lässt man am ausgestreckten Arm verhungern.«

Also, dagegen musste sich der Fickel verwahren. Denn von Verhungern konnte nach Lage der Dinge keine Rede sein. Die meisten der Angestellten wirkten durchaus gut genährt. Aber was meinte Sittig mit »krummen Dingern«?

»Jetzt tun Sie doch nicht so, als wüssten Sie davon nichts«, rief Sittig wütend. »Glauben Sie, wir kriegen nicht mit, dass der Chef sein Vermögen auf die Seite bringt?«

Das war im Grunde ein recht interessanter Punkt. Wenn Sittigs Behauptung stimmte, dann lag es irgendwo auf der Hand, dass Insolvenzverwalter Enzian dem Krautwurst auf die Schliche gekommen war und die Vermögenswerte für die Insolvenzmasse zurückgefordert hatte. Und da musste man auch nicht lange herumspekulieren, wer ein Interesse daran haben konnte, den Enzian in so einem Fall zum Schweigen zu bringen. Schlussendlich hatte Menschner mit seiner Vermutung womöglich sogar recht, dass ihm jemand den Mord unterschieben wollte.

»Von welchen Vermögenswerten sprechen wir denn hier genau?«, hakte der Fickel nach. »Und was genau meinen Sie mit *auf die Seite bringen*?« Es konnte sicher nicht schaden, Argumente und Fakten zu sammeln, die den Menschner entlasten konnten. Aber Sittig ließ sich nicht weiter in die Karten gucken. Ihm genügte eine Anspielung, dass Krautwurst für einen Pleitier auf ziemliche großem Fuß lebte – allein schon der dicke Porsche Cayenne, mit dem er in der Stadt herumfuhr.

»Vielleicht gehört der ja seiner Frau«, wandte der Fickel ein.

»Eben«, sagte Sittig bedeutungsvoll, »*meine* Frau fährt nur Fahrrad.«

Damit zog sich Sittig wieder zu den anderen zurück, und der Höhlenmicha setzte dem Fickel endlich seinen Teller vor. Doch darauf lag anstatt der gewohnten zwei vollschlanken, gleichmäßig gebräunten Thüringer ein einzelnes dünnes, in sich zusammengerolltes blasses Etwas, das erst auf den zweiten Blick als Wurst zu erkennen war.

»Was ist das denn?«, fragte der Fickel leicht irritiert. »Eine frittierte Natter?«

»Das ist die fränkische Wurstschnecke, die du bestellt hast«, sagte Micha nüchtern. »Und den Senf gibt's kostenlos dazu.«

Er warf dem Fickel zwei schlauchartige Plastiksäckchen Marke Autobahnraststätte hin. Die Nachfrage nach »Bautzener mittelscharf« blieb unbeantwortet. Nun war es also so weit: Die Globalisierung war auch in der Goetzhöhlenbaude angekommen.

Woran hatte sich der Fickel nicht schon alles gewöhnt: daran, dass man zum Einkaufen an den Stadtrand in ein Einkaufscenter fahren musste, an Mäc Geiz und Ein-Euro-Shops in der Fußgängerzone, sogar an die Invasion der Paketzusteller, die mit ihren Kübelwagen ständig die Straßen verstopften. Aber jetzt ging es wirklich um die Wurst.

Der Fickel presste den Senf aus dem Plasteschlauch und schnupperte leicht irritiert daran.

»Das ist Feigensenf«, sagte Micha stolz.

Fickel schluckte schwer. Das musste ein Albtraum sein. Gleich würde er aufwachen, und vor ihm stünde eine frisch gegrillte Thüringer Rostbratwurst mit grobem, nicht zu magerem Brät, ungebrüht auf den Grill gelegt, verfeinert mit frei zirkulierenden Bier- und Holzkohleraucharomen ...

»Jätzt brroobieren Se de Wurrschdschnägge erscht amal«, empfahl die Schauspielerin. »Die isch eschd dodal legga.«

Nein, man durfte nicht anhaften; die Zeiten erforderten es, sich dem Neuen mit offenem Herzen (und Magen) zuzuwenden. Mit einer gewissen Portion Melancholie säbelte der Fickel an der Feigen-Bratwurstschnecke herum. Der erste Eindruck: fader Geschmack, schlaffer Biss, insgesamt eher wie ein Tofuwürstchen. Kurz: ein Trauerspiel. – Was vor allem auch an den Brateigenschaften dieser Monströsität lag. Denn so eine aufgerollte Schnecke konnte man zwar von oben und von unten fantastisch braten oder grillen, aber die Seitenflächen, im Prinzip die Hälfte der Oberfläche, blieben dabei von der Hitze verschont, mithin halb roh und labbrig. Um das zu ändern, müsste man die Schnecke für die Zubereitung extra aufdröseln, um sie nach getaner Arbeit wieder zusammenzurollen. Was hatten sich die Franken dabei nur gedacht?

»Und? Schmeckt's Ihna?«, fragte der Stückl fürsorglich.

»Danke«, wollte der Fickel sagen, aber man soll beim Essen nicht sprechen, denn ...

Ja, Himmel, Arsch und Zwirn! Er fühlte einen Stich in der Zunge, so schmerzhaft, dass ihm das Wasser in die Augen schoss.

»Is' Ihne' ned gut ...?«, fragte die Schauspielerin besorgt.

»So scharf san die Würschd doch goar ned«, brummte der Bayer.

Der Fickel winkte ab und kippte rasch zwei Schluck Cola hinterher zur Kühlung. Langsam löste sich die Kieferstarre. Was war da eigentlich los in der Mundhöhle? Der Fickel fingerte zwischen seinen Kauleisten herum – begleitet von den neugierigen Blicken seiner Tischnachbarn – und zog schließlich unter Anteilnahme aller Anwesenden die blutige Spitze eines Holzzahnstochers aus seiner Zunge. Wie kam das Teil in sein Essen? Doch als er sich beim Höhlenmicha beschweren wollte, musste er sich anhören, dass der Zahnstocher bei der Bratwurstschnecke serienmäßig zur Grundausstattung gehörte, damit sie die schöne Ringelform behielt. Sicher praktisch, aber eine schmerzhafte Lektion fürwahr. Der rotbackige Bayer lachte, dass die Wände wackelten.

»Des Fotzenblochl[41], des hod ea ned g'kennt, hod er ned!«

Seine Frau lächelte mitleidig amüsiert. »Dud's sehr wehdun?«

Der Fickel verneinte tapfer, aber spätestens jetzt war ihm die Lust auf die Bratwurstschnecke endgültig vergangen. Anstandshalber schob er sich den Rest der Ringelnatter hinter die Kiemen, jeden Bissen auf der Gabel misstrauisch begutachtend.

»Hat's geschmeckt?«, erkundigte sich der Höhlenmicha routiniert.

»Hm«, machte der Fickel.

---

41 In gewissen Gegenden Bayerns für Zahnstocher.

»Seng Sie, wos i Ihna gsogt hob!«, rief der Bayer zufrieden, während der Fickel vorsichtig das Loch in seiner Zunge untersuchte. »I schmoaß a Rundn – vo' am Kräuterzeig, wos do host«, rief der Bayer versöhnlich. »Des desinfiziad.«

Fickel wollte protestieren, weil er schließlich noch eine weite Autofahrt vor sich hatte, aber wenn der Gesetzgeber 0,5 Promille erlaubte, dann musste er auch damit rechnen, dass die Bürger sich dran hielten. Außerdem konnte der Fickel einen Kurzen nach dem Schreck tatsächlich gut gebrauchen.

Während Micha zur Ausführung schritt und die Gläser mit Rhöntropfen füllte, sprang die Tür auf, Jürgen Krautwurst trat schwungvoll ein und rief »Hallo zusammen« zu seinen Leuten. Als er Stückl sah, verfinsterte sich sein Blick etwas.

Der Bayer begrüßte ihn mit seinem Weißbierglas. »Do schau her, der Ko'iege Krautwuascht«, rief er aus. »Hom Sie Ihr'n sauberen Insolvenzvawoida wieda g'funda?« Er lachte dröhnend.

»Das vielleicht nicht«, sagte Krautwurst. »Aber das Gericht will einen neuen Verwalter bestellen. Und dann knacken wir morgen den Rekord. – Hab ich recht, Männer?«

Seine Belegschaft reagierte zustimmend, wenn auch nicht direkt euphorisch, vorsichtig ausgedrückt.

»Scho recht«, sagte der Bayer gemütlich. »Hoffentlich hoit da neie länga duach ois da oide. I hob a feines Angebot in da Schubladn. Sechs Komma vier Millionen! Des is doppelt so vui, wie da Loan wert is. Doa könnat Se Ihre Leid auszoin, und fia Ihna bleibt a no wos übrig.«

Die Wurstarbeiter blickten interessiert zu ihrem Chef hinüber. Man konnte förmlich zusehen, wie Jürgen Krautwurst der Kamm schwoll.

»Ehe Sie meine Fabrik übernehmen, sprenge ich sie in die Luft«, erklärte er finster entschlossen.

»Wie Sie woin«, erwiderte der Rotkopfige. »Aba so wern Sie mi aa ned los. I bekomm schliaßlich no' ne hübsche Schdang Gejd von Ihna.«

»Tut mir wirklich leid«, erwiderte Krautwurst mit einem säuerlichen Lächeln. »Aber als sie das Geld in meine Firma gesteckt haben, da wussten Sie doch, dass es Risikokapital ist.«

»Aba ned, dass Sie glei' zum G'richt renna und Insolvenz o'-maldn. Des war a ganz obgefaimta Schachzug von Ihna.«

Er wandte sich wieder seiner Frau zu, während Krautwurst sich zu seinen Arbeitern an den Tisch setzte. Fickel hörte, wie Krautwurst auf seine Leute einredete: »Was ist jetzt, Männer? Packt ihr mit an? Wir müssen bis morgen noch ein paar hundert Meter Wurst fertigstellen.«

Die Wurstarbeiter rührten sich nicht.

»Und was ist mit unseren Gehältern?«, fragte Sittig.

»Die bekommen Sie, sobald der neue Insolvenzverwalter an Bord ist. Sie wissen doch, ich kann Ihnen im Moment nichts auszahlen. So gern ich das auch möchte.«

Sittich lachte höhnisch. »Wenn Ihnen das so am Herzen liegt, dann verkaufen Sie halt Ihr Haus, das dürfte für die Gehälter reichen«, sagte er.

»Das gehört mir nicht ... mehr«, sagte Krautwurst leise.

»Da haben Sie's«, rief Sittig in Richtung Fickel.

»Geht's ruhig. I zoi die komplette Rechnung«, sagte der Bayer, der die Unterhaltung mitgehört hatte. »Schliaßlich wird hia heuer meine Wuascht vakafft.«

Krautwurst war plötzlich blass geworden. »Ist das dein Ernst?«, wandte er sich an den Höhlenmicha. »Nach all den Jahren?«

Der Angesprochene wand sich wie ein Ringelwurm und flüchtete sich in fadenscheinige Erklärungen. Die Ware vom Stückl sei nicht nur hygienisch und sensorisch einwandfrei, der finanziere auch eine komplett neue Einrichtung mit Zapfanlage und komplett neuer Deko und »Mörtschndeising«. Als Gastronom müsse er schließlich auch zusehen, wo er bleibe, endete der Micha.

»Wie oft habe ich dir die Zahlung gestundet, wenn du gerade knapp bei Kasse warst ...«, erwiderte Krautwurst leise.

»Das ist doch alles Schnee von gestern«, erklärte Höhlenmicha unwirsch. »Man muss auch mit der Zeit gehen.«

Da erhob sich der Menschner von seinem Platz und schritt feierlich mit noch fast kompletter Schlachterplatte auf dem Teller zum Micha. »Wenn das so ist, kannst du das selber essen«, meinte er und knallte den Teller auf den Tresen, dass Steaks, Kassler, Rippchen und Würste nur so durch die Gegend flogen. Dann setzte er sich zum Fickel. »Die bayrischen Schweine glauben wohl, sie sind was Besseres«, schimpfte er. »Ich möchte mal wissen, was in den Micha gefahren ist.«

Jürgen Krautwurst wandte sich jetzt wieder an seine Leute und motivierte sie mit der Entschlossenheit eines echten Leaders: »Also Männer, es geht um alles. Die Zukunft der Firma steht auf dem Spiel. – Auf wen von euch kann ich zählen?«

Die Angesprochenen wechselten Blicke untereinander. »Ich weiß ja nicht, wie ihr das seht, aber ich bin auf Kurzarbeit«, fasste Sittig die herrschende Stimmung zusammen. Die anderen starrten in ihre Gläser, als sähen sie darin irgendeinen Grund. Krautwurst wartete einen Moment, starr wie eine Sülzwurst, und ließ seinen Blick über die Versammelten schweifen. »So ist das also«, sagte er mit belegter Stimme. Dann drehte er sich auf dem Absatz um und verließ grußlos das Lokal.

»Sauber«, murmelte der Rotkopfige zufrieden und stieß mit seiner Frau klirrend an. »Des hod ea si seibst zuazuschreibn.«

Nun aber stand Schweineschlachter Heiko Menschner auf,

stiefelte entschlossen hinüber zu den Wurstmachern und las ihnen mit in die Hüften gestemmten Fäusten die Leviten: »Was seid ihr denn für ein Haufen kleiner Würstchen!«, rief er zornig. »Ihr denkt wohl, ihr seid immer noch beim VEB[42], oder was.«

Um der Unsachlichkeit die Krone aufzusetzen, ließ er beim Rausgehen auch noch ordentlich die Tür knallen, dass die Scheiben in den antiken Fensterrahmen vibrierten.

»Dem hom sie wohl ins Hirn g'schissn«, rief der Rotkopfige. »Oane Runde Woaßbia fia olle.«

Die Menge applaudierte erfreut. Jetzt stand auch der Fickel auf und zahlte, für den Menschner gleich mit, um etwaigen rechtlichen Folgen seines Auftritts vorzubeugen, zum Beispiel einer Anzeige wegen Zechprellerei. »Bis zum nächsten Mal«, sagte Micha wie immer zum Abschied, aber da war sich der Fickel gar nicht mehr so sicher. Draußen eilte er seinem Mandanten hinterher, der die engen Stufen zum Dietrich eilig hinabstieg. Der Menschner war immer noch geladen. Charakter war ihm eben wichtig, beim Menschen nicht anders als beim Schwein.

»Jetzt ist mir wieder eingefallen, woher ich den kenne«, sagte Menschner, als er sich wieder ein wenig beruhigt hatte.

»Wen?«

»Na, den Rotschädel. Der war gestern in der Fabrik, als ich losgefahren bin.«

»In Rippershausen?«

Menschner nickte. »Der stand beim Pförtner ... diesem Sittig ... und hat mit seiner Riesenkarre die Einfahrt versperrt. Vielleicht hat der den Enzian ja kaltgemacht. Wundern tät's mich nicht.«

---

42 Volkseigener Betrieb, manch einer nahm das wörtlich und machte von seinem »Eigentumsrecht« fleißig Gebrauch.

Und komisch, genau den gleichen Gedanken hatte der Fickel auch gerade gehabt. Wenn der Stückl tatsächlich ein Auge auf die Krautwurstfabrik geworfen hatte und der Enzian ihm dabei womöglich im Wege gewesen war, dann war er es jetzt offensichtlich nicht mehr. Und das ist natürlich bei einem Verbrechen immer die erste Frage, die sich dem Kriminalisten stellt: *Cui bono?*[43]

Auf der Helenenstraße parkte ein Kleinbus, in dem drei Arbeiter saßen. Krautwurst war gerade im Begriff einzusteigen.

»Halt, wartet«, rief der Menschner.

Krautwurst hielt inne. »Das sind unsere Freiwilligen«, sagte er und deutete auf die Insassen im Fahrzeug: »Drei von dreiundsechzig.«

»Vier«, sagte Menschner und öffnete die Tür. »Das heißt: Wenn du mir noch vertraust, obwohl ich deinen Wagen geschrottet hab.«

Jürgen Krautwurst zögerte, blickte dem Schlachter lange prüfend in die Augen, schließlich reichte er ihm stumm die Hand. Mit einer Träne im Knopfloch klopfte Menschner dem Fickel zum Abschied kurz auf die Schulter und stieg ein. Auch der Fickel bot Krautwurst seine Hilfe an. Schließlich schuldet man jemandem, dessen Würste einen ein halbes Leben lang durch dick und dünn begleitet haben, ein Mindestmaß an Respekt und Loyalität.

Fickels Hilfsbereitschaft rührte Jürgen Krautwurst zwar, doch er lehnte ab. »Das würde zu lange dauern, bis wir Sie eingewiesen haben«, sagte er mit mildem Lächeln.

Einerseits war der Fickel über die Abfuhr ein wenig erleichtert, andererseits hatte er noch einen gewissen Klärungsbedarf,

---

43 (lat.) Wem zum Vorteil? – Übermäßige Anwendung des Prinzips kann zu Verschwörungstheorien führen.

insbesondere in Bezug auf die merkwürdige Zahlung des bayrischen Wurstmagnaten, von der der Stückl gesprochen hatte. Krautwurst kratzte sich am Kopf und meinte: »Da habe ich mich wohl ein bisschen doof angestellt.«

Gleich nachdem die Botulismus-Affäre durch die Presse gegangen war, war Wuaschtkini Stückl auf den Krautwurst zugegangen und hatte ihm »per Soforthilfe« ein Darlehen in Höhe von einer halben Million Euro angeboten. Jürgen Krautwurst, der wegen der schlechten Presse jeden Cent zur Überbrückung gut gebrauchen konnte, überlegte nicht lange und nahm das Geld dankend an. Als er dann schon mit der ersten Rate in Schwierigkeiten kam, machte ihm Stückl scheinheilig den Vorschlag, das Darlehen in eine Beteiligung umzuwandeln. Aber Jürgen Krautwurst hatte keine Lust, sich einen Kraken wie den bayrischen Wuaschtkini in sein Unternehmen zu holen. Denn man weiß ja, wie das läuft: Eben saß man noch fest im Sattel, und plötzlich geht das Pferd mit einem durch. Doch ein Wolfgang Stückl ließ sich nicht so leicht abwimmeln. Spätestens als er wegen der Darlehensraten juristische Schritte androhte und ein Mahnverfahren lostrat, war es für Krautwurst an der Zeit gewesen, bei Rechtsanwalt Enzian Rat einzuholen.

Der hatte ihm schließlich zum Gang in die Insolvenz geraten. Was sprach denn auch dagegen, sich ein paar Monate lang die Gehälter der Angestellten vom Arbeitsamt sponsern zu lassen, solange die Wurstkrankheit in den Köpfen der Leute herumspukte und die Produktion eh auf Sparflamme lief? Nebenbei konnte man die Gläubiger auf Abstand halten und eine paar Betriebsprozesse ökonomisieren, sprich: ausgewiesene Faulpelze feuern. Und ein paar Monate später, wenn über die ganze Sache Gras gewachsen war, dann würde Krautwurst wie Phönix aus der Asche auferstehen – und Wurstmagnat Stückl in die Röhre gucken. So in etwa hatte Enzians Plan ausgesehen. Zumindest auf dem Papier. Vom Verschwinden oder gar Ableben Rechtsanwalt Enzians war dabei allerdings keine Rede gewesen. Genauso wenig davon, was man seinen Arbeitnehmern und den Zulieferern wie dem Menschner bei so einer Harakiri-Aktion antat. Denn was nützt einem die schuldenfreie Firma, wenn man keine Arbeiter und keine Zulieferer mehr hat?

»Irgendwo verstehe ich die Leute, dass sie sich für die Firma nicht mehr den Arsch aufreißen wollen«, sagte Krautwurst schuldbewusst. »Schließlich sitzen sie schon seit zwei Monaten auf dem Trockenen …«

Da schossen dem Fickel Sittigs Anwürfe durch den Kopf und er erkundigte sich mitfühlend, wie es denn um Krautwursts persönliche Situation bestellt war. Schließlich fehlten an seiner Firmenbezeichnung die Buchstaben »GmbH«, was ein sicheres Zeichen dafür war, dass er als Inhaber mit seinem gesamten Privatvermögen für die Schulden seiner Firma haftete.

»Da liegt der Hase im Pfeffer«, seufzte Krautwurst. Immerhin hatte er die Firma aus dem Betrieb seiner Eltern aufgebaut und über die Rechtsform niemals nachgedacht, nicht einmal dann, als aus dem kleinen Fleischergeschäft ein überregional agierender Wursthersteller wurde.

»Mein ganzes Vermögen steckt in der Fabrik«, sagte Krautwurst. »Wenn die pleite ist, bin ich es auch.«

»Und Ihre Frau?«, ergänzte der Fickel nicht ohne Hintergedanken. »Kann die nichts zuschießen?«

Aber da blieb Krautwurst eine Antwort schuldig. Seine Ehe sei durch die Insolvenz schon genug belastet. Und bekanntlich ist Geld auch oder *gerade* in der Liebe ein heikles Thema. Dafür hatte der Fickel natürlich durchaus Verständnis, behielt sich aber vor, bei Gelegenheit noch mal nachzuforschen. Ohnehin hatte er inzwischen genug Stoff zum Nachdenken. Just als Jürgen Krautwurst mit dem Kleinbus und seinen Getreuen davonfuhr, startete neben dem Fickel nämlich plötzlich ein Motor. Ein schwarzer Audi setzte sich in Bewegung und fuhr dem Transporter langsam hinterher. Da fiel es dem Fickel direkt schwer, noch an einen Zufall zu glauben.

Aber irgendwo konnten ihn jetzt alle mal gern haben. Denn jetzt setzte er sich in seinen beige-braunen Wartburg 353 Tourist, um endlich gen Franken zu seiner Schnecke zu fahren, nicht zu verwechseln mit der Bratwurstschnecke. Als er den Schlüssel ins Schloss steckte, gab der Motor wieder solch ein trockenes Husten von sich, schließlich ein Röcheln, ein letztes Rasseln – dann gar nichts mehr.

Vielleicht war es doch etwas vorschnell gewesen, aus dem ADAC auszutreten.

§ 9

Trist, trister, Tristan

Die Leitende Oberstaatsanwältin hatte nach ihrer feierlichen Amtseinsetzung noch einen weiteren, für ihre persönliche Zukunft kaum weniger wichtigen Termin vor dem Wochenende, und der fand bei ihrem Frauenarzt statt. Als sie aus der Polizeiinspektion trat, versuchte sie noch einmal gegen jede Wahrscheinlichkeit, Ludwig auf dem Handy zu erreichen. Schließlich hatte sie ihm vor einiger Zeit von diesem unausweichlichen Arzttermin erzählt und gehofft, er würde daran ein gewisses Interesse bekunden. Eine Millisekunde später durchzuckte sie wie ein Stromschlag der Gedanke, er könnte womöglich genau aus *diesem* Grund abgetaucht sein. Männer waren von Natur aus soziale Feiglinge, die vor den Konsequenzen ihres Handelns, wo immer es möglich war, die Augen verschlossen. Doch Ludwigs Handy war weiterhin tot. Was hatte sie denn eigentlich erwartet?

Doch die Gundelwein vermochte es dank ihrer außergewöhnlichen Selbstdisziplin, alle Zweifel und Befürchtungen, die mit dem spurlosen Verschwinden ihres Exlovers in ihr aufstiegen, kurzerhand beiseitezuschieben und sich auf die bevorstehenden Aufgaben zu fokussieren. Eine Schwangerschaft bedeutete zunächst – von den körperlichen Einschränkungen mal abgesehen – vor allem einen Höllenparcours an Terminen: Arztbesuche, Behördengänge, Besorgungen, Geburtsvorbereitungskurse. All das wollte gemanagt und penibel geplant werden, bis hin zur Kaiserschnittgeburt nebst rascher Rekonvaleszenz mit dem Ziel, möglichst schnell wieder in den Job zurückkehren zu können. Immerhin kostete ein Kind statistisch 130 000 Euro allein bis zum 18. Geburtstag; im Falle, dass der Nachwuchs studieren wollte, zum Beispiel Jura, kamen noch einmal gut 100 000 dazu. Wie sich nun abzeichnete, würde die Gundelwein die Summe womöglich sogar allein zu stemmen haben, und selbst in ihrer privilegierten Besoldungsgruppe war das kein Pappenstiel. Doch wie sie es auch drehte und wendete, sie konnte das Projekt Fortpflanzung nicht länger auf die lange Bank schieben. Schließlich galt sie schon jetzt als Spätgebärende. – Allein das Wort: eine Zumutung. Ein Fall für das Antidiskriminierungsgesetz.

Beflissen, wie es ihre Art war, hatte die Gundelwein alles gelesen, was sie zum Thema Schwangerschaft hatte auftreiben können. Vom ersten MRT über Fruchtwasser- und andere Untersuchungen bis hin zu allen denkbaren Formen der Geburt war sie medizinisch über jedes Detail bestens informiert. Und deshalb lag ihr nichts ferner, denn als Kreißende dem Gutdünken der eigenen Leibesfrucht ausgeliefert zu sein und gegebenenfalls stunden- oder womöglich tagelang unter Schmerzen darauf zu warten, bis die Natur endlich zu Potte kam. Dass Frauen sich solch einer mittelalterlichen Prozedur tatsächlich noch freiwillig unterwarfen, obwohl die Vorteile einer natürlichen Geburt für Mutter und Kind gegenüber dem sicheren und vergleichsweise schmerzarmen Kaiserschnitt wissenschaftlich kaum zu belegen waren, wollte der Oberstaatsanwältin partout nicht einleuchten. Bei einer Blinddarmentzündung wurde auch nichts dem Gang der Natur überlassen. Falls der zuständige Arzt in diesem Punkt anderer Auffassung war, würde er sie schon kennenlernen.

Das Wartezimmer in der Frauenheilklinik von Dr. Löffel mit angeschlossenem Kinderwunschzentrum war wie immer brechend voll mit Frauen jeden Alters, darunter drei sichtbar Schwangeren, die mindestens zehn Jahre jünger waren als die Gundelwein. Eine der jungen Frauen, die aufgeschwemmt und von einer schlimmen Akne gezeichnet war, hielt Händchen mit ihrem Mann oder Freund, der sich sichtlich fehl am Platze fühlte – genau wie die Gundelwein. Lieber ging sie drei Mal zum Zahnarzt mit Wurzelbehandlung als ein einziges Mal zum Frauenarzt. Die Zeit im Wartezimmer dehnte sich endlos. Lustlos blätterte sie in einer Elternzeitschrift: ein Paralleluniversum voller Baby-Cremes, Einschlaftipps und gutgemeinter Ratschläge für die Rückbildungsgymnastik eröffnete sich ihr. Schnell schlug sie die Zeitschrift wieder zu.

Nach ewigen zwanzig Minuten kam sie endlich an die Reihe: Urintest, ab in die Kabine, untenrum frei machen (zum Glück hatte sie ihr Kostüm mit dem weiteren Rock an), dann wieder warten. Schließlich durfte sie ins Behandlungszimmer eintreten. Dr. Löffel, ein geschlechtslos wirkender Mann um die sechzig mit sehr gepflegten Händen, begrüßte sie mit der reservierten Freundlichkeit und dem subtilen Vorwurf des Mediziners: »Lange nicht gesehen.«

Dann erkundigte er sich nach dem Befinden. Die Gundelwein antwortete wie immer, ihr gehe es bestens, nur sei sie etwas aus dem Takt, seit vier Wochen warte sie auf ein bestimmtes Ereignis, welches einfach nicht eintreten wolle. Und das, obwohl die Gundelwein bislang seit der Pubertät wie ein Uhrwerk funktioniert hatte, praktisch eine menschliche Atomuhr. Beziehungsweise Monduhr.

Mit gerunzelter Stirn blickte Dr. Löffel auf sein Tablet, auf dem er die Werte des Schnelltests ablas. »Hm, dann schauen wir uns das mal aus der Nähe an«, sagte er und zeigte einladend auf den Stuhl. »Ich habe da so eine Vermutung.«

»Ich auch«, antwortete die Gundelwein lächelnd.

Während der weiteren Untersuchung wurde nicht viel gesprochen.

»Wie sieht es denn mit Ihrem Kinderwunsch aus?«, fragte Dr. Löffel, während er das Ultraschallgerät auf den muskulösen Bauch der Gundelwein presste.

»Ich hätte jedenfalls nichts dagegen, schwanger zu sein«, sagte die Gundelwein.

Dr. Löffel suchte noch eine Weile herum, dann wandte er sich der Gundelwein zu.

»Dann sollten Sie das aber nicht mehr allzu lange aufschieben«, sagte er.

Die Gundelwein verstand nicht ganz.

»Ihre Fertilität ist seit Ihrem letzen Besuch rapide gesunken. Ich kann kaum noch Bläschen in den Eierstöcken feststellen«, erklärte Dr. Löffel. »Und die sehen ziemlich mickrig aus.«

»Mickrig!« Die Oberstaatsanwältin rang um Fassung. »Aber ich dachte, ich bin sch…«, sagte sie, gerade noch rechtzeitig das entlarvende Wort verschluckend. »Ich meine, ich bin doch erst knapp über vierzig.«

Dr. Löffel lächelte milde. »Biologisch gesehen ist das für eine Schwangerschaft schon ein fortgeschrittenes Alter«, erläuterte er. »Sie sind tatsächlich noch etwas früh dran, aber die Unregelmäßigkeiten in Ihrem Zyklus können durchaus schon die ersten Vorboten der Menopause sein.«

Die Gundelwein hätte ihm am liebsten eine reingehauen. Sie war mindestens drei Mal so fit wie die meisten anderen Frauen ihres Alters, ja vermutlich sogar besser in Schuss als die jungen Dinger im Wartezimmer, die nicht wussten, wohin mit ihren Babybäuchen. War das etwa der Dank ihres Körpers dafür, dass sie so viel Zeit und Mühe beim Training auf ihn verwendete? – Andererseits: War sie nicht immer »früh dran« gewesen? Laufen gelernt mit neun Monaten, schwimmen mit fünf Jahren, eingeschult mit sechs, das Abitur abgelegt mit achtzehn, erstes Examen mit dreiundzwanzig, das zweite mit fünfundzwanzig. Kurz darauf als jüngste Staatsanwältin Thüringens in den Staatsdienst eingetreten, später die jüngste Abteilungsleiterin ... Und jetzt folgerichtig: die jüngste Trockenfrucht. Welch eine Karriere.

»Wenn Sie sich mit dem Gedanken tragen, auf die Segnungen der modernen Medizin zurückzugreifen: mit der In-vitro-Fertilisations-Methode gibt es immerhin eine gewisse Chance, dass sich doch noch Nachwuchs einstellt.«

Eine gewisse Chance? Was sollte das heißen? Die Gundelwein fühlte sich dieser Diskussion im Moment nicht gewachsen. Sie musste erstmal raus aus diesem Raum, um sich zu sammeln. Sie ging in die Kabine zurück und zog sich eilig wieder an.

»Vorausgesetzt, Sie sind verheiratet, werden die Kosten der Behandlung von Krankenkasse beziehungsweise von der öffentlichen Hand bezuschusst ...«, erläuterte Dr. Löffel durch den Kabinenvorhang.

»Ich kenne die Rechtslage«, erwiderte die Oberstaatsanwältin gereizt und kam aus der Kabine zurück.

»Wenn Sie sich dafür entscheiden, sollten Sie nicht mehr allzu viel Zeit verlieren«, fuhr der Gynäkologe ungerührt fort, während er angestrengt auf den Bildschirm seines Rechners starrte. Er stutzte. »Moment mal!« Dr. Löffel lächelte zufrieden. »Warum haben Sie das nicht gleich gesagt? Wir haben ja noch einen Joker im Eisfach.«

Die Gundelwein wusste im ersten Moment nicht, wovon der Doktor sprach. »Einen Joker?«

»Na, die kryokonservierten Vorkernstadien[44]. Erinnern Sie sich nicht?«

Jetzt machte es bei der Gundelwein klick. In einem plötzlichen Panikanfall vor ihrem vierzigsten Geburtstag hatte sie ihren damaligen Ehemann zum Kinderwunschzentrum geschleppt, den Vorgang dann aber wegen akut auftretender zwischenmenschlicher Differenzen abgebrochen und den Prozess im wahrsten Sinne des Wortes eingefroren. Die Vorstellung, dass sich irgendwo auf der Welt in einer Kryobank ihre Keimzellen und die ihres Exmannes Fickel zusammen in einer jederzeit zu aktivierenden Verschmelzung befanden, war im Grunde ähnlich verstörend wie die Idee russischer Forscher, ein im sibirischen Permafrostboden gefundenes Mammut zu klonen.

»Es ist zwar schon etwas länger als zwei Jahre her«, erklärte Dr. Löffel, ohne auf die zurückhaltende Reaktion zu achten. »Aber glücklicherweise wurden sie noch nicht vernichtet. Ich mache gleich einen Vermerk, dass die Zellern für eine baldige Transplantation vorgesehen sind, ja?«

»Sparen Sie sich die Mühe«, erwiderte die Gundelwein. »Ich ziehe die herkömmliche Form der Befruchtung vor.«

Dr. Löffel zog ein Gesicht, das Ärzte stets dann aufzusetzen pflegen, wenn sie ihren Patienten eine unangenehme Diagnose mitteilen müssen. »Auf natürlichem Wege sehe ich da bei Ihnen allerdings schwarz«, erklärte er schonungslos. »Die Chancen liegen statistisch gesehen im Promillebereich.«

»Wie kann das sein, so plötzlich ...?«, fragte die Gundelwein. Vor ihrem inneren Auge lief ein Film ab: Dr. Löffel auf der Anklagebank, um Gnade winselnd. Und sie selbst im Ornat, ihn

---

44 Schockgefrostete befruchtete Eizellen, also Embryos, die juristisch gesehen noch keine Embryos sind.

abkanzelnd: »Ihre Chancen, aus der Nummer rauszukommen, liegen im Promillebereich.«

»Die Fertilitätskurve verläuft eben bei jeder Frau anders«, sagte Dr. Löffel achselzuckend. »Und Sie waren ziemlich lange nicht hier.« Anscheinend war er sich keiner Schuld bewusst.

»Also gut. Welche alternativen Optionen stehen zur Verfügung?«

»Wir könnten Ihnen noch Eizellen entnehmen und eine In-vitro-Fertilisation durchführen«, erläuterte Dr. Löffel. »Aber das wäre deutlich strapaziöser für Sie und angesichts der weitaus besseren Qualität der Kryo-Eizellen viel weniger erfolgversprechend.«

Die Gundelwein konnte es nicht glauben. War das alles, was die moderne Medizin zu bieten hatte? »Aber ich hab doch gelesen, dass Janet Jackson vor einiger Zeit mit fünfzig ihr erstes Kind bekommen hat ... Und Gianna Nannini vor ein paar Jahren, die war sogar noch älter ...«

»Wie gesagt, mit dem sogenannten Social Freezing[45] ist vieles möglich. Und dann gibt es in anderen Ländern andere rechtliche Rahmenbedingungen. Das muss ich Ihnen ja nicht erklären. «

Die Gundelwein atmete tief durch. »Wie schnell muss ich mich entscheiden?«

»Auf ein paar Tage oder Wochen kommt es jetzt nicht mehr an«, sagte Dr. Löffel. »Sie und Ihr Mann sollten sich die Zeit nehmen, die richtige Entscheidung für sich zu treffen.«

Die Gundelwein schwieg.

»Sie sind doch noch verheiratet?«, erkundigte sich Dr. Löffel routinemäßig, so als stünde das sowieso außer Frage.

---

45 Fortpflanzung mit Kühlschrank.

»Äh ... natürlich«, bestätigte die Oberstaatsanwältin, obwohl sich dabei die Haut auf ihrer Zunge kräuselte. Sie hatte einfach keine Lust auf weitere Erklärungen.

»Ich gebe Ihnen den Zettel mit, den Ihr Mann und Sie unterschreiben müssen, wenn Sie sich für die Behandlung entscheiden.«

Geistesabwesend nahm die Gundelwein A4-Blatt und Informationsmaterial entgegen. Dr. Löffel hatte anscheinend noch das Bedürfnis, etwas Aufbauendes zu sagen.

»Nehmen Sie es nicht so schwer. Wie auch immer Sie sich entscheiden, statistisch gesehen hängt Ihre Lebenszufriedenheit langfristig überhaupt nicht davon ab, ob Sie Kinder haben oder nicht.«

»Verschonen Sie mich mit Ihrer Statistik.«

Kurz darauf stand die Gundelwein wie betäubt vor der Frauenklinik. Sie war nicht schwanger. Mehr noch: Sie war dazu verurteilt, kinderlos zu bleiben, eine dieser von der Allgemeinheit schief angesehenen Frauen, die ihrer Karriere alles geopfert haben. Und das erfuhr sie ausgerechnet am Tag ihres größten beruflichen Triumphes.

Wie hatte sie die Signale ihres Körpers so fehlinterpretieren können? Sie war schließlich keine hysterische Teenagerin. Wieso hatte sie nicht wenigstens einen Schwangerschaftstest gemacht? Nur wegen des peinlichen Moments in der Apotheke? Oder war sie sich ihrer Sache zu sicher gewesen, weil es sich einfach »richtig« anfühlte? Die Begegnung mit dem attraktiven Ludwig Enzian hatte zweifellos etwas in ihr ausgelöst. – Aber seien wir ehrlich. Die eingebildete Schwangerschaft war nicht nur eine Wunschprojektion, es war auch der Hilferuf ihres weiblichen Organismus gewesen: jetzt oder nie. Wie sie es auch drehte oder wendete: Das Kind war in den Brunnen gefallen.

Die Gundelwein erinnerte sich daran, wie ihr zweifellos unter Hospitalismus leidendes Zwergkaninchen, das sie als junges Mädchen in ihrem Kinderzimmer gehalten hatte, eine Scheinträchtigkeit entwickelt und plötzlich damit begonnen hatte, ein Nest zu bauen. Der traurige Anblick der vergeblich wartenden Kreatur hatte sich tief in das Gedächtnis der Oberstaatsanwältin eingebrannt. Insbesondere nachdem sie durch ihre Eltern über die Hintergründe seines Verhaltens aufgeklärt worden war, hatte sie das seiner Natur unterworfene Geschöpf aber auch ein bisschen verachtet. Jetzt war *sie* also das Zwergkaninchen.

Mit der Selbsterkenntnis wuchs auch die Wut gegen ihren Exlover. Welch archaische Muster hatte er in ihr freigelegt – nur um dann komplett aus ihrem Leben zu verschwinden. Nicht genug, dass er den Kontakt abgebrochen hatte, nicht mal ein Kind hatte er gezeugt. Ludwig hatte auf der ganzen Linie versagt.

Gleichsam um sich äußerlich und innerlich zu reinigen, fuhr sie mit ihrem Flitzer zunächst zur Tankstelle in die Waschstraße und beobachtete, wie die Fett- und Wurstreste vom Lack abgespült wurden, danach ging sie in das beheizte, aber jetzt im September bereits wenig frequentierte Freibad an der Rohrer Stirn, stieg ins Wasser und holte das Training nach, das sie in den letzten Wochen aufgrund ihrer vermeintlichen Schwangerschaft vermieden hatte.

Ganz allein war sie im Becken allerdings nicht. Während die Oberstaatsanwältin durch das Wasser pflügte, herrschte um sie herum der übliche Freizeitbetrieb. Sie überholte ein circa sechsjähriges Mädchen, das seine ersten Schwimmversuche unternahm, überwacht von seiner adipösen Mutter, die wie eine Walmutter ihre Brut flankierte und damit das halbe Becken beanspruchte. Was dachte diese Kuh eigentlich, wer sie ist? Beim Wenden sprang der Gundelwein beinahe ein pubertierender

Zwölfjähriger auf den Kopf, der anscheinend ihre Geschwindigkeit unterschätzt hatte, sodass seine Arschbombe direkt neben der Oberstaatsanwältin einschlug. Die Gundelwein tauchte kurz ab und trat dem übermütigen Bengel im Vorbeischwimmen wie aus Versehen in die Seite. Im Strafrecht nannte man so etwas Spezialprävention. Wenn die Eltern heutzutage ihren Job nicht mehr erledigten ... Aus dem Augenwinkel konnte die Oberstaatsanwältin erkennen, wie sich der Badeflegel unter Wasser krümmte und von zwei feixenden Kameraden aus dem Wasser gezogen wurde.

Nach zweitausendfünfhundert Metern war sie gründlich ausgepowert, aber wieder ein Stück weit bei sich selbst angekommen. Die Tiefschläge des heutigen Tages mussten irgendwie aufgefangen und ihr aufgestauter Zorn in produktive Energie transferiert werden. Immerhin war sie seit heute Leitende Oberstaatsanwältin, sie war fit wie ein junger Delfin, und wenn sie die Blicke des Bademeisters richtig deutete, dann hatte sie auch sonst noch einiges zu bieten.

Die Gundelwein duschte, so heiß es die Rohre hergaben, dann zog sie sich eilig an und suchte sich eine Ecke, wo sie ungestört telefonieren konnte. Dr. Schnatterer ging nach drei Sekunden ran. Sie meldete sich scherzhaft als »frischgebackene LOStA« und erkundigte sich höflich, fast ein wenig devot, ob der Herr Generalstaatsanwalt noch immer die Karte für die Opernpremiere übrig habe. Dr. Schnatterer antwortete seinerseits selbstironisch, anscheinend verfüge er nicht mehr über genug Charme, um eine Begleitung für ›Tristan und Isolde‹ gewinnen zu können. Er habe sich inzwischen damit abgefunden, die Karte am Abend an einen Wagnerfan verkaufen zu müssen.

»Ich hätte eine Abnehmerin für sie«, sagte die Gundelwein, und es klang ein wenig wie »für Sie«.

Dr. Schnatterer reagierte erfreut, fast ein wenig überschwänglich. Sie verabredeten sich mit einem kleinen Zeitpuffer vor dem Theater. Der Gundelwein blieben noch anderthalb Stunden, um ihre vom Chlorwasser geröteten Augen, die aufgeweichte Haut und struppigen Haare in eine dem Anlass entsprechende Form zu bringen. Wie der Blitz fuhr sie hinüber in die Berliner Straße und wirbelte herum: Haartönung, Make-up, das richtige Kleid, der eleganteste Schmuck ... alles musste jetzt passen. Und das tat es auch. Als sich die Gundelwein im Spiegel betrachtete, war von ihrem Babyspeck nichts mehr zu sehen. Zufrieden drehte sie sich hin und her. Im Vergleich zu ihrem nüchternen Outfit von heute Morgen war es eine fast perfekte Wandlung vom grauen Mäuslein zum stolzen Schwan. Schwan passt zu Wagner, aber nein, das war »Lohengrin«. Um konversationsfest zu sein, las sie zur Sicherheit in einem Online-Opernführer alles, was es über Wagner und »Tristan und Isolde« zu wissen galt. Beim Stichwort Spieldauer stockte sie: circa vier Stunden. Hoffentlich schlafe ich nicht ein, dachte sie.

Die Gundelwein bestellte ein Taxi, um die lästige Parkplatzsuche zu umgehen. Außerdem gab sie mit der Aufmachung in ihrem kleinen Auto womöglich eine lächerliche Figur ab. Eine Viertelstunde später stieg sie in der Georgstraße aus dem Mercedes. Sie war wie beabsichtigt etwa fünf Minuten zu spät dran, um nicht allein wartend im Foyer herumstehen zu müssen. Von überall her strömten Menschen überwiegend fortgeschrittenen Alters in prächtigen Abendroben Richtung Theater. Die Premiere hatte überregional viel Aufmerksamkeit auf sich gezogen, wie immer, wenn Meiningen sich auf seine große Bühnentradition besann. An Abenden wie diesem hatte man überhaupt nicht das Gefühl, in der Provinz zu sein. Dann konnte man das Herz der deutschen Kultur genau hier im Dreieck mit Weimar und Bayreuth schlagen hören. Ein leichtes Hochgefühl ergriff Besitz von ihr.

Sie erkannte Schnatterers Glatzkopf schon von weitem in der Menge. Er hatte sich in einen einfachen Dienstanzug geworfen. Die Gundelwein würde neben ihm total overdressed wirken. Aber sie war fest entschlossen, sich heute nicht mehr kleinzumachen. Sollte er sich doch underdressed fühlen. Sie hob ihren Kopf noch ein Stück höher und ging in Angriffsposition, die Tatsache ausnutzend, dass Schnatterer neben einer Säule stand und geradewegs an ihr vorbeiblickte.

»Guten Abend, Herr Generalstaatsanwalt«, sagte die Gundelwein.

»Guten A…«

Erst beim zweiten Hinsehen erkannte Schnatterer errötend, wen er vor sich hatte.

»Oh, Verzeihung, ich hätte Sie beinahe nicht er…«, stöpselte Schnatterer und begrüße sie tatsächlich mit einem formvollendeten Handkuss. »Sie sehen äh … hinreißend aus.«

Die Gundelwein war zufrieden. Juristen vergaben keine Komplimente, sie sprachen Urteile. Insofern war es fürs Erste gut gelaufen. Nach einem kurzen Geplänkel, in dem die Gundelwein darauf bestand, ihre Karte selbst zu bezahlen, woraufhin Dr. Schnatterer als Dienstvorgesetzter befahl, sich gefälligst von ihm einladen zu lassen, woraufhin ihn die Gundelwein scherzhaft eines Missbrauchs seines Weisungsrechtes bezichtigte, gingen sie an den Büsten der berühmten Komponisten vorbei in den Garderobenbereich.

»›Tristan und Isolde‹ ist übrigens als Herzensbrecher-Oper bekannt«, smalltalkte Dr. Schnatterer drauflos.

»Die Liebesgeschichte ist wirklich sehr berührend«, bestätigte die Gundelwein, belesen, wie sie war.

»Nicht deshalb«, erwiderte der Generalstaatsanwalt. »Es sollen mehrfach Dirigenten während der Aufführung tot zusammengebrochen sein.« Er lachte schallend. Offenbar hatte er den gleichen Opernführer gelesen wie die Gundelwein. Dennoch lachte sie mit. Wenn man einem Langweiler das Gefühl gab, er sei langweilig, stand man selbst schnell als langweilig da. Stattdessen lauschte sie ehrfurchtsvoll den Ausführungen Dr. Schnatterers über Wagner und seinen Besuch in Bayreuth, bei dem er die Bundeskanzlerin hatte kennenlernen dürfen. »Nette Frau. Und ihr Mann erst ...« Er berichtete charmant und witzig und klang dabei nur ein wenig aufgesetzt.

»Hach, ich liebe dieses Theater einfach«, sagte er, als sie den großen Saal betraten, in dem die Musiker ihre Instrumente einspielten. »So eine kleine Stadt – und dann solch ein Tempel der Musen und Künste.«

»Dem Theaterherzog[46] sei Dank«, pflichtete die Gundelwein bei.

»Manchmal beneide ich sie um ihren Dienstort«, sagte Dr. Schnatterer. »Diese Idylle, die Natur – und Kulturgeschichte, wo man steht und geht.«

»Wir können gerne tauschen«, hätte die Gundelwein beinahe gesagt. Denn dass Jena im Vergleich zu Meiningen eine Metropole war, hatte er getrost ausgespart. Tatsächlich sagte sie: »Ich genieße es auch sehr, hier zu sein.«

In Bezug auf das Theater war das nicht einmal gelogen. Schnatterer hatte natürlich nicht irgendwelche Karten besorgt, sondern solche für die Herzogloge. Wennschon – dennschon. Die Gundelwein hatte nichts dagegen. »Grüß dich, Claus«, sagte Dr. Schnat-

---

46 Georg II., der sich seinen Beinamen u. a. dadurch verdiente, dass er selbst Bühnenbilder anfertigte und eine Schauspielerin heiratete.

terer zu einem älteren Mann mit wuchtigen Augenbrauen, der mit seiner Frau, die ein Walkürenkleid und eine Art Vogelscheuchenfrisur trug, bereits Platz genommen hatte. Das Paar musste sich von den Sesseln erheben, um sie durchzulassen. »Hallo, Uli«, antwortete Claus. »Hast du doch noch eine Begleiterin gefunden?« Sie lachten wie verschworene Jungs. Anscheinend kannten sich die beiden Männer gut. Claus' Frau begrüßte Schnatterer mit Küsschen links, Küsschen rechts. Dann kam die Reihe an sie.

»Darf ich vorstellen: Das ist die Ober... – pardon, seit heute *Leitende* Oberstaatsanwältin Gundelwein, und das ist mein Kommilitone und alter Freund Doktor Claus Scharfenberg, im Nebenjob Vorsitzender Richter am Bundesgerichtshof in Leipzig.«

Der Gundelwein zog es kurz die Sohlen unter den Schuhen weg. Wenn man sich in der richtigen Begleitung befand, lernte man eben die richtigen Menschen kennen.

»Enchanté«, sagte Claus, einen Handkuss andeutend. »So jung, und schon in solch einer bedeutenden Funktion?«

»Merci«, antwortete die Gundelwein. Beinahe hätte sie laut gelacht. Ausgerechnet am Tag, an dem sie ihren Kinderwunsch beerdigen musste ...

»Das ist meine Frau Doris«, sagte Scharfenberg.

»Wir kennen uns bereits«, sagte Doris.

Da fiel es der Gundelwein wie Schuppen von den Augen. Ohne ihre auffällige Brille und mit der ungewohnten Frisur hatte sie die Kollegin Doris Scharfenberg, die Meininger Insolvenzrichterin, einfach nicht erkannt. Sie waren sich einige Male im Justizzentrum begegnet, hatten aber nie ein Wort miteinander gewechselt. Wieso auch? Beruflich hatten sie nie etwas miteinander zu tun gehabt, privat hatte sie immer eher unbedeutend auf die Gundelwein gewirkt.

»Natürlich«, sagte die Oberstaatsanwältin. »Schön, Sie zu sehen.«

Sie drückte sich an Doris und Claus vorbei und fand sich auf einem Platz zwischen dem Generalstaatsanwalt und dem Bundesrichter wieder. Nicht schlecht für den Anfang. Aber irgendwo auch angemessen. Wenige Augenblicke später wurde es still im Saal, und der Meininger Kapellmeister Romanus Artus kam unter dem Applaus des Publikums im Orchestergraben zum Vorschein. Geduldig wartete er ab, bis der letzte Husten im Saal verklungen war. Dann hob er seinen Taktstock und ließ die Musik erklingen.

Die nächsten Stunden vergingen wie im Fluge. Ein wenig fühlte die Gundelwein sogar mit der jungen Isolde, die dem müden König der bretonischen Provinz Cornwall als Friedenspfand zugeführt werden sollte, mit. Die Gundelwein schloss die Augen und ließ die Musik an sich vorüberziehen wie einen Sturm, der an ihr zerrte, ohne sie umstoßen zu können.

In der Pause versammelte man sich im prächtigen Foyer. Die Männer machten sich auf, um Champagner zu besorgen, und die Gundelwein stellte sich auf ein zähes Frauen- oder schlimmer noch Juristinnengespräch ein. Doch kaum waren sie allein, wandte sich Doris Scharfenberg an die Gundelwein: »Mir ist heute etwas Merkwürdiges passiert. Da ist ein Insolvenzverwalter spurlos verschwunden. Können Sie sich das vorstellen?«

»Ich habe davon gehört«, sagte die Gundelwein ausweichend. Sie wollte nicht auf Ludwig angesprochen werden. Andererseits, wenn sich die Gelegenheit bot: »Glauben Sie, sein Verschwinden könnte etwas mit der Insolvenz dieser Wurstfabrik zu tun haben?«

Doris Scharfenberg zuckte mit den Achseln. »Der Inhaber war vorhin bei mir im Büro. Er machte einen ganz seriösen Eindruck, im Gegensatz zu dem Anwalt, den er dabeihatte ... Frickel oder so ähnlich.«

»Vielleicht Fickel?«, korrigierte die Oberstaatsanwältin. »Das ist mein Exmann.« Die Erklärung war ihr nur so rausgerutscht.

»Oh, tut mir leid«, ruderte die Richterin erschrocken zurück, »er wirkte eigentlich sehr sympathisch, allerdings nicht besonders ... wie soll ich sagen ...?«

»Kompetent«, schlug die Gundelwein vor.

Richterin Scharfenberg bestätigte. »Wie gesagt, es war nur ein flüchtiger Eindruck.«

»Unsere Ehe war auch eher flüchtig«, erwiderte die Gundelwein lächelnd. »Ich bin lange drüber weg.«

Richterin Scharfenberg nickte. Sie war anscheinend nicht ganz bei der Sache. Ihre kurzsichtigen Augen huschten unruhig herum. »Ich hoffe doch sehr, dass Herr Enzian nicht Opfer eines Verbrechens geworden ist?«, sagte sie besorgt.

»Falls Sie damit meinen, ob wir seine Leiche gefunden haben, kann ich dies verneinen«, sagte die Gundelwein.

Richterin Scharfenberg atmete erleichtert auf. »Wenn man jemanden so lange kennt, geht es einem schon nahe«, sagte sie.

»Das kann ich gut verstehen«, erwiderte die Gundelwein. »Wie gut kennen Sie sich denn?«

»Unser Verhältnis ist rein dienstlich«, sagte Richterin Scharfenberg. »Aber ich muss doch wenigstens wissen, ob ich einen neuen vorläufigen Insolvenzverwalter bestellen soll.«

»Da würde ich dringend zuraten«, sagte die Gundelwein. »Falls er noch lebt, hat er sicher gute Gründe, warum er untergetaucht ist.«

»Was denn für Gründe?«

Die Gundelwein zuckte die Achseln. »Dunkle Geschäfte, familiäre Probleme ... Da gibt es unzählige Möglichkeiten.«

Richterin Scharfenberg nickte nachdenklich. »Ich möchte jetzt nicht in der Haut seiner Frau stecken«, sagte sie. »Diese Ungewissheit ...«

»Ja, entsetzlich«, bestätigte die Oberstaatsanwältin. »Es sei denn, sie hat etwas mit seinem Verschwinden zu tun.«

»Glauben Sie, *sie* hat ihn umgebracht?«, fragte Richterin Scharfenberg entsetzt.

Die Gundelwein ruderte sofort zurück. »Nein, nein ... Dafür gibt es keinerlei Anhaltspunkte.« Allein die Vorstellung, Annemarie Stöcklein könnte ihren angebeteten Mann auf dem Gewissen haben, war zu absurd. Selbst für den ihr immer noch unwahrscheinlich vorkommenden Fall, dass Ludwig wirklich tot war.

Schon kamen die Männer mit den Champagnergläsern zurück, und es wurde rasch das Thema gewechselt, wobei juristische Sachverhalte strikt vermieden wurden. Das Gespräch kreiste einzig und allein um Richard Wagner und seine großartige Musik. Die Gundelwein glänzte mit dem (frisch angeeigneten) Wissen, dass »Tristan und Isolde« unter Leitung jenes Hans von Bülow, der – nebenbei bemerkt – hier in Meiningen lange Zeit gewirkt hatte, in München uraufgeführt worden war.

»Ich sag's ja immer: Meiningen ist das heimliche Zentrum der Welt«, sagte der Thüringer Generalstaatsanwalt lachend. Bundesrichter Scharfenberg ergänzte: »Schließlich wirken hier auch die interessantesten Frauen.« Ehe man die Bemerkung falsch verstehen konnte, legte er den Arm rasch um die seinige. Doris Scharfenberg, die unter dem Gewicht des Bundesrichterarmes fast zusammenzubrechen drohte, lächelte tapfer.

»Eigentlich interessant, diese Idee vom Liebestrank«, bemerkte Dr. Schnatterer. »Runter mit dem Zeug – und schwupps ist man verliebt. So einfach könnte es sein.«

»Das müsste man mal erfinden«, sagte die Richterin Scharfenberg und kicherte.

»Oh, das gibt es durchaus«, erwiderte die Gundelwein. »Im Strafrecht nennen wir es K.-o.-Tropfen.«

Bundesrichter Scharfenberg lachte, dass die Büsten auf den Stelen wackelten.

»Wir müssen Wagner neu interpretieren«, witzelte Schnatterer, »Tristan macht sich Isolde mit Drogen gefügig.«

»Klarer 177er[47]«, lachte der Bundesrichter.

»Ihr Strafrechtler seid ein unmögliches Volk«, entrüstete sich Doris Scharfenberg scherzhaft.

Schon ertönte die Klingel zum zweiten Teil der Vorstellung. Die Gundelwein spürte bereits die Wirkung des Champagners und schwebte fast über den Teppich. Schließlich hatte sie seit Wochen keinen Tropfen Alkohol angerührt. Auch der dritte Aufzug verging wie im Fluge. Es gelang der Gundelwein, alle störenden Gedanken auszublenden. Einfach wunderbar: Tristans dramatischer Tod, bis hin zum Schlussakkord, und Isoldes von einer lieblichen Musik untermalte lustvoll-dramatische Trauer, die in den verklärenden Worten gipfelt: »ertrinken, versinken, unbewusst – höchste Lust.«

Doch in der kurzen Pause, bevor der Applaus einsetzte, hörte sie ein Schluchzen und blickte hinüber. Dort saß Doris Scharfenberg und weinte inbrünstig, ja geradezu hemmungslos in ein Papiertaschentuch hinein. Die Oper war von Dramatik und Gefühlen zweifellos aufgeladen wie keine zweite, aber dass eine erwachsene Person, eine Juristin, Richterin gar, sich davon der-

---

47 § 177 StGB stellt sexuelle Übergriffe, Nötigungen und Vergewaltigungen unter Strafe; wächst mit seinen Aufgaben, zuletzt durch Gesetzesnovelle vom 10.11.2016.

art aus dem Gleichgewicht bringen ließ, irritierte, ja befremdete die Gundelwein. Ihr Mann, der Bundesrichter, reagierte überfordert.

»Contenance, Doris, Contenance«, zischte er, während die Jubelstürme durch das Publikum fegten und die Sängerinnen und Sänger sowie das Orchester sich wieder und wieder verbeugen mussten. Doch selbst als sie wieder an die frische nächtliche Luft traten, rang Richterin Scharfenberg noch um Fassung.

»Wollen wir vielleicht irgendwo noch etwas trinken gehen?«, schlug Schnatterer unternehmungslustig vor. Doch die Scharfenbergs verabschiedeten sich. »Ich weiß auch nicht, was mit meiner Frau heute los ist«, sagte der Bundesrichter, »so kenne ich sie gar nicht.«

Er reichte der Gundelwein die Hand. »Hat mich außerordentlich gefreut. Wirklich.« Nach dieser Bekräftigung zog er mit seiner schluchzenden Frau durch den frühherbstlichen Nebel davon.

»Wagner verträgt nicht jeder«, sagte Dr. Schnatterer, und diesmal musste die Gundelwein tatsächlich von Herzen lachen.

»Und wir zwei Hübschen?«, fragte der Generalstaatsanwalt. »Noch auf einen Absacker irgendwohin?«

Die Gundelwein blickte auf die Uhr. Mitternacht. »Wird nicht leicht, hier noch was zu finden«, sagte sie. »Meiningen ist eben doch nicht Jena.«

»Schade«, sagte Dr. Schnatterer.

Die Gundelwein sah die Glatze des Generalstaatsanwalts im Laternenlicht mit dem Mond um die Wette leuchten. Welch ein Gegensatz zu Ludwigs schwarzen Locken.

»Haben Sie in Ihrem Zimmer keine Minibar?«, fragte sie und hakte sich bei ihm unter.

§ 10

Die längste Bratwurst der Welt

An jedem ersten Wochenende im September findet im grünen Herzen Deutschlands ein Spektakel der ganz besonderen Art statt, wenn Tausende, ja Zehntausende Pufferknutscher[48] aus allen Landesteilen und sogar aus internationalen Gefilden in einer Sternfahrt nach Südwestthüringen zu den Meininger Dampfloktagen anreisen, natürlich nur stilecht mit der Eisenbahn. Denn an diesem Spätsommerwochenende öffnet ein Mal im Jahr die in ganz Westeuropa größte noch existierende Reparaturwerkstatt für historische Dampfzugmaschinen ihre Pforten für die Besucher.

Das Meininger Reichsbahnausbesserungswerk, kurz RAW (sprich Ärr-ohh-wäh), war einst der größte Arbeitgeber der Stadt und verfügte in seinen besten Zeiten über mehr als dreitausend Beschäftigte. Inzwischen sind es immerhin noch über einhundert, obwohl Dampflokomotiven im Allgemeinen nicht mehr als Zukunftstechnologie gelten. Doch die Zugkraft der stählernen Kolosse, die Meiningen bis in die Achtzigerjahre hinein unter einer apokalyptischen Smogglocke verschwinden ließen, wie man sie heutzutage von Fernsehbildern aus Peking kennt, scheint weiterhin ungebrochen. Ließe man zum Beispiel einem durch-

---

[48] Eisenbahnfreaks, denen zu Unrecht eine erotische Neigung zu Stoßfängern nachgesagt wird.

schnittlichen Dreijährigen die Wahl zwischen dem sterilen Cockpit eines ICE und dem mit Anzeigen und Hebeln ausgestatteten Führerstand einer Dampflok, wie würde sich der Knirps wohl entscheiden? – Und im Grunde seines Herzens fühlte der Fickel wie die meisten seiner Geschlechts- und Altersgenossen auch nicht anders als ein Dreijähriger, und das war nur einer der zahlreichen Gründe, weshalb ihn das Eisenbahnerfest wie viele andere alljährlich magisch anzog. Denn im Rahmen der Meininger Dampфloktage lockten nicht nur spannende Rundgänge durch die Werkhallen des RAW Besucher an, sondern auch Ausfahrten mit einem Traditionszug in angenehm rauchiger Atmosphäre, Live-Musik und als heimliches Highlight die Modellbahnbörse, bei der Groß und Klein nach Herzenslust staunen, bewundern, aber auch tauschen konnten, ob Spurbreite N, TT oder H0[49].

Doch natürlich dürfen bei solch einem Volksfest Geselligkeit, Frohsinn und auch die lukullischen Genüsse nicht fehlen. Den Höhepunkt der diesjährigen Dampфloktage bildete ausnahmsweise nicht die Präsentation eines antikes Schienenfahrzeugs, sondern ein ganz anders geartetes, jedoch nicht minder gewaltiges Ungetüm: nämlich die längste Rostbratwurst der Welt.

Und da er um die Wichtigkeit dieses Events für die Zukunft des Wurststandortes Meiningen wusste, fiel dem Fickel ein Stein vom Herzen, als am Sonnabendmorgen noch vor dem Frühstück in seiner Wohnkanzlei am Töpfemarkt das Telefon klingelte und sich Jürgen Krautwurst mit der frohen Botschaft meldete, dass Richterin Scharfenberg mittlerweile einen neuen Insolvenzverwalter eingesetzt habe, nämlich einen gewissen Dr. Mirko Senke. »Guter Mann«, versicherte Krautwurst, denn der hatte als erste Amtshandlung grünes Licht für die Durchführung des geplan-

---

[49] Setzen Maßstäbe in Sachen Modelleisenbahnen.

ten Wurstweltrekords gegeben. Krautwurst war es unter Mithilfe der Freiwilligen sowie der tatkräftigen Unterstützung von Schweineschlachter Menschner nämlich gelungen, die Rostbratwurst noch in der Nacht auf sage und schreibe 6124 Meter zu stretchen. Ein Sponsor hatte sich bereit erklärt, den Kühltransport zu übernehmen und eine bedeutende Anzahl Grills bereitzustellen. Nun stand einem erfolgreichen Rekordversuch also nichts mehr im Wege, denn sämtliche Wettervorhersagen versprachen einen milden Spätsommertag bei angenehmen Temperaturen – mit anderen Worten: perfektes Grillwetter.

Schon beim Aufstehen hatte der Fickel dieses Kribbeln unter der Haut gespürt, das die Bereitschaft des Körpers zu außergewöhnlichen Taten signalisierte. So musste sich ein Olympiasieger fühlen, wenn er am Morgen vor dem Wettkampf dem Bett entstieg. Und dabei stand für den Fickel gar nicht das Dampflokfest auf der Tagesordnung, sondern endlich Astrid Kemmerzehl. Eigentlich hatte er schon längst in Bad Bocklet sein wollen, hätte ihm der Wartburg nicht einen Strich durch die Rechnung gemacht. Denn bis alles mit der Werkstatt geregelt war, war es bereits fast 18 Uhr gewesen, doch der letzte Zug hatte Meiningen bereits um 17.24 Uhr verlassen. Das war mal wieder Künstlerpech. Also hatte der Fickel erneut zum Handy greifen und seiner Herzdame die Botschaft übermitteln müssen, dass er wegen technischer Probleme mit dem ersten Zug am Samstag anreisen würde, sprich: 11.24 Uhr ab Meiningen Hbf. Eines der gravierendsten Probleme an einer Fernbeziehung bildete sicher der Personennahverkehr.

Als der Fickel am Samstagvormittag also frisch rasiert und herausgeputzt zum Bahnhof schlenderte, lief er direkt dem Justizwachtmeister Rainer Kummer und seinem Kollegen Amthor in die Arme. Ersterer verwaltete in seinem Hobbykeller die vermutlich größte und detailverliebteste Modelleisenbahnlandschaft Südthüringens (mit einem originalgetreuen Nachbau des Justizzentrums), und der Amthor war zahlendes Mitglied im Meininger Eisenbahnfreunde e. V., denn Kontakte sind das A und O eines Anwalts. Die beiden waren ebenfalls zum Bahnhof unterwegs, um der feierlichen Ankunft der historischen Sonderzüge mit Eisenbahnnostalgikern aus der gesamten Republik beizuwohnen, ein Ritual, das sich auch der Fickel unter normalen Umständen nicht entgehen lassen würde. Und da er bis zur Abfahrt seines Zuges noch ein bisschen Zeit hatte, ließ er sich überreden, mit den Jungs noch ein wenig herumzuschlendern und die Atmosphäre des Glanzes vergangener Tage einzusaugen.

Die kleine Stadt Meiningen blickt nämlich auch dank ihrer geografisch exponierten Lage am Dreiländereck von Bayern, Hessen und Thüringen auf eine mehr als anderthalb Jahrhunderte alte und durchaus stolze Geschichte als Bahnknotenpunkt zurück. Vierzig Jahre lang markierte der Ort für DDR-Bürger sogar praktisch das Ende der Welt, zumindest aber des Schnellzugnetzes – ein Fixpunkt auf der Landkarte wie Wladiwostok auf der anderen Seite des einstigen Bruderstaaten[50]-Imperiums. Hier endeten alle Züge und fuhren am nächsten Tag in umgekehrter Richtung zurück in die Hauptstadt. Mehr Westen ging im Osten nicht.

Vielen Reisenden von damals ist noch der Rennsteig-Express in Erinnerung, der mit seinen markanten, für damalige Verhältnisse geradezu avantgardistischen weiß-orangefarbenen Waggons die circa 400 Kilometer lange Fahrt von Meiningen nach Berlin in sagenhaften fünfeinhalb Stunden bewältigte, weshalb der Fahrgast neben dem Schnellzug- auch noch Expresszug-Zuschlag berappen musste. Heutzutage sieht man auf den Gleisen

---

50 Länder des Warschauer Vertrages, patriarchalisch für Schwesternationen.

fast nur noch die grün-weißen Triebwagen der Südthüringen-Bahn, und das einst quirlige, von unzähligen Reisenden frequentierte Bahnhofsgebäude, das in typisch Meininger Neutralität über einen bayrischen und einen preußischen Teil verfügt, fristet ein Dasein zwischen Pissoir und Taubenverschlag.

Doch anlässlich der Dampfloktage hatte sich der Bahnhof fein herausgeputzt. Schon zu der noch frühen Tageszeit herrschte auf dem Vorplatz ein unübersichtliches Gewühl. Die gesamte Lindenallee entlang waren Helfer damit beschäftigt, Grillvorrichtungen aneinanderzureihen. Viele Meininger, die vom bevorstehenden Rekordversuch Wind bekommen hatten, wirkten bei den Vorbereitungen freiwillig mit und verlängerten den Rost mit ihren eigenen Zweit- oder Drittmodellen. Die Grillstrecke sollte vom Bahnhof bis hinauf zum RAW verlaufen, wo der Löwenanteil der über 6000-Meter-Wurst gebraten werden sollte. Schließlich waren dort auch schon ganz andere technische Herausforderungen gemeistert worden.

Auf dem Bahnhofsvorplatz standen Sonnenschirme und Bierbänke bereit, Kioske boten Getränke feil, allenthalben herrschte noch gedämpfte, aber stetig anschwellende Volksfeststimmung. Irgendwo war es schon auffällig, dass die weit überwiegende Mehrzahl der »Fachbesucher« Jungs und Männer waren, Mädchen und Frauen hatten anscheinend am Samstag etwas anderes vor, vermutlich etwas Sinnvolles. Zum Beispiel Shoppen.

Justizwachtmeister Rainer Kummer klatschte beim Anblick des bunten Treibens unternehmungslustig in die Hände und wollte gleich mal mit einer leckeren »Mitropawurst« loslegen, als der Amthor überraschend verlautbarte, er verspüre gar keinen rechten Appetit. Aber wenn der Amthor mal keinen Appetit hatte, dann musste man natürlich misstrauisch werden. Schließlich wartete nachher noch das Bratwurstwettessen, bei dem Justizwachtmeister Kummer, der größte Fresssack aller Klassen, als klarer Favorit an den Start ging. Doch anscheinend rechnete sich auch der Amthor heimlich Chancen aus und wollte diese nicht durch leichtfertige Nahrungsaufnahme vor der Zeit riskieren.

»Nur zu, ich lade euch ein«, sagte Amthor scheinheilig und zückte sein Portemonnaie. Aber wenn etwas für den Amthor noch untypischer war als Appetitlosigkeit, dann waren es Spendierhosen. Durch seine irritierende Enthaltsamkeit hatte er aber nur erreicht, dass nun auch Rainer Kummer plötzlich zum Asketen mutierte und glaubhaft versicherte, er habe überaus reichlich gefrühstückt und verspüre *ü-ber-haupt* keinen Hunger. Fickel hingegen, der außer Konkurrenz lief, nahm Amthors großzügiges Angebot dankend an, was dieser mit der Injurie »Blutsauger« quittierte und sich eine seiner Karos anzündete, damit er seinen Hunger nicht so spürte, während er dem Fickel neidisch beim Vertilgen der von ihm gesponserten Bockwurst zusah.

Der Fickel hatte kaum aufgegessen, da drängelte Rainer Kummer schon ungeduldig: »Los jetzt, sonst verpassen wir ja die ganze Show«, und stapfte entschlossen voran. Auf dem Weg zum Bahnsteig kamen sie an einem ersten Bierstand vorbei, das heißt, *vorbei* kamen sie ohne weiteres nicht, schließlich war es längst an der Zeit für einen Frühschoppen. Gegen Flüssignahrung hatten weder der Amthor noch Rainer Kummer etwas einzuwenden. Denn merke: Bier dehnt den Magen und wirkt, wie die Erfahrung lehrt, durchaus appetitanregend.

Mit den Bechern bewaffnet, kämpften sie sich schließlich bis zum Bahnsteig vor, auf dem ein Gedränge herrschte wie früher am Interzonenzug[51].

---

51 Auch Rentnerexpress; für DDR-Bürger unter fünfundsechzig hieß es an der Grenze: Alles aussteigen.

»Guck dir das an«, sagte der Rainer Kummer ehrfürchtig und zeigte mit ausgestrecktem Arm auf den Ringlokschuppen. »Das ist 'ne Fünfziger-Baureihe.«

Auf der Drehscheibe parkte eine schwarze Zugmaschine mit Tender und riesigen roten Rädern – ein majestätischer Anblick: zeitlos, kraftvoll, elegant.

»Quatsch, das ist eindeutig 'ne 52.80«, berichtigte Amthor besserwisserisch. »Da steht's ja auf der Herstellerplatte: RAW Stendal.«

»Aber es ist trotzdem nur 'ne umgebaute Fünfziger«, beharrte Rainer Kummer.

Während die beiden Experten weiter diskutierten, sah sich der Fickel ein wenig um. Auf den Gleisen parkten historische Züge aus allen Epochen. Sofort wurde der Fickel von Fernweh gepackt. Also, nicht wirklich Fern-, sondern eher Reiseweh. Denn unterwegs war immer besser als irgendwo.

»Seht mal, da vorn ist was los«, sagte Rainer Kummer.

Am anderen Ende des Bahnsteigs hatte sich eine Menschenmenge versammelt. Im Zentrum befand sich ein Kamerateam mit dieser blonden Ansagerin, die immer eine derart fröhliche Ausstrahlung hatte, dass man sich fragte: Was hat die eigentlich gefrühstückt? Aber wer hatte sich an ihre Seite geklemmt? Wieder der Grauhaarige im Schaffnerkostüm, der allgegenwärtige Herr Sittig, der gestern auch in der Goetzhöhlenbaude das große Wort geführt hatte. Er strahlte große Sachkompetenz aus, doch der Kameramann hielt lieber auf Sandy Krautwurst, die in einem prächtigen Kleid mit Schleppe und einer Bratwurstkrone auf dem Haupt neben ihm stand und auch etwas ausstrahlte, wenn auch nicht unbedingt Sachkompetenz. Wie magisch angezogen schlenderten die drei Freunde hinüber.

»Guck an, der Erwin«, sagte Amthor in die Drehpause hinein

und begrüßte den Grauhaarigen fast freundschaftlich. »Das ist der Vorsitzende des Meininger Eisenbahnfreunde e.V.«, stellte er ihn seinen Begleitern vor. »Früher Kombinatsdirektor im RAW.«

Da konnte man mal wieder sehen: Man durfte einfach niemanden unterschätzen. Nur weil sich einer wie ein kleines Würstchen aufführte, konnte in ihm durchaus ein hohes Tier stecken.

»Ah, der Herr Anwalt – auch hier?«, begrüßte Sittig den Fickel einigermaßen kühl.

»Sie beide kennen sich?«, fragte Amthor überrascht.

»Flüchtig«, erwiderte der Fickel.

»Er hat den Chef juristisch beraten«, sagte Sittig mit Seitenblick auf die Bratwurstprinzessin, die für den Kameramann posierte. »Viel hat er anscheinend nicht erreicht.«

»Wie sind Sie denn da schon wieder rangekommen?«, fragte Amthor voller Neid. »Rechnen Sie jetzt etwa schon nach Stundensätzen ab?«

Fickel winkte müde ab. Nicht der Rede wert.

»So, ich muss jetzt wieder ran«, sagte Sittig. Denn in der Ferne kündigte eine neue Rauchsäule den nächsten Sonderzug an.

»Das ist die Achtzehn-zwo-null-eins, da musst du draufhalten«, erklärte er dem Kameramann mit Kennermiene. Dieses in Meiningen erbaute (beziehungsweise aus mehreren Loks zusammengeschweißte) grün gestrichene Flaggschiff Südthüringer Ingenieurskunst gilt mit handgemessenen 182,5 Kilometern in der Stunde als schnellste funktionsfähige Dampflok der Welt und ist der ganze Stolz der Meininger Eisenbahnfreunde. »Da haben die Genossen damals nächtelang Sonderschichten geschruppt«, diktierte Sittig der mäßig interessiert wirkenden Reporterin ins Mikro, während das Stahlross zischend, spuckend und dampfend einfuhr. »Die brauchten damals nämlich dringend eine schnelle Testlok für die Waggons, die für den Export in den Westen vorgesehen waren und die ...«

Sittigs weitere Ausführungen gingen im Kreischen der Bremsen unter. Die fröhliche Ansagerin riss sich die Kopfhörer runter und hielt sich wie alle anderen die Ohren zu. Einzig dem Fickel klang der Lärm wie Musik in den Gehörgängen. Seit frühester Kindheit begleitete ihn die von Angst genährte Faszination an den schier unfassbaren, im Zweifel alles zermalmenden Urgewalten der sich in die Schienen verbeißenden Räder, die sogar den Stahl zum Singen brachten und ihm Frequenzen entlockten, die kein Instrument, keine menschliche Stimme je erreichten. Immer wenn man glaubte, es ginge nicht *noch* höher oder *noch* lauter, dann schraubte sich das Geräusch noch einmal anschwellend in die Höhe, bis man atemlos meinte, dass einem die Hirnschale zerspringen oder zumindest das Trommelfell platzen müsste. Eine außerkörperliche, fast spirituelle Erfahrung, die späteren Generationen im Zeitalter der Flüsterbremse leider versagt bleiben würde.

Und während der Fickel noch wie gebannt auf das gewaltige Schienenmonster blickte, fuhr auf dem anderen Bahngleis ein weiterer Zug leise und unscheinbar an ihm vorbei, allerdings kein Traditionszug im eigentlichen Sinne, sondern der fahrplanmäßige 11.24er Richtung Schweinfurt.

»Wollten Sie da nicht mitfahren?«, fragte der Amthor. Irgendwie musste der Fickel die Zeit vergessen und die Lautsprecherdurchsage überhört haben. Rainer Kummer bekam einen Lachkrampf, und Amthor stichelte: »Scheint ja nicht so wichtig zu sein, Ihre Verabredung ...«

Dabei hatte der alte Intrigant mit seiner Mitropawurst die unheilvolle Kausalkette, die schlussendlich zu dem verpassten Zug geführt hatte, überhaupt erst in Gang gesetzt.

Der Fickel begab sich schnellstmöglich zurück zum Informationsschalter, um die nächstmögliche Zugverbindung nach Bad Bocklet herauszusuchen.

Als er den Fahrplan studierte, tippte ihm jemand auf die Schulter. Hinter ihm stand niemand Geringerer als Schlachter Menschner und fragte schüchtern, ob ihm sein Anwalt nicht noch mal mit ein bisschen Kleingeld aushelfen könne, weil er total auf dem Trockenen sitze. Er wirkte ziemlich blass und überarbeitet, schließlich hatte er die halbe Nacht damit verbracht, Wurstbrät in Därme zu füllen. Im Anschluss hatte er in einem Schuppen geschlafen und die Körperhygiene etwas vernachlässigt. Nach Hause zur Mutti zog es ihn allerdings immer noch nicht recht, zumal er dann das ganze Fest verpassen würde. Wegen Stubenarrest.

Das kleine Mettfrühstück von gestern mal außen vor, hatte er seit seinem Unfall mit anschließendem Verlust des Mageninhalts im Grunde »nichts Anständiges« mehr zwischen die Zähne gekriegt. Die Schlachterplatte in der Goetzhöhle hatte er ja aus solidarischen Gründen kaum angerührt. Obwohl er die halbe Nacht geschuftet hatte, hatte er tapfer der Versuchung widerstanden, zwischendurch vom Wurstbrät zu naschen, schließlich schmeckten im rohen Zustand Majoran und Kümmel einfach zu sehr vor. Und als er von dem Preisessen hörte, hatte er beschlossen, aus der Not eine Tugend zu machen und sich den Hauptpreis zu holen: ein Jahr lang freier Bezug von Fleisch- und Wurstprodukten aller Art aus dem Sortiment von Krautwurst, was in seinem speziellen Falle freilich rund neunzig Prozent des Speiseplans abdeckte.

Der Menschner machte einen derart ausgehungerten und desolaten Eindruck, dass der Fickel ihm kurzerhand eine Dusche bei sich zu Hause verordnete, plus Klamottenwechsel, versteht sich. Als Anwalt hatte man schließlich auch eine gewisse Fürsorgepflicht gegenüber seinen Schäflein. Selbst, wenn man dafür die eine oder andere Lok sausen und die Liebste weiter warten lassen musste. Man kam um die Feststellung leider nicht umhin: Der Fickel war in Meiningen momentan einfach unabkömmlich.

»Abf. verzögert wg. Probl.-Mandant, melde mich später«, dichtete der Fickel per Kurznachricht nach Bocklet. Doch anders als sonst kam erstmal keine Antwort. Sollte man darin ein Zeichen sehen? I wo. Als gute Christin war Astrid Kemmerzehl gerade bei der Morgenandacht. Oder sie probte mit dem Kirchenchor. Oder sie besorgte Rouladen beim Metzger.

Kaum befand er sich in der Gesellschaft seines Mandanten, schon hatte der Fickel wieder dieses merkwürdige Gefühl im Nacken, dass ihm jemand auf den Fersen war. Gut möglich, dass man sich mal wieder zu wichtig nahm und die beiden jungen Männer mit den Windjacken zufällig den gleichen Weg hatten wie sie. Denn als sie in die engen Gassen am Töpfemarkt einbogen, waren sie plötzlich verschwunden.

Als der Menschner frisch geduscht und gekleidet war, meldete er sich bereit und hungrig auf neue Heldentaten. Frau Schmidtkonz hatte in der Zeitung vom Wurstwettessen gelesen. Sie vernahm mit Interesse, dass der Menschner daran teilzunehmen gedachte, und fütterte ihn mit einem Tässchen Gemüsesuppe. Denn so eine Minestrone regt die Magensäureproduktion an und spült den Darm frei. Kaum hatte Menschner das Süppchen runtergewürgt, verschwand Frau Schmidtkonz in der Küche und kam kurz darauf mit einer Wasserflasche zurück.

»Wenn Sie nichts mehr runterbekommen, dann nehmen Sie einfach hiervon einen Schluck«, sagte sie. »Auf keinen Fall Bier.« Der Menschner zweifelte zwar sichtlich daran, was ein schnöder Schluck Wasser bewirken sollte, aber aus Höflichkeit nahm er die Flasche dankend entgegen.

»Denken Sie an meine Worte«, sagte die Schmidtkonz. »Dann flutscht es schon.«

Auch wenn der Menschner bei dem Bratwurstwettessen auf anwaltliche Unterstützung objektiv gesehen nicht angewiesen war, beschloss der Fickel, dass es wohl das Beste wäre, wenn er seinen Mandanten zu dem Event begleitete. Man konnte schließlich nie wissen, wie sich die Dinge entwickelten. Und irgendwo schmeckten Astrid Kemmerzehls Rouladen morgen mindestens noch genauso gut, aber die Chance, die längste Bratwurst der Welt zu sehen (und zu probieren), die gab es nur ein Mal.

Kaum traten sie aus der Tür, bogen auch schon wieder die beiden Männer in den Windjacken um die Ecke und folgten ihnen wie zwei Schatten.

»Kennst du die beiden?«, erkundigte sich der Fickel bei seinem Mandanten. Der blickte sich um und zuckte die Achseln. »Nie gesehen«, stellte er fest. Die Möglichkeit, verfolgt zu werden, schien ihn in keiner Weise zu beunruhigen. Schließlich habe er nichts zu verbergen. Dem Fickel ging es letztlich genauso, weshalb er es dabei bewenden ließ.

Als sie zehn Minuten später am RAW ankamen, glommen zwischen den Werkhallen und dem Anheizhaus bereits die ersten Grillfeuer, und aus einem Kühltransporter wurde unter Anteilnahme der Bevölkerung die Riesenbratwurst feierlich entrollt: ein nicht enden wollender blass-rosa gefärbter Schlauch, der in der Sonne fettig glänzte: ein Monument Südthüringer Fleischerkunst. Dort, wo die Wurst auf den Grill gelegt wurde, zischte es leise, und schon bald wurde das Werksgelände von einem betörenden Duft erfüllt.

»Ich könnte den ganzen Lkw verschlingen«, tönte der Menschner. Tatsächlich gab sein Magen Geräusche von sich, die mahlenden Mühlsteinen alle Ehre gemacht hätten.

Fickel beobachtete indessen, wie Jürgen Krautwurst am MDR-Übertragungswagen stand und verzweifelt auf die fröhliche Ansagerin einredete, die gerade einsteigen wollte.

»Wir stellen hier einen neuen Weltrekord auf. Verstehen Sie? Einen Welt-re-kord.«

»Wir sind nur wegen der Loks gekommen, von Bratwurst war nicht die Rede«, erwiderte die Ansagerin gleichgültig. Sobald die Kamera ausgeschaltet war, wirkte sie nur noch halb so fröhlich.

»Die Einnahmen aus dem Verkauf der Wurst gehen direkt in den Erhalt der Arbeitsplätze. Das wird Ihre Zuschauer bestimmt interessieren«, bettelte Krautwurst. »Und nachher veranstalten wir noch ein spektakuläres Wettessen. Bitte, nur ein paar Bilder mit der Prinzessin für das Magazin.« Er zeigte auf seine Frau, die in hautenger Pelle und mit Bratwurstkrone neben ihm stand und tapfer lächelte.

»Das hätten Sie vorher mit der Redaktion besprechen müssen«, erwiderte die Ansagerin achselzuckend und stieg ins Auto. »Komm jetzt, Achim.«

»Sorry. Wir müssen noch zum Brieftaubenzüchtertreffen nach Hildburghausen«, sagte der Kameramann bedauernd zu Sandy Krautwurst und stieg auf der Fahrerseite ein.

Ernüchtert blickte Krautwurst dem Übertragungswagen hinterher. »Brieftauben und Dampfloks«, fluchte er leise. »Das ist ja wie Fernsehen aus dem neunzehnten Jahrhundert.« Was seine geplante PR-Offensive anging, war Krautwurst ein Stück weit ernüchtert.

»Was ist denn jetzt? Du hast versprochen, dass ich ins Fernsehen komme«, maulte die Bratwurstprinzessin.

»Aber Sandylein, du hast doch gehört, was der Mann gesagt hat …«

»So 'ne Pleite«, schimpfte die Bratwurstprinzessin.

»Wieso?«, klinkte sich der Menschner ein. »Ist doch 'ne dolle Fete hier.« Und von seinem Standpunkt aus hatte er sicherlich recht. Ringsherum konnte man Dampflokkessel, Puffer und Schwungräder bewundern, auf einer Bühne spielte eine Blasmusikkapelle auf, die Leute schunkelten, sangen oder klatschten mit.

Während Jürgen Krautwurst seine Frau tröstete und der Menschner sich am Grill nützlich machte, flanierte der Fickel eine Weile auf dem Gelände herum und bewunderte die ausgestellten Stahlrösser, zum Beispiel einen Originalnachbau der putzigen Adler aus den Anfängen der Schienenmobilität bis hin zu den riesigen Arbeitstieren der 01er-Baureihe. Einmal mehr bedauerte der Fickel, nicht Lokomotivführer geworden zu sein oder wenigstens Heizer. Vom gesellschaftlichen Prestige her alles besser als Anwalt.

Als er sich an den Maschinen sattgesehen hatte, machte er sich auf die Suche nach Justizwachtmeister Kummer und dem Kollegen Amthor, die zusammen an einem Tisch vor einer kleinen Bühne Platz genommen hatten, auf der die Blaskapelle tapfer ein Stück zelebrierte, das sich entfernt nach »Muss i denn zum Städele hinaus« anhörte. Die beiden Hungerkünstler waren nervös wie zwei Windhunde vor dem Rennen, hielten sich an ihren Gläsern fest und sprachen kein Wort mehr miteinander. Dem Amthor schien der niedrige Blutzuckerspiegel zu schaffen zu machen. Der ansonsten ranke und schlanke Rainer Kummer hatte plötzlich einen Kugelbauch bekommen. Wie sich herausstellte, hatte er in den letzten zwanzig Minuten über fünf Liter Wasser getrunken, um den Magen zu weiten. Der Amthor, der es nicht mehr nötig hatte, den Magen zu weiten, schüttelte nur den Kopf über die halbseidenen Methoden seines Konkurrenten.

Kaum hatte der Fickel Platz genommen, wurde ein Tusch gespielt. Im Anschluss wurden ein paar Reden gehalten, und dann war es endlich so weit: Unter dem Beifall aller Anwesenden betrat ihre Majestät, die Bratwurstprinzessin Sandy Krautwurst, die Bühne. Die Menge klatschte, ein paar Männer pfiffen anerkennend.

»Ich hab es immer gewusst«, rief sie ins begeisterte Publikum, »Meininger haben den längsten ...« Sie ließ eine geschickt gesetzte Kunstpause, die Leute hielten den Atem an. »... Grill der Welt!«

Die Menge johlte. Am lautesten lachte der Amthor, ein ausgewiesener Kenner des subtilen Thüringer Humors, bis er von einem Hustenanfall ausgebremst wurde. »Eyeyey«, jammerte er, mit Tränen in den Augen, und schloss mit der Feststellung: »Herrlich.«

Die Bratwurstprinzessin wartete ab, bis wieder Ruhe eingekehrt war, dann begrüßte sie den Gesandten des Guinness-Buches, der die Messung überwachte, bevor der Bürgermeister persönlich unter dem Jubel und dem Applaus der Zuschauer die längste Bratwurst der Welt anschneiden durfte.

»Das Wurstessen ist eröffnet«, rief Sandy ins Mikrofon. »Ein halber Meter Wurst für nur fünf Euro, inklusive Solibeitrag für den Erhalt unserer Wurstfabrik in Rippershausen!«

Die Leute vergaßen ihre gute Kinderstube und stürzten ohne Rücksicht auf Verluste an die Verkaufsstände. Frauen und Kinder zuletzt. Vergessen waren Botulismus, Veganismus und andere Seuchen. Auch wenn inzwischen selbst in Meiningen jedes Kind den Unterschied zwischen den Bremer Stadtmusikanten und der Ernährungspyramide kennt, sind waschechte Thüringer beim Geruch von gegrillten Rostbratwürsten einfach nicht zu bremsen.

Nur der Amthor und Rainer Kummer blieben in Erwartung des bevorstehenden Binge-Eatings[52] wie festgenagelt auf ihren Plätzen sitzen. Auch der Fickel hielt sich vornehm zurück. Wozu hatte man sein Vitamin B? Schließlich brachte ihm Inhaber Jürgen Krautwurst persönlich ein extralanges Stück aus den ersten Metern der Rostbratwurst vorbei. »Als Dank für Ihre rechtliche Unterstützung«, sagte er. Und als der Fickel die herrlich duftende, rundum golden gebratene, etwa daumendicke Wurst vor sich sah, konnte er sich selbst nur gratulieren: Das war ausnahmsweise mal eine fürstliche Entlohnung für einen Anwalt.

»Ihr habt doch sicher nichts dagegen, Jungs«, sagte er und tunkte seine Thüringer in den hellbraunen Mostrich.

»Nein, nein«, sagte Rainer Kummer mit flatternden Nasenflügeln. »Nur zu!«

Begleitet von neidischen Blicken biss der Fickel endlich in den knackigen Schafdarm, dass das darunter eingelagerte Fett nur so herausspritzte, und grub seine Zähne in das zarte Brät. Diese angenehme Konsistenz, das würzige Aroma – ein einziger Genuss. Vergessen waren Dünstfisch und Bratwurstnatter.

Rainer Kummer fiel beim Versuch, dem Duft der Wurst auszuweichen, beinahe von der Bank, und Amthor zog an seiner Zigarette, als wollte er den Dampfloks Konkurrenz machen. »Dass Sie sich nicht schämen«, sagte er, »den Leuten hier was vorzuessen.«

Und noch jemand hatte sich an der Balgerei um die Wurst nicht beteiligt. Der ehemalige Kombinatsdirektor Sittig saß einsam am Rand der Gesellschaft, blickte missmutig über sein früheres Reich, die Dampflokfabrik, und ertränkte seinen Kummer mit Bier.

---

52 Komafressen; läuft unter Selbstgefährdung – daher nicht justiziabel.

Schließlich spielte die Kapelle erneut einen Tusch, und Sandy Krautwurst rief unter dem Beifall des Publikums die zehn Teilnehmer des großen Bratwurstwettessens auf die Bühne, die sich der Reihe nach nebeneinander aufstellten: hagere und dicke, große und kleine, gepflegte und »richtige« Männer – nur auf eine Teilnehmer*in* wartete man vergeblich. Gleichberechtigung ist am Ende offenbar doch Rosinenpickerei. Außer den bekannten Gesichtern hatten sich noch ein paar mutige Familienväter sowie ein sächsischer Eisenbahner (Kampfname: August der Starke) und ein auf den ersten Blick chancenloser Vietnamese namens Herr Dao mit höchstens sechzig Kilo Körpergewicht für den Contest angemeldet. Vermutlich ein Spaßvogel. Als Letzter erklomm Rainer Kummer verspätet die Bühne, weil er noch mal für kleine Justizwachtmeister gemusst hatte.

Kaum waren die Freunde verschwunden, saß auf einmal Kriminalrat Recknagel neben dem Fickel.

»Schmeckt's?«, fragte er scheinbar harmlos.

»Hm«, machte der Fickel mit vollem Mund.

»Haben Sie mein Päckchen bekommen?«

»Mh-hm.«

Mit vollem Mund soll man schließlich nicht sprechen. Stichwort: Loch in der Zunge.

»Der Spiegel gehört doch Ihnen«, bohrte Recknagel nach.

»Hm.«

»Mich interessiert überhaupt nicht, wie das Teil dahin gekommen ist. Was mir keine Ruhe lässt: Verfügen Sie über sachdienliche Informationen zum Verbleib von Rechtsanwalt Enzian?«

Fickel schluckte. Jetzt wurde es psychologisch. Einerseits wusste der Recknagel ganz genau, dass der Fickel gegen den Willen seines Mandanten sowieso nix sagen durfte, selbst wenn er – nur mal angenommen – den Menschner live beim Zerhacken von

Enzians Leiche angetroffen hätte. Andererseits wusste er ja *tatsächlich* nichts – aber wie sollte man das dem Kriminalrat verklickern, ohne dass der dachte, dass er nur nichts sagte, weil er nicht durfte? Denn aus der Art, wie der Fickel leugnete, würde der Recknagel so oder so seine Schlüsse ziehen. Selbst wenn man gar nicht antwortete. Da wurde man ja im Kopf verrückt.

»Wollen Sie mal abbeißen?«, fragte der Fickel, statt eine sachdienliche Antwort zu geben. Recknagel lehnte dankend ab, blieb aber sitzen.

Auf der Bühne servierte die Bratwurstprinzessin den Kandidaten ihre Wursteinheiten. Als sich Sandy mit tiefem Dekolleté zum Menschner hinunterbeugte, fielen dem fast die Augen aus dem Kopf und sein Gesicht lief dunkel an wie eine Rotwurst. Allein für diesen Moment hatte seine Teilnahme sich schon für ihn rentiert. Für den Anfang bekam jeder einen Teller mit zehn Würsten à 25 cm. »Gardemaß«, scherzte Sandy in gewohnt lockerer Manier und rief: »Auf die Bratwurst – fertig – go!«

Rainer Kummer und der Amthor schlangen die Würste gierig in sich hinein wie die Mähdrescher. August der Starke schob sich die Teile gemütlich in den Rachen. Menschner hingegen kaute genüsslich vor sich hin, als würde er am Imbiss eine Currywurst verzehren. Doch während die Familienväter spätestens ab der siebten Wurst langsamer wurden, behielt der Menschner sein Tempo bei. Als Erster hatte jedoch zur allgemeinen Verwunderung Herr Dao die zehn Würste weggeatmet. Erstaunlich. Wahrscheinlich Anfängerglück.

»Das Blut an diesem Schweinespalter stammt tatsächlich von Rechtsanwalt Enzian«, flüsterte Recknagel dem Fickel zu, damit die Umsitzenden nicht mithörten. »Und am Griff sind nur die Fingerabdrücke Ihres Mandanten. Es spricht wirklich alles gegen ihn.«

»Warum haben Sie ihn dann überhaupt freigelassen?«, fragte der Fickel zurück und biss in seine Wurst. Doch irgendwie war die Thüringer heute teilweise ungewohnt knorpelig. Aber wer würde es Krautwurst verübeln, bei der riesigen Menge an Brät, da rutschte einem im Cutter schon mal was durch.

Auf der Bühne wurde der zweite Gang serviert: zehn weitere Bratwürste pro Nase. Der erste Teilnehmer kapitulierte bereits bei dem Anblick. Die nächsten Kandidaten kämpften noch, bissen aber spätestens bei der fünfzehnten Wurst ins Gras. Am Ende dieses Ganges hatte sich das Teilnehmerfeld halbiert. Rainer Kummer und dem Amthor war deutlich anzusehen, dass ihr gröbster Appetit mittlerweile gestillt war. Der Menschner zeigte noch keinerlei Ermüdungserscheinungen, genauso wenig wie der kräftige Sachse – und Herr Dao, der sich lächelnd über den Magen strich: »Lecker.« Tatsächlich: ein Spaßvogel. Aber mit seiner unkonventionellen Technik avancierte er langsam zum Publikumsliebling.

»Ihre Exfrau hatte die Idee, dass Ihr Mandant uns zu der Leiche führt«, sagte der Kriminalrat. »Oder zu einem Versteck, wo er ihn gefangen hält.«

»Zum Observieren sollten Sie beim nächsten Mal unauffälligere Autos benutzen«, erwiderte der Fickel. »Und unauffälligere Windjacken.«

Recknagel nickte schicksalsergeben und seufzte: »Es ist wahnsinnig schwer, gute Leute für den Polizeidienst zu gewinnen, bei der Bezahlung.«

Sandy servierte den fünf verbliebenen Kandidaten die dritte Zehnerladung Bratwürste. Nach sechsundzwanzig vertilgten Einheiten – sprich Würsten – war für den starken August Schluss, und auch der Amthor musste sichtlich kämpfen. Aber mit purem Willen und unter größter Anteilnahme des Publikums gelang es ihm, auch noch die dreißigste Wurst hinunterzuwürgen, bevor er aufgab. Justizwachtmeister Kummer zeigte ebenfalls erste Formschwächen. Nur der Menschner und Herr Dao vertilgten unbeeindruckt ihre Würste, der eine kauend, der andere eher wie ein Schwertschlucker: Kopf in den Nacken, Mund auf, Wurst rein, Schlucken – und das Ganze von vorn. Da fragt man sich natürlich: Wo bleibt da der Genuss?

»Wussten Sie, dass sich Wurstfabrikant Wolfgang Stückl in der Fabrik aufhielt, als mein Mandant das Gelände verlassen hat?«, sagte der Fickel. »Sie wissen schon, der mit der Schauspielerin ...«

»Tatsächlich«, erwiderte der Recknagel. Falls er überrascht war, ließ er es sich nicht anmerken. »Sagt wer?«

»Mein Mandant«, antwortete der Fickel.

Recknagels Gesichtsausdruck verriet deutlich, was er von dem Zeugen hielt. »Warum sollte Herr Stückl den Insolvenzverwalter seines Konkurrenten umbringen?«

»Weil er eine halbe Million in den Laden gesteckt hat, die er wegen der Insolvenz nie wiedersehen wird«, erläuterte der Fickel. »Und weil er gehofft hat, Krautwurst für 'nen Appel und 'n Ei zu übernehmen.«

Jetzt machte zur Abwechslung der Recknagel: »Hm.«

Auf der Bühne wurde derweil das Dessert gereicht: überraschenderweise zehn weitere Bratwürste. Rainer Kummer stopfte die erste in den Mund, kaute auf ihr herum, schob die zweite hinterher und kaute, kaute, kaute ... Bald hatte er drei Bratwürste im Mund und versuchte, alles zusammen irgendwie runterzuschlucken. Die Augen traten ihm aus den Höhlen, er lief erst rot, dann blau im Gesicht an. Doch seine Speiseröhre versagte ihren Dienst. Kurz bevor er erstickte, spuckte er den Klumpen wieder aus, und leider nicht nur den – weshalb er sofort disqualifiziert wurde. »Das hat er jetzt davon«, kommentierte der Amthor, der sich auf eine Bank gelegt hatte und sich den schmerzenden Leib hielt.

Auch dem Menschner lief es inzwischen nicht mehr so gut rein. Er schwitzte aus allen Poren. Lustlos kaute er die erste und die zweite Wurst hinunter. Dann nahm er zur Abwechslung einen Schluck aus der Pulle, die ihm Frau Schmidtkonz mitgegeben hatte. Als er die Flasche ansetzte, blickte er kurz erstaunt, aber dann nahm er einen beherzten Schluck. Daraufhin »flutschte« es wieder, genau wie die Frau Schmidtkonz vorausgesagt hatte. Herr Dao wartete höflich, bis auch der Menschner seine vierte Zehnerration vertilgt hatte, und verbeugte sich respektvoll. »Gute Mann, gute Appetit«, sagte er, ganz fairer Sportsmann. Spätestens jetzt hatte er das Publikum komplett auf seiner Seite.

»Irgendwie ist das komisch«, sagte der Recknagel, »dieser Pförtner hat beobachtet, wie Anwalt Enzian in die Wurstfabrik gekommen ist, aber niemand weiß, auf welchem Wege er sie wieder verlassen hat.«

Fickel zuckte die Achseln und biss in seine Wurst. Was gab es nicht alles zwischen Himmel und Erde? Man konnte nicht alles verstehen. Vorn auf der Bühne nahm das Drama seinen Lauf. Menschner beobachtete fassungslos, wie eine Wurst nach der anderen im Schlund des Herrn Dao verschwand. Der Schlachter nahm einen kleinen Schluck aus der Flasche und säbelte sich ein winziges, hauchdünnes Rädchen von seiner Wurst ab, schob es in den Mund wie einen sauren Drops und verzog das Gesicht …

Auch der Fickel gönnte sich ein weiteres Stückchen von seiner Wurst, doch plötzlich knirschte es gewaltig zwischen seinen Kauleisten. Ein Knochen? Ein Nierenstein? Langsam übertrieben sie es mit dem Nose-to-tail[53]. Bei aller Liebe.

---

53 Nase bis Schwanz; für Liebhaber ganzheitlicher Tierverwertung.

Fickel suchte im Mund herum. Welch wunderlicher Gegenstand hatte sich da in seine Thüringer Rostbratwurst verirrt? Ungläubig betrachtete der Fickel ein gelblich glänzendes Steinchen in seinem Handteller – aus purem Gold.

»Da brauchen Sie wohl bald einen Zahnarzttermin«, kommentierte der Recknagel lakonisch. Und tatsächlich: Das Nugget bildete bei genauerem Hinsehen zweifelsfrei die Form eines Backenzahnes. Nur: Der Fickel konnte sich gar nicht erinnern, einen Goldzahn zu besitzen. Im Großen und Ganzen befand sich in seinem Mund von jeher nämlich nur Naturmaterial, hier und da altersgemäß angereichert mit etwas Quecksilber, sprich Amalgam. Das einzige Gold, das er jemals besessen hatte, befand sich in seinem Ehering, und der lagerte ... Ja, wo eigentlich?

»Geben Sie mal her«, sagte der Recknagel, und der Fickel legte den Goldzahn auf eine Serviette. Schweigend betrachteten sie das Fundstück. Jetzt nur keine voreiligen Schlüsse ziehen. Es gab bestimmt eine harmlose Erklärung. Man musste nur lange genug nachdenken.

Vorn auf der Bühne verschlang Herr Dao indes unter dem Beifall des Publikums seine fünfzigste Wurst. Der Menschner beobachtete ihn mit staunend geöffnetem Mund. Schließlich ließ er seine sechsundvierzigste Wurst, an der er in den letzten Sekunden nur noch lustlos geknabbert hatte, sinken, ging mit schweren Schritten zu Herrn Dao, reichte ihm die Hand und verbeugte sich so tief, wie er mit seinem gefüllten Magen konnte.

Die Bratwurstprinzessin rief enthusiastisch ins Mikrofon: »The winner is: Mister Dao!«

Der Menschner griff nach der Hand des glücklichen Gewinners und hob sie im Stile eines Box-Ringrichters in die Höhe. Die Leute klatschten begeistert. »Der Typ ist ein anatomisches Wunder«, kommentierte der Amthor kopfschüttelnd und hielt sich den schmerzenden Leib. Natürlich gab es auch ein paar Außenseiter, die sich in ihrem Stolz und/oder ihrer Identität verletzt sahen und hinter vorgehaltener Hand murrten: Wenn die Asiaten *uns* jetzt schon im Wurstessen abkochen, dann gute Nacht, Abendland! Frustriert stiegen sie daraufhin in ihre Hyundais, Mazdas und Toyotas und brausten nach Hause.

Doch die allermeisten Besucher freuten sich mit und für Herrn Dao, der sich würdevoll verbeugte und von Jürgen Krautwurst feierlich den Gutschein für ein sorgenfreies Jahr mit Wurst-Flatrate entgegennahm. Als ihm die Bratwurstprinzessin einen Kuss auf beide Wangen drückte, kicherte er vor Verlegenheit derart ansteckend, dass das verbliebene Publikum, ob es wollte oder nicht, mit einstimmte.

Fickel und der Kriminalrat hatten von dem Finale des Wettbewerbs nicht mehr allzu viel mitbekommen. Sie betrachteten weiter den Goldzahn auf der Serviette, und irgendwo dachten sie beide dasselbe, doch keiner von ihnen hatte das Verlangen, den Gedanken in Worte zu fassen.

»Verfügt Herr Enzian eigentlich über Goldzähne?«, fragte der Fickel irgendwann mit leicht belegter Stimme aufgrund plötzlichen Bratwurst-Refluxes.

»Das müssten wir mal überprüfen«, sinnierte der Recknagel. »Im Falle, dass ja ... – Wo steckt dann der Rest?«

Vielleicht zum ersten Mal in seinem Leben blickte der Fickel mit einem leisen Anflug von Abscheu auf seine zu drei Vierteln verzehrte Thüringer Riesenbratwurst, die in ihrer Grundsubstanz ungewohnt stückig war. Der Blick des Kriminalrats drückte durchaus Mitgefühl aus. Er winkte kurz. Plötzlich standen die beiden Windjackenträger wie aus dem Boden gewachsen neben ihm.

»Stellen Sie so viel von der Bratwurst sicher, wie Sie können«, befahl der Recknagel. »Aber dalli!«

»Gebraten oder roh?«, fragte der eine Beamte zurück.

»Alles, was Sie erwischen. Und dann ab damit in die Rechtsmedizin. Schönen Gruß an Doktor Haselhoff.«

Der Windjackenträger bestätigte, wandte sich ab und sprach leise etwas in ein verstecktes Mikrofon. Plötzlich drängten von überall her Polizisten auf das Gelände und rissen Kindern, Frauen und Männern die Bratwürste von den Tellern oder sogar direkt aus den Brötchen. Es wurde protestiert, geweint und gestritten. Doch auf gewisse Weise hatte es Rechtsanwalt Enzian wieder einmal geschafft, in aller Munde zu sein.

§ 11

Ein unbescheidenes Anwesen

Die Leitende Oberstaatsanwältin hatte in der Nacht kaum geschlafen. Noch vor dem ersten Morgengrauen hatte sie sich wie eine Diebin aus der Suite im Sächsischen Hof geschlichen und war zu Fuß durch die menschenleeren Straßen nach Hause zurückgekehrt. Sie fühlte weder Triumph noch Reue. Doch das selbstverordnete Ablenkungsmanöver hatte bestenfalls zur Hälfte das bewirkt, was sie sich davon versprochen hatte. Sie hatte sich zwar ihrer ungebrochenen Attraktivität versichert, aber auch ihrer Einsamkeit. Unverbindliche Abenteuer mit verheirateten Männern, das war nicht unbedingt das, was sie vom Leben erwartete.

Den ganzen Abend hatte sie wie in einem Rauschzustand erlebt, doch sobald die Tür hinter ihr ins Schloss fiel, befand sie sich nicht mehr in der glamourösen Welt des Theaters, der Kunst und der erhabenen Gefühle, sondern in der viel zu großen Wohnung einer alleinstehenden kinderlosen angehenden Mittvierzigerin, die einem fordernden, aber oft auch öden Job nachging, der sie nicht komplett ausfüllte. In ihrer Lebensbilanz würde einmal stehen: Sie hat stets hart gearbeitet und Gefängnisse gefüllt. War da nicht noch reichlich Platz für ein weiteres Kapitel?

Die Begegnung mit Ludwig Enzian hatte in ihr etwas in Gang gesetzt, und seltsamerweise war dieser Impuls nach Ludwigs schändlichem Liebesverrat nicht schwächer geworden. Selbst jetzt, da ihr treuloser Exlover verschwunden, womöglich sogar ermordet worden war, trauerte die Gundelwein ihm fast weniger nach als der Aussicht, seinem ... nein: *ihrem* Kind das Leben zu schenken.

Da an Schlaf unter den gegebenen Umständen ohnehin nicht zu denken war, setzte sie sich an ihr Macbook und gab in einer Suchmaschine das Wort »kinderlos« ein, nach kurzem Überlegen fügte sie das Wort »ungewollt« hinzu. Außer Selbsthilfegruppen und Seiten mit zum überwiegenden Teil strafbaren, zumindest aber fragwürdigen medizinischen Ratschlägen fanden sich vor allem Blogs und Chatseiten von betroffenen Frauen, die sich in der ebenso durchschaubaren wie lächerlichen Selbsttröstung ergingen, man könne ohne Kinder genauso glücklich werden wie mit ihnen. – Klar: Deshalb produzierten kinderlose Frauen auch Terrabytes an Datenmaterial, um sich dessen bewusst zu werden. Wem wollten die eigentlich etwas vormachen?

Der Gundelwein blieb immer noch die Möglichkeit, es auf eigene Faust und eigene Kosten mit der In-vitro-Methode zu versuchen. Woanders gab es sicher kompetentere und moderner ausgestattete Kinderwunschpraxen als die von Dr. Löffel. Aber da lauerten schon die nächsten Klippen. Wo sollte sie einen Spender hernehmen? Einen Partner zu finden, den sie innerhalb weniger Monate in eine Kinderwunschklinik schleppen konnte, war praktisch unmöglich. So gut kannte man die Männer inzwischen: Bett ja, Kinderwunschklinik nein.

Es gab die offiziellen Samenbanken, doch da musste man in Deutschland immer noch unangenehme Fragen die persönliche Lebenssituation betreffend beantworten. In anderen Rechtsräumen waren die Hürden nicht ganz so hoch, aber Aufwand und Kosten waren immens. Im Darknet gab es zwischen Drogen und Waffen auch Männerbörsen, auf denen man Spender aller Konfektions- und Schuhgrößen buchen konnte. Doch wer wusste, an wen man dort geriet? Die Gundelwein fröstelte allein bei der Vorstellung an Treffen mit halbseidenen Typen an konspirativen Orten. Letztlich wirkte keine der verbleibenden Möglichkeiten wirklich verlockend. Wie hatte Dr. Löffel gesagt? Die befruchteten Kryo-Eier wären mit Abstand die erfolgversprechendste Methode. Doch das hieße ja ...

Der Gundelwein stockte der Atem. Sie war überrascht, wie naheliegend, beinahe folgerichtig der Gedanke plötzlich erschien. Aber kam das überhaupt in Frage? Unter normalen Umständen: nein. Aber dies waren alles andere als gewöhnliche Umstände. Immerhin wusste die Gundelwein wenigstens, worauf sie sich einstellen konnte beziehungsweise musste. Was dafür sprach: Ihr Exmann war groß gewachsen, kräftig und urgesund. Er war sicher kein Beau, aber auch keineswegs hässlich; auf einer Skala von zehn Punkten erreichte er spielend fünf bis fünfeinhalb, wobei auch sechs Punkte für ihn erreichbar wären, wenn er sich regelmäßiger rasieren und den Friseur besuchen sowie sich einmal komplett neu einkleiden würde. Womit die Oberstaatsanwältin beim eigentlichen Problem war: dem Charakter. Seine Selbstgenügsamkeit und Antriebsschwäche hatten sie schon in ihrer kurzen Ehe fast in den Wahnsinn getrieben, seine einzigartige geistige Anspruchslosigkeit gepaart mit kulturellem Desinteresse waren kaum zu toppen. Aber all diese Fehler waren sicher nicht erblich bedingt, sondern Überbleibsel einer total verfehlten häuslichen Erziehung und eines unreifen Opponierens gegen das staatliche Erziehungssystem. Stichwort: Töpfchen-Kommunismus[54].

54 Vom Kriminologen Christoph Pfeiffer entwickelte Theorie, die eine von ihm selbst diagnostizierte erhöhte Gewaltbereitschaft Ostdeutscher auf das konformistische Töpfchensitzen in staatlichen DDR-Kinderkrippen und eine dadurch evozierte anale Störung zurückführt.

Überhaupt, mit Erziehung konnte man einiges bewirken. Wenn die Gundelwein nur konsequent den väterlichen Einfluss auf das Kind unterdrückte ... Doch selbst wenn sie sich gegen alle inneren Vorbehalte, ihren Stolz und sonstige Widerstände dazu durchrang, wie sollte sie ihren Exmann dazu bringen, die Einverständniserklärung zu unterschreiben? Realistisch betrachtet: aussichtslos.

Die Gundelwein fuhr den Rechner runter, warf eine Tablette ein und legte sich ins Bett. Sie fand dennoch nur schwer in den Schlaf. Im Traum erschien ihr Ludwig als schmetternd singender Tristan, dem sie als Isolde den Todestrunk reichen musste. Doch in ihrem Traum war dieser nicht (wie im Original) von einer Dienerin mit einem Liebestrank vertauscht worden – und Ludwig sank noch im Sterben wunderschön singend vor ihren Füßen nieder. Seine braunen Augen fragten vorwurfsvoll: »Was hast du mir angetan?«

Als die Gundelwein erwachte, war ihr Laken zerwühlt und der Vormittag schon recht weit fortgeschritten. Die Tablette hatte gewirkt. Die anklagenden Augen des singenden Traum-Tristans mit Ludwigs Antlitz verfolgten sie weiter bis ins Bad und ließen sie selbst während ihrer ausgiebigen Fitnessübungen nicht los. Sie griff zum Handy und wählte erneut die Nummer ihres Exlovers. Nichts. So ging es beim besten Willen nicht weiter. Für ihren inneren – wenn man so will seelischen – Frieden brauchte sie Klarheit über das Schicksal ihres verschollenen Liebhabers.

Nach einem kleinen Frühstück zog sie sich rasch an und fuhr mit dem Auto über die Werrabrücke ans südwestliche Ende der Stadt. Ihre Affäre hatte sich ausnahmslos in ihrer Wohnung abgespielt, über Ludwigs Privatleben wusste sie so gut wie nichts. Im Grunde hatte es sie auch nicht sonderlich interessiert, was der

Mann außerhalb ihres Schlafzimmers trieb. War sie etwa oberflächlich? Ausnahmsweise: schuldig im Sinne der Anklage.

Sie folgte der Henneberger Straße nach Süden und bog auf Befehl des Navis nach rechts in die Obere Kuhtrift, eine schmale Straße, oder vielmehr ein Weg, der den Herrenberg Richtung Dreißigackerer Hochebene hinaufführt. Sie schaltete mehrmals zurück und tuckerte im kleinsten Gang über Stock und Stein die Steigung hinauf. Anfangs standen Häuser und Villen noch dicht gedrängt beieinander, schließlich wurden die Lücken größer, Wald breitete sich zwischen den einzelnen Grundstücken aus, bis die Bebauung ganz zu enden schien. Hatte sie sich etwa in der Adresse geirrt? Nein, unmöglich.

Als die Oberstaatsanwältin glaubte, der Weg ende tatsächlich irgendwo im Nichts, stand sie plötzlich vor einer unscheinbaren Grundstückseinfahrt, die in den tiefsten Wald hineinzuführen schien. Die Gundelwein stellte ihren Wagen ab und öffnete das Tor, das für ein einfaches Waldgrundstück deutlich zu massiv aussah, jedoch nicht verschlossen war. Am Briefkasten standen keine Namen. Nach fünfzig Metern wollte die Gundelwein bereits umkehren, doch da schimmerte durch die Wipfel der Bäume die helle Fassade eines Hauses hindurch. Nein, das war kein einfaches Haus, das sich im Wald versteckte, es war eine Villa oder vielmehr: ein Palast. Zwei Stockwerke plus Dachgeschoss mit Erkern sowie einer großen vorgebauten Hochterrasse, insgesamt grob geschätzt fünfhundert Quadratmeter Wohnfläche. Vor dem Haus war ein künstlicher Teich in den Boden gelassen, der von einem gut gepflegten Park umgeben war. Vor den vier Garagen parkten zwei Wagen, deren Stärken nicht unbedingt im Understatement zu suchen waren: ein Mercedes SLK sowie ein Bentley.

Hier – im Schutz des Waldes – hatte sich jemand ein Domizil geschaffen, der seinen Wohlstand ungeniert auslebte, ohne von den neidischen Augen der Nachbarn beargwöhnt zu werden. Der Gundelwein war stets bewusst gewesen, dass Ludwig als Insolvenzverwalter gutes Geld verdiente, aber das hier war das Anwesen eines Großindustriellen Marke Dallas oder Denver Clan. Staunend näherte sie sich dem Gebäude. Im Teich schwammen riesige bunte Koi-Karpfen träge herum, die sicher allein ein Vermögen wert waren. Zu spät erkannte die Gundelwein die Kameras, die den gesamten Bereich vor dem Haus erfassten. Jetzt konnte sie nicht mehr zurück. Sie ging zum Haus und suchte nach einer Klingel. Nichts.

Die Gundelwein überlegte, wie sie sich bemerkbar machen konnte. Klopfen war angesichts der Größe des Anwesens lächerlich. Sie entschied sich für Rufen. »Hallo?« Und gleich noch einmal etwas lauter: »Hal-lo!« Sie lauschte, wie ihre Stimme in der Stille des Waldes verhallte. Dieses Brüllen war fast noch peinlicher als Klopfen. Längere Zeit geschah gar nichts. Die Gundelwein war bereits drauf und dran zu gehen. Da öffnete sich oben eine Flügeltür und Annemarie Stöcklein trat auf die Terrasse. Sie trug einen exklusiven Trainingsanzug, der an ihrer schmalen Statur etwas deplatziert wirkte. »Sie wünschen?«

»Hallo, ich hoffe, ich störe Sie nicht ... Ich hatte spontan die Idee, Ihnen einen Gegenbesuch abzustatten«, antwortete die Gundelwein.

»Moment, ich bin gleich unten.«

Eine halbe Minute später öffnete sie die Eingangspforte. Oje, dachte die Gundelwein beim Anblick ihrer Nebenbuhlerin. Fast stellte sich so etwas wie Mitleid bei ihr ein. Die andere wirkte ungeschminkt noch älter, deutlich über fünfzig. Die Frisur war ungepflegt, ihr Teint zeigte Spuren durchwachter Nächte, und ihre Augen waren vom Weinen gerötet. Oder wovon auch immer.

»Haben Sie ihn gefunden?«, fragte Annemarie Stöcklein zugleich ängstlich und hoffnungsvoll.

Die Oberstaatsanwältin schüttelte den Kopf. »Ich brauche noch Informationen, damit wir noch zielgerichteter suchen können.«

Die Hausherrin gab die Tür frei. Die Gundelwein trat ein, und vom ersten Moment an war klar, dass das Haus innen hielt, was es außen versprach. Das Licht fiel durch große Fenster in hohe Räume. Die Einrichtung war geschmackvoll und wirkte nicht neureich, obwohl jedes Detail in seiner Kategorie sicher *state of the art* war. »Hier unten sind unsere Büros«, erklärte Annemarie Stöcklein. »Oben ist der Wohnbereich. Im Keller sind noch die Storträume.«

»*Die* Storträume?«, staunte die Gundelwein. »Wie viele haben Sie denn?«

»Wenn Sie wollen, gebe ich Ihnen eine kleine Führung. Sie waren noch nicht hier?«

Wieder ein ängstlicher Blick. Die Gundelwein verneinte und folgte Annemarie Stöcklein in den Keller. Hier befand sich ein Geräteraum, der jedem Fitness-Center Meiningens spielend den Rang ablief. Es gab Hantel- und Streckbänke, Laufbänder, Fahrrad-, Ruder- und Crosstrainer – alles, was das Sportlerherz begehrte. »Dort hinten ist die Sauna«, sagte Annemarie Stöcklein bescheiden und zeigte auf eine weitere Tür. »Und das Zimmer da nutzen wir für Squash.«

Weiter ging es in den nächsten Raum, in dem eine Videowand aufgebaut war, vor der sich eine grüne Matte befand. »Das ist Ludwigs Lieblingsraum. Praktisch sein Jungszimmer.«

»Ah, ein Heimkino«, vermutete die Gundelwein.

»Nicht nur das.« Annemarie Stöcklein zeigte auf einen Caddy mit umfangreichem Schläger-Set. »Hier perfektioniert Ludwig seinen Abschlag.«

Annemarie Stöcklein ging zum Pult und programmierte kurz etwas ein. Kurz darauf stand man praktisch mitten auf dem Golfplatz. Die optische Täuschung war fast perfekt.

»Wollen Sie mal?«, fragte Annemarie Stöcklein und reichte der Oberstaatsanwältin einen Schläger mit schmalem Eisenbesatz und legte einen Golfball auf die Abschlagmatte. »Sie schlagen den Ball einfach ganz normal ab, die Flugbahn wird vom Computer umgerechnet.«

Die Gundelwein lehnte dankend ab. »Leider nicht mein Sport.« Wirklich neidisch wurde sie erst, als sie den Pool zu Gesicht bekam. Eine schmale, aber ausgesprochen lange Bahn, die die gesamte Breite des Hauses einnahm und unter einem Glastunnel sogar weiter bis in den Garten hinein führte. So viel Extravaganz hätte die Gundelwein in Meiningen niemandem zugetraut. Welch ein Leben wäre möglich gewesen, wenn, ja wenn … Sofort verbot sich die Gundelwein jeden weiteren Gedanken in dieser Richtung.

»Nicht schlecht«, sagte sie.

»Wir nutzen das viel zu wenig«, erklärte Annemarie, bevor sie ihren Gast nach oben führte. »Wir arbeiten einfach zu viel.«

»Von nichts kommt nichts«, sagte die Gundelwein, ohne nachzudenken.

»Das sagt Ludwig auch immer.«

»Was ist eigentlich Ihr Job in der Kanzlei?«

»Ich organisiere das Büro«, sagte Annemarie Stöcklein. »Eigentlich bin ich ja gelernte Wirtschaftsrechtlerin.«

»Sie sind Juristin?«, fragte die Gundelwein überrascht.

»Ja, allerdings habe ich nur das erste Examen. Aber um mich in der Kanzlei ein bisschen nützlich zu machen, reicht's.«

Sie waren nun im Wohnbereich angelangt. Das Zimmer war so riesig, dass sogar die Gundelwein sich ein wenig verloren darin vorkam. Es war nüchtern und zweckmäßig eingerichtet. Interessiert stellte die Gundelwein fest, dass Ludwig anscheinend Geschmack besaß. Designmöbel, wohin das Auge fiel. Vor allem: keinerlei Kitsch. Die bodentiefen Fenster zur Terrasse eröffneten einen Blick über den Park. Dahinter war eine Sichtachse in den Wald hineingeschlagen worden, sodass man bis weit ins Tal und über die Stadt sehen konnte und – wenn einem danach war – an das Vorhandensein der Zivilisation erinnert wurde.

»Und was haben Sie da untergebracht?«, fragte die Gundelwein und deutete auf eine verschlossene Tür.

»Das ist unser Schlafzimmer«, sagte Annemarie Stöcklein und öffnete einen Spalt. »Wollen Sie sich das auch anschauen?«

Die Gundelwein sah durch den Türschlitz hindurch ein Wasserbett sowie einen großen Spiegel.

»Danke, das genügt für einen Eindruck«, sagte die Oberstaatsanwältin abwehrend, ohne sich anmerken zu lassen, wie beeindruckt sie von dem Anwesen war – und zugleich aufgescheucht. Wenn man zusammenrechnete, kam man leicht auf ein bis zwei Millionen, die diese Immobilie gekostet haben musste. Wie konnte das Ehepaar derart viel Geld akkumulieren? Wie waren sie hier mitten im Wald an die Baugenehmigung gelangt? Ihre Strafrechtssensoren schlugen an.

»Ein reizendes Anwesen«, sagte die Gundelwein leichthin. »War bestimmt nicht billig.«

»Wir haben in dem Haus alles neu machen lassen, vom Keller bis zum Dachstuhl. Das war früher mal ein Hotel. Leider ist es pleitegegangen.«

»Verstehe«, sagte die Gundelwein. »Sie haben es aus einer Insolvenzmasse gekauft?«

Annemarie Stöcklein blickte alarmiert. »Aber das lief alles ganz legal ab. Das war Ludwig immer sehr wichtig.«

Die Oberstaatsanwältin nickte. »Legal« war das Lieblingswort von Betrügern. Es behauptete, ein Anrecht auf eine gewisse Form der Bereicherung an der Allgemeinheit zu haben, weil die anderen einfach zu dumm waren, dem einen Riegel vorzuschieben. Dass Ludwig womöglich zu dieser Klientel gehörte, hätte die Gundelwein noch vor wenigen Tagen nicht im Traum vermutet.

»Möchten Sie etwas trinken, vielleicht einen kleinen Crémant?«, fragte Annemarie Stöcklein.

Die Oberstaatsanwältin lehnte dankend ab. Es war gerade einmal Mittag. Hatte Ludwigs Frau vielleicht ein kleines Alkoholproblem – oder wollte sie nur einen auf Grand Dame machen?

»Dann vielleicht einen Cappuccino?«

»Da sag ich nicht nein.«

Annemarie Stöcklein verschwand in die Küche. Die Gundelwein hörte, wie die Kaffeemaschine in Betrieb genommen wurde. Sie hatte etwas Zeit, sich umzusehen, und inspizierte den Bücherschrank, der so langweilig war wie ihre Plattensammlung. Viele Reiseführer standen dort herum, vor allem Lateinamerika und die Karibik. Und einige Klassiker. Nichts, womit man sich kompromittierte. Sie öffnete die Schubladen, doch sie stieß weder auf persönliche Dokumente noch auf Fotos oder Geschäftsunterlagen. Sie warf sogar einen Blick in einen hinter einem Regal versteckten Papierkorb, der anscheinend länger nicht geleert worden war, und wühlte darin herum. Ganz unten fand sie einen zerknüllten Briefumschlag. Den Stempel ihrer Behörde erkannte sie sofort. Der Gundelwein war keine Korrespondenz der Staatsanwaltschaft mit Enzians Büro bekannt. Wahrscheinlich handelte es sich um ein Bagatell-, womöglich ein Verkehrsdelikt.

In dem Moment verstummte die Kaffeemaschine und die Gundelwein musste ihre diskreten Recherchen abbrechen. Den Briefumschlag samt Inhalt ließ sie flugs in ihrer Tasche verschwinden und tat, als würde sie ihr gesammeltes Interesse den Reiseführern widmen. Die Frau des Hauses erschien wieder mit einem Tablett. Darauf standen neben der Tasse auch eine Schale mit Keksen sowie eine gut eingeschenkte Flöte mit Crémant.

»Sind Sie dort überall gewesen?«, fragte die Gundelwein.

»Reisen ist unsere Leidenschaft«, bestätigte Annemarie Stöcklein. »Südostasien, Tahiti, Südamerika ... Aber am meisten lieben wir die Karibik. Die Antillen sind ein Paradies, vor allem in den trockenen Monaten von Oktober bis Mai.«

»Kann ich mir vorstellen«, sagte die Gundelwein.

»Reisen Sie auch gern?«

»Leider ist mein Jahresurlaub ziemlich überschaubar«, sagte die Oberstaatsanwältin. Dass ihr auch ein Reisepartner fehlte, verschwieg sie geflissentlich.

»Setzen wir uns doch in den Wintergarten«, schlug die Gastgeberin vor. »Das ist ein wenig wie Urlaub.«

Die Gundelwein folgte ihr in den hinteren Teil des Hauses. Dort befand sich noch einmal ein großer Glasvorbau, in dem ausgewachsene Palmen standen, was vor dem Hintergrund des Thüringer Fichtenwaldes geradezu bizarr wirkte. »Nett haben Sie's hier«, befand die Gundelwein, bewusst untertreibend.

Annemarie Stöcklein winkte ab. »Ein bisschen einsam, vor allem im Winter«, sagte sie, »aber es ist unser Refugium.« Sie bot der Gundelwein einen Platz an, setzte sich und nippte an ihrem sprudelnden Getränk. »Also, wie kann ich Ihnen helfen?«

»Bitte beantworten Sie mir ein paar Fragen – so genau wie möglich. Jedes Detail könnte wichtig sein.«

Annemarie Stöcklein nickte ergeben.

»Wann hatten Sie das letzte Mal Kontakt zu Ihrem Mann?«

»Vorgestern, gegen achtzehn Uhr. Mein Mann hat mir eine

Nachricht geschrieben, dass er noch kurz etwas erledigen muss und wir uns gleich im Henneberger Haus treffen. Da hatte er einen Tisch reserviert.« Sie blickte die Gundelwein traurig an. »Vorgestern war doch unser Hochzeitstag.«

Die Oberstaatsanwältin nickte emotionslos. Sie war nur mit dem Fall beschäftigt.

»Und dann?«

»Er ist nicht gekommen, da habe ich natürlich ständig versucht, ihn anzurufen ... Aber sein Handy war aus.« Annemarie Stöcklein zündete sich eine Zigarette an. »Nachdem ich es ungefähr zehn Mal probiert hatte, habe ich angefangen, alles abzutelefonieren: Freunde, Verwandte, Kollegen ... «

»Auch die Firma Krautwurst?«

»Da ist keiner rangegangen. Ich konnte mir auch nicht vorstellen, dass er noch dort ist. Was sollte er denn da so lange?«

Die Gundelwein nickte. »Wie sind Sie eigentlich darauf gekommen, dass er ausgerechnet bei mir sein könnte?«

Annemarie Stöcklein sog an ihrer Zigarette, als wollte sie sie in einem Zug inhalieren. »Als ich mit unseren Freunden und seinen Bekannten telefoniert habe, ist mir mit einem Schlag klargeworden, dass ihn in letzter Zeit anscheinend niemand gesehen oder sich mit ihm getroffen hatte.« Sie blies den Rauch durch den Mund geräuschvoll aus. »Da habe ich mich natürlich gefragt, mit wem Ludwig eigentlich ständig beim Tennis oder beim Golfen war ...«

»... also haben Sie seine Telefonrechnungen gecheckt und sind dort auf meine Nummer gestoßen«, vervollständigte die Oberstaatsanwältin.

Annemarie Stöcklein nickte seufzend. »Ich wusste, es war falsch, Sie zu belästigen ... Aber was hätten Sie an meiner Stelle getan?«

Darauf antwortete die Gundelwein lieber nicht. Annemarie Stöcklein drückte die halb angefangene Zigarette aus und kippte ihr Glas hinunter. Ihre Augen füllten sich mit Tränen. »Inzwischen wäre ich schon froh, wenn er bei einer anderen Frau wäre. Wenn ich nur sicher sein könnte, dass es ihm gut geht ...«

Übergangslos wurde sie von einem Heulkrampf geschüttelt. Die Oberstaatsanwältin war von der Situation überfordert. Einerseits tat ihr die Frau ihres Exlovers durchaus leid. Andererseits war sie ganz sicher die Falsche, um sie zu trösten. Die Gundelwein trank den Cappuccino aus und erhob sich von ihrem Platz. »Kann ich jetzt noch seine Kanzleiräume sehen?«, fragte sie in sachlichem Tonfall.

Nach und nach beruhigte sich Annemarie Stöcklein wieder und führte die Gundelwein in das Allerheiligste. Doch die sogenannte Kanzlei war im Vergleich zu den anderen Räumen eher klein und überaus karg eingerichtet. Der Arbeit hatte Ludwig in seinem Leben ungefähr so viel Platz eingeräumt wie dem Gästeklo. In einem Regal staubten ein paar Akten vor sich hin. Auf dem Schreibtisch stand nicht einmal ein Rechner. Nichts deutete darauf hin, dass hier zahlreiche Insolvenzen von mittelständischen Firmen bearbeitet worden waren. Es gab kaum Arbeitsmittel, nur wenige Akten und – besonders frappierend – nicht den geringsten Hinweis auf Fachliteratur. Bei Lichte betrachtet war dies auch nicht unbedingt nötig, denn ausgerechnet an die volkswirtschaftlich eminent wichtige Funktion des Insolvenzverwalters hatte der Gesetzgeber keinerlei Voraussetzungen oder eine adäquate Qualifikation geknüpft. Laut § 56 I InsO[55] musste er dem zuständigen Amtsgericht lediglich als für den »jeweiligen

---

55 Insolvenzordnung. Besteht für die meisten Juristen vorwiegend aus Dunkelnormen.

Einzelfall geeignete, insbesondere geschäftskundige und von den Gläubigern und dem Schuldner unabhängige natürliche Person« erscheinen. Wenn die Gundelwein eines hasste, dann schwammige Gesetzestexte. Dieser war eines Rechtsstaates geradezu unwürdig. Hatte es sich Gundelweins Exlover in dieser Gesetzeslücke vielleicht ein wenig zu gemütlich gemacht?

»Wo steht denn der Computer Ihres Mannes?«, fragte die Oberstaatsanwältin streng.

»Ludwig hat meistens hier an seinem Laptop gearbeitet«, erläuterte Annemarie Stöcklein, »den hat er immer bei sich. Vorgestern auch.«

Alles andere hätte die Gundelwein nach dem, was sie hier inzwischen gesehen und gehört hatte, auch gewundert. Interessiert blätterte sie ein wenig in den Akten herum, die merkwürdig dünn waren.

»Sie dürfen doch nicht einfach in Rechtsanwaltsdossiers herumschnüffeln«, protestierte die Hausherrin zaghaft. »Ludwig legt allergrößten Wert auf das Mandantengeheimnis.«

»Meinen Sie nicht, dass es im Moment Wichtigeres gibt?«, konterte die Gundelwein mit provozierendem Unterton. »Sie wollen doch schließlich, dass wir Ihren Mann wiederfinden, oder?«

»Ja, aber ... warum interessieren Sie sich dann für Insolvenzakten?«

»Es könnte immerhin sein, dass sein Verschwinden im Zusammenhang mit einer Insolvenz steht«, sagte die Gundelwein. »Zum Beispiel mit der von dieser Wurstfabrik.«

Annemarie Stöckleins Widerstand bröckelte. Sie schien ohnehin kaum noch zurechnungsfähig zu sein. Das Glas Crémant war heute sicher nicht ihr erstes gewesen.

»Ich meine ja nur«, sagte sie. »Wenn Ludwig das erfährt, macht er sicher einen Aufstand.«

»Haben Sie eine Idee, wo sich der Rest der Akten befindet?«, fragte die Gundelwein ungerührt. »Sieht aus, als hätte hier jemand Tabula rasa gemacht.«

»Vielleicht hat mein Mann sie zur Bearbeitung in unsere Zweigstelle in der Stadt gebracht«, erklärte Annemarie Stöcklein.

»Ach, es gibt noch ein anderes Büro?«, fragte die Gundelwein beinahe beruhigt.

»In der Charlottenstraße. Dort arbeiten noch ein Steuerberater und zwei Renos[56] für uns.«

Der Oberstaatsanwältin war klar, dass sie in diesem Haus nicht mehr fündig werden würde. Doch als sie sich zum Gehen wandte, klammerte sich Annemarie Stöcklein plötzlich an ihren Arm. »Bitte bringen Sie mir Ludwig zurück«, flüsterte sie eindringlich. »Ohne ihn gehe ich hier doch zugrunde.«

Die Oberstaatsanwältin befreite sich aus dem Griff. »Ich tue alles, was in meiner Macht steht«, versprach sie, allerdings ohne die letzte Zuversicht. Mit jeder Stunde, die verging, wurde die statistische Wahrscheinlichkeit, dass eine vermisste Person lebend wieder auf der Bildfläche erschien, geringer.

»Darf ich Sie noch etwas Persönliches fragen?«

Annemarie Stöcklein nickte.

»Warum haben Sie eigentlich keine Kinder? Ich meine, Sie hätten hier doch alle Voraussetzungen ...«

Annemarie Stöckleins Augen füllten sich wieder mit Tränen. »Ludwig wollte keine«, sagte sie.

»Sie haben für ihn darauf verzichtet?«

Annemarie Stöcklein hob die Schultern. »Ich weiß gar nicht, ob ich überhaupt welche gewollt hätte«, erklärte sie. »Ohne Kinder ist doch vieles einfacher, nicht wahr?«

---

56 Rechtsanwalts- und Notarfachangestellte, das Herzstück einer jeden Kanzlei.

»Ja, sicher«, antwortete die Gundelwein. Sie stellte sich vor, wie Annemarie Stöcklein abends allein vor ihrem Computer saß und sich in einschlägigen Foren über die vermeintlichen Vorzüge der Kinderlosigkeit austauschte.

Kurz darauf ließ die Oberstaatsanwältin ihre einstige Konkurrentin in ihrem Dornröschenschloss allein zurück und ging über den Waldweg zurück zu ihrem Auto. Als sie den Schlüssel ins Zündschloss steckte, hielt sie kurz inne. Und wenn sich die Frau jetzt etwas antat? – Nein, die in ihr glimmende Hoffnung auf ein Wiedersehen mit Ludwig hielt sie ganz sicher davon ab, Hand an sich zu legen. Als die Gundelwein den Gurt anlegte, spürte sie etwas in ihrer Jacke knistern. Der Umschlag aus dem Papierkorb, den hatte sie beinahe vergessen.

Neugierig, aber ohne spezielle Erwartungen klaubte sie das Schreiben aus dem Couvert. Unter den üblichen Formalien wie Adressen und Datum stand ein typischer nüchtern gehaltener Text, in dem Juristen miteinander verkehrten:

6 JS 176/17

Sehr geehrter Rechtsanwalt Enzian,

in o. g. Angelegenheit möchte ich nochmals an die Beibringung der von mir mit vorausgegangenem Schreiben vom 16.5. dieses Jahres angeforderten Akten erinnern. Sollten Sie der Aufforderung weiterhin nicht nachkommen, sehe ich mich gezwungen, Zwangsmaßnahmen gegen Sie einleiten zu müssen.

Hochachtungsvoll!
gez. Hauenstein, Staatsanwalt

Als Erstes fiel der Gundelwein ins Auge, dass das Schreiben ein offizielles Aktenzeichen der Staatsanwaltschaft führte. Das hieß nicht mehr und nicht weniger, als dass der Kollege Hauenstein bereits offiziell gegen Rechtsanwalt Enzian ermittelte. Aber in welcher Angelegenheit? Dass er Akten einforderte, sprach dafür, dass er darin Hinweise auf ein strafbares Verhalten vermutete. Das konnte ein ganzes Füllhorn an Delikten betreffen: Betrug (§ 263 StGB), Untreue (§ 266 StGB) und/oder Bankrott (§ 283 StGB) durch den Inhaber oder Geschäftsführer der insolventen Firma, aber auch ein Fehlverhalten des Insolvenzverwalters selbst.

In der Gundelwein keimte ein schlimmer Verdacht. War es möglich, dass der schöne Anwalt Enzian mit seinen schwarzen Locken am Ende ein Hochstapler war? Wie und wo sollte Ludwig die juristischen und wirtschaftlichen Kompetenzen auch erworben haben, die die komplexe Abwicklung einer Firmenpleite erforderte? Schließlich hatte er weder einen Fachanwalt für Insolvenzrecht abgelegt noch jemals in einer spezialisierten Kanzlei gearbeitet. »Ich bin da so reingerutscht«, hatte ihr Exlover es formuliert, als die Gundelwein ihn einmal auf seine berufliche Tätigkeit als Insolvenzverwalter angesprochen hatte. Damals war ihr noch nicht aufgefallen, wie verdächtig seine Wortwahl im Grunde war: Man rutschte vielleicht in zwielichtige Geschäfte hinein, in miese Gesellschaft, aber doch nicht in eine durch und durch ehrbare und anspruchsvolle Tätigkeit als Anwalt. Hatte Ludwig mit seinem Ausdruck damals mehr verraten, als er beabsichtigte? Hatte er deshalb den Kontakt zu ihr abgebrochen, weil er annahm, dass sie hinter den Ermittlungen steckte?

Die Oberstaatsanwältin startete den Motor und fuhr auf schnellstem Weg zurück in die Stadt. Auf den Straßen rund um den Bahnhof herrschte ein Mordsbetrieb, sodass sie mit dem Auto zum Justizzentrum kaum durchkam. Natürlich, das Dampfloktreffen! Eins der zahlreichen folkloristischen Highlights, die ihr Dienstort zu bieten hatte. Überall roch es nach Bratwurst, Softeis und Bier. »Hier ist des Volkes wahrer Himmel«, dachte die Gundelwein mit leiser Abscheu.

Sie parkte ihren Wagen vor dem Justizzentrum. In den Gängen der Staatsanwaltschaft war es herrlich ruhig. Fieberhaft recherchierte die Gundelwein im Dienstcomputer nach Schriftsätzen, die ihren Exlover betrafen, suchte an allen einschlägigen Orten, doch das Dossier mit dem Aktenzeichen 6 JS 176/17 war nicht zu finden. Schließlich rief sie den zuständigen Wachtmeister an, den sie kraft ihrer Stellung dazu bewegen konnte, am Samstag zu kommen, um ihr das Büro von Staatsanwalt Hauenstein zu öffnen.

Es handelte sich um ein Doppelbüro, doch die Gundelwein musste nicht lange suchen. Die Akte 6 JS 176/17 lag zuoberst auf einem Aktenwagen. Aber der ganze Wagen war voller Insolvenzakten, die der junge Kollege für seine Ermittlungen beigezogen hatte. Zwei bis drei Zentner totes Papier. Langsam wuchs bei der Oberstaatsanwältin der Respekt vor Hauenstein. Sein Eifer machte weder vor mächtigen Instanzen noch vor riesigen Arbeitspensen halt. Beste Voraussetzungen für eine glänzende Karriere bei der Staatsanwaltschaft.

»Helfen Sie mir mal, das zu meinem Auto zu bringen«, sagte die Gundelwein zu dem Wachtmeister.

»Alles?«, fragte der Wachtmeister ungläubig.

Die Gundelwein nickte. Schwer beladen fuhr sie schließlich nach Hause, wo sie die Akten in mehreren Gängen in ihre Wohnung schleppte und neben ihrem Schreibtisch abstellte. Als sie alles geschafft hatte, fühlte die Gundelwein eine ungeheure Müdigkeit. Mit gut vierzig Jahren steckte man eine schlaflose Nacht auch nicht mehr so leicht weg wie mit Anfang dreißig. Sie kochte sich einen Tee und begann zu blättern. Kaum, dass sie mit dem Studium des Materials angefangen hatte, klingelte es an der Wohnungstür. Zu ihrer Überraschung stand Kriminalrat Recknagel vor der Pforte. Er war noch nie bei ihr zu Gast gewesen.

»Ich muss Sie persönlich sprechen«, sagte der altgediente Polizist etwas verlegen. »Darf ich kurz reinkommen …?«

Die Gundelwein ließ ihn mit unguter Vorahnung ein und führte ihn in die Küche. Das Tässchen Tee lehnte Recknagel ab, das Glas Wasser nicht.

»Ich komme wegen Rechtsanwalt Enzian«, sagte Recknagel, ohne sich mit Komplimenten über die schöne Wohnung oder Entschuldigungen wegen seines Eindringens in ihre Privatsphäre aufzuhalten.

Die Gundelwein war augenblicklich hellwach. »Haben Sie etwa … seine Leiche gefunden?«

Recknagel schüttelte zaghaft den Kopf. »Das nicht. Aber ehe ich fortfahre, muss ich noch etwas anderes mit Ihnen besprechen. Sie ahnen vielleicht schon, was ich meine.«

Die Gundelwein fühlte ein Prickeln unter der Haut, als müsste sie erröten. Das war seit vielen Jahren nicht mehr vorgekommen, seit sie als Schülerin vor der gesamten Schule einen Auftritt mit der Geige verpatzt hatte.

»Sie haben die Telefonlisten von Herrn Enzian eingesehen«, vermutete die Oberstaatsanwältin.

Recknagel bejahte stumm. »Sie hatten gesagt, Sie hätten dienstlich mit Herrn Enzian zu tun gehabt. Aber die Zahl der Anrufe zu ungewöhnlichen Uhrzeiten …«

»Ihre Vermutung ist ganz richtig, wir hatten eine kleine Affäre«, kürzte die Gundelwein ab.

Recknagel nickte sachlich, keineswegs überrascht. »Hatten?«

»Ich habe sie vor drei Wochen beendet«, log die Gundelwein.

Denn bei Lichte betrachtet hatte Ludwig eher sie verlassen. Aber das musste man dem Kriminalrat ja nicht unbedingt auf die Nase binden.

»In den letzten zwei Wochen gab es auch einige Telefonate zwischen Ihnen«, beharrte Recknagel.

»Er wollte die Trennung nicht akzeptieren«, erklärte die Gundelwein ruhig, ihre Lüge weiter zementierend. »Vermutlich hatte ich seine Eitelkeit gekränkt. Jedenfalls hat er mich weiterhin mit Blumen und Nachrichten verfolgt – ich habe ihn mehrfach dazu angehalten, die Nachstellungen zu unterlassen.«

Recknagel, ganz alte Kriminalerschule, ließ sich durch keine Regung anmerken, ob er ihr die kleine Lügengeschichte abnahm. »Also haben Sie seit vorgestern auch keinerlei Kontakt mehr zu ihm gehabt?«, hakte er noch einmal nach.

Die Oberstaatsanwältin schüttelte genervt den Kopf. »Jetzt ist aber mal Schluss mit dem Verhör«, sagte sie entschieden. »Was gibt's Neues?«

Der Kriminalrat zog ein Gesicht, als würden ihm die Zahntaschen gereinigt, mit der Rechten zwirbelte er sein Ohrläppchen. »Ich weiß nicht, ob das wirklich eine gute Idee ist, Sie da einzubeziehen«, sagte er. »Immerhin sind Sie in dem Fall persönlich involviert.«

»Wenn Sie glauben, ich sei befangen, irren Sie sich«, erwiderte die Gundelwein. »Die Paragrafen 24 fortfolgende StPO sind laut Rechtsprechung nicht analog auf die Staatsanwaltschaft anwendbar.«

»Es geht mir auch nicht so sehr um juristische, sondern eher um Ihre persönliche Befangenheit«, sagte der Recknagel zögerlich.

Die Gundelwein schlug mit der Faust auf den Tisch, dass die Gläser klirrten. »Jetzt reicht's aber«, rief sie. »Sagen Sie mir gefälligst, was los ist!«

Der Kriminalrat druckste noch eine Weile herum. Doch schließlich berichtete er von der längsten Bratwurst der Welt, dem Wettessen im RAW und erwähnte dabei auch den Exmann der Gundelwein und dessen bemerkenswertes Fundstück.

»Wir erreichen Herrn Enzians Zahnarzt nicht«, sagte Recknagel. »Wissen Sie zufällig, ob Ihr ... Also, ob Herr Enzian einen Goldzahn hat?«

Die Leitende Oberstaatsanwältin sah das betretene Gesicht des Kriminalrates, und im selben Moment dämmert es ihr, worauf der Recknagel hinauswollte.

»Sie meinen, er wurde ...«, sie brauchte einen Moment, um die Formulierung auf den Punkt zu bringen, »... zu Wurst verarbeitet?«

Der Kriminalrat zuckte die Schultern. »Mir ist die Vorstellung auch nicht sympathisch«, sagte er. »Aber wir müssen in alle Richtungen denken.« Die Gundelwein wusste nicht, ob sie laut lachen oder einfach nur hysterisch losheulen sollte. Letztlich entrang sich ihrer Kehle nur ein knappes »Ha«, was im Grunde weder das eine noch das andere war.

»Es ist nur eine Arbeitshypothese«, beschwichtigte der Recknagel eilig. »Es wäre sozusagen ein ziemlich unkonventioneller Weg, die Leiche verschwinden zu lassen. Aber für jemanden, der sich damit auskennt, wäre es zumindest technisch kein Problem, die Leichenteile im Cutter zu zerkleinern und ...«

»Danke, das ist anschaulich genug«, sagte die Gundelwein.

Sie stellte sich Ludwigs schwarze Locken vor, die er sicher nachgefärbt hatte, seine sinnlichen Lippen, über die so viele Lügen gekommen waren, aber auch seine braunen Augen, die zärtlichen Hände, all das mit Schweinefleisch vermengt, zu Wurstbrät verarbeitet, gegrillt – und schließlich von hungrigen Mäulern lustvoll verzehrt. Sie räusperte sich.

»Gesetzt den Fall, Sie hätten recht. Wer wäre zu solch einer perversen Tat überhaupt fähig? Dieser Herr Mensch...?«

»Herr Menschner ist nach wie vor unser Hauptverdächtiger«, erklärte der Kriminalrat. »Wir haben die Spuren an seinem Schweinespalter. Er war am mutmaßlichen Tatort, und er hat sogar zugegeben, gegen Herrn Enzian handgreiflich geworden zu sein. Auch wenn er deutliche Erinnerungslücken aufweist.«

»Haben Sie sein Blut untersuchen lassen?«

Der Kriminalrat nickte. »Er hatte eine BAK[57] von 0,3 – und das über zwölf Stunden nach der Tat. Das heißt, zum Zeitpunkt der mutmaßlichen Tat müssen es fast drei gewesen sein.«

»Wie konnte er da denn überhaupt noch Auto fahren?«, fragte die Oberstaatsanwältin kopfschüttelnd.

Recknagel winkte ab. Dafür gab es leider genügend Beispielfälle. Wie oft wurden im Vollrausch schwerste Taten begangen, Leben zerstört, und die Täter kamen wegen angeblicher Schuldunfähigkeit mit lächerlichen Strafen davon? Ein Hort ständiger Frustration für Kriminalbeamte. Die Oberstaatsanwältin ahnte Recknagels Gedanken.

»Dafür wandert er lebenslänglich ein – und wenn ich bis nach Leipzig muss«, sagte sie fest entschlossen. So wie sie Bundesrichter Scharfenberg einschätzte, würde sie dort gute Chancen haben.

»Falls Herr Menschner überhaupt unser Täter ist«, schränkte Recknagel ein. »Immerhin hat er heute beinahe fünfzig Bratwürste gegessen. Das hätte er doch nicht getan, wenn ...«

»Sie sprachen ja selbst von Erinnerungslücken«, unterbrach ihn die Gundelwein. »Außerdem: Wer käme für solch eine Tat denn überhaupt noch in Frage?«

---

57 Blutalkoholkonzentration, auf gut Deutsch: Promille.

Recknagel holte tief Luft. »Da wäre zum einen ein gewisser Herr Stückl.«

»Wer ist das denn?«

»Ein bayrischer Wurstfabrikant. Kennen Sie nicht den Spruch: Eine Stückl Wuascht geht immer?«

»Ich esse kaum Fleisch«, sagte die Gundelwein.

»Wie auch immer«, sagte Recknagel und drückte seinen Rücken durch. »Herr Stückl weilt gerade bei uns in der Stadt und wurde angeblich zur möglichen Tatzeit in der Fabrik gesehen. Vielleicht hat er den Schweinespalter ja gefunden und ist selbst zur Tat geschritten ...«

»Welches Motiv hätte Herr Stückl, Ludwig ...« Die Gundelwein stockte und korrigierte: »... *Rechtsanwalt Enzian* umzubringen?«

»Nach meinen Informationen hat er einen bedeutenden Betrag in die Firma investiert und wollte die Firma Krautwurst jetzt anscheinend ganz übernehmen. Wenn ihm der Insolvenzverwalter bei seinen Plänen im Wege war ...«

»... hat ihn Herr Stückl gleich zu Wurst verarbeitet?«, vervollständigte die Oberstaatsanwältin skeptisch. »Das klingt ja eher nach einem Tarantino-Film.«

Trotz des aufwühlenden Themas konnte sie ein Gähnen nicht mehr unterdrücken. Ihr Körper verlangte nach einer Auszeit.

»Immerhin ist er auch gelernter Metzger, genau wie Herr Menschner«, stellte Recknagel sachlich fest. »Da sollten wir gleiches Maß anlegen, genau wie beim Motiv: Für Herrn Stückl geht es um deutlich mehr Geld ...«

»Okay, der Punkt geht an Sie«, sagte Gundelwein mit einer Spur Sarkasmus, »haben Sie vielleicht noch einen Fleischer zur Auswahl?«

Der Kriminalrat kratzte sich am Kinn. »Jürgen Krautwurst, der Inhaber der Firma. Er war auch vor Ort – und vor allem hat er die Wurst hergestellt. Was sein Motiv angeht, tappe ich allerdings noch etwas im Dunkeln.«

»Vielleicht hat er etwas zu verbergen«, sagte die Gundelwein. »Es wäre nicht das erste Mal, dass ein insolventer Geschäftsmann versucht, Geld beiseitezuschaffen. Wenn ihm Herr Enzian da auf die Spur gekommen ist ...«

Recknagel nickte nachdenklich. »So einen verrückten Fall hatten wir noch nie«, sagte er. »Wir zerbrechen uns den Kopf um mögliche Mordmotive und wissen nicht mal, ob es überhaupt eine Leiche gibt.«

»Ermitteln Sie vorerst in alle Richtungen weiter«, befahl die Oberstaatsanwältin. »Aber solange es noch eine Hoffnung gibt, beziehen Sie auch die Möglichkeit mit ein, dass Herr Enzian noch lebt. Vielleicht ist er auch nur abgetaucht.«

»Aus welchem Grund?«

»Dazu kann ich Ihnen im Moment leider noch nichts sagen«, erklärte die Oberstaatsanwältin. »Aber sobald ich etwas weiß, erfahren Sie es als Erster.«

»Na schön«, sagte Recknagel, klopfte sich auf die Schenkel und stand auf. »Dann will ich nicht länger stören.«

»Sie erwähnten vorhin meinen Exmann«, schob die Gundelwein im Plauderton nach, während sich der Recknagel die Schuhe anzog. »Wie geht es ihm eigentlich so?«

Der Recknagel war auf alles Mögliche vorbereitet gewesen, doch auf diese Frage nicht. »Sie meinen, ob er ...«

»Ist er gesund?«, fragte die Gundelwein.

»Äh, ja...«, stotterte der Recknagel, »er sah aus wie immer.«

»Hat er denn ... eine ... äh ... Freundin?«

»Keine Ahnung«, sagte der Kriminalrat ehrlich, »ich habe ihn kürzlich mal in weiblicher Begleitung gesehen.«

»Wer ist denn die äh ... Glückliche?«

»Erinnern Sie sich noch an die Verdächtige aus dem Mordfall Langguth …?«

»Ach. Diese spielsüchtige Gouvernante?«

»Astrid Kemmerzehl«, konkretisierte Recknagel. »Soviel ich weiß, ist sie als Kantorin irgendwo in die Gegend von Bad Kissingen gezogen.«

Die Gundelwein nickte zögernd. »Das freut mich für ihn«, sagte sie.

Der Kriminalrat verabschiedete sich. Die Oberstaatsanwältin steckte neuerdings voller Überraschungen.

§ 12

Der Ritt nach Canossa

Am Morgen nach dem großen Dampfloktreffen und dem legendären Wettessen der längsten Bratwurst der Welt war selbst für sonntägliche Meininger Verhältnisse nur wenig auf den Straßen los – es schien fast so, als leide der ganze Ort unter einem kollektiven Kater. Im gesamten Stadtgebiet zwischen Herren- und Drachenberg herrschte eine unnatürliche Stille. Auf den Wegen entlang der Werra ging ein Fuchs spazieren, und in der Fußgängerzone spielten die Tauben mit weggeworfenen Wurstresten Fußball.

Doch die Stille war trügerisch. In den sozialen Netzwerken wurde hitzig über den Polizeieinsatz und die Beschlagnahmung der längsten Bratwurst der Welt debattiert. War das Fleisch etwa vergiftet gewesen? Einige wollten schon erste Anzeichen des gefürchteten Botulismus an sich erkannt haben: Lähmungserscheinungen, Muskelschwäche und Apathie. Waren nun etwa über zwanzigtausend Menschen dem Tode geweiht, weil sie leichtsinnig eine Bratwurst verzehrt hatten?

Tatsächlich war in der Nacht ein epidemieartiger Brechdurchfall ausgebrochen, der alsbald ein in der Geschichte der Stadt beispielloses Ausmaß angenommen hatte. Die Ersten erwischte es bereits auf dem Heimweg vom RAW. Die Büsche im Englischen Garten wurden auf eine harte Probe gestellt, bald lag ein Dunst über dem Grün wie nach dem Wasunger Karneval. Als in der

Nacht die Notaufnahmen der umliegenden Krankenhäuser von besorgten Bürgern überquollen, die Notapotheken unter dem Ansturm ächzten und die Leitungen der Notrufe zusammenzubrechen drohten, konnte man durchaus von einer Massenpsychose beziehungsweise -hysterie sprechen.

Noch in derselben Nacht gingen im Internet die ersten Gerüchte um, dass die Polizeirazzia und der rätselhafte Brechdurchfall etwas mit dem spurlosen Verschwinden eines Insolvenzverwalters in der Wurstfabrik zu tun haben könnte. Illustriert wurden diese Gerüchte mit Fotos vom Wettessen, zumeist mit Porträts von August dem Starken und dem Menschner, die mit dicken Backen auf einer Bratwurst herumkauten – überflüssigerweise versehen mit Sprechblasen, in denen die Wurst zum Beispiel »aua« sagte. Einfach geschmacklos.

Ein paar Millionen Klicks später war die altehrwürdige Kulturstadt Meiningen im Internet von Mexiko bis Papua-Neuguinea berühmt als »*funny German cannibal town*« – eine Ehrenbezeichnung, auf welche die Stadtväter vermutlich getrost hätten verzichten können, wenn sie denn die Wahl gehabt hätten. Auch in Meiningen selbst machten entsprechende Gerüchte die Runde, allerdings zunächst nur hinter vorgehaltener Hand. Schließlich gab es kaum jemanden in der Stadt, der nicht von der längsten Bratwurst der Welt gekostet hätte und somit theoretisch an der Spurenbeseitigung eines Verbrechens mitgewirkt hatte, wenn auch nicht ganz freiwillig. Wie immer, wenn ein Ereignis an den Grundfesten der Zivilisation rüttelte, konzentrierte man sich darauf, die Fassung zu wahren und in Deckung zu gehen. Wenn sich doch einmal zwei Mitbürger auf der morgendlichen Gassirunde begegneten, wechselte man flugs die Straßenseite und vermied direkten Augenkontakt.

Nur der Fickel schlief seelenruhig in seinem Anwaltswohnzimmer am Töpfemarkt und bekam von der Welle, die er mit dem Fund des Goldzahns in seiner Bratwurst losgetreten hatte, nicht das Geringste mit. Erst gegen neun erwachte er von einem Schnarchen, das jedoch nicht von ihm selbst, sondern vom Schlachter Menschner herrührte, der wieder in der Badewanne Platz genommen hatte, von wo aus er es praktischerweise nicht so weit bis zur Toilette hatte.

Der Morgen war nicht mehr ganz so jung, als der Fickel in der Küche seiner Vermieterin aufkreuzte und ihr bei einer ersten Tasse Kaffee vom Verlauf des Wettessens berichtete. Frau Schmidtkonz zeigt sich leicht enttäuscht, als sie von Menschners knapper Niederlage erfuhr, trotz des Salatöls, das sie ihm in die Wasserflasche gefüllt hatte.

»Um Himmels willen, wie sehen Sie denn aus«, rief Fickels Vermieterin aus, als der Menschner schließlich kurze Zeit später höchstpersönlich auf der Bildfläche erschien. Und tatsächlich hatte der Schlachter schon weitaus gesünder ausgesehen, sowohl in Sachen Gesichtsfarbe als auch -ausdruck. Anscheinend lag ihm seine Niederlage oder eine der fünfundvierzig Bratwürste immer noch quer im Magen.

»Ich mache Ihnen erstmal ein herzhaftes Frühstück«, sagte Frau Schmidtkonz und holte das Hackfleisch halb und halb aus dem Kühlschrank. »Dann geht es Ihnen gleich besser.«

»Neiiiiin!«, rief da der Menschner aus und schwor: »Ich esse mein Lebtag lang nur noch Salat.«

Darauf hätte der Fickel garantiert keine Wette gehalten, aber der Menschner wollte partout nur ein Tässchen Kamillentee zu sich nehmen und eine einzelne Weintraube, wegen der Vitamine. Frau Schmidtkonz verabschiedete sich kopfschüttelnd zum Gottesdienst, nicht aus spirituellen Gründen, sondern 1. weil man die alten Freundinnen sonst überhaupt nicht mehr sah, und 2.

weil das atheistische Begräbnis eine Katastrophe war und der Pfarrer wenigstens ein Gesicht parat haben sollte, wenn dereinst ihre Stunde schlug, woran im Moment natürlich nicht zu denken war, Gott sei Dank.

Kaum, dass sie unter sich waren, erkundigte sich der Fickel angelegentlich bei seinem Mandanten, wie *der* sich eigentlich die Anwesenheit des Goldzahns in der Bratwurst erklärte. Nach dem gestrigen Wettessen war der Menschner schließlich nicht mehr vernehmungsfähig gewesen.

Nun, da er nochmals darüber geschlafen hatte, konnte der Schlachter es immerhin nicht mehr total ausschließen, den Insolvenzverwalter in seinem berechtigten Zorn womöglich nicht nur ein-, sondern vielleicht auch zweimal oder auch mehrmals geschlagen zu haben, vielleicht sogar ins Gesicht, so genau konnte er sich beim besten Willen nicht mehr daran erinnern. Schließlich hatte er sich nicht umsonst mit einem Fläschchen Rhöntropfen Mut angetrunken. Aber dass er den Enzian im Anschluss direkt durch den Fleischwolf gedreht hatte, konnte er zu »neunundneunzig Komma neun Prozent« ausschließen, denn einen durchgedrehten Anwalt, den vergisst man so leicht nicht.

»Hat der Enzian denn gar nicht geblutet?«, fragte der Fickel vorsichtig. Doch, doch, an ein bisschen Blut konnte sich der Menschner durchaus erinnern. Ganz ohne ging es nun mal nicht ab bei so einem geschäftlichen Meinungsaustausch unter Männern. Da hörte der Fickel lieber auf, weiter in seinen Mandanten zu dringen. Denn wenn das gesamte Blut, das der Menschner auf Kleidung, Haut und Haaren trug, als ihn der Fickel vor zwei Tagen aus dem Transporter gezogen hatte, tatsächlich aus den Gefäßen des Kollegen Enzian stammte, dann Prost Mahlzeit.

Menschner blickte den Fickel treuherzig an. »Du glaubst mir doch, oder?«, fragte er.

Der Fickel überlegte kurz, dann antwortete er »Na klar« und klopfte ihm beruhigend auf die muskulöse Schulter.

»Ich könnte nie einen Menschen umbringen«, versicherte der Schlachter. »Ich töte nur, was ich auch esse.«

Das war nach dem Bratwurstwettkampf nicht unbedingt das stärkste Argument, aber wozu weiter diskutieren? Der Menschner musste nun schleunigst zurück nach Kaltennordheim zu seiner Mutti, die sich bestimmt schon Sorgen um ihren Filius machte. Er zog sich seine frisch gewaschene Schlachtermontur über und verabschiedete sich vom Fickel mit einer herzlichen Umarmung. »Danke für alles«, sagte er bewegt. »Komm mich mal besuchen.« Ein bisschen ging ihm die Muffe, seiner Mutter so unter die Augen zu treten, ohne Geld, ohne Reparationswurst – und mit einer Menge Ärger am Hals. Denn dass der Unfall keine Folgen haben würde, davon wagte nicht einmal der Fickel zu träumen.

Kaum war der Menschner aus dem Haus, fiel dem Fickel ein, dass er komplett vergessen hatte, das Kapitel Bezahlung anzusprechen. Losung des Tages: außer Spesen nix gewesen. Oder wie der Amthor immer zu sagen pflegte: Großmut kommt vor dem Fall.

Der Fickel begab sich ins Bad, um seine Morgentoilette zu absolvieren. Als er gerade beim Rasieren war, klingelte sein Hightechhandy aus einer anderen Epoche. Nummer unbekannt. Im Glauben, es sei der Menschner, der es sich anders überlegt oder etwas vergessen hatte, ging er ran. Doch zu Fickels größtmöglicher Überraschung (und zu seinem Schrecken) meldete sich am anderen Ende seine Exfrau. Beim Klang ihrer Stimme fiel dem Fickel beinahe das Handy aus der Hand. Hatte sie sich verwählt? Nein. Die Gundelwein klang fast schon liebevoll nüchtern, als sie sich erkundigte, ob ihr Ex zufällig den Herrn Menschner vertrete, gegen den diverse Ermittlungsverfahren anhängig seien. Als der Fickel dies verdattert bejahte, fragte die Gundelwein nach einer längeren Pause, ob der Fickel beziehungsweise sein Mandant zufällig etwas über den Verbleib von Rechtsanwalt Enzian, Krautwursts Insolvenzverwalter, wüsste. Diesen zu finden sei aus nicht weiter zu erläuternden Gründen sehr wichtig.

Nun sah sich der Fickel allerdings gezwungen, seine Exfrau juristisch zu belehren, nämlich über die Natur des Anwaltsgeheimnisses, das es dem Fickel verbot, zu Lasten seines Mandanten mit der Gegenseite zu konspirieren, so »gern« er es auch tun würde. Die Oberstaatsanwältin flippte daraufhin aber nicht in gewohnter Manier aus, sondern erwiderte in ruhigem Ton, falls Herr Menschner etwas zu sagen – sprich: zu gestehen – habe, stünde sie ihm vierundzwanzig Stunden am Tag zur Verfügung. Mit ihr könne man über alles reden, von Straferlass bis Hafterleichterung. Aber was den Fickel beinahe vom Stuhl fegte, war der beinahe freundlich hingeworfene Abschiedsgruß: »Bis bald. Und pass auf dich auf.« Was waren das für neue Moden? Sollte das eine Drohung sein? Was steckte hinter dieser teuflischen Freundlichkeit seiner Exfrau? Zum Verrücktwerden.

Als der Fickel die Rasur endlich erfolgreich beendet hatte, war der Zeitpunkt gekommen, sich in den erstbesten Zug nach Süden zu setzen und sich in Sachen *Cherchez la femme* auf den Weg ins Fränkische zu Astrid Kemmerzehl zu machen. Und nichts auf der Welt konnte den Fickel jetzt noch aufhalten. Er benetzte seine Haut reichlich mit Aftershave, Marke Florena Men, richtete sich die Haare und zog sein bestes Welton-Hemd über. Mehr Klasse ging nicht.

Gerade als er aufbrechen wollte, klingelte es allerdings an der Tür. Vorsichtshalber äugte der Fickel durch den Spion, bevor er öffnete. Entgegen erster Befürchtungen stand nicht Fickels Exfrau davor, sondern gewissermaßen im Gegenteil: der untersetzte Jürgen Krautwurst in hautenger Schweineledermontur. Der Fickel öffnete und führte seinen Besucher in die Küche. Er musste ihn erstmal mit einem Tässchen Mokka wieder aufbauen, denn Krautwurst hatte eine schlaflose Nacht hinter sich. Mal abgesehen von dem unappetitlichen und rufschädigenden Vorfall beim Weltrekordversuch gab es auch schlechte Nachrichten vom neuen vorläufigen Insolvenzverwalter, den Richterin Scharfenberg eingesetzt hatte.

Denn Krautwursts schlimmste Befürchtungen schienen sich bestätigt zu haben. Insolvenzfachmann Senke hatte nämlich in allen firmeneigenen Büchern, Konten und Sparschweinen nachgeforscht und nicht einen einzigen Eurocent gefunden. Und das, obwohl auf den Geschäftskonten, wie Krautwurst wusste, in letzter Zeit zigtausend Euro aus dem Handel eingegangen sein mussten, ganz zu schweigen von der halben Million, die Rechtsanwalt Enzian als Kredit von der Hausbank eingestrichen hatte, um die ausstehenden Gehälter an die Angestellten auszuzahlen.

»So viel Geld kann doch nicht einfach verschwinden«, resümierte der Fickel, obwohl er sich zwar mit verschwundenem Geld sehr gut, mit hohen Summen aber eher weniger gut auskannte.

Doch Dr. Senke hatte herausgefunden, dass sämtliche Aktiva von Krautwurst Thüringer Wurstspezialitäten ins Ausland transferiert worden waren, namentlich auf das Konto einer Bank in St. Vincent und den Grenadinen, einem karibischen Finanz- und Steuerparadies.

»Dieser Enzian hat mich gelinkt, das miese Schwein«, presste Krautwurst zwischen den Zähnen hervor. »Macht hier einen auf toter Mann und verprasst derweil meine Kohle in der Karibik.« Man konnte bei Krautwursts Worten förmlich hören, wie Rechtsanwalt Enzian in einer Strandbar einen Cocktail schlürfte und sich über seinen Coup ins Fäustchen lachte. Den Ärger des Bratwursttycoons konnte der Fickel irgendwo ganz gut verstehen. Wer da behauptet, einem nackten Mann fasst man nicht in die Tasche, der kennt die Gilde der Insolvenzverwalter schlecht.

Angesichts der ausweglosen Lage hatte der neue Insolvenzverwalter Dr. Senke schweren Herzens beschlossen, Krautwursts Betrieb am Montag endgültig stillzulegen, wenn bis zum Spätschichtbeginn, also 12 Uhr, keine Finanzierungszusage über eine halbe Million Euro für den Weiterbetrieb vorgelegt würde. Denn ohne Aussicht auf ein Gehalt trat gewiss kein Arbeiter mehr freiwillig seinen Dienst an, abgesehen davon, dass die Frischfleischreserven ohnehin aufgezehrt waren, denn ohne Fleisch keine Wurst, auch wenn einige Hersteller neuerdings Lupinen-, Soja- oder Quorn-, mit anderen Worten: Fake-Würste auf den Markt warfen. Das Wasser stand Krautwurst also bis zum Hals, und trotzdem mangelte es ihm an Liquidität. Wo nahm man jetzt auf die Schnelle eine halbe Million her, ohne zu stehlen? Selbst unter Einschluss des Stehlens wäre es in der Region Meiningen gar nicht so einfach, so viel Geld aufzutreiben.

Jetzt rächte es sich, dass Jürgen Krautwurst die Wurstfabrik als Einzelunternehmer geführt hatte. Wenn der Betrieb nicht gerettet werden konnte, war er nämlich sein gesamtes Privatvermögen los und musste sechs Jahre lang jeden Cent über der Pfändungsfreigrenze an den Insolvenzverwalter abgeben.

»Zum Glück haben Sie ja noch Ihre Frau«, sagte der Fickel eingedenk der Worte von Pförtner Sittig, den flotten Lebensstil des Ehepaars Krautwurst betreffend.

Doch Jürgen Krautwurst schüttelte den Kopf. »Sandy hat mich verlassen«, sagte er düster. »Das undankbare Ding ist mit dem Porsche durchgebrannt, den ich ihr letzten Monat gekauft habe.« Und das gut gefüllte Sparbuch, das Aktiendepot und den Schmuck hatte sie auch gleich mitgenommen, alles zusammen locker einen halbe Million Euro. Praktischerweise lief alles vorsichtshalber auf ihren Namen. Das hatte man davon, wenn man in der Ehe eine Gütertrennung vereinbarte, um in der Insolvenz den lieb gewonnenen Lebensstandard nicht aufgeben zu müssen. Der Nachteil an der Sache war, dass man dem Wohlwollen seines Ehepartners im Falle des Falles auf Wohl und Wehe ausgeliefert war.

Plötzlich hatte Jürgen Krautwurst feuchte Augen – ob nun aus Wut oder aus Liebeskummer. »Ohne mein Geld wäre die Sandy ein Nichts«, klagte er bitter. »Ich habe sie doch erst zur Bratwurstprinzessin gemacht.«

Tja, Jürgen Krautwurst war wirklich nicht zu beneiden: Ohne Frau und ohne Firma konnte er ja noch leben, aber ohne seinen Porsche Cayenne, ohne das Haus, und dazu noch komplett mittellos, so entsprach er überhaupt nicht mehr seinem Selbstbild.

Da hatte der Fickel ganz entgegen seiner Gewohnheit eine Eingebung. Hatte nicht der Wuaschtkini Stückl in der Goetzhöhle eine stattliche Summe für den Fertigungsstandort in Rippershausen geboten, um nicht zu sagen: über sechs Millionen? Krautwurst zog bei dem Gedanken an den bayrischen Konkurrenten ein Gesicht, als hätte er eine Zitrone verschluckt. Aber nach Lage der Dinge blieben ihm kaum andere Optionen übrig. Ehe man obdachlos wurde, konnte man ja mal darüber reden, eine thüringisch-bayrische Wurstachse aufzubauen. Vielleicht war ja noch ein Geschäftsführerposten für ihn drin, aufgrund seines Know-hows und der lokalen Verbindungen.

Nach einigem Hin und Her griff Krautwurst nach seinem Handy und ging ins Nachbarzimmer, um ungestört zu telefonieren, und der Fickel griff nach dem seinigen, um Astrid Kemmerzehl über seinen bevorstehenden Besuch zu informieren. Jetzt aber wirklich. Die Freude auf der anderen Seite wirkte etwas verhalten, was aber sicher nur dem Umstand geschuldet war, dass Astrid Kemmerzehl sich gerade auf den Gottesdienst vorbereitete, bei dem sie die Orgel spielte.

»Ich soll vorbeikommen, wenn ich was will«, sagte Krautwurst, als er wieder auf der Bildfläche erschien. »Aber ich soll mich beeilen.« Ein ermutigendes Zeichen, immerhin. Krautwurst war da skeptischer. Ob nicht der Fickel freundlicherweise bei den Verhandlungen mit dabei sein könne? Praktisch als juristischer und moralischer Beistand. Zahlen könne Jürgen Krautwurst zwar momentan leider nichts, aber man würde sich schon einig, sobald er wieder flüssig sei.

Nur hatte der Fickel bekanntlich an diesem Sonntag ganz andere Pläne. Doch wenn er jetzt abwog, was ihm mehr bedeutete, seine glimmende Leidenschaft für Astrid Kemmerzehl oder die Zukunft der Thüringer Rostbratwurst, und wenn er ganz ehrlich zu sich war, dann konnte es eigentlich nur eine Antwort geben. *First things first.* Schließlich hatte die Bratwurst die älteren Rechte. Und das halbe Stündchen konnte Astrid Kemmerzehl auch noch warten ...

Jürgen Krautwurst bedankte sich erleichtert. »Ich fahr uns schnell rüber«, sagte er und drückte dem Fickel einen rosafarbenen Helm in die Hand. »Wir dürfen keine Zeit verlieren.« Der Fickel wunderte sich etwas, dass man die kurze Strecke überhaupt fahren musste, schließlich waren es bis zum Sächsischen Hof nur ein paar hundert Meter. Immerhin redete ja die ganze Welt plötzlich vom CO_2-Abdruck. Doch wenn man eine Wurstfabrik leitete oder auch einen Wartburg fuhr, dann war man in der Hinsicht wahrscheinlich ein Stück weit desensibilisiert.

Als sie auf die Straße traten, wies Krautwurst auf eine Höllenmaschine, die am Straßenrand aufgebockt war: ein riesiger Motor zwischen zwei überraschend kleinen Rädern, auf jeder

Seite ein verchromter Auspuff, insgesamt vier Frontleuchten sowie eine aufreizend sparsame Frontverkleidung. »Darf ich vorstellen: Das ist meine Superfighter«, erklärte er stolz, amtliche Bezeichnung: MZ[58] 1000 SF mit 998 cm^3, Baujahr 2007 – eine echte ostdeutsche Powermaschine. Das Geschoss hatte sicher mehr als doppelt so viel PS wie Fickels Wartburg, nur beim Komfort musste man ein paar Abstriche machen. Aber was sollte es, für die kurze Strecke ... Der Fickel stülpte sich den Helm der Bratwurstprinzessin über, kletterte hinter Jürgen Krautwurst auf den Bock und versuchte sich irgendwie am Heck festzuklammern. Wenn das die Sandy schaffte, war das für einen erfahrenen Bobpiloten sicher eine leichte Übung. Dachte der Fickel zumindest.

Dann startete Krautwurst, dass die Pferdestärken unter dem Allerwertesten lustig vibrierten, und ab ging die wilde Fahrt. Schon beim Anfahren hob es den Fickel fast aus seinem Sitz. Schließlich gilt bei Masse und Beschleunigung das Trägheitsgesetz, und beim Fickel besonders, weil der schließlich schon von Natur aus extrem träge ist. Um keine Rückwärtsrolle auf den harten Boden der Realität hinzulegen, musste er sich an den drallen Hüften seines Vordermanns festhalten wie eine späte Rockerbraut. So röhrten sie über die Neu-Ulmer Straße, Easy Rider nix dagegen. Zum Glück kannte einen hier ja niemand. Doch komisch: Obwohl es an der Marienstraße nach links zum Sächsischen Hof ging, bog Krautwurst nach rechts Richtung Bahnhof ab. War der Wuaschtkini mit seiner Schauspielerfrau etwa nicht im feinsten Hotel der Stadt abgestiegen? Das Nachfragen gestaltete sich schwierig, mit Helm und bei der Geräuschkulisse.

---

58 VEB Motorradwerke Zschopau, bis 1989 einer der größten Zweiradhersteller der Welt, bis 2012 der Insolvenzverwalter Einzug hielt.

In der Unterführung gab Krautwurst Stoff, dass das Knattern des Motors nur so von den Wänden widerhallte. Mühelos fraß sich die Maschine die Rohrer Straße zum alten Flugplatz hinauf, wo der Wartburg sonst schon an seine Grenzen kam. Der Fickel wusste gar nicht, dass hier oben noch ein Hotel war. Bald ließen sie die Stadtgrenzen hinter sich. Die Tachonadel kletterte auf hundert, dann hundertzwanzig. In der Kurve lag die MZ so schräg, dass nicht viel gefehlt und Krautwursts Kniescheibe Funken auf dem Asphalt geschlagen hätte. Wen wollte er damit beeindrucken? Am liebsten wäre der Fickel sofort abgestiegen, doch bei dem Tempo musste man befürchten, sich ernsthaft weh zu tun.

Andererseits, was konnte man in solch einer Situation schon tun? Kneifen, boxen, kitzeln oder mit dem Kopf gegen den Helm des Fahrers schlagen? Alles geeignete Maßnahmen, spontan einen Unfall herbeizuführen. Die Zeitungsmeldung konnte man sich vorstellen: Die MZ Superfighter kam aus bislang ungeklärter Ursache bei besten Witterungsverhältnissen auf gerader Strecke von der Fahrbahn ab und prallte gegen einen Baum, zwei Männer mittleren Alters starben noch am Unfallort, einer trug einen rosafarbenen Helm. – Dann doch lieber Kidnapping.

Irgendwann kam der Fickel bei der Fahrt plötzlich auf merkwürdige Gedanken. Was, wenn Jürgen Krautwurst nicht der lautere Geschäftsmann war, für den ihn der Fickel immer gehalten hatte, sondern ein Psychopath? Oder gar ein Mörder? Beziehungsweise, Gott bewahre, ein Doppelmörder, wenn nicht gar Tripel-. Womöglich hatte der Krautwurst selbst erst das Geld, dann seinen Insolvenzverwalter und schließlich sogar seine Frau beiseitegeschafft? Und jetzt wollte er dem Fickel ans Leder, weil der ihm in den Plan gepfuscht hatte. Oder vielleicht hatte er einfach etwas gegen Anwälte ... Oder er litt unter einer Dikephobie⁵⁹. Heutzutage musste man mit den absurdesten Mordmotiven rechnen.

In null Komma nix waren sie auf der Autobahnzufahrt, und ehe der Fickel wusste, wie ihm geschah, fand er sich auf der Überholspur Richtung Schweinfurt wieder. Und waren sie bislang schon recht zügig unterwegs gewesen, gab Krautwurst jetzt *wirklich* Gas. Der Fickel durfte konstatieren: Zweihundert Stundenkilometer fühlten sich auf einem Motorrad einfach ganz anders an als zum Beispiel in einem Wartburg. Wind-, Schwer- und Beschleunigungskräfte zerrten an jeder Körperfaser und rüttelten an der Integrität des Skeletts. Ein bisschen erinnerte den Fickel das alles an das Gefühl, das er in der Bobbahn von Whistler verspürt hatte, kurz bevor sie im Trainingslauf gestürzt waren. So in etwa musste sich eine Vierteilung anfühlen – wobei bei dieser bekanntlich nur vier PS am Werke waren.

Leichter Schwindel erfüllte den Fickel, die Landschaft flog an ihm vorbei, Arrivederci Thüringen, willkommen im Freistaat Bayern ... Lkw-Dieselwolken drangen unter seinen Helm, aufgewirbelter Schmutz legte sich auf seine Kleidung, Insekten klatschten auf sein Visier. Schon wieder eine Nahtoderfahrung. Langsam wurde das zur Gewohnheit. Der Fickel verschloss seine Augen vor der Realität.

Als er sie zwei Stunden später wieder öffnete, weil das Motorrad fühlbar langsamer wurde und das Rauschen nachließ, sah er einen riesigen rot leuchtenden Schwimmring auf der Wiese liegen. Mühsam entzifferte er durch sein von Insektenkadavern gespicktes Helmvisier die Buchstaben: »Allianz-Arena«. Soweit der Fickel sich erinnerte, hieß so die Spielstätte des FC Bayern. Aller-

---

59 Angst vor dem Richter bzw. der Justiz im Allgemeinen, führt bei Anwälten unbehandelt zur Berufsunfähigkeit.

dings spielten die in München, mit anderen Worten: über dreihundert Kilometer vom Ausgangspunkt der Reise entfernt. Wie waren sie so schnell hierhergekommen? Wahrscheinlich durch ein Wurmloch.

Krautwurst bog von der Autobahn ab, in gemäßigtem Tempo cruisten sie über die Leopoldstraße, mitten hinein in die Bayrische Kapitale. Der Fickel las auf einem U-Bahn-Hinweisschild: Münchner Freiheit. Interessant. In Meiningen gab es nur die Regerstraße, aber hier hatten sie tatsächlich gleich einen ganzen Platz nach einer Schlagercombo benannt, die einem in den Achtzigern das Ohrenschmalz zum Bröckeln brachten und mit ihren Texten auch zum Denken anregten, zum Beispiel mit Zeilen wie »Verlieben, verlier'n, vergessen, verzeih'n«. So einfach funktionierte das Zusammenleben der Geschlechter in Bayern. Nur: Bekanntlich gab es nicht überall so kluge Bevölkerungsteile wie hier[60].

Auch sonst konnten die Münchener auf ihre Stadt wirklich stolz sein. Saubere Bürgersteige, funkelnde Geschäfte – so viele modisch gekleidete Menschen auf einmal hatte der Fickel noch nie gesehen, besonders in der Altersstufe zwischen zwanzig und vierzig. Zumindest aus der Entfernung betrachtet. Was machten die Alten und Kranken wohl? Wahrscheinlich waren die alle weggezogen – nach Görlitz, Chemnitz, Erfurt oder Meiningen. Die Häuser an den Straßen sahen gepflegt aus, die Autos schienen durch die Bank neuwertig zu sein und/oder gerade aus der Waschanlage zu kommen. Allenthalben gab es so viel Pracht und Herrlichkeit zu bewundern, dass einem fast die Augen überquollen. Sie passierten den bayrischen Arc de Triomphe[61] mit seinen drei

---

60 So der total entfesselte Edmund Stoiber im Wahlkampf 2005, mit Blick auf frustrierte Ostdeutsche, die ein paar Jahre zuvor so dumm gewesen waren, ihn nicht zu wählen.

61 Siegestor, quasi Uli Hoeneß' Garageneinfahrt.

Bögen und vier Löwen und hielten auf die Feldherrnhalle zu, die man aus zahllosen Dokus kennt, mit und ohne Hitler.

Die Fahrt endete vor einer riesigen Brachfläche, auf der anscheinend ein neues Stadtviertel gebaut wurde. »Theresienwiese«, las der Fickel auf einem Schild. Jürgen Krautwurst hielt an, machte den Motor aus und setzte den Helm ab. Mühsam kroch der Fickel von seinem Soziussitz. Am liebsten hätte er den Krautwurst für diese Entführungsnummer gründlich zurechtgestaucht. Leider stellte sich heraus, dass er sich überhaupt nicht regen konnte. Es war, als sei er zu einer Bronzestatue erstarrt. Oder Gips. Selbst die Zunge versagte ihren Dienst.

»War 'n hübscher Ritt, ge'?«, sagte Krautwurst, der die Fahrt offensichtlich genossen hatte.

Fickel beschloss insgeheim, seine Gebühren in dieser Angelegenheit nach Stundensatz zu berechnen, zuzüglich Gefahrenpauschale, versteht sich. Mit Hilfe einiger gymnastischer Übungen aus dem Handbuch für Bobfahrer kehrte das Gefühl langsam wieder in seine Gliedmaßen zurück.

»Los, wir haben's eilig«, rief Krautwurst mit Blick auf die Uhr.

Entgegen des auf Schildern in vielen Sprachen formulierten Verbots irrten Krautwurst und Fickel auf der riesigen Baustelle herum, auf der die Festzelte und Fahrgeschäfte für *die Wiesn* aufgebaut wurden – das größte Volksfest der Welt, das hier in zwei Wochen wieder Millionen Besucher aus aller Herren Länder anziehen würde. »Was man hier an Bratwürsten verkaufen könnte«, sagte Krautwurst mit verklärtem Blick. Der Fickel sah seinerseits staunend auf die riesigen hallenartigen Gebilde, die einzig und allein zum Biertrinken errichtet wurden, Tempel des Frohsinns: Hofbräu, Hacker-Pschorr, Käfer ... Eine eigene Stadt, groß wie Meiningen, mindestens. Sogar eine Straßenbahn gab es. Ach nein, das war ja die Achterbahn.

»Da vorn ist es«, rief Krautwurst und legte noch einen Zahn zu.

Einen Moment später standen sie vor einem mit blau-weißen Rauten geschmückten barackenartigen Bau, über dem eine riesige Weißwurst angebracht war, auf der »Zum Wuaschtkini« geschrieben stand.

Krautwurst versuchte, sich durch ein osteuropäisches Sprachgewirr der Bauarbeiter zum Boss durchzufragen, nur um festzustellen, dass man hier mit »Boss« den Bauleiter meinte. Aber immerhin verstand der Deutsch und zeigte auf eine kleine zünftige Gesellschaft, die an einem Tisch bei einer »Brotzeit« zusammenhockte und trotz der frühen Stunde fleißig dem Weißbier zusprach. Als er Krautwurst mit Anwalt Fickel erkannte, rief der Wuaschtkini: »Schau an, da Thüringa Wursttycoon hechsdpersönlich.«

Die anderen blickten Krautwurst mäßig interessiert, ja fast ein wenig spöttisch entgegen. »Und Vastärkung hod ea si a mitg'brocht«, fügte er mit amüsiertem Blick auf Fickel hinzu. »Tut da Zuange no weh?«

Er lachte lauthals und erzählte den anderen kurz von Fickels Missgeschick mit der Bratwurstschnecke. Die anderen lächelten milde in sich hinein.

»I hob von Ihrm gloan Malheir beim Rekoadvasuch gelesn. Aba 's war a guada Vasuch. Reschpekt«, sagte er zu Jürgen Krautwurst.

Er wies auf zwei freie Plätze zum Zeichen, bitte Platz zu nehmen. »Sei so liab, Resi, und moch den beidn a gloane Stärkung«, bat er die ihm zunächst sitzende Frau in einem Dirndl, das keine Fragen offen ließ. Die Angesprochene fischte aus einem dampfenden Kessel, der mitten auf dem Tisch stand, zwei ebenso kurze wie dicke wurstähnliche Gebilde, warf sie auf einen Teller und klatschte etwas daneben, was aussah wie Mostrich-Konfitüre, also praktisch Senf mit ganzen Körnern. Dazu wurde eine herrlich riechende Brezel gereicht. Fickel betrachtete interessiert den Mini-Moby-Dick auf seinem Teller, der Farbe nach handelte es sich zweifelsfrei um die legendären Weißwürste. Ästhetisch vielleicht nicht jedermanns Sache, aber das war für einen Wurstconnaisseur wie den Fickel ein untergeordnetes Kriterium. Durchaus neugierig und auch hungrig versuchte er, in das dralle weiße Ding auf seinem Teller hineinzubeißen, aber komisch, die Wurst fühlte sich zwischen den Zähnen an wie Gummi. Das war definitiv kein Schafdarm, sondern eher … irgendwas anderes.

Die Resi beobachtete, wie der Fickel sich an seiner Weißwurst abarbeitete. »S Häutlwerk müssen'S scho aufschneidn«, sagte sie lächelnd und sezierte dem Fickel ratz-batz seine Wurst. Aber jetzt stand er vor dem nächsten Problem, denn es schien, als wäre die Wurst mit der Pelle verwachsen. Ja, gab es das? Er knabberte vorsichtig ein Stück aus dem Inneren heraus, wie ein Eichhörnchen aus der Nussschale. Hm. Wo blieb eigentlich der Geschmack? Das erinnerte entfernt an eine Mitropa-Bockwurst, die den ganzen Tag im heißen Wasser gezogen hatte. Und das Grüne, war das etwa Petersilie? Was fanden die Bayern nur an diesem ausgelaugten Wurstteebeutel? Aus den Augenwinkeln beobachtete der Fickel, wie die Resi munter an dem weißen Etwas saugte. »Zutzeln musst«, riet sie mit vollem Mund. Der Fickel entdeckte einen Goldzahn in ihrer Kauleiste. Prompt dachte er wieder an seinen gestrigen Fund, und im selben Moment schnürte es ihm die Kehle zu. Der Appetit auf Wurst war wie weggeflogen. Aber die Brezel schmeckte großartig.

Krautwurst hatte seine Weißwürste gar nicht erst angerührt. Stattdessen hielt er einen kleinen Vortrag über die blendenden Zukunftsaussichten des Südwestthüringer Fleischstandorts, an dessen Ende er erklärte, dass er sich inzwischen eine Partnerschaft »auf Augenhöhe« mit Stückl nach reiflicher Überlegung ganz gut vorstellen könne. Das war natürlich gigantisch untertrieben, aber im Geschäftsleben waren kleine Lügen nicht nur das Salz, sondern die Suppe selbst. So viel wusste auch der Fickel. Stückl nahm Krautwursts Plädoyer für eine Zusammenarbeit fast freundlich zur Kenntnis und nahm einen kräftigen Schluck aus seinem Weißbierglas.

»Wurde langsam Zeid, dass Sie endlich schlau wern«, sagte er nach einer kurzen Pause. Krautwurst zwinkerte Fickel erleichtert zu und erklärte, man müsse ja jetzt nicht alle Einzelheiten en détail besprechen, zuvorderst ging es ja nur um eine Überbrückungszahlung, lächerliche 500 000 Euro, um die Einstellung des Betriebes abzuwenden. Er brauche lediglich eine verbindliche Zusage, dann sehe man weiter. Der Fickel fragte sich, warum er überhaupt entführt worden war, wenn die Wurstbarone alles unter sich klärten.

Nach Krautwursts letzter Bemerkung allerdings zog Stückl ein Gesicht und brummte: »I werf do koa Geld ins Feuer.«

Denn in der Insolvenz werde das Geld ja praktisch verbrannt.

»Das sollten Sie nur als eine Art Anzahlung sehen«, erläuterte Krautwurst. Und dann setzte er Stückl die Sache auseinander, wie er sie sich vorstellte, inklusive Geschäftsführerposten für sich selbst. Denn wenn Stückl Krautwursts Betrieb jetzt ganz vor die Hunde gehen ließ, wäre seine halbe Million, die er bereits investiert hatte, auch für immer verloren.

Stückl konterte die Ausführungen mit dem Satz, man solle gutes Geld nicht dem schlechten hinterherwerfen. Schließlich fiele ihm der Betrieb ja ohnehin in den Schoß, wenn das Werk in Rippershausen durch den Insolvenzverwalter versteigert werde.

»Do zoi i grod oan' Bruchteil vo a'm, wos da Loa'n wert ist«, sagte Stückl zufrieden. Danach würde er den Betrieb einfach wieder aufnehmen können und just so viele Leute wieder einstellen, wie er brauchte. Und das waren eigentlich gar nicht so viele. Denn im Grunde ging es ihm nur um die Markenbezeichnung »Thüringer Rostbratwurst«, die neben gewissen Qualitätsstandards eine Endfertigung innerhalb Thüringens verlangte. Denn logisch: Genau wie echter Champagner nur in der Champagne hergestellt wird, während alles andere sich nur Crémant, Asti, Sekt oder prickelnde Kopfschmerzen nennen darf, kommt eine Original Thüringer Rostbratwurst eben nur aus dem grünen Herzen Deutschlands, alles andere ist höchstens Thüringer *Art*, also praktisch minderwertig. Doch wie es aussah, wollte Stückl diese Regelung mit einem raffinierten Etikettenschwindel unterlaufen.

Krautwurst fiel im wahrsten Sinne des Wortes die Klappe runter. »Sie wollen also letztlich Ihre fränkische Ware als Thüringer verkaufen?«

»Des hom Sie etz g'sogt«, erwiderte Stückl. Und irgendwo hatte er nicht unrecht. Denn wenn er sein überschüssiges fränkischbayerisches Wurstbrät in Rippershausen in Thüringer Därme abfüllte, kamen am Ende juristisch gesehen Thüringer Würste dabei raus. Das musste man sich mal vorstellen.

Nun endlich war der Moment gekommen, da sich der Fickel gezwungen sah, einzuschreiten: »Solch ein Geschäftsgebaren verstößt eindeutig gegen Treu und Glauben«, sagte er, »das würde über kurz oder lang auch dem Ansehen Ihrer Firma schaden.«

Auch Krautwurst war von dem Vorschlag alles andere als begeistert. »Da hätte ich ja in der Firma gar nichts mehr zu tun«, sagte er ratlos.

Stückl wiegte seinen mächtigen Rotschädel hin und her. »Des hob i ma a g'denkt, dass des ned so guad bei Ihna o'kimmd. Deshoib moha i Ihna oa unschlogbars Ogebot.« Er lächelte freundlich. »I mach Sie zum Vatriebsleita fian komplettn Ostn, 40 000 im Joar. Na, wia bin i zua Ihna?«

Jürgen Krautwurst war noch blasser geworden als die Weißwürste auf seinem Teller. »Ist das Ihr Ernst?«

Der Wuaschtkini nickte freundlich. »Des is doch a vanünftigs Gehoid do drend bei Ihna. Und fia Ihre Brodwuaschtprinzessin, do findn mia oa no' wos.«

»Und was wird aus dem Standort in Rippershausen?«, fragte Krautwurst.

»Des werd ois voi automadisiad. Fünf oda secks Mo reichn, um den Lon zua schmoassn.«

»Und was wird aus meinen Arbeitern?«

Stückl winkte ab. »De san noch da Insolvenz doch eh weg vom Fensta.«

Krautwursts Gesichtsfarbe kehrte langsam zurück wie die Morgenröte. »Wollen Sie meine Antwort sofort?«, fragte er.

Wolfgang Stückl bejahte achselzuckend.

»Behalten Sie Ihr Scheißgeld und Ihre Scheißwürste für sich«, sagte Krautwurst, pfefferte den Teller mit den Weißwürsten dem Wuaschtkini vor den Latz und stiefelte zornig davon. Fickel machte sich auch vom Acker, aber er hörte noch, wie Stückl Ihnen nachrief: »Des werd Ihna no' leid doa.«

Fickel hatte Mühe, Krautwurst einzuholen. Ob es so schlau gewesen war, das Angebot auszuschlagen, stand im Moment nicht zur Diskussion. Krautwurst schimpfte wie ein Rohrspatz und erging sich in Verschwörungstheorien.

Immer dann nämlich, wenn der Stückl mit einem Angebot auf ihn zukam, das er ablehnte, passierte kurz darauf eine Katastrophe. Beim ersten Mal war Stückl noch als freundlicher Investor vorstellig geworden und wollte mit zehn Millionen die florierende Firma aufkaufen, was Krautwurst damals abgelehnt hatte, weil er auf ein nachgebessertes Angebot spekulierte.

Stattdessen war kurz darauf die Heizanlage kaputtgegangen

und hatte die Botulismusaffäre ausgelöst, wodurch die ganze Firma in Schieflage geraten war. Prompt war Wolfgang Stückl zur Stelle und half mit einer halben Million als Überbrückungsdarlehen aus, aber sein ursprüngliches Kaufangebot kürzte er auf gut sechs Millionen. Zugleich übte er mit der Rückzahlung des Darlehens Druck auf Krautwurst aus. Feindliche Übernahme nix dagegen.

Und als Krautwurst auf Rat von Rechtsanwalt Enzian seinen Hals aus der Schlinge ziehen wollte und Insolvenz anmeldete, verschwand der Insolvenzverwalter mir nichts, dir nichts und mit ihm das firmeneigene Geld. Und wenn der Betrieb einmal eingestellt war, würden dem Stückl die Reste der Firma für höchstens ein bis zwei Millionen in den Schoß fallen. Dann hätte er sein Ziel erreicht – und die Firma für einen Bruchteil des ursprünglichen Preises erworben. Ein Schelm, wer Böses dabei denkt.

»Aber damit kommt er nicht durch«, sagte Jürgen Krautwurst entschlossen und kletterte auf seine Superfighter. »Ich hab noch fast vierundzwanzig Stunden Zeit, um einen anderen Investor zu finden.«

Aber definitiv ohne den Fickel. Denn auf den wartete noch ein wichtiger Termin in Bad Bocklet.

§ 13

Totensonntag im September

Im Hause Recknagel folgte der Sonntagmorgen grundsätzlich immer den gleichen Abläufen, wobei Filterkaffee, frische Brötchen, Pflaumen- und Hiffenmus, Fünf-Minuten-Eier sowie die Sonntagszeitung eine nicht unwichtige Rolle spielten. Im Anschluss an das Frühstück gingen die Eheleute jeder für sich ihren Interessen nach, und spätestens gegen elf pflegte sich der Kriminalrat höchstpersönlich an die Zubereitung des Mittagessens zu machen. Dabei legte er großen Wert darauf, gut vorbereitet und äußerst professionell an die Sache heranzugehen, oft nach einem Rezept, das er im Internet gefunden hatte und das normalerweise viel zu anspruchsvoll für seine überschaubaren Kochkünste war. Und auch, wenn es ihm hinterher selbst am wenigsten schmeckte, so erntete er jedoch jedes Mal ein mildes Lob seiner Frau von der Sorte »er war stets bemüht«.

Doch an diesem Sonntag war alles anders. Noch vor dem Frühstück, während der Kaffee durch die Maschine tröpfelte und die Brötchen im Ofen buken, klingelte es an der Tür. Unrasiert, wie er war, öffnete der Recknagel in Erwartung eines Nachbarn, dem Salz oder Zucker ausgegangen war. Stattdessen traf er auf ein Kamerateam des MDR und die stets fröhliche Reporterin, die mit vorgehaltenem Mikro ein Statement vom Kriminalrat zu den Gründen der gestrigen Polizeiaktion im RAW verlangte. »Was ist dran an den schrecklichen Gerüchten?«, fragte die Blonde mit künstlichem Au-weia-Blick. Der Kameramann hielt schamlos auf Bademantel und Puschen des Kriminalrats.

»An welchen Gerüchten?«, fragte Recknagel zurück.

»Dass in der Wurst die Leiche ... Na, Sie wissen schon: von diesem Anwalt ...«

»Wenden Sie sich an die Pressestelle«, sagte der Recknagel und schmiss die Tür in den Rahmen, dass sie dem Kameramann fast gegen das Objektiv knallte. »Das grenzt ja an Hausfriedensbruch!«

Aber kaum, dass sich der Recknagel an den Frühstückstisch gesetzt hatte und vorfreudig sein Brötchen aufsäbelte, klingelte auch schon das Telefon. Der Thüringer Polizeipräsident verlangte, auf Stand gebracht zu werden, im Ministerium zeigte man sich besorgt, was der Freistaat für ein Bild in dieser Angelegenheit abgab. Früher hätte der Kriminalrat wenigstens Zeit bis zum Montag gehabt, aber in Zeiten des Internets und sich überbietender Breaking News sollten Fälle schon gelöst sein, bevor überhaupt die Fakten feststanden. Der Kriminalrat war eine halbe Stunde damit beschäftigt, zu erklären, zu dementieren, zu beschwichtigen und auf die laufenden Ermittlungen zu verweisen. Aber der Auftrag war klar ausgesprochen: Der schwelende Verdacht, in Südwestthüringen würden Rechtsanwälte mittlerweile als Genussmittel angesehen, musste untersucht und wenn möglich aus der Welt geschafft werden, und zwar ein bisschen plötzlich.

Ungefrühstückt und entsprechend gelaunt machte sich der Recknagel auf den Weg durch das menschenleere Meiningen zur hiesigen Außenstelle der Jenenser Rechtsmedizin, dem Reich Dr. Haselhoffs.

Ohne zu klopfen oder sich anderweitig bemerkbar zu machen, ging der Kriminalrat direkt durch bis in den gekühlten Untersuchungsraum. Der sich ihm dort bietende Anblick war einigermaßen skurril: Auf einer Bahre, auf der sonst Leichen lagen, befanden sich – zusammengerollt wie eine tote Riesenschlange – die Reste der ehemals längsten Bratwurst der Welt in einer Metallschale.

»Einen wunderschönen guten Morgen«, grüßte der Kriminalrat den Doktor, der leicht zusammenzuckte und sich schnell wegdrehte.

»Mor-n«, stöpselte der Rechtsmediziner.

»Stimmt was nicht?«, fragte der Recknagel. Erst jetzt sah er, dass der andere den Mund voll hatte. In der Hand hielt er etwas, das sich bei näherem Hinsehen als ein Stück kalter Bratwurst entpuppte.

»Nicht Ihr Ernst«, sagte der Kriminalrat erschüttert. »Vernichten Sie hier etwa Beweismaterial?«

Zum ersten Mal in ihrer langjährigen beruflichen Zusammenarbeit erlebte er Dr. Haselhoff in einer veritablen Verlegenheit.

»Ich habe die ganze Nacht durch DNA sequenziert«, rechtfertigte sich der Rechtsmediziner. »Und ich hatte nicht mal Zeit, zu Abend zu essen ...«

Der Kriminalrat lächelte mitfühlend und auch ein Stückchen erleichtert.

»Da ich Sie nicht als Menschenfresser kennengelernt habe, gehe ich davon aus, dass Sie keine menschlichen Überreste in der Wurst entdeckt haben«, folgerte Recknagel.

»Eine messerscharfe Analyse«, gratulierte Dr. Haselhoff. »Glücklicherweise waren einige Teile der Wurst noch nicht durchgegart. Ich habe unzählige Stichproben durchgeführt ... allesamt negativ.«

»Das ist doch eine gute Nachricht«, konstatierte Recknagel erfreut. Immerhin stiegen damit die Chancen, dass Rechtsanwalt Enzian noch lebte und er selbst pünktlich zum Mittagessen zu

Hause sein würde. Auf dem Programm stand ein indischer Kürbiscurry, Schwierigkeitsgrad: mittelschwer bis ausgeschlafen.

»Wollen Sie mal beißen?«, erkundigte sich Dr. Haselhoff und hielt dem Recknagel ein schrumpeliges Wurstende hin. Trotz knurrenden Magens lehnte der Kriminalrat dankend ab. Kalte Rostbratwurst war nicht sein Ding, zumal ohne Senf.

»Was habe ich Ihnen eigentlich getan?«, fragte der Rechtsmediziner larmoyant. »Erst quälen Sie mich mit einer Tonne stinkender Kadaverabfälle, und dann setzen Sie mir am Samstagnachmittag auf leeren Magen eine köstliche Riesenbratwurst vor.« Er gähnte ostentativ.

»Danke, dass Sie die Nacht durchgearbeitet haben«, sagte der Recknagel. »Sie haben was gut bei mir.«

»Dann hau ich mich jetzt erstmal aufs Ohr. Die Wasserleiche muss warten.«

Recknagel spitzte die Ohren.

»Welche Wasserleiche?«

»Ist gerade frisch eingetroffen. Treibgut aus der Werra.«

»Besoffener Angler oder Selbstmörder?«

»Weder noch. Sieht nach einer astreinen Gewalttat aus. Haben Ihnen Ihre Kollegen nicht Bescheid gesagt?«

Recknagel verneinte leicht irritiert. »Kann ich den Patienten mal sehen?«

Dr. Haselhoff zuckte gleichgültig die Achseln und ging hinüber zu einem Zinksarg. »Sieht aber nicht halb so appetitlich aus wie Ihre Bratwurst«, warnte er.

Er hob den Deckel des Behältnisses, in dem die noch feuchten sterblichen Überreste eines Mannes in den besten Jahren lagen, bekleidet mit Anzug, Hemd und Krawatte, als wollte er ins Theater. Recknagel prallte zurück. Nicht etwa, weil die Leiche blau angelaufen und aufgequollen war und der Schädel über dem rechten

Auge ungesund aufklaffte, wodurch sie insgesamt einen eher unschönen Anblick bildete, sondern weil sie trotz der verheerenden Wirkung des Wassers immer noch eindeutig und unverkennbar die bekannten Gesichtszüge des aktuell meistgesuchten Insolvenzverwalters in ganz Thüringen trug.

»Wenn das nicht Rechtsanwalt Enzian ist«, sagte der Kriminalrat verblüfft.

»Der, den Sie eigentlich in der Wurst vermutet hatten?«, erkundigte sich Dr. Haselhoff mäßig interessiert. »Dann hätte ich mir die Nachtschicht ja sparen können.«

Recknagel nickte. Auch wenn er kaum Zweifel an der Identität des Toten hegte, musste er sicher gehen. »Verfügt der arme Kerl noch über zwei komplette Zahnreihen?«, fragte er.

Dr. Haselhoff verneinte – garniert mit der lakonischen Anmerkung: »Wer hat das schon in seinem Alter?« – und schob die Oberlippe der Leiche leicht nach oben. »Nummer vierundzwanzig, zweiter Quadrant oben links fehlt. Auf der siebzehn, erster Quadrant oben rechts sitzt eine Goldkrone.«

»Dann ist er zu neunundneunzig Prozent der Gesuchte«, sagte der Recknagel angespannt. »Können Sie mir schon irgendwas zu den Todesumständen verraten?«

Dr. Haselhoff stemmte empört die Arme in die Hüften. »Soll das etwa ein hinterhältiger Anschlag auf meinen Feierabend werden?«

»Nicht doch«, beruhigte ihn der Recknagel. »Für den Anfang genügen mir ein paar kleine Details, zum Beispiel, wie lange die Leiche im Wasser lag.«

»Schwer zu sagen ... mindestens achtundvierzig Stunden, höchstens zweiundsiebzig, würde ich schätzen.«

»Das passt. Und die Tatwaffe?«

»Hm, mal sehen.« Dr. Haselhoff sah sich die klaffende, vom Wasser ausgespülte Wunde am Schädel des Toten genauer an.

»Ziemlich glatte Ränder bei spitz zulaufenden Wundwinkeln ... Der Täter hat mit halbscharfer bis scharfer Gewalt von oben auf den Schädel eingewirkt ... Mit einem metallischen Gegenstand, würde ich sagen, schätzungsweise mit einem Beil oder einem schweren Messer.«

»Vielleicht mit einem Schweinespalter?«

»Sie meinen das niedliche Gerät, an dem wir kürzlich die verwischten Blutspuren sichergestellt haben?«

Recknagel nickte. Dr. Haselhoff kratzte sich am Kopf und betrachtete die Wunde noch einmal aus größtmöglicher Nähe.

»Das lässt sich zumindest nicht ausschließen, aber wenn, dann wurde der Schlag vermutlich eher mit der stumpfen Seite ausgeführt.«

»Wieso hat der Täter nicht die scharfe Seite genommen?«, fragte der Kriminalrat.

»Sie können Fragen stellen«, sagte der Rechtsmediziner bekümmert. »Vielleicht wollte er verhindern, dass das Gerät im Schädel stecken bleibt. Das ist 'ne Mordsfrickelei, so 'n Teil wieder rauszubekommen.«

»Verstehe. Dann war das also ein Profi«, sagte der Kriminalrat.

»Ich glaube jedenfalls nicht, dass es allzu viele Menschen gibt, die es fertigbringen, jemandem von Angesicht zu Angesicht den Schädel zu spalten«, sagte Dr. Haselhoff achselzuckend. »Abgesehen von der Kraft, die man dafür braucht, muss man auch erstmal eine ganze Latte zivilisatorischer Sperren überwinden, seine gute Erziehung zum Beispiel.«

Er kicherte etwas albern und biss in seine kalte Bratwurst.

»Sind das Leichenflecken?«, frage der Kriminalrat. Fast die komplette linke Gesichtshälfte des Toten war blau-grünlich angelaufen.

»Nein, das sind klassische Hämatome.« Er zog sich einen Gummihandschuh über und fühlte am Gesicht herum. »Nasenbeinfraktur, der Kiefer könnte auch angeknackst sein.«

»Dann gab es also einen Kampf um Leben und Tod«, resümierte Recknagel.

Dr. Haselhoff schüttelte skeptisch den Kopf. »Das menschliche Leben an sich ist ein Kampf um Leben und Tod, aber dem Grad der Einblutung nach hat er fröhlich noch ein Weilchen weitergelebt, bevor ihm jemand in den Schädel gehackt hat.«

Recknagel merkte auf. »Wie lange?«

»Zwei Stunden, mindestens«, sagte der Rechtsmediziner.

»War er da schon ohnmächtig?«

»Ich weiß, dass Sie wahnsinnig viel von mir und meinen Fähigkeiten halten, aber Hellsehen gehört leider nicht dazu«, erklärte der Rechtsmediziner. »Das Hämatom entwickelt sich leider ganz unabhängig vom Bewusstseinszustand.«

In dem Moment betrat Christoph den Raum und blieb überrascht stehen. »Was machen Sie denn hier?«, fragte er den Kriminalrat.

»Meinen Job«, antwortete Recknagel trocken. »Wie ich sehe, haben wir den Gesuchten gefunden. Warum haben Sie mir nicht Bescheid gesagt?«

»Ich wollte Sie nicht stören. Am Sonntagvormittag ...«

Recknagel schüttelte den Kopf. Als ob ihn das früher je interessiert hätte.

»Eigentlich ist es mein Fall«, maulte Christoph.

»Ab sofort nicht mehr«, entschied der Recknagel. »Übergeordnete Bedeutung. Das Ministerium hat sich eingeschaltet.«

»Wenn die Herren nichts dagegen haben, mache ich mich jetzt vom Acker. Für mich hat jetzt mein Schönheitsschlaf übergeordnete Bedeutung«, warf Dr. Haselhoff ein. Er schob die Kriminalbeamten nach draußen, schloss ab und verabschiedete sich mit einem »Gute Nacht«.

»Wo wurde die Leiche gefunden?«, fragte der Kriminalrat, als er mit seinem Mitarbeiter unter sich war.

»Ein Angler hat ihn am Schwallunger Wehr rausgezogen«, sagte Christoph und zeigte Recknagel den Ort auf seinem riesengroßen Smartphone, Marke Taschenfernseher. »Hier ungefähr.«

»Also flussabwärts …«, sagte der Kriminalrat. »Das war zu erwarten.«

Christoph nickte. »Wir gehen davon aus, dass der Täter die Leiche irgendwo bei Walldorf in die Werra geworfen hat. Von der Wurstfabrik in Rippershausen sind es dahin auf direktem Wege nur vier Kilometer. Da gibt es genügend Stellen, wo man unbeobachtet ist.« Er zoomte das seiner Meinung nach in Frage kommende Gebiet auf dem Smartphone heran. »Die Kollegen von der Spurensicherung sind noch bei der Suche, aber nach zwei Tagen …« Er zuckte die Achseln.

»Was haben wir sonst noch?«, erkundigte sich Recknagel.

Christoph berichtete seufzend: Der Leichnam war in eine handelsübliche Rettungsdecke gewickelt, wie sie in jedem Auto laut StVO mitzuführen ist. Nur so war zu erklären, dass die Leiche anscheinend zwei Tage über die Werra flottiert war, ohne dass sie jemandem aufgefallen wäre. Vorbeischippernden Müll waren die Leute ja gewohnt. Aktuell wurde die Folie von der Kriminaltechnik nach Spuren untersucht. Die Hoffnung, nach der langen Zeit im Wasser noch fündig zu werden, war entsprechend gering.

»Das ist eh wurscht«, sagte Christoph. »Wenn wir diesen Schlachter nicht überführen können, fress' ich 'nen Besen.«

»Nicht so voreilig«, bremste der Kriminalrat. »Könnte sonst sein, dass Sie an Ihren Aussagen noch zu kauen haben werden.«

»Wieso?«, erwiderte Christoph. »Wir haben seine Waffe, wir haben ein Motiv, und jetzt auch noch eine blitzsaubere Leiche. Was brauchen Sie denn noch?«

»Und wie ist Ihrer Meinung nach der Goldzahn des Opfers in die Bratwurst gekommen?«

Christoph zuckte die Achseln. »Der Beschuldigte Menschner wollte wahrscheinlich eine falsche Spur legen«, sagte er nach kurzem Überlegen. »Damit es so aussieht, als hätte Herr Krautwurst seinen Insolvenzverwalter zu Brät verarbeitet. Ziemlich clever.«

»Eben«, bemerkte der Kriminalrat.

Christoph blickte ihn überrascht an. »Sie meinen, der Schlachter wäre dafür zu doof?«

»Ich meine nur, wir dürfen uns nicht zu früh festlegen«, wiederholte der Kriminalrat gebetsmühlenartig den Leitsatz des Ermittlungsverfahrens. Jeder Polizist strebte danach, einen Fall so schnell wie möglich abzuschließen, kurz: den Deckel drauf zu machen. Dabei kam die kriminalistische Sorgfalt manchmal ein wenig zu kurz. Und spätestens vor Gericht schlugen vermeintlich wasserdichte Beweise unter den bohrenden Fragen der Verteidigung plötzlich leck, und die Anklage sank schneller auf Grund als die Titanic. Man musste sich immer wieder neu zwingen, den gesamten Vorgang aus allen möglichen Perspektiven zu betrachten, bis keine vernünftigen Zweifel am vermuteten Tatverlauf mehr übrig geblieben waren[62].

»Haben Sie sonst irgendwas in den Taschen gefunden? Handy, Geldbörse …?«

Christoph verneinte.

»Warum haben wir die Sachen nicht in dem ausgebrannten Transporter gefunden?«

---

62 Was vernünftige Zweifel sind, entscheidet allerdings das Gericht.

Christoph antwortete, ohne nachzudenken: »Weil Herr Menschner sie mitgenommen hat?«

»Dann müssten sie noch in seinem Besitz sein.«

»Wir brauchen sofort einen Hausdurchsuchungsbeschluss«, beschloss Christoph. »Plus Haftbefehl.«

Recknagel nickte bedächtig. »Gut, ich sage der Leitenden Bescheid. Und Sie trommeln schon mal die Leute zusammen.«

Christoph nickte beflissen. »Ich muss Ihnen noch was sagen«, erklärte er wichtigtuerisch. »Die Oberstaatsanwältin hatte anscheinend privaten Kontakt zum Opfer. Ich hab die Telefonlisten durchgesehen. Die beiden haben ständig miteinander telefoniert.« Er setzte ein bedeutungsvolles Gesicht auf. »Sogar nachts.«

»Das geht uns nichts an«, unterbrach ihn der Kriminalrat.

»Aber wenn die beiden was miteinander hatten«, insistierte Christoph, »dann ist das doch relevant für die Ermittlungen.«

»Haben Sie irgendwas nicht verstanden?«, fragte Recknagel streng.

»Wie Sie meinen, Chef«, antwortete Christoph achselzuckend und zog schmollend von dannen. Seit seiner Beförderung kam ihm das Wort »Chef« nicht mehr ganz so natürlich über die Lippen wie früher. Auf den Kriminalrat wartete hingegen nun eine der undankbarsten Aufgaben, die sein Beruf überhaupt zu bieten hatte. Zunächst rief er zu Hause an und teilte seiner Frau mit, dass sie heute bedauerlicherweise nicht in den Genuss seiner Kochkünste kommen würde, was die Adressatin der Nachricht gefasst aufnahm – bei der Adressatin der nächsten Nachricht, die er zu überbringen hatte, war das allerdings eher unwahrscheinlich. Recknagel verließ das Büro und machte sich mit dem Dienstwagen auf den Weg zur Oberen Kuhtrift.

Genau wie die Staatsanwältin brauchte auch der Kriminalrat ein Weilchen, bis er das versteckte Anwesen von Rechtsanwalt

Enzian und seiner Frau im Wald gefunden hatte. Unglaublich, da lebte man jahrzehntelang in einer Stadt, und es gab noch Orte, die man nicht kannte, ja: bei denen man sich nicht einmal hätte vorstellen können, dass die existierten. Wozu brauchte ein Ehepaar vier Autos? Als sei das nicht genug, parkte vor dem Haus zu allem Überfluss noch ein dunkler Jaguar mit Leipziger Kennzeichen.

Das Haus, der Wagenpark, der Koi-Teich ... Insignien des Wohlstands, wohin das Auge sah. Aber für eine Klingel hatte es anscheinend nicht gereicht. Der Kriminalrat hämmerte mit seinen Knöcheln gegen die Eingangstür. Drinnen blieb alles ruhig. Recknagel ging um das Haus und klopfte an eins der großen Fenster. Schließlich rührte sich drinnen etwas.

Kurz darauf erschien Frau Stöcklein auf der Bildfläche und öffnete. Von ihrer Selbstdisziplin war nicht mehr viel übrig geblieben. Ihre Haare hingen wirr in die Stirn, das Make-up hatte sichtlich gelitten. Statt eines eleganten Kostüms trug sie einen Morgenmantel. »Sie sind das ...«, sagte sie.

Recknagel fragte verlegen, ob er kurz reinkommen dürfe.

»Haben Sie Ludwig gefunden?«, fragte Annemarie Stöcklein hoffnungsvoll.

Recknagel nickte.

»Wo ist er?«

Recknagel hasste diesen Moment. »Leider ...«

Weiter kam er nicht. Frau Stöcklein stieß einen hysterischen Schrei aus und trommelte mit ihren Fäusten gegen den Brustkorb des Kriminalrats. »Nein, nein, nein!«, rief sie in einem fort.

Recknagel wartete ab, bis sich der erste Sturm gelegt hatte. Doch Annemarie Stöckleins Heulkrämpfe schienen sich eher noch zu verstärken. Aus der Tiefe des Zimmers näherte sich ein vornehm wirkender Mann mit grauen Schläfen. Teures Hemd und Leinen. Er blickte Recknagel fragend an.

»Recknagel, Kripo Meiningen«, stellte sich Recknagel vor.

»Heißt das etwa, Ludwig ist …«

»Er ist tot«, heulte Annemarie Stöcklein. Sie ließ vom Kriminalrat ab und fiel dem Unbekannten in die Arme. Der tätschelte steif und etwas hilflos ihre Schulter.

»Stimmt das?«, fragte er.

»Leider«, bestätigte Recknagel. »Darf ich fragen, wer Sie sind?«

Der andere löste sich etwas von der völlig desolaten Annemarie Stöcklein. »Scharfenberg, ich bin Annemaries Bruder. Oder Halbbruder, besser gesagt.«

Recknagel drückte die ihm angebotene Hand und nickte. Einen Moment lang hätte er fast etwas anderes vermutet.

»Soll ich psychologische Hilfe anfordern?«, erkundigte sich Recknagel mit Blick auf Scharfenbergs hysterische Schwester.

»Ich denke nicht, dass das nötig sein wird«, sagte dieser kühl. Dann zischte er seine Schwester an: »Jetzt reiß dich mal zusammen, Annemarie! Ein bisschen Contenance …«

Die Angesprochene zuckte zusammen und wimmerte etwas leiser in sich hinein.

»Was ist denn der Ermittlungsstand?«, erkundigte sich Scharfenberg routiniert, als wäre er Recknagels Vorgesetzter.

»Entschuldigen Sie, aber ich bin es gewohnt, selbst die Fragen zu stellen«, sagte der Recknagel.

»Selbstverständlich, das ist bei mir eine Berufskrankheit«, entschuldigte sich Scharfenberg.

»Darf ich fragen, welchen Beruf Sie ausüben?«, fragte der Recknagel, innerlich aufs Schlimmste gefasst.

»Ich bin Richter am BGH, im fünften Strafsenat«, sagte Scharfenberg, als sei es das Normalste der Welt.

»Dann gehört das Fahrzeug mit dem Leipziger Kennzeichen also Ihnen?«, folgerte der Kriminalrat.

Scharfenberg nickte. »Also, Sie können offen reden: Was ist mit Ludwig passiert?«

»Als Richter wissen Sie besser als ich, dass ich keine Ermittlungsgeheimnisse preisgeben darf«, sagte Recknagel.

»Aber es gibt auch ein Recht darauf zu erfahren, was einem nahen Angehörigen widerfahren ist«, belehrte ihn der hochdekorierte Richter.

»Wie Sie wünschen.« Recknagel wandte sich an Annemarie Stöcklein und führte formgerecht aus: »Ihr Mann wurde in der Werra treibend gefunden. Die Umstände seines Todes legen den Schluss nahe, dass er Opfer eines Gewaltverbrechens geworden ist. Anscheinend musste er nicht lange leiden.«

Annemarie Stöcklein wurde von einem neuen Heulkrampf geschüttelt. Richter Scharfenberg blickte vorwurfsvoll zum Recknagel. Der zuckte die Achseln. Manch einem konnte man es einfach nicht recht machen.

»Kann ich Sie mal kurz unter vier Augen sprechen?«, fragte der Richter.

Recknagel folgte ihm in den beeindruckenden Wintergarten. Palmen in Meiningen, wer hätte das vermutet? Richter Scharfenberg bot Recknagel einen Platz an, blieb selbst aber stehen.

»Ihr Schwager hat auf ziemlich großem Fuß gelebt«, konstatierte der Kriminalrat.

»Tja«, sagte Scharfenberg, »Es war schon immer so: Wer nach Macht strebt, wird Richter, wer reich werden will, wird besser Anwalt.«

Recknagel nickte. »Und wer auf beides verzichten kann, wird Polizist«, sagte er trocken. »Aber deshalb wollten Sie mich sicher nicht sprechen.«

»Nein.« Richter Scharfenberg verschränkte seine Arme vor der Brust und ging auf und ab. »Annemarie hat mir von einem ungeheuerlichen Vorgang berichtet. Es sieht so aus, als zeige eine hochrangige Vertreterin der hiesigen Staatsanwaltschaft nicht sonderlich viel Respekt vor dem Rechtsanwaltsgeheimnis ...«

Der Kriminalrat lächelte den Vorwurf weg. »Ich denke, die Leitende Oberstaatsanwältin weiß, was sie tut.«

»Da bin ich mir nicht mehr so sicher«, erwiderte der Richter. »Einfach in Rechtsanwaltsakten herumzustöbern – damit hat sie eindeutig ihre Kompetenzen überschritten.«

Recknagel hob erstaunt seine Augenbrauen. Das war ein offener Affront gegen die stets tadellose Gundelwein. Welche Absicht verbarg sich dahinter? Die ostentative Herablassung des Topjuristen wirkte durchaus einschüchternd. Grund genug, sich für die Kollegin in die Bresche zu werfen.

»Wir hatten Grund zu der Annahme, dass das Verschwinden von Rechtsanwalt Enzian im Zusammenhang mit seiner Tätigkeit als Insolvenzverwalter steht«, erklärte Recknagel seelenruhig. »Wir hofften, in den Akten Hinweise auf seinen Aufenthaltsort zu finden. Genau genommen handelte es sich dabei also nicht um einen Akt der Strafverfolgung, sondern der Gefahrenabwehr nach Polizeirecht.«

Richter Scharfenberg musterte Recknagel kühl von oben herab. »Seit wann ist die Staatsanwaltschaft für Gefahrenabwehr verantwortlich?«

Der Kriminalrat hielt dem Blick stand. »Ich hatte sie darum gebeten. Wir haben sehr knappe Personalressourcen, wissen Sie.«

Scharfenberg machte ein missbilligendes Geräusch. »Amtshilfe für die Polizei durch die Staatsanwaltschaft. Wo gibt's denn so was?«

»In Meiningen«, antwortete der Kriminalrat unschuldig, auch wenn er deutlich die latente Aggressivität spürte, die vom anderen ausging. Oder war es Nervosität? »Aufgrund des akuten Personalmangels sind die Ermittlungsbehörden des Freistaates auf enge Kooperation angewiesen. Das steht auch in den Richtlinien«, erläuterte Recknagel.

Richter Scharfenberg seufzte. Aus dem Nebenraum klang immer noch das herzzerreißende Klagen seiner Schwester.

»Haben Sie schon einen Verdächtigen?«, fragte Scharfenberg.

»Wie Sie wissen, bin ich nicht befugt, Ihnen darüber Auskunft zu geben«, entgegnete der Kriminalrat. »Aber jetzt hätte ich auch mal wieder eine Frage an Sie.«

Der Richter nickte auffordernd, geradezu gnädig.

»Es gibt Hinweise darauf, dass es bei einer von Ihrem Schwager betreuten Insolvenz zu Unregelmäßigkeiten gekommen ist. Einiges deutet darauf hin, dass größere Geldbeträge spurlos verschwunden sind. Wissen Sie vielleicht irgendetwas darüber?«

Richter Scharfenberg zog die Stirn in Falten, als hätte man ihn persönlich beleidigt, und verneinte. »Mit den Einzelheiten von Ludwigs beruflicher Tätigkeit bin ich natürlich nicht vertraut.«

»Was hatten Sie eigentlich sonst für ein Verhältnis zu Ihrem Schwager?«, fragte der Kriminalrat keck. »Privat, meine ich.«

Richter Scharfenberg zuckte die Achseln. »Als Bruder wünscht man sich immer nur das Beste für seine Schwester«, antwortete er ausweichend.

»Und *war* er das Beste für sie?«, hakte Recknagel nach.

Richter Scharfenberg wies mit dem Kopf in Richtung Nebenzimmer, aus dem unvermindert Klagelaute herüberdrangen. »Wie Sie merken, hat sie ihn leidenschaftlich geliebt. Auch wenn ich mir seiner charakterlichen Qualitäten nie ganz so sicher war.«

»Woran machten Sie das fest?«

Richter Scharfenberg atmete tief durch. »Ich hatte den Eindruck, dass er ziemlich viel Wert auf sein Prestige legt, auf Äußerlichkeiten, Statussymbole …«

Der Kriminalrat blickte sich um. »Ach was.«

»Außerdem glaube ich, dass er ... – Wie soll ich es ausdrücken? – ... dass er dem anderen Geschlecht sehr zugetan war.«

»Sie meinen, er war ein Schürzenjäger?«, fragte Recknagel.

Richter Scharfenberg bestätigte nicht, dementierte jedoch auch nicht.

»Danke«, sagte Recknagel und erhob sich. »Meinen Sie, Ihre Schwester ist vernehmungsfähig?«

Scharfenberg zuckte die Achseln. »Versuchen Sie Ihr Glück.«

Recknagel ging zurück ins Wohnzimmer. Annemarie Stöcklein hatte eine Flasche Cognac geöffnet und sich ein Wasserglas eingeschenkt. Mit ein paar Schritten war ihr Bruder bei ihr und entriss ihr das Glas.

»Das macht es auch nicht besser«, sagte Scharfenberg. Aber Annemarie Stöcklein wehrte sich und versuchte, wieder an das Glas zu kommen. Es entstand eine kurze Rangelei unter den Geschwistern, bis Scharfenberg sie an den Schultern packte und heftig schüttelte. »Mach uns bloß keine Schande«, zischte er.

Recknagel wiederholte seine Fragen, die er auch schon Richter Scharfenberg gestellt hatte. Aber er schien kaum bis in Annemarie Stöckleins Bewusstsein vorzudringen.

»Was soll denn jetzt nur aus mir werden?«, wiederholte sie immer wieder mit leerem Gesichtsausdruck.

Kriminalrat Recknagel sah ein, dass er im Moment nicht vorankam. Ein Stück weit war er erleichtert, die unglückliche Witwe in der Gesellschaft ihres Bruders zurücklassen zu können. Doch jetzt musste der Recknagel noch einer weiteren Frau die schlimme Botschaft überbringen. Toller Sonntag.

§ 14

Kleine Nötigungen
unter Juristen

Die Leitende Oberstaatsanwältin hatte trotz ihrer Müdigkeit die halbe Nacht im Kimono am Schreibtisch verbracht. Statt zu schlafen, hatte sie zunächst die Ermittlungsakte des Kollegen Hauenstein gegen ihren Exlover durchgeackert. Anschließend hatte sie sich die dicken Insolvenzakten vorgeknöpft, Verträge geprüft, Zahlenkolonnen studiert und stichprobenartig nachgerechnet. Ihr Adrenalinspiegel war ständig angestiegen und hatte sie wach gehalten. Der Befund über die berufliche Tätigkeit ihres Exlovers war gelinde gesagt ernüchternd, nein: geradezu erschütternd.

Staatsanwalt Hauenstein war einer Reihe von Strafanzeigen und Beschwerden von Insolvenzschuldnern und -gläubigern nachgegangen, die sich auf die Tätigkeit von Rechtsanwalt Enzian als Insolvenzverwalter bezogen. Laut dieser Anzeigen hatte sich Gundelweins Exlover immer wieder gezielt aus den Insolvenzmassen der von ihm verwalteten Firmen bedient, indem er unter äußerst großzügiger Anwendung des schwammig gefassten § 3 InsVV[63] Sondergebühren für alles Mögliche abgerechnet hatte, teilweise mit geradezu lächerlichen Begründungen. Zum Beispiel, dass er sich in ein Rechtsgebiet hatte einarbeiten müs-

---

[63] Insolvenzrechtliche Vergütungsverordnung, auf gut Deutsch: self service.

sen, das zum Standardrepertoire eines jeden Juristen gehören sollte. Zudem hatte er sich ohne erkennbaren Grund ständig selbst als Anwalt mandatiert und aus der Insolvenzmasse horrende Gebühren abgerechnet.

Aber was der Sache die Krone aufsetzte: In seiner Funktion als Insolvenzverwalter hatte Ludwig Enzian mehrfach absurd hohe Summen für fragwürdige Gutachten und Dienstleistungen der »Wirtschaftsprüfungsgesellschaft Stöcklein« bezahlt, hinter der natürlich niemand anderes als seine eigene Frau Annemarie steckte, die nebenbei noch zusätzlich unter eigenem Namen abrechnete, obwohl sie mit ihrem Mann schon Hand in Hand arbeitete. Auf diese Weise hatte das Ehepaar doppelt und dreifach von einer einzelnen Insolvenz profitiert. Das »Refugium« des Ehepaars an der Oberen Kuhtrift, all die Reisen nach Südostasien und in die Karibik waren aus den klammen Kassen notleidender Betriebe finanziert worden, die Ludwig Enzian und Annemarie Stöcklein in den letzten beiden Jahrzehnten geschröpft hatten – zu Lasten von Inhabern, Gläubigern und nicht zuletzt der Angestellten.

All diese Maßnahmen waren einzeln betrachtet vielleicht sogar irgendwo »legal«, wie Annemarie Stöcklein es formuliert hatte, weil notdürftig auf den schwankenden Boden des geltenden Rechts genagelt. Doch in der Summe betrachtet ergaben sie eindeutig das Bild einer professionellen Abzocke.

Besonders zu denken gab der Oberstaatsanwältin ein Vernehmungsvermerk des Kollegen Hauenstein in der Ermittlungsakte. Demnach hatte die zuständige Rechtspflegerin[64] bei Gericht eine Gebührenrechnung von Anwalt Enzian beanstandet, diese war aber auf Intervention von Richterin Scharfenberg anstands-

---

64 Unterbezahlte Pflegekraft, erledigt alles, wofür sich Richtende zu schade sind.

los ausbezahlt worden. Staatsanwalt Hauenstein drückte in einem Schreiben seine Verwunderung darüber aus, dass Rechtsanwalt Enzian vom Insolvenzgericht ohne erkennbaren Grund besonders häufig als Insolvenzverwalter eingesetzt werde, und verlangte nach einer Erklärung. Wörtlich hatte Gundelweins junger Kollege in einem Telefonvermerk festgehalten:

Auf Nachfrage wird Rechtsanwalt Enzian ausfällig und droht, er werde d. Verfasser (sic) klein falten. Er verfüge über beste Kontakte, die die berufliche Zukunft d. Verf. negativ beeinflussen könnten, wenn weiter gegen ihn ermittelt werde. M. E. tatbestandlich Nötigung gem. § 240 Abs. 1, 2. Alt. StGB. Auf welche persönlichen Kontakte er sich bei seiner Bemerkung konkret bezieht und ob er tatsächlich über diese verfügt, ist d. Verf. unbekannt.

Spätestens seit der Lektüre dieser Passage läuteten bei der Gundelwein sämtliche Alarmglocken. Nach allem, was sie inzwischen durch ihre Nachforschungen über Ludwigs Charakter wusste, zweifelte sie nicht eine Sekunde daran, dass er seine Liebschaft mit ihr benutzen wollte, um seinen Kopf aus der Schlinge zu ziehen. Er hatte sie als Mittel zum Zweck gesehen, bestenfalls als einen amourösen Glücksfall, um sich gegen den Zugriff der Staatsanwaltschaft abzusichern oder zumindest an Informationen zu gelangen. Deshalb hatte er sich bei der Nachricht von der Schwangerschaft auch so eilig zurückgezogen, denn diese war für ihn unter diesen Umständen natürlich nur ein Betriebsunfall.

Wie konnte sie, die Leitende Oberstaatsanwältin, nur so naiv gewesen sein, auf einen Zampano wie diesen Ludwig Enzian reinzufallen? Seine schwarzen Locken, ein Tanz, ein paar Komplimente hatten genügt, ihren gesunden Menschenverstand in den Stand-by-Modus zu versetzen. Es war beschämend. Die Vorstellung, dass sie um ein Haar ein Kind dieses Abzockers in die

Welt gesetzt hätte, erfüllte die Oberstaatsanwältin nachträglich mit Abscheu, ja geradezu Ekel vor sich selbst.

Angesichts der Fakten war sie nun beinahe sicher, dass Ihr Exlover sich die Taschen gefüllt und nach Südostasien oder in die Karibik abgesetzt hatte, um dem Zugriff des Rechtsstaates zu entgehen – und womöglich dem seiner eifersüchtigen Frau. Die Nummer mit dem Zahn in der Bratwurst war gewiss nur eine Finte. Wie viele intelligente Menschen hielt Ludwig Enzian alle anderen für dumm. Das machte ihn immerhin angreifbar. Wo auch immer er sich versteckt hatte, die Oberstaatsanwältin würde ihn aufspüren, und dann …

Die Gundelwein delektierte sich an der Vorstellung, wie sie ihren Exlover in einer gerichtlichen Vernehmung vorführen, ihn lächerlich machen und zu umfangreichen Geständnissen zwingen würde. Sie sah ihn förmlich vor sich, wie er sie auf Knien um Vergebung anbettelte und sie unter Tränen bat, ihn wieder in Gnaden aufzunehmen. Die Oberstaatsanwältin aber strich ihm zärtlich seine von Angstschweiß feuchten schwarzen Locken aus der Stirn und sagte nur zwei Worte: zu spät.

Eine Klingel schrillte in das Traumszenario hinein. Die Gundelwein schreckte hoch und wankte leicht benommen zur Tür.

»Sie schon wieder?«

Kriminalrat Recknagel blickte schamvoll zur Seite. Die Oberstaatsanwältin schloss eilig ihren Kimono vor der Brust. Wie hatte sie sich so vergessen können?

»Es gibt eine neue Entwicklung«, sagte der Kriminalrat.

Die Gundelwein ließ ihn ein. Doch diesmal blieb ihr Gast in der Diele stehen. Er zog ein Gesicht wie nach zwei Wochen Zahnschmerzen.

»Sagen Sie bloß, die Rechtsmedizin hat was in der Wurst entdeckt«, sagte die Oberstaatsanwältin mit einer bösen Vorahnung.

Der Kriminalrat verneinte, ohne sich jedoch zu entspannen.

»Das hätte mich auch gewundert«, sagte die Gundelwein. »Was ist denn dann?«

»Die sterblichen Überreste von Rechtsanwalt Enzian wurden in der Werra gefunden«, sagte Recknagel. »Am Schwallunger Wehr.«

Die Oberstaatsanwältin blickte ihn ungläubig an. Dieser Fund wollte nicht zu ihren neuesten Erkenntnissen passen. »Sind Sie sicher?«

Der Kriminalrat nickte. »Er ist es – zu 99,9 Prozent.« Er räusperte sich. »Mein herzliches Beileid ...«

Die Gundelwein kämpfte mit widerstreitenden Gefühlen. Sie hatte eine Affäre gehabt, gehofft, schwanger zu sein, der Mann hatte sich als treulos und als Betrüger erwiesen. Wieso schmerzte sie die Nachricht von seinem Tod jetzt trotzdem? Nur weil ihr damit die Möglichkeit zu einer Revanche für immer genommen war? Mitnichten.

»Das Beileid können Sie sich sparen«, sagte sie so brüsk wie möglich, um keine Schwäche zu zeigen. »Wir standen uns längst nicht mehr nah. Vermutlich haben wir es nie getan.«

Recknagel nahm diese Information regungslos zur Kenntnis.

»Es war eine rein körperliche Geschichte. Sie kennen das sicher ...«

Recknagel zuckte die Achseln. »Sicher. Aus dem Fernsehen.«

Die Gundelwein versuchte, die undurchdringliche Miene des Polizisten zu entschlüsseln. Machte er sich etwa über sie lustig? Sie wechselte rasch das Thema.

»So wie ich Ludwig ... Herrn Enzian kennengelernt habe, handelt es sich sicher nicht um einen Suizid?«, erkundigte sie sich.

»Nein, todesursächlich war aller Wahrscheinlichkeit nach ein Schlag gegen den Kopf, ausgeführt von vorn – vermutlich mit der stumpfen Seite des besagten Schweinespalters.«

»Dann war es also wirklich dieser Schlachter?«

Recknagel atmete tief durch. »Es spricht in der Tat alles gegen den Beschuldigten Menschner. Wir vermuten, dass er Herrn Enzian erst erschlagen, dann in Rettungsfolie gewickelt, in den Transporter geschafft und irgendwo bei Walldorf in die Werra geworfen hat.«

»Und was ist mit diesem Zahn in der Wurst?«

»Mein Mitarbeiter glaubt, Herr Menschner wollte damit eine falsche Spur legen.«

»Sie nicht?«

Recknagel zuckte die Achseln. »Eine bessere Erklärung habe ich im Moment jedenfalls auch nicht anzubieten.«

Die Gundelwein dachte fieberhaft nach. Es war gut möglich, dass im Zuge weiterer Ermittlungen zur Klärung der Todesumstände des Insolvenzverwalters eine Menge Staub aufgewirbelt wurde. Da waren die weit gediehenen Ermittlungen des Kollegen Hauenstein, die das Potenzial besaßen, der Richterin Scharfenberg eine Menge Ärger einzubringen, und dann war da noch ihre eigene Rolle als Kurtisane eines Betrügers, die ans Licht zu kommen drohte. Auch wenn sie sich keines Geheimnisverrats schuldig gemacht hatte, konnte die Gundelwein auf die Häme und das Getratsche der Kollegen gut verzichten. Ausgerechnet jetzt, da sie den Dienst als Leitende Oberstaatsanwältin angetreten hatte und als moralische Instanz besonders angreifbar war. Immerhin war Meiningen eine Kleinstadt, in der Gerüchte sprossen wie Bärlauch im April. Da wollten alle Schritte wohlüberlegt und abgewogen sein. Irgendwo wäre es nicht direkt unpraktisch, überlegte sie, wenn die Tat einem betrunkenen Einzeltäter zugeschrieben werden konnte. Die Chancen, dass hierbei noch unliebsame Dinge aus dem Privatleben des Opfers auf den Tisch kamen, waren eher gering.

»Ich kümmere mich um den Haftbefehl«, erklärte die Gundelwein. »Sorgen Sie dafür, dass die Richterin die Akte bekommt.«

»Jawohl«, antwortete der Kriminalrat. Doch er blieb noch stehen.

»Ist noch was?«

»Es ist vielleicht nicht wichtig, aber ...« Recknagel stockte.

»Sagen Sie mir, worum es sich handelt; ich entscheide dann, ob es wichtig ist«, schlug die Oberstaatsanwältin vor.

»Ich war eben bei Frau Stöcklein, der Frau des Verstorbenen, um ihr die Nachricht zu überbringen. Dort habe ich auch einen gewissen Herrn Scharfenberg angetroffen.«

Die Gundelwein zuckte zusammen. »Den Richter am Bundesgerichtshof?«

Recknagel nickte.

»Was hat *der* denn da verloren?«

»Er ist nach eigener Auskunft der Bruder von Frau Stöcklein, der Ehefrau des Opfers. Beziehungsweise ihr Halbbruder.«

Die Gundelwein brauchte einen Moment, die Neuigkeit zu verarbeiten, dann schüttelte sie mit einem bitteren Lachen den Kopf. Aber natürlich! Das passte genau ins Schema. Selbstverständlich hatte es Gundelweins Exlover nur durch persönliche Beziehungen anstatt durch Kompetenz, Fleiß und fachliche Qualifikation zum meistbeschäftigten Insolvenzverwalter Meiningens gebracht. Dass nun irgendwo auch der BGH-Richter zumindest indirekt in die Affäre involviert war, machte die Sache pikant. Damit war klar, dass Ludwig nicht nur sie gemeint hatte, als er gegenüber Staatsanwalt Hauenstein mit seinen Kontakten angegeben hatte.

»Danke, aber ich denke nicht, dass Herr Scharfenberg etwas mit unserem Fall zu tun hat«, erklärte die Gundelwein. Recknagel nickte und schickte sich an zu gehen.

»Wer außer Ihnen weiß eigentlich noch Bescheid über ... Sie wissen schon: mein kleines Techtelmechtel mit dem Verstorbenen?«, erkundigte sich die Gundelwein, als Recknagel schon die Klinke in der Hand hatte.

Der Kriminalrat zuckte die Achseln. »Meine Mitarbeiter können auch Telefonlisten lesen«, erklärte er, »aber aus meiner Abteilung dringt nichts nach draußen. Da können Sie sicher sein.«

»Danke, Ihre Diskretion weiß ich zu schätzen«, sagte die Gundelwein und hielt dem Kriminalrat zuvorkommend die Tür auf.

Als sie wieder allein war, musste sie sich erst einmal hinsetzen, um sich zu sammeln. Statt Trauer oder Wut hatte sie angesichts der Nachricht von Ludwigs Tod plötzlich das überwältigende Gefühl einer ausweglosen Hilflosigkeit überkommen. Was war von ihrer einstigen Selbstsicherheit, von der Gewissheit, ihr Schicksal selbst in der Hand zu halten, übrig geblieben? Jetzt fühlte sie sich nur noch wie ein Spielball fremder Entscheidungen, Wünsche und Niedrigkeiten, ihrer eigenen Biologie unterworfen, abhängig von Zufällen jeglicher Art. Sie musste schnellstens die Kontrolle über sich und ihr Leben zurückgewinnen. Das Einzige, an dem sie sich noch festhalten konnte, das sie bis ins kleinste Detail beeinflussen konnte, war ihre Arbeit. Und ihr Job verlangte von ihr, hart zu sein und den Mörder ihres Exlovers ins Gefängnis zu bringen.

Die Oberstaatsanwältin rappelte sich auf und wählte die Nummer des gerichtlichen Eildienstes. Nach dem dritten Rufton ging Richterin Scharfenberg endlich ran. Im Hintergrund war Vogelzwitschern zu hören. Wahrscheinlich unternahm sie gerade einen Sonntagsspaziergang mit ihrem Mann. Oder war sie etwa auch im Anwesen der Witwe?

»Gundelwein hier. Ich brauche einen Haftbefehl«, sagte sie kühl, »und zwar so schnell wie möglich.«

»Ich kann in einer Viertelstunde im Gericht sein«, antwortete Richterin Scharfenberg ebenso nüchtern, »genügt Ihnen das?«

»Schön«, antwortete die Gundelwein, »die Akte ist schon zu Ihnen unterwegs. Ich komme dann etwas später.«

Nachdem das Gespräch beendet war, nahm die Oberstaatsanwältin eine kalte Dusche und richtete sich so her, dass man ihr die fast zwei durchwachten Nächte nicht mehr auf Anhieb ansehen konnte.

Eine gute halbe Stunde später parkte sie vor dem Gericht. Richterin Scharfenberg wartete bereits mit der Akte im Büro. Sie hatte ihre Arbeitsbrille aufgesetzt, die ihr ein oberlehrerhaftes Aussehen verlieh. Doch das lebhafte Spiel ihrer Finger verriet ihre Nervosität. Die Tür zum Nebenraum, in dem normalerweise der Rechtspfleger saß, war nur angelehnt.

»Mein herzliches Beileid«, sagte die Gundelwein gleich nach der Begrüßung, »auf gewisse Weise gehört der Tote ja zur Familie. Das hatten Sie vorgestern Abend gar nicht erwähnt.«

»Glauben Sie, ich sei in dieser Sache deshalb befangen?«, fragte die Scharfenberg.

»Nicht mehr als üblich«, erwiderte die Gundelwein spitz.

Richterin Scharfenberg sah die Gundelwein durch ihre Brillengläser direkt an. Ihre Augen wirkten durch die Linsen merkwürdig verzerrt, sodass man keine Rückschlüsse auf den Ausdruck in ihrem Blick ziehen konnte. Sie musste eine extrem gute Pokerspielerin sein.

»Was wollen Sie damit andeuten?«, fragte Richterin Scharfenberg merklich distanziert.

Die Gundelwein bemerkte, dass die Tür zum Nachbarzimmer sich leicht bewegte, und schlug die Beine übereinander.

»Sie wissen genau, worauf ich anspiele. In meiner Behörde lief seit einiger Zeit ein Ermittlungsverfahren gegen ihren Schwippschwager, in dessen Zuge einem Mitarbeiter aufgefallen ist, dass der Verstorbene bei der Einsetzung zum Insolvenzverwalter von Ihnen auffällig oft berücksichtigt wurde, um es mal sehr vorsichtig auszudrücken.«

»Es gab immer sachliche Gründe dafür«, rechtfertigte sich Richterin Scharfenberg, »Herr Enzian hatte als einziger ortsansässiger Anwalt Erfahrung mit größeren Insolvenzen – und die nötigen Kapazitäten, diese zu betreuen.«

Die Gundelwein winkte ab. »Das glauben Sie doch selbst nicht. Fachlich war er eine Null. Ich habe die Akten studiert. Das Einzige, was ihn in Ihren Augen qualifiziert hat, war die Verwandtschaft seiner Frau mit Ihrem Mann. Deshalb wurde bei seinen Gebührenabrechnungen auch nie so genau hingeschaut.«

Richterin Scharfenberg faltete die Hände ineinander und ging in Verteidigungsstellung. »Die Vergütung ist Sache des Rechtspflegers, das wissen Sie genau.«

»Seiner Einlassung zufolge haben Sie durchaus Einfluss darauf genommen.«

»Da steht dann wohl Aussage gegen Aussage.«

Die Gundelwein ließ die Bemerkung einige Sekunden unkommentiert im Raum stehen. Irgendwann brach Richterin Scharfenberg das Schweigen.

»Also, Sie müssen sich schon entscheiden: Wollen Sie mich verhaften oder den Beschuldigten Heiko Menschner?«, fragte sie mit leiser Ironie, die Souveränität ausdrücken sollte, was aber nicht ganz funktionierte.

»Zunächst den Beschuldigten Menschner«, antwortete die Gundelwein kühl. »Das dürfte wohl eine reine Formsache sein.«

»Gewiss«, sagte Richterin Scharfenberg. »Ich habe schon alles vorbereitet. Der dringende Tatverdacht liegt ja angesichts der Beweislage auf der Hand. Auch wenn ich leichte Zweifel an der

Schuldfähigkeit habe. Immerhin hatte er zur mutmaßlichen Tatzeit einen BAK-Wert von circa 3,0.«

Kaltblütig erwiderte die Oberstaatsanwältin: »Ihr Mann wird Ihnen bestätigen, dass bei Tötungsdelikten aufgrund der erhöhten Hemmschwelle nach herrschender Meinung frühestens ab 3,3 Promille Blutalkoholkonzentration von einer Schuldunfähigkeit ausgegangen wird. In Einzelfällen liegt die Schwelle sogar noch höher ... Zum Beispiel, wenn der Täter aufgrund regelmäßigen Alkoholkonsums eine erhöhte Toleranz aufweist.«

Richterin Scharfenberg nickte. »Dann halte ich als Haftgrund Fluchtgefahr fest«, sagte sie. »Außerdem besteht Verdunkelungsgefahr. Immerhin hat der Beschuldigte ja bereits eine falsche Spur gelegt, nicht wahr?«

Die Gundelwein nickte schweigend.

»Ich mache Ihnen den Haftbefehl gleich fertig.« Richterin Scharfenberg setzte sich an ihren Rechner. »Und was haben Sie jetzt vor?«, fragte sie.

»Sobald der Beschuldigte festgenommen ist, wird er zur Anhörung und Verkündung vorgeführt«, sagte die Oberstaatsanwältin.

»Ich meine, in Bezug auf Ludwig und meine Schwägerin ...«

Die Gundelwein zog die Brauen hoch. Das war einer der raren Momente, in denen die Masken abfielen und Auge in Auge um das eigene berufliche Überleben gerungen wurde.

»Ich werde nach Recht und Gesetz vorgehen«, erklärte die Gundelwein. »Wie sonst auch.«

Richterin Scharfenberg sah scheinbar unbeteiligt aus dem Fenster. »Mein Mann hält übrigens große Stücke auf Sie.«

Die Gundelwein blickte zur angelehnten Tür. »Ach ja? Er kennt meine Arbeit doch gar nicht.«

Richterin Scharfenberg lächelte angestrengt. »Er hat sich bei

Generalstaatsanwalt Schnatterer über Sie erkundigt. Der war voll des Lobes ...«

Die Oberstaatsanwältin unterdrückte ein Lächeln.

»Ein Richter in seinem Senat geht bald in Rente«, plauderte Richterin Scharfenberg weiter. »Mein Mann sitzt im Präsidialrat und darf eine Empfehlung für dessen Nachfolge abgeben.«

»Die ist für den Richterwahlausschuss aber nicht bindend«, konstatierte die Oberstaatsanwältin nüchtern. »Außerdem bin ich nicht bestechlich, schon gar nicht, wenn es um die Glaubwürdigkeit der Justiz geht.«

Richterin Scharfenberg schüttelte missbilligend den Kopf. »Niemand will Sie bestechen.« Jetzt beugte sie sich etwas vor. Ihre Stimme klang plötzlich leiser, gefährlicher. »Aber haben Sie mal überlegt, wie das aussieht, wenn ans Licht kommt, dass Sie eine Affäre mit Ludwig hatten, während in Ihrer Behörde zugleich ein Ermittlungsverfahren gegen ihn lief?«

Die Gundelwein zwang sich zu einem Lächeln. »Ich kann mir schon vorstellen, woher Sie Ihre *Informationen* haben. Frau Stöcklein verfügt über eine rege Fantasie.«

Richterin Scharfenberg blickte sie erstaunt durch ihre Brille an. »Ach, Sie sind gar nicht im Bilde?«

Der Gundelwein wurde plötzlich ein wenig mulmig.

»Ludwig hat ein Tagebuch über seine kleinen Eroberungen geführt«, führte Richterin Scharfenberg aus, »genauer gesagt: ein Videotagebuch. Zumindest habe ich die gute Annemarie so verstanden.«

Der Oberstaatsanwältin lief es siedend heiß den Rücken hinunter. Bluffte die andere nur oder hatte ihr Exlover tatsächlich intime Momente zwischen ihnen gefilmt? Wie sollte er das bewerkstelligt haben – in ihrer Wohnung? Heutzutage war das technisch allerdings kein Problem mehr. Die Gundelwein versuchte fieberhaft, sich zu erinnern. Tatsächlich, das Handy hatte mindestens einmal auf dem Nachttisch gelegen, weil Ludwig angeblich einen wichtigen Anruf erwartete ... War sie auf den ältesten Erpressertrick überhaupt reingefallen? Wie oft hatte sie sich darüber gewundert, wie naiv sich selbst gestandene Frauen gegenüber ihren Verführern zuweilen verhielten – und sie selbst hatte bei der erstbesten Gelegenheit komplett ihren Verstand runtergefahren, die im Verkehr erforderliche Sorgfalt außer Acht gelassen[65]?

Nach allem, was sie über ihren Exlover herausgefunden hatte, zweifelte sie keinen Moment daran, dass er zu solch einer miesen Nummer charakterlich durchaus in der Lage war. Womöglich hatte er sich sogar genau aus diesem Grund an sie herangemacht: Wenn ihm das Ermittlungsverfahren zu heiß geworden wäre, hätte er mit den Aufnahmen womöglich ein Mittel in der Hand gehabt, um seinen Kopf aus der Schlinge zu ziehen. Die Oberstaatsanwältin dachte kurz an die Art der Aufnahmen, die er womöglich mitgeschnitten hatte. Hatte Richterin Scharfenberg die Bilder gesehen – und ihr Mann etwa auch? Obwohl sie genau dies unbedingt vermeiden wollte, lief die Gundelwein rot im Gesicht an. Aus Scham, aber auch aus Wut.

»Wollen Sie mich etwa mit einem illegalen Sex-Tape nötigen?«, fragte die Oberstaatsanwältin mit kaum verhehltem Zorn. »Sie scheinen ziemlich schnell von Ihrem Schwippschwager zu lernen.«

Richterin Scharfenberg schüttelte den Kopf. »Alles, was er gemacht hat, war meines Wissens *legal*«, sagte sie. »Es ist immer nur eine Frage, was die Leute daraus machen, nicht wahr?«

Sie lächelte.

Am liebsten hätte die Gundelwein sie erwürgt. Zum Beispiel aus Notwehr. Ganz legal.

---

65 Juristisch exakte Definition der Fahrlässigkeit.

§ 15

Im Auge des Schlachters

So viele Kilometer wie an diesem Sonntag hatte der Fickel schon lange nicht mehr an einem Tag zurückgelegt, ja nicht mal in einer Woche, womöglich nicht mal in einem halben Jahr. Zumindest war es gerade erst kurz nach drei Uhr am Nachmittag, als er in Bad Bocklet von der Superfighter runterkletterte. Jürgen Krautwurst hatte es sich nicht nehmen lassen, den kleinen Umweg zu fahren, um seinen anwaltlichen Beistand persönlich bei dessen Flamme abzusetzen.

In den fränkischen Bergen, die den thüringischen in Form, Höhe und Bewuchs sehr ähnlich sind, hatte die Superfighter-Maschine gezeigt, welchen Eigenschaften sie ihren Namen verdankte. Zum Glück hatte der Fickel als ehemaliger Bobfahrer mit sportlicher Fahrweise und rasanten Kurven grundsätzlich überhaupt kein Problem. Dennoch nahm er sich fest vor, eine Risikolebensversicherung abzuschließen, bevor er das nächste Mal auf dem Sozius von Jürgen Krautwurst Platz nahm.

Letztlich war der Fickel heilfroh, körperlich und seelisch unversehrt in Bad Bocklet gelandet zu sein, einem pittoresken bayrischen Staatsbad im schönsten Unterfranken. Hier konnte man Trink- und andere Kuren absolvieren, der Natur sowie der regionalen Koch- und Braukunst frönen oder auch einfach ein gesundheitsförderndes Stahlbad genießen. Schließlich gilt die hier aus dem Boden sprudelnde Balthasar-Neumann-Quelle als härteste

Eisenquelle Deutschlands – ein echter Jungbrunnen, nicht nur für Jünger-Fans.

Im Grunde hätte sich der Fickel gleich selbst in die Rehaklinik einweisen können, denn er fühlte sich nach der zweifachen Fahrt auf der Superfighter ziemlich gerädert. Der Rücken war nun einmal die Achillesferse des Sitzsportlers, wenn auch nicht im engeren anatomischen Sinne. Doch kaum, dass Jürgen Krautwurst hupend davongebraust war und der Fickel das einfache dreigeschossige Haus betrat, in dem seine Herzensfreundin Astrid Kemmerzehl residierte, waren alle Schmerzen förmlich wie weggeblasen. Denn der Geruch nach Rouladen zog durchs Treppenhaus wie ein köstliches Versprechen von Frieden und Geborgenheit. Außer einem kleinen Frühstück, einer Brezel und zwei Bissen von den zweifelhaften Münchner Weißwürschtln im Gummidarm sowie dem ein oder anderen Insekt, das während der Motorradfahrt zwischen seinen Zähnen verendet war, hatte der Fickel heute noch nichts Gescheites zu sich genommen.

Jetzt war es natürlich schon ein wenig ärgerlich, dass er kein Mitbringsel dabeihatte. Eine Schachtel Pralinen oder ein paar Blümchen wenigstens, damit hätte er sich entschieden wohler gefühlt in seiner Haut. Andererseits musste man nach der ganzen Odyssee schon fast froh sein, sich selbst mitbringen zu können. Der Fickel klingelte und lauschte. Keine Reaktion. Er klopfte gegen die Tür, doch auch jetzt regte sich nichts. Nachdem er eine Minute lang vergeblich Einlass begehrt hatte, pflückte er sein einstiges Hightechhandy Marke Slider aus der Tasche und wählte Astrid Kemmerzehls Nummer. Doch anscheinend hatte sie ihr Telefon ausgestellt. Ausgerechnet. Reiste man dafür um den halben Globus, nahm Kosten und Gefahren auf sich, um dann vor verschlossenen Türen zu stehen? – So sind die Frauen.

Der Fickel zauberte einen angeknabberten Bleistiftstummel sowie eine alte Rechnung aus der Goetzhöhle aus den Tiefen seiner Taschen hervor und hinterließ eine kurze, aber herzliche Nachricht an der Tür mit dem Wortlaut: »Bin jetzt da«. Um die Zeit bis zu Astrid Kemmerzehls Erscheinen sinnvoll zu überbrücken, schlenderte er der Nase nach durch die gepflegten Straßen, bis er in einem prächtigen Kurpark angelangt war. Den Wegweisern folgend, besuchte er den schlossartig angelegten Brunnenbau und erfreute sich an den satten spätsommerlichen Farben der Blumen, die entlang der Kieswege in säuberlich gepflegten rechteckigen Rabatten angepflanzt worden waren. Merkwürdig, dieses südliche, beinahe mediterrane Ambiente hier vorzufinden, und das nicht einmal siebzig Kilometer Luftlinie von der rauen mitteldeutschen Heimat. Der Fickel pflückte heimlich ein paar Blümchen, bis er ungefähr das Volumen eines typischen Tankstellenstraußes zusammenhatte, setzte sich auf eine abgelegene sonnige Bank und legte erschöpft ein wenig die Beine hoch.

Als er erwachte, war die Sonne bereits hinter die Baumwipfel abgetaucht und der Fickel lag im Schatten. Irgendetwas Feuchtes kitzelte ihn in seiner Ohrmuschel. Welcher Perverse schlich sich im Kurpark an Schlafende heran, um ihnen am Ohrläppchen zu lecken? Er brauchte einen Moment, um sich zu orientieren. Jetzt hörte der Fickel ein leises Winseln gefolgt von einem schrillen, überschnappenden Bellen, das ihn an einen saarländischen Dachdecker mit Fistelstimme erinnerte, und ehe er sich aufrichten konnte, war ihm der Chihuahua ins Gesicht gesprungen und schleckte ihm mit seiner rauen Zunge die Augenlider ab.

»Aus, Erich!«, rief eine strenge Stimme, die dem Fickel sofort durch Mark und Bein fuhr. Dem Hund allerdings auch. Er ließ augenblicklich vom Fickel ab, sodass der sich langsam aufrichten konnte.

»Entschuldigen Sie«, sagte die Frau, »der Hund hat Sie offenbar verwechselt ...« Sie stockte abrupt, als sie erkannte, mit wem sie es zu tun hatte.

»Grüß Gott«, sagte der Fickel, immerhin befand er sich ja im Ausland. Erich blickte seinen alten Kumpel verunsichert aus seinen Knopfaugen an. Der tätschelte das Tier, erhob sich ächzend und hielt Astrid Kemmerzehl mit einer angedeuteten Verbeugung die gemarterten Blumen hin, die er vorhin eigens gepflückt hatte. In ihrem natürlichen Habitat wirkten sie nun allerdings noch erbärmlicher als ohnehin schon. »Entschuldige die Verspätung, ich hatte noch kurz was in München zu erledigen«, sagte er.

»Das ist ja eine Überraschung«, konstatierte Astrid Kemmerzehl leicht reserviert, wobei unklar blieb, worin diese konkret bestand: in den dargereichten Blumen, dass der Fickel etwas in München zu erledigen gehabt hatte oder in seiner kaum noch erwarteten Anwesenheit. Doch auch wenn sie ihre Gefühle nicht offen zeigen konnte oder wollte, durch die Wiedersehensfreude des Chihuahua wurde dies locker kompensiert. Erichs zwischenzeitliches Fremdeln hatte sich rasch wieder verflüchtigt. Immer wieder sprang er an Fickels Bein hoch und kläffte wie von Sinnen.

»Das ist ja eine Begrüßung«, sagte der Adressat dieser Liebesbekundungen gerührt. Astrid Kemmerzehl sah sich das Schauspiel ein Weilchen geduldig an, dann huschte ein Lächeln über ihr Gesicht. »Hast du vielleicht Hunger?«, fragte sie. »Ich hab noch die Rouladen im Topf.«

Damit war das Eis gebrochen. Untergehakt wie ein altes Königspaar spazierten sie heimwärts. Astrid Kemmerzehl erzählte aus ihrem neuen Leben als Kantorin, und der Fickel berichtete aus seinem jüngst durchaus abwechslungsreichen Anwaltsalltag.

Das ist unbestritten ein Vorteil einer Fernbeziehung: Man hat immer ausreichend Stoff zum Erzählen.

Doch als der Fickel kurz darauf den Teller mit Rouladen vor sich hatte, spürte er plötzlich etwas Säuerliches in seinem Hals aufsteigen. Was war denn nur mit ihm los? War er jetzt etwa dazu verurteilt, als Vegetarier zu enden, nur weil er aus Versehen einen knorpeligen Kollegen verzehrt hatte? Im Gegensatz zu seinem Gedächtnis hatte er sich auf seinen Appetit bislang doch immer verlassen können.

»Stimmt etwas nicht mit den Rouladen?«, fragte Astrid Kemmerzehl besorgt. »Ich hab alles genau gemacht wie sonst.«

Auch Erich blickte den Fickel erwartungsvoll an. Der säbelte an dem Fleisch herum und begutachtete es erst sorgfältig von allen Seiten, bevor er es zum Munde führte. Vorsicht ist die Mutter der Porzellankiste. Er kaute auf dem mürben Fleisch herum, das unter anderen Umständen ein lukullischer Hochgenuss gewesen wäre, aber echte Begeisterung wollte heute einfach nicht bei ihm aufkommen. Er musste einfach immerfort an die Bratwurst mit Einlage denken.

»Wirklich sehr lecker«, lobte der Fickel und ließ diskret sein angekautes Stück Fleisch unter dem Tisch verschwinden, wo es sogleich von Erich verputzt wurde. Derweil schenkte Astrid Kemmerzehl dem Fickel ein zünftiges fränkisches Bier ein und machte Pläne für den weiteren Verlauf des Wochenendes, insbesondere Menüpläne. Kurz: Der Fickel war endlich im Paradies angekommen. Doch keine fünf Minuten, nachdem sie sich zum Essen hingesetzt hatten, meldete sich Fickels Mobiltelefon. Das Display zeigte eine Meininger Nummer an, gefolgt von den bekannten Zahlen 591 der Polizeiinspektion, was so viel bedeutete wie: besser mal rangehen.

»Ich bin's«, meldete sich eine weinerliche Stimme. »Der Heiko.«

Der Fickel brauchte eine Sekunde, um Namen und Stimme richtig zuzuordnen.

»Was machst du denn bei der Polizei?«, fragte er verwundert.

»Keine Ahnung.« Der Menschner heulte jetzt wie ein Schlosshund. »Bitte, komm schnell und hol mich hier raus«, jammerte er.

»Was ist denn passiert?«, fragte der Fickel.

Doch der Menschner war nicht in der Lage, auch nur einen klaren Satz herauszubringen. Schließlich meldete sich die ruhige Stimme des Kriminalrates. »Recknagel hier. Die Oberstaatsanwältin hat einen Haftbefehl gegen Ihren Mandanten erwirkt«, erläuterte er. »Der soll ihm in einer Stunde verkündet werden. Aber Sie müssen als Verteidiger dabei sein.«

Fickel brauchte erneut einen Moment, um alle Informationen im Kopf zusammenzubringen.

»Haftbefehl? Aber wieso denn – so plötzlich?«

Recknagel setzte ihn mit knappen Worten über den Leichenfund in der Werra auf Stand. Das war wenigstens mal eine gute Nachricht: Immerhin war der Kollege Enzian also nicht zerhäckselt worden und somit auch nicht in der längsten Rostbratwurst der Welt gelandet. Aber dann sickerte in Fickels Oberstübchen langsam die Erkenntnis durch, dass dieser Fund und dessen konkrete Umstände seinem Mandanten im Grunde überhaupt nicht weiterhalfen. Für die Verteidigung war die gesamte Entwicklung insgesamt eher kontraproduktiv, um es vorsichtig auszudrücken.

»Am besten, Sie machen sich gleich auf den Weg ins Gericht«, schloss der Kriminalrat. »Für die Anhörung braucht er einen Anwalt. Und er besteht darauf, sich nur von Ihnen verteidigen zu lassen.«

»Aber ich bin gar nicht in Meiningen«, wandte der Fickel ein.

Jetzt war es am Recknagel, erstaunt zu sein. Schließlich war der Fickel nicht gerade für seine Reisefreudigkeit bekannt. »Dann machen Sie, dass Sie herkommen«, sagte der Kriminalrat, »ich weiß nicht, wie lange ich die Richterin und Ihre Exfrau hinhalten kann. Am besten, Sie nehmen einen Hubschrauber.«

Jetzt war der Fickel natürlich in einer saublöden Situation. Wie sollte man das erklären? Gerade erst angekommen, und schon musste er wieder gehen. Rein in die Pantoffeln, raus aus den Pantoffeln. Mit eiligen Worten fasste der Fickel in aller gebotenen Kürze zusammen, wie der grundsympathische Schlachter Menschner, ein alter Sportkamerad übrigens, mit seinen Duroc-Schweinen übers Ohr gehauen worden war und eine Auseinandersetzung mit dem Insolvenzverwalter gehabt hatte, die offenbar für Letzteren letal endete, womit sich der Menschner einen Mordsärger eingebrockt hatte, juristisch gesehen.

»Hat das alles nicht wenigstens Zeit bis morgen?«, fragte Astrid Kemmerzehl. Aber sie konnte sich selbst noch gut an ihre eigene Vernehmung durch die Oberstaatsanwältin und den Hafttermin erinnern und dass es dabei durchaus von Vorteil war, einen Anwalt an seiner Seite zu haben.

»Dann packe ich dir wenigstens die Rouladen ein ...«, sagte Astrid Kemmerzehl und machte sich sogleich ans Werk.

Schweren Herzens nahm Fickel Abschied von Erich, der die Welt nicht mehr verstand, und von Astrid Kemmerzehl, die ihm zusätzlich noch ein »Bierchen« mit auf den Weg gab – und sich im Übrigen sehr bemühte, sich ihre Enttäuschung nicht allzu sehr anmerken zu lassen. Ein flüchtiger Kuss auf die Wange, eine Umarmung – dann hieß es aber auch schon, die Beine unter die Arme zu nehmen, denn der letzte Bus ging sonntags bereits um 17.38 Uhr ab Ortsmitte. Astrid Kemmerzehl winkte am Fenster mit dem kleinen Erich auf dem Arm, bis der Fickel sie aus den Augen verlor. Ein gravierender Nachteil an einer Fernbeziehung ist, dass einem die gemeinsam verbrachte Zeit immer irgendwie zu kurz vorkommt.

Sehnsucht hält die Liebe frisch, dachte der Fickel, während er im Bus saß und das reizende Bad Bocklet mitsamt all seiner Versprechungen an leiblichen Wohltaten langsam hinter einer Biegung verschwand. In Bad Kissingen musste er noch zwei Mal die Linie wechseln, nämlich an der Unteren Saline und der Poppenrother Höhe, bis er endlich im Zug Richtung Heimat saß. Und hier, allein in seinem Abteil, konnte der Fickel endlich den kalten Rouladen zusprechen. Nun, da der Verdacht des Kannibalismus ein für alle Male ausgeräumt war, mundeten sie ihm wie eh und je. Gott sei Dank! Denn von allen Entsagungen erschien ihm ein Leben ohne Fleisch die schmerzlichste.

Kaum hatte er aufgegessen, hieß es noch einmal in Ebenhausen umsteigen, und schon drei Stunden später hatte er die siebzig Kilometer Luftlinie nach Meiningen bewältigt. Mit dem Wartburg hätte man das locker in der Hälfte der Zeit geschafft. Vom Bahnhof eilte er sofort hinüber ins nahe gelegene Justizzentrum. Jetzt, am Sonntagabend zur besten Tatortzeit, herrschte dort natürlich nicht gerade Hochbetrieb.

»Da sind Sie ja endlich«, begrüßte ihn die Richterin Scharfenberg genervt, als er ihr Büro gefunden hatte. »Ich hoffe, im Strafrecht kennen Sie sich besser aus als mit Insolvenzrecht.«

Der Fickel bat darum, noch kurz mit seinem Mandanten unter vier Augen sprechen zu dürfen, was ihm mit leichtem Stöhnen und Augenrollen gewährt wurde. Erst zu spät kommen, und dann auch noch 'ne Extrawurst verlangen, so machte man sich beliebt. Der Fickel erschrak, als er seinen Mandanten erblickte, denn der Menschner war nur noch ein Schatten seiner selbst, ein trauriges Häuflein Elend. So ungefähr musste sich ein Eber im Schlachthof fühlen, nur mit dem feinen Unterschied, dass beim Schwein kurzer Prozess gemacht wurde, mit anderen Worten: Es musste nicht so lange leiden.

Der Menschner war praktisch vom Kaffeetisch weg aus der guten Stube heraus verhaftet worden – gerade, als er sich mit Mutti nach seiner eigenmächtig verlängerten Abwesenheit versöhnt hatte. Und jetzt wusste er fast nicht einmal mehr, was schlimmer war: lebenslänglich Gefängnis oder seiner Mutti wieder unter die Augen zu treten. Halb Kaltennordheim hatte nämlich zugesehen, wie ihr Sohn von der Polizei abgeführt worden war. Welch eine Schande für die arme Frau! Fickel versuchte, noch etwas Entlastendes aus seinem Mandanten herauszuquetschen, aber der hatte ganz andere Sorgen. Schließlich: Wenn der Menschner im Gefängnis saß, was geschah dann mit all seinen Duroc-Schweinen, die noch in den Futterbetrieben auf weitere Verwendung warteten?

Ehe der Fickel antworten konnte, klopfte es energisch an die Tür. »Darf ich kurz stören?«

Beim Klang der Stimme der Leitenden Oberstaatsanwältin zuckte der Fickel zusammen.

»Ich möchte Ihnen ein sehr interessantes Angebot unterbreiten«, sagte die Gundelwein. Ihre Stimme klang vergleichsweise milde, ihr Blick wirkte direkt freundlich. Der Fickel war in höchstem Grade alarmiert. Wenn seine Exfrau auf der Schleimspur daherkam, dann durfte man ihr keinesfalls auf den Leim gehen.

»Herr Menschner, wie ich sehe, hatten Sie zum Tatzeitpunkt ordentlich was getrunken, nicht wahr?«

Menschner blickte zum Fickel. Der nickte. Menschner nickte auch.

»Wenn Sie sich kooperativ verhalten, dann werde ich Sie nicht wegen Mordes anklagen, sondern nur wegen Totschlags. Und unter Berücksichtigung der eingeschränkten Schuldfähigkeit bekommen Sie als Ersttäter höchstens ein paar Jahre Gefängnis. Na, wie klingt das für Sie?«

»Ein paar Jahre?« Heiko Menschner blickte den Fickel ratlos an. »Aber ich habe doch gar nichts getan ...«

Die Gundelwein überging seine Bemerkung. »Wenn Sie ein Geständnis ablegen und sich reuig zeigen, wäre ich unter Umständen bereit, auf die Untersuchungshaft zu verzichten. Dann blieben Sie bis zur Hauptverhandlung sogar noch auf freiem Fuß.«

Fickel glaubte, seinen Ohren nicht zu trauen. Doch der Menschner schätzte seine Situation offenbar sehr optimistisch ein und schüttelte den Kopf. »Auf keinen Fall. Ich gebe doch nichts zu, was ich nicht gemacht habe.«

Die Gundelwein zeigte ein besorgtes, fast mitfühlendes Gesicht. »Ich glaube Ihnen ja sogar, dass Sie sich nicht an jedes Detail erinnern. Aber die Fakten sprechen leider eine eindeutige Sprache. Am Tatwerkzeug befinden sich ausschließlich *Ihre* Fingerabdrücke. Damit kommen Sie niemals durch.«

»Moment mal«, grätschte der Fickel rein, »wer sagt denn, dass der geschätzte Kollege Enzian mit dem Schweinespalter meines Mandanten erschlagen wurde?«

»Weil das Blut des Opfers daran klebt«, sagte die Gundelwein humorlos und ergänzte, an den Menschner gewandt: »Da waren Sie beim Reinigen ein bisschen schlampig.«

»Ich war's nicht«, beharrte der Menschner. »Suchen Sie sich gefälligst einen anderen Idioten!«

Das Lächeln der Oberstaatsanwältin vereiste.

»Äh, wir überlegen es uns noch mal«, sagte der Fickel eilig zu seiner Exfrau. Die lächelte nun wieder beinahe verständnisvoll, wünschte ihm »Viel Glück« und ging wieder nach draußen. Der Fickel kam aus dem Staunen nicht mehr raus: Was war nur mit ihr los? Hatte ihr jemand Weichspüler in den Tee gemixt?

Warum auch immer sie so entgegenkommend war, ihr Angebot war allemal eine Überlegung wert. Das Risiko einer lebenslangen Haft, die bei einer Mordanklage drohte, wog schwer. Der Fickel redete mit Engelszungen auf den Menschner ein, sich gründlich zu überlegen, auf den Deal einzugehen, und sein Gewissen zu erleichtern, wenn es denn etwas zu erleichtern gab. Der moderne Haftvollzug war schließlich auch nicht mehr das, was man sich darunter vorstellte. Und Untermaßfeld war nicht Alcatraz. Man hatte dort einen geregelten Tagesablauf mit drei Mahlzeiten, übte Disziplin und lernte interessante Leute kennen. Im Grunde auch nicht so anders als damals in der KJS.

Aber der Menschner war total verstockt. Er gehe doch nicht in den Knast, nur weil er einem Anwalt eine kleine Ohrfeige verpasst habe – und der eigentliche Täter lache sich ins Fäustchen. »Irgendwo muss es doch auch ein Fünkchen Gerechtigkeit geben!«, rief er verzweifelt. Dass er danach allerdings ausgerechnet im Meininger Gericht suchen wollte, konnte ihm der Fickel partout nicht ausreden.

Kurz darauf betraten sie, begleitet von zwei Wachtmeistern, den Verhandlungsraum, wo sie von Richterin Scharfenberg, der Leitenden Oberstaatsanwältin Gundelwein und Kriminalrat Recknagel bereits sehnlich erwartet wurden. Letzterer nickte dem Fickel diskret zu. Richterin Scharfenberg fragte kurz die Personalien ab, bevor sie gleich zur Sache kam und sich erkundigte, ob der Menschner sich zu den Vorwürfen äußern wolle.

Menschner blickte fragend zum Fickel. Der schüttelte den Kopf. Der Menschner sagte zögernd: »Kommt drauf an, was Sie wissen wollen.«

»Zum Beispiel, ob Sie für den mutmaßlichen Tatzeitraum am Donnerstagabend ein Alibi besitzen«, sagte die Richterin. Doch damit konnte der Menschner nicht dienen. Auch hinsichtlich der anderen belastenden Indizien hatte er keine vernünftige Erklärung parat.

»Ich hab dem nur eine gesemmelt, weil er mir mein Geld für die Durocs nicht geben wollte, obwohl er es versprochen hatte«, sagte er trotzig.

»Das sind Schweine«, erläuterte der Fickel, »also, die Durocs.«

»Danke für Ihren erhellenden Beitrag«, bemerkte Richterin Scharfenberg.

»Aber wenn Sie Rechtsanwalt Enzian nicht erschlagen haben, wer soll es denn sonst gewesen sein?«, hakte die Leitende Oberstaatsanwältin nach.

»Na, der Jürgen«, sagte Fickels Mandant ruhig.

»Etwa Jürgen Krautwurst, der Wurstfabrikbesitzer?«, fragte Richterin Scharfenberg erstaunt.

Der Menschner nickte, als sei es das Selbstverständlichste der Welt.

»Und wieso gerade der?«

Das interessierte jetzt auch den Fickel, obwohl er noch am Vormittag auf dem Sozius der MZ schon einmal genau diesen Gedanken durchgespielt hatte. Aber sein Mandant druckste nur so herum und wollte nicht recht mit der Sprache rausrücken.

»Wenn Sie wollen, dass wir Ihnen glauben, müssen Sie schon den Mund aufmachen«, sagte die Leitende Oberstaatsanwältin ungeduldig.

»Na, weil seine Frau mit dem Enzian ... wie soll ich sagen ... dingsbums ... Sie wissen schon«, stöpselte der Menschner und errötete. Die Anwesenden blickten ihn fragend an.

»Jetzt hilf mir doch mal«, herrschte er den Fickel an.

Der räusperte sich. »Mein Mandant will vielleicht ausdrücken, dass Sandy Krautwurst und Rechtsanwalt Enzian ein intimes Verhältnis miteinander hatten«, riet der Fickel ins Blaue hinein.

»Genau«, bestätigte sein Mandant erleichtert. »Ein Verhältnis. So heißt das.«

»Was?«, rief die Gundelwein quer durch den Raum. »Das ist doch lächerlich.«

»In der Tat.« Richterin Scharfenberg ließ ein fast irres Kichern hören, hielt sich aber sofort den Mund zu. Kriminalrat Recknagel hatte mit einem spontanen Hustenreiz zu kämpfen.

»Was ist denn daran so komisch?«, wunderte sich der Menschner. »Die Sandy ist doch scharf wie Feuerfleisch[66].«

»Ich bitte Sie, unterlassen Sie gefälligst Ihre sexistischen Kommentare«, wurde er von der Gundelwein abgekanzelt.

»Was soll ich …?«, fragte der Menschner eingeschüchtert.

Auch der Fickel war erstaunt über die Spannung, die auf einmal im Raum herrschte. Immerhin war dem Enzian zu Lebzeiten ein gewisser Ruf vorausgeeilt. Und in unserer aufgeklärten Gesellschaft waren Ehen erfahrungsgemäß eher ein finanzielles Treueversprechen als ein erotisches.

Nachdem die Gundelwein ihre Überraschung verarbeitet hatte, fragte sie in bemüht sachlichem Ton, ob der Beschuldigte Belege für seine Behauptung vorbringen könne. Das konnte der Menschner natürlich nicht, aber nach und nach rückte er mit der Sprache raus. Und irgendwo leuchtete es dem Fickel beim Zuhören schon ein, dass er das nicht an die große Glocke gehängt hatte.

»Also … die Sandy war ja in Rippershausen Stammgast im Schwimmbad«, holte der Menschner etwas umständlich aus. Es

---

[66] Beliebtes DDR-Gericht, auch »Scharfes Schwein« genannt – zubereitet auf Basis von Schnitzeln, Zwiebeln, Tomaten und reichlich Paprika in jeder Form.

hatte sich nämlich bei der männlichen Bevölkerung in Rippershausen und angrenzenden Ortschaften und bald in der gesamten östlichen Rhön wie ein Lauffeuer verbreitet, dass sich die Bratwurstprinzessin an sonnigen Tagen immer an einem bestimmten Flecken auf der Liegewiese zu grillen pflegte. »Oben ohne«, fügte Menschner bedeutungsvoll hinzu. Was auch der Grund dafür war, dass das Schwimmbad Rippershausen zu gewissen Zeiten von schwimmwilligen Knaben, Männern und Greisen nur so geflutet wurde.

»Soll das etwa heißen, Sie haben Frau Krautwurst nachgestellt?«, fragte Richterin Scharfenberg mit zusammengekniffenen Augenbrauen.

Diese »ungeheuerliche Unterstellung« wies der Menschner weit von sich. Nach einem langen Tag im Schlachthaus und körperlicher Schwerstarbeit bei vierzig Grad Hitze, wenn das Blut in den Adern kochte, da bekam der Mensch eben Lust auf eine Abkühlung, frische Dusche inklusive. Und dass die Sandy sich ausgerechnet dann im Schwimmbad in ihrem Stringtanga sonnte, dafür konnte ja keiner was. Als Junggeselle interessierte sich der Menschner ganz allgemein für junge Frauen und beruflich für Fleisch, wie sollte er unter den Umständen einer Bratwurstprinzessin gegenüber gleichgültig bleiben? »Die Sandy hat sich doch einen Jux da draus gemacht«, behauptete der Menschner. »Zum Beispiel, wenn sie zur Dusche gegangen ist, hat sie immer so getan wie die Pamela Anderson ...«

Er führte vor, wie sich die Bratwurstprinzessin unter der Dusche rekelte. Allgemeines Schweigen im Saal.

»Kennen Sie nicht mehr die Sendung Baywatch auf Sat.1? Mit David Hasselhoff?«, fragte Menschner irritiert.

Den Fickel beschlich das dumpfe Gefühl, dass sein Mandant sich gerade um Kopf und Kragen redete.

»Frau Krautwurst hat sich als Model für Kalender ablichten lassen«, erklärte Recknagel aus der Tiefe des Raumes.

»Recht freizügig«, ergänzte der Fickel, der sich zufällig auskannte.

»Das gibt Ihrem Mandanten noch lange nicht das Recht, sie zu bespannen«, wetterte die Gundelwein.

Menschner war wieder in sich zusammengesunken. »Das hab ich doch gar nicht gemacht«, wiederholte er. »Nur einmal, als ich *zufällig* in der Kabine war ...« Er stockte.

»Was war da los in der Kabine?«, fragte Richterin Scharfenberg streng.

»Muss ich das sagen?«, fragte Menschner den Fickel. Der wollte es jetzt aber auch gern wissen und nickte.

»Na, da waren so komische Geräusche, Sie wissen schon, und da habe ich halt mal nachgesehen.«

»War die Kabine nicht abgeschlossen?«

Menschner starrte auf seine Hände. »Da ist so ein kleines Loch in der Wand ...«

Fickel seufzte. Er konnte sich lebhaft vorstellen, wie die Geschichte von Peeping Tom bei seiner Exfrau ankam. Aber jetzt war es ohnehin zu spät.

»Und was haben Sie durch das Loch gesehen?«, fragte Richterin Scharfenberg.

»Na diesen Anwalt und die Sandy ... beide nackig. – Aber ich hab sofort wieder weggeguckt!«

»Wer's glaubt«, rief die Gundelwein. Ihr Gesicht war ungewöhnlich blass. »Mit Verlaub, Sie sind ein Ferkel!«

»Danke«, sagte Menschner artig. Denn ein Ferkel ist im Grunde das reinste und zarteste Wesen, das man sich überhaupt nur vorstellen kann.

»Da die Staatsanwaltschaft zu solchen Injurien greift, geht sie anscheinend davon aus, dass der Bericht meines Mandanten der Wahrheit entspricht«, konstatierte der Fickel listig.

Richterin Scharfenberg äugte über ihre Brillenränder hinweg zur Antragstellerseite hinüber. »Das ist ausnahmsweise mal ein stichhaltiges Argument von Seiten der Verteidigung«, stimmte sie zu.

Die Oberstaatsanwältin war einen Moment lang perplex. Aber sie fing sich rasch.

»Selbst wenn diese ... abstoßende Voyeurgeschichte sich so zugetragen haben *sollte*, ändert das nichts am dringenden Tatverdacht gegen den Beschuldigten«, deklamierte sie. »Vielmehr kommt noch ein weiteres Motiv hinzu. Nämlich ...« Sie setzte eine Kunstpause. »Eifersucht.«

»Hä?«, machte der Menschner. »Ich eifersüchtig? Aber woher denn?«

»Tun Sie doch nicht so«, donnerte die Gundelwein. »Sie haben Rechtsanwalt Enzian beneidet: um sein blendendes Aussehen, seinen Charme, sein Geld, sein schickes Auto ... Vor allem aber haben Sie nicht verwunden, dass er die Frau verführt, die Sie heimlich aus der Ferne begehrten. Und als Sie betrunken waren, haben Sie Ihrem Hass freien Lauf gelassen.«

Der Menschner brauchte einen Moment, um alles zu verarbeiten, dann lachte er gemütlich. »So einen Quatsch habe ich noch nie gehört«, sagte er kopfschüttelnd. »Aus der Ferne begehrten ...«

Richterin Scharfenberg wandte sich nun direkt an den Menschner. »Haben Sie Herrn Enzian mit Ihren Beobachtungen aus der Schwimmbadkabine zu einem späteren Zeitpunkt konfrontiert?«

Menschner zuckte die Achseln und blickte zum Fickel. »Hab ich?«

»Wahrscheinlich haben Sie ihn mit Ihrem Wissen erpresst, damit er Ihnen das Geld auszahlt, das Herr Krautwurst Ihnen schuldet«, konkretisierte die Gundelwein ihren Verdacht.

Menschner zögerte.

»Nein«, antwortete der Fickel an seiner Stelle. »Solch eine Erpressungsnummer würde ihm niemals einfallen.«

»Nicht?«, fragte Menschner unsicher. Fickel schüttelte den Kopf: *no way*.

»Also, für mich war das eben so gut wie ein Geständnis«, erklärte die Gundelwein zufrieden. Auch Richterin Scharfenberg war nun anscheinend nicht mehr zu längeren Diskussionen aufgelegt. »Letztlich ist das Tatmotiv im Moment auch zweitrangig«, fasste sie zusammen. »Das muss später im Hauptverfahren geklärt werden. Die Indizien sprechen ja eine eindeutige Sprache.«

Und ehe sich's der Fickel versah, hatte sie den Haftbefehl schon verkündet. Und dafür war er nun extra den weiten Weg aus Bad Bocklet angereist!

»Das war's schon?«, fragte der Menschner arglos. Erst als er abgeführt wurde, begriff er den Ernst der Lage. »Aber ... ich will nicht ins Gefängnis!«, rief er sauer.

»Das hätten Sie sich früher überlegen sollen«, gab ihm die Gundelwein mit auf den Weg. »In Goldlauter[67] haben Sie alle Zeit der Welt, sich mein Angebot in Ruhe durch den Kopf gehen zu lassen.«

Menschner blickte den Fickel über seine mächtige Schulter vorwurfsvoll an. »Jetzt unternimm doch was«, forderte er ihn auf. Aber gegen den Rechtsstaat ist man als einfacher Anwalt natürlich komplett machtlos. Alles, was er im Moment tun konnte, war, seinem Mandanten solidarisch hinterherzuwinken.

---

[67] Idyllisch zwischen den Hängen des Thüringer Waldes gelegener Stadtteil am nordöstlichsten Zipfel von Suhl, ideal für eine kleine Auszeit vom Alltag, z. B. im bereits von der Stasi genutzten Untersuchungsgefängnis.

»Ich beantrage zum nächstmöglichen Zeitpunkt einen Haftprüfungstermin«, erklärte der Fickel, als sein Mandant von der Bildfläche verschwunden war. So viel hatte er als Verteidiger inzwischen immerhin gelernt. In Sachen Mord und Untersuchungshaft war er ja inzwischen fast ein alter Hase.

Richterin Scharfenberg nickte freundlich. »Das steht Ihnen selbstverständlich frei. Aber die Sache erledigt dann der Kollege Leonhard.« Sie ging zur Tür. »Gott sei Dank habe ich erst wieder in ein paar Monaten Eildienst.« Damit stöckelte sie über den Flur davon.

»Kann ich wenigstens mal die Akte einsehen?«, rief ihr der Fickel nach.

»Wenden Sie sich bitte an die Staatsanwaltschaft«, rief die Richterin, ohne sich noch einmal umzudrehen.

Genau *das* hatte der Fickel natürlich vermeiden wollen. Aber die Leitende Oberstaatsanwältin hatte heute anscheinend ihren großzügigen Tag.

»Willst du die Akte gleich mitnehmen?«, fragte sie beinahe freundlich.

Fickel bejahte einigermaßen verblüfft ob des unverhofften Entgegenkommens.

»Komm einfach kurz mit in mein Büro, ich brauche nur eine Unterschrift.«

Fickel blickte fragend zu Kriminalrat Recknagel, der zuckte nur die Schultern. Also nahm der Fickel allen Mut zusammen und trottete hinter seiner Exfrau her durch die Gänge des Amtsgerichts bis tief hinein in die Gefilde der Staatsanwaltschaft. Dabei suchte er fieberhaft nach einem Thema für ein Gespräch oder zumindest einen Smalltalk. Aber man konnte es drehen und wenden, wie man wollte: Zwischen ihnen war eigentlich alles gesagt.

»Ich habe gehört, du hast jemanden gefunden, der zu dir passt?«, sagte die Gundelwein, während sie ihre Bürotür aufschloss.

Mit der Bemerkung wurde der Fickel mal wieder vollkommen auf dem falschen Fuß erwischt. Wer rechnete schon mit menschlichem Interesse von seiner Ex?

»Äh, na ja, mal abwarten«, haspelte er. »Und selbst?«

Die Gundelwein betrat ihr Büro und lächelte. »Du weißt ja, ich und meine Ansprüche.«

Dem Fickel stockte der Atem. War das etwa Selbstironie? Unmöglich. Was sollte man denn bitte schön dazu sagen? Es war jedenfalls eine gute Gelegenheit, menschliche Größe zu zeigen und seine Exfrau emotional aufzubauen.

»Schöne Palme«, bemerkte der Fickel mit Blick auf das grüne Ungetüm am Fenster.

»Wenn sie dir gefällt, kannst du sie gerne mitnehmen, ich schenke sie dir«, sagte die Oberstaatsanwältin leichthin.

Langsam nahm das merkwürdige Verhalten der Gundelwein pathologische Züge an. Oder hatten sich vielleicht Außerirdische ihres Körpers bemächtigt?

»Danke«, sagte der Fickel ausweichend, »aber ich hab zu wenig Platz dafür.«

Die Gundelwein überreichte ihm die recht dünne Ermittlungsakte und schob ihm quer über ihren Schreibtisch ein Formular zu.

»Würdest du hier bitte den Empfang der Akte quittieren?«

Der Fickel zückte seinen Kugelschreiber und unterschrieb an der Stelle, die ihm die Gundelwein mit dem Finger zeigte, selbstredend ohne sich jegliche Details durchzulesen.

»Und die Kostennote.«

Der Fickel unterschrieb, ohne zu zögern.

»Und hier noch mal bezüglich der Empfängnis …«

Aber sosehr sich der Fickel auch die Rübe zermarterte, während er blind das nächste Formular unterschrieb, das ihm seine Exfrau reichte, er konnte sich partout nicht erklären, welche perfide Strategie und Absichten hinter ihrer ganz und gar untypischen Freundlichkeit steckten.

§ 16

Die Oberstaatsanwältin nimmt ein Bad / Vol. II

Kaum war die Tür hinter dem Fickel ins Schloss gefallen, sank die Gundelwein in ihren Schreibtischsessel und atmete erst einmal tief durch. Die Maske der Freundlichkeit, der Gelassenheit und Souveränität, die sie während der letzten Stunden zur Schau getragen hatte, fiel von ihr ab wie eine Schlangenhaut. Die zwei schlaflosen Nächte steckten ihr noch in den Knochen, doch das in ihren Adern zirkulierende Adrenalin verdrängte alle Müdigkeit. »Verdammter Mist!« In rasender Wut trat sie gegen den Papierkorb, sodass er durch den Raum flog und gegen die Tür knallte.

Im Grunde wusste sie gar nicht, worüber sie sich am meisten aufregen sollte: Immerhin hatte ihr Exlover sie anscheinend nicht nur heimlich beim Sex gefilmt, um sie zu damit später nötigen zu können, er hatte auch noch die Geschmacklosigkeit, die bodenlose Dreistigkeit besessen, sie, die gebildete, eloquente wie selbstbewusste und beruflich erfolgreiche Oberstaatsanwältin, durch eine ebenso junge wie ordinäre Bratwurstprinzessin zu ersetzen – eine gelernte Fleischfachverkäuferin wohlgemerkt, die einen auf Erotik-Model machte. Es klang fast wie ein Witz. Das alles noch aus dem Munde dieses schmierigen Schlachters und Spanners zu hören war eine Erniedrigung erster Klasse gewesen. Richterin Scharfenberg und Kriminalrat Recknagel hatten sicher ihren Spaß daran gehabt. Dies war definitiv der schwärzeste in ihrem an dunklen Tagen durchaus reichen Leben. Würde Ludwig Enzian noch unter den Lebenden weilen, wer weiß, wozu die Gundelwein fähig gewesen wäre. Wie unschuldig und auf fast sympathische Weise naiv wirkte dagegen ihr Exmann, auf den sie lange Zeit solch einen Brass verspürt hatte. Der direkte Vergleich ließ seine menschlichen Schwächen fast in einem milden Licht erscheinen.

Auf dem Schreibtisch lagen die Papiere mit seinen Unterschriften. Sie legte zwei davon auf die Ablage. Das dritte Formular, das mit Abstand wichtigste, ließ sie in ihrem gesicherten Schreibtischfach verschwinden und schloss zweimal ab. Wenigstens das hatte sie geschafft, und zwar um vieles leichter als befürchtet. Juristisch bewegte sie sich mit der trickreich erstandenen Unterschrift zwar in einem Graubereich mit Tendenz zu Anthrazit, aber was sollte schon groß passieren? Schlimmstenfalls lief es auf die Pattsituation »Aussage gegen Aussage« hinaus. Kein Zweifel, wessen Glaubwürdigkeit da obsiegen würde. Ein Kind, das einmal unterwegs war, würde niemand mehr aufhalten können. Und wer sagte überhaupt, dass ihr Ex jemals von seinem ohnehin recht kleinen Beitrag zu ihrer Familiengründung erfuhr?

Darüber, wie sie in der Angelegenheit weiter vorging, würde sie später zu gegebenem Zeitpunkt nachdenken. Im Moment hatte sie noch andere Sorgen. Zwar traute sie weder dem Ehepaar Scharfenberg geschweige denn Annemarie Stöcklein zu, dass sie das Schmuddelfilmchen wirklich gegen sie verwenden würden – was ihnen sicher auch nicht gut bekäme –, aber die unendliche Kopierbarkeit dieses Mediums wirkte zumindest beunruhigend. Dennoch war die Gundelwein fest entschlossen, Richterin Scharfenberg für die Kungelei mit ihrem Schwippschwager eine deftige Lektion zu erteilen. Das juristische Power-Couple Scharfenberg war allerdings äußerst einflussreich. Vor jedem Feldzug war es die oberste Bürgerpflicht, sorgfältig das Terrain zu sondieren und sich der Loyalität seiner Verbündeten zu versichern. Die Gundelwein griff also zum Telefon und wählte die private Nummer von Generalstaatsanwalt Schnatterer.

»Ja?«, meldete er sich nach dem fünften Rufzeichen.

»Ich bin's«, sagte die Oberstaatsanwältin freundlich und dennoch bestimmt. Ihre Finger spielten nervös mit einem Bleistift.

»Warten Sie einen Moment«, antwortete Schnatterer in distanziertem Ton. Im Hintergrund waren Geräusche aus dem Fernsehen zu hören. Quietschende Reifen, Motoren, wildes Geschrei und Schüsse. Vermutlich der Tatort. Die Gundelwein stellte sich vor, wie Schnatterer im Trainingsanzug mit seiner Frau auf dem heimischen Sofa saß, eine Chipstüte vor sich, das Glas Rotwein lässig in der Hand. Ein glückliches deutsches Ehepaar. Die Geräusche wurden leiser und verstummten schließlich ganz. Offenbar hatte der Generalstaatsanwalt für das Telefonat extra das Zimmer verlassen.

»Was soll das, mich am Sonntagabend auf meinem Privathandy anzurufen?«, zischte Schnatterer. Seine Stimme klang unterschwellig aggressiv.

»Ich rufe aus rein dienstlichen Gründen an«, erwiderte die Gundelwein kühl. »Nichts, wofür du dich vor deiner Frau rechtfertigen müsstest.«

»Also, dann schieß los«, sagte Schnatterer spürbar erleichtert.

Die Gundelwein berichtete in knappen Worten von den Erkenntnissen des Tages und malte nebenher gedankenlos Muster auf ein Papier.

»Dann ist der Fall also gelöst«, sagte Schnatterer knapp.

»Spätestens nach zwei Nächten im Gefängnis gibt der alles zu«, erklärte die Gundelwein. »Ich habe ihm ein Angebot gemacht, das er nicht ablehnen kann.«

»Gute Arbeit. Dann ... halte mich weiter auf dem Laufenden, okay?«

Damit wollte er das Gespräch abwürgen.

»Was sagst du eigentlich dazu, dass der Kollege Enzian mit deinem Leipziger Freund gekungelt hat?«, intervenierte die Leitende Oberstaatsanwältin.

»Was meinst du mit gekungelt?«

»Mein Kollege hat unzählige Hinweise ermittelt, dass Richterin Scharfenberg Anwalt Enzian bei der Bestellung zum Insolvenzverwalter systematisch bevorzugt hat«, berichtete die Gundelwein. »Da drängt sich natürlich der Verdacht auf, dass dieses Verhalten etwas mit den familiären Banden ihres Mannes zu tun hat. Also, ich finde den Vorgang gelinde gesagt ziemlich unappetitlich.«

Schnatterer schnaufte unwillig. »Da begibt sich dein Kollege aber auf sehr dünnes Eis. Die Bevorzugung, wie du es nennst, kann sehr wohl auch fachliche Gründe haben.«

Die Gundelwein lachte abfällig. »Ludwig Enzian war juristisch ein ganz kleines Licht, wie übrigens auch menschlich.«

Auf der anderen Seite blieb es einen Moment sehr still.

»Tun Sie, was Sie für richtig halten«, sagte Schnatterer und wechselte plötzlich ohne erkennbaren Grund wieder in die förmliche Anrede zurück. Rückhalt fühlte sich irgendwie anders an.

»Ist das alles, was du mir dazu zu sagen hast?«, fragte die Gundelwein nach kurzer Besinnung.

»Diese Ermittlungen fallen in Ihren Zuständigkeitsbereich als Leitende Oberstaatsanwältin«, entschied Schnatterer kühl, »und Sie werden mit den Konsequenzen leben müssen.«

»Welche Konsequenzen?«

»Falls sich die Vorwürfe nicht bestätigen sollten, haben Sie allein durch die Ermittlungen die Person einer verdienten Richterin und darüber hinaus sogar die eines Richters am BGH beschädigt. Ich weiß nicht, ob ich Sie dann noch schützen kann.«

Die Gundelwein biss sich auf die Zunge, um nichts Unüberlegtes zu erwidern. Schlimmer als Dummheit und Intriganz empfand sie eigentlich nur Feigheit. Erwischte eigentlich nur sie bei der Liebeslotterie immer die Nieten, oder gab es am Ende womöglich gar keine anderen Lose, sprich Männer, in der Trommel?

»Alles klar, ich habe verstanden«, sagte die Leitende Oberstaatsanwältin. »Dann wünsche ich noch einen entspannten Abend.«

Sie wollte auflegen.

»Moment«, tönte es aus dem Telefon. Die Gundelwein wartete ab. Jetzt waren Straßengeräusche zu hören. Anscheinend war Schnatterer auf den Balkon getreten. »Bist du noch dran?«, fragte er besorgt.

»Ja.«

»Wir machen da jetzt keine große Sache draus. In dem Punkt sind wir uns doch einig, oder?«

»Woraus?«, fragte die Oberstaatsanwältin unschuldig zurück.

»Na wegen vorgestern Nacht.«

Mit einem vernehmlichen Knacken brach der Bleistift zwischen Gundelweins Fingern in zwei Teile.

»Wieso sollten wir?«, fragte die Oberstaatsanwältin betont gleichgültig. »Es war ja auch keine große Sache.« Damit legte sie sofort auf.

Immerhin hatte sie jetzt Klarheit. Auf Rückendeckung von höherer Stelle konnte sie wie üblich nicht zählen. Sie musste auf eigenes Risiko versuchen, für Gerechtigkeit zu sorgen und den Schaden, den ihr Exlover bei den von ihm betreuten Insolvenzverfahren angerichtet hatte, zumindest ein Stück weit zu mildern. Selbst wenn sie sich dabei eine blutige Nase holte – das war sie sich und ihrer Berufsehre einfach schuldig.

Die Gundelwein schloss ihr Büro ab und ging zügigen Schrittes zu ihrem Auto, dem einzigen, das noch auf dem Parkplatz stand. Natürlich war es im September um diese Zeit längst dunkel, und der Koloss des Landgerichts mit seinen beiden zinnenbekränzten Wehrtürmen wirkte ein bisschen wie ein Gruselschloss aus einem Harry-Potter-Film.

Die Oberstaatsanwältin brauste am Englischen Garten entlang, durch die Bahnhofsunterführung hindurch und dann hinauf zur Berliner Straße. Nirgends war eine Menschenseele zu sehen. Anscheinend hatte der fränkische Tatort in Meiningen hundert Prozent Einschaltquote. Was fanden die Leute nur an den Krimis? Wenn die wüssten, wie es in einer Ermittlungsbehörde tatsächlich zuging. Die Gundelwein gähnte. Alles, was sie von diesem Tag noch erwartete, waren ein Entspannungsbad, ein Glas Wein und, falls sie dann noch nicht eingeschlafen sein sollte, vielleicht noch die Sendung Titel, Thesen, Temperamente.

Als sie durch den kleinen Garten zu ihrer Wohnung ging und den Schlüssel ins Türschloss steckte, hörte sie hinter sich plötzlich ein leises Zischen, wie wenn ein Tennisschläger beim Aufschlag die Luft zerteilt. Es war jedoch kein Tennisschläger. Etwas Hartes traf sie seitlich am Kopf, gleich neben der Schläfe. Es fühlte sich an, als wäre ein Blitz in ihren Schädel eingeschlagen. Sie wollte etwas sagen, sich umdrehen, doch ihre Knie versagten den Dienst. Jemand griff ihr von hinten unter die Achseln. Dann wurde es dunkel um sie.

Das Erste, was die Gundelwein wieder spürte, waren rasende Kopfschmerzen. Und eine Kälte, die sie am ganzen Leibe zittern ließ. Langsam öffnete sie die Augen. Eines war von frischem Blut verklebt, das von ihrer Stirn hinuntersickerte. Um sie herum war alles weiße Emaille. Was war geschehen? Etwas Schweres war ihr auf den Schädel gefallen. Oder vielmehr: Jemand hatte sie ausgeknockt.

Langsam kehrten die Sinne der Oberstaatsanwältin zurück, und es gelang ihr, sich zu orientieren. Sie befand sich in einer Badewanne – in ihrem eigenen Badezimmer. Ihre Hände waren mit Kabelbindern an der Armatur befestigt, wodurch sie sich in einer äußerst unbequemen und vor allem wehrlosen Position befand. Aus dem Hahn floss kaltes Wasser und hatte die Wanne bereits zu einem Drittel gefüllt, was ihr Zittern erklärte. Besonders besorgniserregend jedoch: Sie war splitterfasernackt.

Die Gundelwein wollte instinktiv um Hilfe rufen, aber der Angreifer hatte sie mit einem Tuch geknebelt. Es kam lediglich ein leises Krächzen heraus. Sie dachte unwillkürlich an ihre Arbeit und an die vielen ungeklärten Fälle der Kategorie Tod in der Badewanne.

Nein, wenn der Täter es auf ihr Leben abgesehen hatte, dann hätte er sich die Mühe sparen können, sie in der Badewanne anzuketten. Ein Triebtäter? Der ultimative Albtraum. Nur keine Panik, dachte die Gundelwein panisch. Auch ihre Füße waren mit Kabelbindern verschnürt. Immerhin konnte sie die Beine etwas anziehen, und wenn der Kerl sich über sie hermachte, vielleicht mit einem gezielten Schlag mit dem Knie ausknocken … Dann seinen Kopf mit den Schenkeln unter Wasser drücken, bis keine Blasen mehr kamen. Mitleid war hier definitiv völlig fehl am Platze.

So weit war die Gundelwein mit ihren Überlegungen gekommen, als sie Schritte im Flur hörte, die sich dem Bad näherten. Sie klangen jedoch mitnichten nach Männerschritten, sondern eher wie …

»Na, ausgeschlafen?«

Durch das freie Auge sah die Gundelwein, wie Annemarie

Stöcklein in einem tiefschwarzen Traueraufzug mit einer halb gefüllten Flasche Crémant hereinkam und sie kühl musterte.

»Die?!«, dachte die Gundelwein ein Stück weit erleichtert. Mit dieser Psychotorte würde sie schon fertigwerden, irgendwie.

»Oje, das sieht aber gar nicht hübsch aus«, sagte Annemarie Stöcklein im Ton einer Kindergärtnerin, die ein aufgeschlagenes Knie bei einer Dreijährigen begutachtet. »Na ja, bis du heiratest, ist es wieder gut.« Sie kicherte, und dabei wirkte sie gar nicht so sehr betrunken, als vielmehr ein Stück weit übergeschnappt. Sie setzte sich seitlings auf den Badewannenrand und tauchte ihren Finger ins Wasser.

»Brrr«, machte sie, »ist das nicht ein bisschen kalt?«

Sie drehte den Wasserhahn mit dem blauen Punkt zu und den anderen auf. Die Gundelwein wurde von einem Strahl siedend heißen Wassers getroffen und zuckte zur Seite. Der Knebel hinderte sie daran, laut zu schreien.

»Oh, Entschuldigung«, sagte Annemarie Stöcklein, ohne jedoch im Geringsten Reue zu zeigen oder den Hahn wieder zu verschließen. Stattdessen nahm sie ihr den Knebel ab.

Die Gundelwein kämpfte Schmerzen, Panik und Wutgefühle nieder. In solchen Situationen kam es drauf an, kühl und rational zu agieren und eine Beziehung zum Angreifer (beziehungsweise zur Angreiferin) aufzubauen.

»Ich kann verstehen, dass Sie zornig auf mich sind, besonders wenn Sie sich das Video angesehen haben«, erklärte die Gundelwein, da sie nun wieder sprechen konnte.

Annemarie Stöcklein lachte lauthals auf. »Bilde dir bloß nichts ein!« Sie betrachtete die Oberstaatsanwältin ungeniert von oben bis unten, besonders ihre langen Beine. »Du bist ja ganz schön kräftig gebaut. Das wirkt ziemlich unfeminin, findest du nicht auch ...?«

»Von mir aus können Sie mich demütigen, soviel Sie wollen. Aber das bringt Ihnen Ihren Mann auch nicht zurück.«

Annemarie Stöcklein blickte die Gundelwein hasserfüllt an. »Du wolltest mir Ludwig wegnehmen!«, schrie sie. »Wer hat dir das Recht dazu gegeben?«

Ihr Wesen war jetzt vollkommen verändert. Aus der ängstlichen und scheuen Frau war eine wahre Furie geworden.

»Ich habe Ihnen doch bereits gesagt, dass zwischen uns längst Schluss war«, erwiderte die Gundelwein besänftigend.

»Das weiß ich selbst, du arrogantes Miststück.«

Die Gundelwein musste schlucken. Jetzt nur nicht die Nerven verlieren.

»Weißt du, wie er dich genannt hat?«, fragte Annemarie Stöcklein in gehässigem Ton.

»Ich will es gar nicht wissen«, entschied die Gundelwein.

»Eisberg«, rief die andere triumphierend.

Die Oberstaatsanwältin schluckte alle Empfindungen hinunter. Das konnte sie alles später aufarbeiten. Zunächst musste sie zusehen, wie sie aus dieser Situation herauskam. Das Badewasser hatte inzwischen fast den oberen Rand erreicht, ohne dass Annemarie Stöcklein Anstalten machte, den roten Hahn wieder abzudrehen. Das laue Wasser lief durch den Überlauf ab, während immer weiter heißes Wasser nachströmte.

»Bitte lassen Sie mich sofort frei, es gibt für alles eine Lösung«, sagte die Gundelwein. »Ich gebe Ihnen mein Wort, dass ich von einer Strafanzeige absehen werde.«

Annemarie Stöcklein blickte sie herablassend an. »Keine Sorge. Ich werde dich irgendwann freilassen. Aber erst, wenn die Tabletten ihre Wirkung getan haben.«

Sie ging kurz raus. Die Gundelwein sah ihre Chance und versuchte, die Zufuhr heißen Wassers zu stoppen. Sie schwitzte bereits, und ihre Haut begann sich zu röten. Sie ruckelte an den Kabelbindern. Von Berufs wegen wusste sie, dass diese ohne Hilfsmittel nicht zu öffnen sein würden. Vielleicht, wenn man die Zähne zu Hilfe nahm? Bei dem Versuch wurde ihr Gesicht von heißem Wasser benetzt, auch die Armatur selbst war heiß wie eine Herdplatte. Im Badezimmer hatten sich dichte Verdunstungsnebel gebildet.

»Jetzt ist es warm genug«, entschied Annemarie Stöcklein, als sie wieder hereinkam. Sie drehte den Hahn zu und holte aus ihrer Handtasche ein Medikament. Auf der Packung stand Mifegyne.

»Wo haben Sie das her?«, frage die Gundelwein alarmiert.

»Ach. Im Internet bekommt man doch alles, was man braucht. Beziehungsweise: im Darknet. Keine Sorge. Das ist wirklich viel komfortabler als eine Ausschabung. Ich weiß, wovon ich rede ...«

»Was soll das, ich bin gar nicht schwanger«, entgegnete die Gundelwein mühsam beherrscht.

»Lügnerin!« Annemarie Stöcklein lächelte milde vorwurfsvoll. »Nur zu deiner Information: Alle Nachrichten, die du Ludwig per Messenger auf sein iPhone geschickt hast, sind auch auf unserem iPad gelandet. Das hatte er aus Versehen mit seinem Handy synchronisiert. Na ja, mit der Technik hatte er es nicht so, unser Ludwig ...«

Die Oberstaatsanwältin atmete tief ein. So berechnend, kaltblütig und planvoll Ludwig als Insolvenzverwalter vorgegangen war und sich in alle Richtungen abgesichert hatte, so sehr hatte er es anscheinend beim Fremdgehen an der erforderlichen Vorsicht missen lassen. Oder hatte er seine eigene Frau etwa genauso unterschätzt wie die Oberstaatsanwältin?

»Ich hatte vor ein paar Tagen eine Fehlgeburt«, sagte die Gundelwein mit gesenktem Blick.

»Dann hast du ja nichts mehr zu verlieren«, kommentierte die andere gleichgültig. Sie drückte eine Tablette aus dem Blister und wollte sie der Gundelwein auf die Unterlippe legen. »Schluck das runter!«

Die Gundelwein drehte ihren Kopf weg.

»Muss ich erst böse werden?«, fragte Annemarie Stöcklein im Tonfall einer gutmütigen Mutter, die ihr ungezogenes Kind schilt. Die Oberstaatsanwältin zögerte. Sollte sie mitspielen? Zu verlieren hatte sie in der Tat nicht viel. Ferner gab es keinen Grund, ihre Lage durch falsches Heldentum noch zu verschlimmern. Im Geiste bereitete sie bereits eine Anklage gegen ihre Kontrahentin vor: Beihilfe zum Betrug, Freiheitsberaubung, Vergiftung, gefährliche Körperverletzung und so weiter ... Da kam viel Arbeit auf sie zu. Aber die würde sie zweifellos gerne tun.

Annemarie Stöcklein wurde langsam wütend. »Ludwig wollte nie Kinder, nie! Und mit dir schon gar nicht. – Also los jetzt, oder muss ich noch deutlicher werden?«

Sie stellte das heiße Wasser wieder an. »Laut Boiler hat das Wasser über siebzig Grad«, sagte sie überflüssigerweise. »Du kennst ja die Geschichte mit dem Frosch und dem kochenden Wasser ...«

Angesichts ihrer Lage zog die Oberstaatsanwältin es vor, sich zu fügen, und öffnete leicht ihre Lippen.

»So ist es brav«, lobte Annemarie Stöcklein, »und jetzt schön nachspülen!« Sie hielt der Gundelwein die Flasche Crémant an den Mund.

»Ich brauche das nicht«, protestierte die Oberstaatsanwältin. Schließlich hatte sie schon einen schmerzenden Schädel, und sie wollte einen klaren Kopf behalten. Doch Annemarie Stöcklein hebelte der Gundelwein entschlossen die Lippen auseinander, presste ihr die Flasche zwischen die Zähne, dass es knirschte, und riss ihr brutal den Kopf in den Nacken.

»Los, trink schon, du Flittchen«, befahl sie.

Die perlende, säuerliche Flüssigkeit lief der Gundelwein über das Kinn und tropfte ins Badewasser. Notgedrungen schluckte sie, damit der Crémant nicht in Luftröhre und Lunge geriet. Sie spürte, wie die Kohlensäure ihren Magen aufblähte. Endlich ließ die andere von ihr ab.

»Mund auf.«

Annemarie Stöcklein untersuchte die Mundhöhle gründlich. Aber die Tablette war mit dem Schaumwein längst hinuntergespült worden. Morgen bringe ich dir das Prostaglandin, dann hast du es geschafft.«

Die Gundelwein erstarrte. »Morgen? Aber ... so lange kann ich hier doch nicht rumliegen.«

Annemarie Stöcklein lächelte. »Keine Sorge, ich habe dir vorher extra ein Schlafmittel reingemixt. Die Zeit wird wie im Fluge vergehen.«

Tatsächlich spürte die Gundelwein schon, wie ihr Bewusstsein langsam in Watte eintauchte. Sie durfte nur nicht ertrinken. Man denke nur an Whitney Houston ...

»Bitte ... das Wasser ablassen«, sagte sie. »Bit-te!«

»Da will ich mal nicht so sein«, sagte die Stöcklein und drehte an der Rosette, sodass sich das Ablaufventil am Wannenboden schmatzend öffnete.

Trotz ihrer Lage, einer veritablen Gehirnerschütterung und der einsetzenden Wirkung der Schlafmittel, versuchte die Gundelwein, sich einen Reim auf die wenigen Fakten zu machen, die Annemarie Stöcklein ihr präsentiert hatte. Ihr erster nächtlicher Besuch kam ihr in den Sinn, wie fahrig sie da im Gegensatz zu jetzt noch gewirkt hatte. Hatte sie neulich wirklich nach ihrem Mann gesucht oder ...

»Haben Sie Ludwig umgebracht?«, fragte die Oberstaatsanwältin mit letzter Kraft. Sie musste es wissen. Wenigstens das.

Annemarie Stöcklein blickte sie mit einem kalten Lächeln an. »Darüber können Sie sich immer noch den Kopf zerbrechen, wenn ich weg bin. Sehr weit weg.«

Sie nahm einen Golfschläger, der hinter dem Kopf der Gundelwein unsichtbar für sie gegen die Wand gelehnt hatte, legte ihn sich lässig wie eine Jagdflinte über die Schulter und ging zur Tür. An dem schmalen Eisenbesatz des Schlägers klebte etwas hellrotes Blut, ihr Blut.

»Was haben Sie jetzt vor?«, rief ihr die Gundelwein mit schwacher Stimme hinterher.

»Ich sorge für Gerechtigkeit«, antwortete Annemarie Stöcklein mit einem maliziösen Grinsen. »Bis morgen, träume süß.« Ihre Schritte entfernten sich langsam, bis die Wohnungstür ins Schloss fiel.

Die Oberstaatsanwältin blieb allein in der Badewanne zurück und beobachtete mit halb geöffneten Augen, wie das heiße Wasser gurgelnd unter ihren Füßen verschwand. Die Erleichterung währte allerdings nur kurz, denn mit einem Schlag wurde ihr wieder erbärmlich kalt. Obwohl sie am ganzen Leibe zitterte, ergriff die Müdigkeit unwiderstehlich Besitz von ihr.

»Das ist heute wirklich nicht mein Tag«, dachte sie noch, dann war er endlich für sie vorbei.

§ 17

Rache ist Blutwurst

An diesem Montagmorgen erwachten die Meininger, angefangen bei den frühesten Vögeln bis hin zu Anwälten und anderen Langschläfern, ganz im Gegensatz zu ihren sonstigen Gepflogenheiten mit einem seligen Lächeln auf den Lippen, gerade so, als wären sie im Schlaf über die elysischen Felder gewandelt oder wenigstens durch das Schlaraffenland. Dieses unerklärliche Lächeln und die gerade für einen Wochenstart ganz untypisch gute Laune hielten bei den meisten den gesamten Morgen über an. Als hätte jemand eine Flugzeugladung Glückspheromone über der Stadt ausgeschüttet. Ausgenommen von diesem seltenen Phänomen waren lediglich Vegetarier, Veganer und Pescetarier, die allerdings ohnehin meistens etwas schlechter gelaunt waren als der Rest (aus Mitleid mit den Tieren nämlich).

Selbst der Fickel erwachte an diesem Montag früher als gewöhnlich, nämlich sage und schreibe schon um halb neun. Und das, obwohl er nach den zahlreichen aufwühlenden Ereignissen des letzten Tages eher unruhig geschlafen und mal wieder nur von Mord und Totschlag geträumt hatte. Auch er spürte sofort nach dem Erwachen einen unerklärlichen wie unstillbaren Appetit, der durch einen feinen, kaum wahrnehmbaren Geruch nach gegrilltem Fleisch getriggert wurde, der dem Unterbewusstsein signalisierte, dass es heute mit Gewissheit etwas Herzhaftes zwischen die Rippen geben würde. Allemal ein Grund aufzustehen.

Als der Fickel also vorfreudig und glänzend aufgelegt in legerer Kleidung Marke Feinripp in die Küche schlurfte, traf er dort Frau Schmidtkonz an, wie sie mit klebrigen Konfitürefingern ganz ungeniert in der Ermittlungsakte blätterte. Der Fickel erschrak bis ins Mark. Falls die Akte in irgendeiner Weise Schaden nahm, konnte er sich im Grunde gleich einen Strick nehmen. Denn wenn seine Exfrau eins nicht leiden konnte, dann einen liederlichen Umgang mit wichtigen Dokumenten. So gut kannte er sie immerhin.

»Interessant, was die Polizisten da so alles reinschreiben. Besonders die Fotos«, befand seine Vermieterin, warf dem Fickel die Akte schwungvoll über den Tisch hinweg zu und fasste ihre Eindrücke kopfschüttelnd zusammen: »Aber das liest sich ja fast so, als ob Ihr ehemaliger Sportsfreund diesen Insolvenzverwalter wirklich auf dem Gewissen hat.«

Da konnte der Fickel allerdings inhaltlich wenig dagegensetzen, schließlich hatte sein Mandant durch sein Verhalten ja geradezu darum gebettelt, sich in der »Erholungsanstalt« in Goldlauter wiederzufinden.

»Und so jemanden schleppen Sie mir hier in die Wohnung«, schimpfte Frau Schmidtkonz, »einen blutrünstigen Mörder. Da läuft es mir ja im Nachhinein noch kalt den Rücken runter.«

Der Fickel sparte sich die Feststellung, dass gerade seine Vermieterin den Menschner durchaus sympathisch gefunden, sich blendend mit ihm unterhalten und ihn mit ihrem Hackfleisch geradezu verwöhnt hatte. »Sie werden diese Bestie doch nicht etwa noch verteidigen«, empörte sich Frau Schmidtkonz, als der Fickel Anstalten machte, genau dies zu tun. Dass es gerade die Kernaufgabe des Anwalts war, insbesondere demjenigen Gehör zu verschaffen, der sonst keine Lobby hatte, wollte seiner Vermieterin einfach nicht einleuchten. Aber wenn ein Anwalt nur für

Unschuldige und Gerechte eintreten würde, dann wäre er ja praktisch arbeitslos. *Das* Argument ließ seine Vermieterin immerhin gelten.

Der Fickel schlenderte zum Herd und lüftete der Reihe nach alle Deckel und prüfte den Inhalt, doch nirgends konnte er die Quelle des rätselhaften Wohlgeruchs ausmachen, der überall in der Wohnung hing und trotz geöffneten Fensters nicht abnahm.

»Keine Ahnung, wo das herkommt«, sagte die Frau Schmidtkonz, »es riecht schon den ganzen Morgen so brenzlig.«

»Wahrscheinlich hat der Erwin Wagenschwanz wieder auf dem Balkon gegrillt und nicht richtig gelöscht«, vermutete Fickel leise enttäuscht. Obwohl das Balkongrillen feuerpolizeilich strengstens verboten war, gerade hier im Altstadtviertel, das regelmäßig alle paar Jahrhunderte abbrannte, hielt sich natürlich niemand daran, Denkmalschutz hin oder her.

Selbst als der Fickel aus dem Fenster spähte und seinen Riechkolben in die laue Septemberluft reckte, konnte er nirgends ein Grillfeuer ausmachen. »Vielleicht kommt das ja vom Markt oder vom Bratwurstglöckle[68] rübergeweht«, überlegte Frau Schmidtkonz laut. Schließlich soll es ja durchaus Mitbürger geben, die können schon direkt nach dem Aufstehen ein halbes Schwein vertilgen, ein Full English Breakfast oder auf gut Deutsch: Metzgerfrühstück.

Doch der Fickel mochte es morgens eher Französisch, das heißt süß, und so verzehrte er zwei aufgebackene Butterhörnchen mit Konfitüre, die er zuweilen in eine große Tasse Milchkaffee tunkte. Nachdem er sich geduscht, rasiert und in Schale geworfen hatte, führte ihn sein erster Gang zur Werkstatt, wo sein frisch re-

---

68 Meininger Traditionsfleischerei mit Hotelanschluss oder umgekehrt. Ideal für Low-Carb-Ferien.

parierter beige-brauner Wartburg 353 Tourist auf ihn wartete. Auch Matze, der Mechaniker, präsentierte eine bestechend gute Laune. »Da muss es irgendwo tierisch geknallt haben«, erklärte er fachmännisch, »seit fünf Uhr in der Früh ging es in einem fort ta-tü, ta-ta, vielleicht eine Massenkarambolage auf der A71«, meinte er vorfreudig. Und weil er so gut drauf war und es nicht verschreien wollte, berechnete er dem Fickel für den Anlasser und ein paar Handgriffe hier, ein paar Handgriffe da auch nur lächerliche vierhundertfünfzig Euro inklusive Oldtimerzuschlag. Dafür sah das rollende Technikdenkmal fast wieder aus wie neu und sprang sogar auf Anhieb an, was der Wagen in neuem Zustand eher selten getan hatte.

Der Fickel drückte die Paolo-Conte-Kassette rein und knatterte heiter vor sich hin summend in nördlicher Richtung aus der Stadt hinaus Richtung Rippershausen. Schließlich war er neugierig wie ein Fisch, ob es Jürgen Krautwurst tatsächlich gelungen war, irgendwo noch eine ganze halbe Million Euro zusammenzukratzen. Für den negativen Fall hatte der neue Insolvenzverwalter angekündigt, der Wurstfabrik um zwölf Uhr MEZ endgültig den Saft abzudrehen. Dann war natürlich alles aus. Aber falls der Fickel gebraucht wurde, war er bereit, sein gesamtes Wissen und Können für das Überleben der Thüringer Rostbratwurst in die Waagschale zu werfen.

Außerdem hatte der Fickel noch im Hinterkopf, bei der Gelegenheit dem Wahrheitsgehalt von Menschners Geschichte über das Techtelmechtel der Bratwurstprinzessin mit dem Enzian ein bisschen auf den Grund zu gehen. Im Allgemeinen war solch eine Affäre in der Chefetage ja nur schwer unter der Decke zu halten. Kurz gesagt wollte er also einfach ein bisschen herumschnüffeln, Leute befragen und seine Nase in Dinge stecken, die ihn nichts angingen. Wofür wurde er schließlich bezahlt?

Doch merkwürdig: Je weiter er aus der Stadt rauskam, desto stärker und unwiderstehlicher duftete es nach Gegrilltem. Wobei nicht klar abzugrenzen war, was da seine Aromen entfaltete: Rostbratwurst oder -brätel, Steak oder Rippchen. Wie war dieser allgegenwärtige Duft nur zu erklären? Hatte etwa ein neuer McDonald's eröffnet? Aber Burger in Meiningen zu verkaufen war ein hartes Brot – bei der Konkurrenz.

Un gelato a limon ... Paolo Conte war schon beim Nachtisch.

Der Fickel passierte die Shopping-Paradiese und Tankstellen in den Suburbs, ließ das Neubaugebiet Jerusalem am Kiliansberg rechts liegen und gelangte alsbald in die offene Landschaft. Es war ein herrlicher Spätsommertag, auf den weiten Wiesen der Rhön lag noch etwas Tau, aber es versprach, noch einmal richtig warm zu werden. In letzter Zeit hatte man fast das Gefühl, als wären die Jahreszeiten ein bisschen *laid-back*, weil sie mit der Geschwindigkeit der Welt nicht mehr mitkamen oder -wollten. Beinahe wie der Fickel.

Als er nach Walldorf abbog, sah er schließlich die Rauchsäule. Majestätisch und dunkel wie der Rüssel eines Tornados schwebte sie über der Rhön. Erst dachte er sich nichts dabei, schließlich brennt es bei den Bauern ja alle naselang, vor allem im Herbst, wenn die alten Reifen runtermüssen. Aber das war schon ein ziemliches Feuerchen, ojemine. Das hatte mit einer fachgerechten Brandrodung nichts, aber auch gar nichts mehr zu tun.

Je näher der Fickel dem Dörfchen Rippershausen kam, desto größer wurde die Rauchsäule. Und der wunderbare Geruch, der die Meininger heute Morgen geweckt hatte, entpuppte sich unverdünnt und aus der Nähe betrachtet eher als ein beißender, fettiger Qualm, gerade so, als hätte sich jemand am Löschbier vergangen und die Nackensteaks wären mal wieder zu Schwartenkohle verbrutzelt. Obwohl der Fickel in dem Punkt überhaupt nicht empfindlich war und als Grillmeister grundsätzlich stets auch in der dichtesten Rauchwolke eisern die Grillzange führte, bis er selbst roch wie ein Schwarzwälder Schinken, kurbelte er das Fenster hoch.

An der Ortsgrenze war die Straße von der Polizei abgesperrt. Überall lungerten Gaffer herum, grob geschätzt ungefähr die dreifache Einwohnerzahl von Rippershausen. Und mal ehrlich: Was blieb einem bei dem Anblick auch anderes übrig als Gaffen? Schließlich sieht man nicht jeden Tag eine Wurstfabrik, die lichterloh in Flammen steht. Kunststoffe, Kadaver, Knochen – alles brannte unterschiedslos und mit alles versengender Hitze vor sich hin. Die reinste Hölle. Sechs Löschzüge aus dem gesamten Landkreis versuchten verzweifelt, des Brandes von allen Seiten Herr zu werden. Aber wenn so eine Wurstfabrik mal so richtig schön durchgeglüht ist, dann lässt die sich mit herkömmlichen Mitteln gar nicht mehr löschen. Nach zwanzig Jahren ununterbrochener Wurstfabrikation bilden sich in so einem Umfeld Fettseen, versteckte Brandnester und explosive Gaswolken ohne Ende. Im Prinzip nicht anders als bei einer Erdölraffinerie. Da braucht es Spezialisten aus Amerika oder dem Irak. Aber solche sind in Meiningen schwer zu finden.

Der Fickel erkannte durch die Rauchschwaden den Kriminalrat Recknagel, der etwas abseits stand und seinem Assistenten Christoph Anweisungen gab, und wanzte sich an ihn ran.

»Na, auch hier«, sagte der Fickel, wie man das halt so macht bei einer Großveranstaltung. Recknagel grüßte lediglich mit einem Kopfnicken zurück – und als der Fickel der Blickrichtung des Kriminalrates folgte, sah er auch den Leichenwagen vor dem Schwimmbad stehen, um den sich fast so viele Menschen scharten wie um das Feuer. Da ist jahrzehntelang nix los im Dorf, und dann gleich zwei Unglücke auf einmal.

»Ist da jemand ertrunken?«, fragte der Fickel irritiert. Recknagel verneinte und berichtete in knappen Worten, was die polizeiliche »Großgemengelage« so hergab: Gegen fünf Uhr war der erste Notruf bei der Feuerwehr eingegangen, doch bis die Wehren aus Meiningen und den umliegenden Gemeinden endlich eingetroffen waren, hatten die Freiwilligen aus Walldorf den Brand eigentlich schon so gut wie gelöscht gehabt. Aber dann waren zwei von den Jungs zum Schwimmbad, sprich Löschteich gegangen, um Wasser nachzuladen, und da flottierte zu früher Stunde schon die Bratwurstprinzessin in dem Becken.

Daraufhin ging ein Feuerwehrmann nach dem anderen erstmal mit eigenen Augen nachsehen, weil: das glaubte einem ja keiner, dass da eine morgens um fünf nackt im Löschteich schwimmt. Wenn auch tot, Fremdeinwirkung nicht auszuschließen. Da spross selbst bei den Feuerwehrleuten natürlich die pure Sensationsgier. Irgendwo auch menschlich, das sind schließlich auch nur Männer. Außerdem waren auch ein paar von den Jungs dabei, die die Sandy im letzten Sommer noch drüben auf der Liegewiese als Pamela Anderson von Rippershausen bewundert und genau wie der Menschner eine Art persönliche Beziehung zu ihr aufgebaut hatten, mehr oder weniger einseitig.

Deswegen waren die Feuerwehrleute so feinfühlig, dass sie sich vor lauter Pietät gar nicht trauten, das Wasser aus dem Teich abzupumpen, sondern sicherheitshalber erst die Kollegen der Polizei dazuriefen, getreu dem Motto: »Verantwortung übernehmen heißt delegieren.« Aber bis die Kripo morgens um halb sechs mit ihren Einsatzkräften endlich vor Ort war, waren alle möglicherweise vorhandenen Spuren des Mörders von den neugierigen Feuerwehrleuten aus ganz Südthüringen gründlich zertrampelt worden und die Flammen schon bis nach Fulda zu sehen, mindestens. Der Nordwind hatte das seinige beigetragen, um das Feuer weiter anzufachen und die Emissionen bis hinüber nach Meiningen zu tragen, wodurch die Stadt in eine nie dagewesene Duftwolke gehüllt wurde.

Fickel blickte wehmütig auf das Flammenchaos. »Das war's dann wohl mit unserer Rostbratwurst«, bemerkte er.

Recknagel nickte stumm. Dann sagte er: »Für Sie gibt es aber auch gute Nachrichten.«

Fickel war natürlich gespannt, was der Recknagel damit meinte, denn gute Nachrichten konnte er bei dem Anblick der brennenden Wurstfabrik wahrlich gebrauchen. Aber was der Kriminalrat unter einer guten Nachricht verstand, war im Grunde nur der Tod von der Sandy, also nicht ihr Ableben an sich, sondern die Umstände. Dr. Haselhoff hatte die tote Bratwurstprinzessin nämlich bereits einer eingehenden rechtsmedizinischen Überprüfung unterzogen und festgestellt, dass sie mit neunundneunzig-Komma-neun-periodischer Wahrscheinlichkeit mit demselben Instrument erschlagen worden war wie kürzlich ihr Liebhaber, der Rechtsanwalt Enzian.

Jetzt musste man ein bisschen zwischen den Zeilen lesen, was *daran* die gute Nachricht sein sollte, aber dann fiel es auch dem Fickel auf. Da sich Heiko Menschners Schweinespalter – ebenso wie der Besitzer selbst – momentan in staatlicher Obhut befand und für den Mord an der Bratwurstprinzessin mithin nicht zum Einsatz gekommen sein konnte, war *denknotwendig* auch der Enzian nicht vom Menschner mit seinem Arbeitswerkzeug erschlagen worden, Blutspuren hin oder her. Da brauchte man keine Logik, das war quasi kleines kriminalistisches Einmaleins.

Aber jetzt tat sich natürlich sofort die Frage auf: Wenn der Schlachter nicht der Mörder war, wer dann zum Teufel? Siehe da, selbst dafür hatte der Fickel gleich eine Theorie zur Hand. Denn letztlich hegte er keinerlei Zweifel, dass Menschners gestriger

Bericht von dem Techtelmechtel zwischen Anwalt Enzian und der Bratwurstprinzessin den Tatsachen entsprach, schließlich war der Schlachter in seinem bisherigen Leben nie durch eine besonders rege Fantasie auffällig geworden. Und nun musste man sich eigentlich nur mal in den Jürgen Krautwurst hineinversetzen, was in dem wohl vorgegangen sein mochte, als ihm Sandy die Hörner aufsetzte – vor allem angesichts der Vorgeschichte, dass er sein gesamtes Vermögen bei seiner Frau vor dem Insolvenzverwalter in Sicherheit gebracht hatte, nur um hinterher festzustellen, dass die Sandy das mühsam beiseitegeschaffte Geld lieber mit ebenjenem Insolvenzverwalter verprassen wollte als mit ihm. Da konnte einem fürwahr mal das Fleischermesser ausrutschen. Und zu allem Überfluss war Jürgen Krautwurst laut Polizeibericht am Donnerstag in der Wurstfabrik auch vor Ort gewesen, wo sich ihm die unwiderstehliche Chance geboten hatte, seinen Nebenbuhler und Insolvenzverwalter in Personalunion mit einem Schlag von der Backe zu bekommen. Seine treulose Frau hatte er noch für die Präsentation der längsten Bratwurst der Welt gebraucht – und erst im Anschluss daran gemeuchelt. Das war natürlich alles reinste Spekulation, aber deshalb nicht weniger wahrscheinlich.

Kriminalrat Recknagel hatte aufmerksam zugehört, was sich der Fickel da so zusammengesponnen hatte, und blickte nachdenklich auf das Flammenmeer.

»Und nachdem er seine Frau umgebracht hatte, ist er ausgetickt und hat seine Fabrik angesteckt«, ergänzte er, »denn die wäre heute dichtgemacht worden – und das mitanzusehen, wollte er sich ersparen.«

Der Fickel hätte dem Krautwurst alles zugetraut: den Mord am Enzian oder seinetwegen auch den an seiner Frau, aber dass er zu solch einer Verzweiflungstat fähig war, nämlich die Wurstfabrik abzufackeln, das hätte er wohl niemals geschluckt, wenn es ihm der Recknagel nicht portionsgerecht eingetrichtert hätte.

Nur eine Sache war dem Kriminalrat noch schleierhaft. Denn im Unterschied zum Enzian wies die Bratwurstprinzessin an den Hand- und Fußgelenken Spuren von Kabelbindern auf, mit denen sie anscheinend gefesselt worden war. »Wenn ich nur wüsste, warum er sie nicht gleich umgebracht hat«, rätselte der Kriminalrat.

Sogar dafür hatte Fickel eine Erklärung parat. Schließlich hatte Krautwurst ihr ja seine Aktiendepots und seinen Porsche vermacht – und brauchte vielleicht noch ein paar Unterschriften für die unkomplizierte Rückübertragung. Oder er wollte sich einfach noch ein bisschen mit ihr unterhalten.

Recknagel nickte nachdenklich. »So was in der Art.«

»Und wo steckt der Jürgen jetzt?«, erkundigte sich der Fickel.

»Die Feuerwehrleute haben ihn aus der Fabrik rausgeholt. Er liegt mit einer schweren Rauchvergiftung in der Klinik in Dreißigacker. Ob er durchkommt, weiß keiner.«

Der Fickel brauchte ein paar Sekunden, um all die Neuigkeiten zu verarbeiten. Von all den Toten und Verletzten, dem Rauch und den Sirenen schwirrte ihm fast der Kopf.

»Aber das heißt ja, dass man den Menschner aus der Untersuchungshaft entlassen muss«, schloss er, als er zu Ende überlegt hatte.

»Von mir aus jederzeit«, bestätigte der Recknagel. »Aber die Details müssen Sie schon mit Ihrer Exfrau klären.«

Denn in einem Rechtsstaat führt der Pfad in die Freiheit natürlich immer über den korrekten Dienstweg. Doch das war angesichts des gesamten Geschehens im Grunde nur ein kleiner Wermutstropfen. Fast zu vernachlässigen.

§ 18

Ex-itus

Manchmal steckt der Teufel im Detail. Da war das Feuer in der Wurstfabrik längst gelöscht, der Ripper von Rippershausen gefasst, und dann kriegte der Fickel seine Exfrau einfach nicht an die Strippe, um die notwendigen Schritte zur Freilassung seines zu Unrecht festgehaltenen Mandanten einzuleiten. In der Staatsanwaltschaft vertröstete man ihn, die Chefin nehme heute anscheinend ihren Hausarbeitstag oder sei womöglich einfach ein wenig verschnupft. Schließlich war in allen Stadtgazetten großformatig abgelichtet, wie sie nach ihrer Beförderung zunächst feierlich mit Generalstaatsanwalt und Yuccapalme posierte und sich anschließend mit ihrem Wagen durch eine Wurstbarriere kämpfte. Ein Bild für die Götter.

Doch warum hatte sie auch Telefon und Handy abgestellt? Und ohne Ankündigung von der Arbeit fernzubleiben entsprach überhaupt nicht ihrem Charakterprofil. Kurz nach seinem üblichen Mittagstief konnte sich der Fickel endlich zum Handeln durchringen. Schließlich hockte der Menschner in seiner Zelle in Goldlauter wie auf glühenden Kohlen. Unter dem fadenscheinigen Vorwand, die Akte zurückzubringen, und mit dem festen Vorsatz, seinen Mandanten zu befreien, düste der Fickel hinauf zur Berliner Straße und bis zu der stilvollen Villa, die er seit seiner kurzen Ehe nicht mehr betreten und stets großräumig zu umfahren gewusst hatte.

Schon als er seinen beige-braunen Wartburg 353 Tourist hinter dem Cityflitzer der Gundelwein einparkte, beschlich ihn ein flaues Gefühl in der Magengegend. Es war nicht direkt Angst, sondern eher eine physische Abwehrreaktion des gesamten Organismus: Das Blut kroch zähflüssig durch die Adern, die Hände wurden kalt, die Schweißproduktion wurde angekurbelt. Typische Symptome einer posttraumatischen Belastungsstörung. Aber jemanden, der in einer dünnen Blechkiste die Bahn von Altenberg[69] hinuntergesaust ist, den kann normalerweise so leicht nichts mehr erschrecken, nicht einmal eine Begegnung mit seiner Exfrau auf feindlichem Gebiet. Mannhaft klemmte sich der Fickel die Ermittlungsakte unter die Achsel und klingelte an der Gartenpforte. Es geschah: nichts.

Das bedeutete natürlich eine gewisse narzisstische Kränkung, wenn man wie der Fickel soeben alle inneren Widerstände überwunden und sich zu dem Kraftakt des Klingelns und der damit einhergehenden Bereitschaft, sich einem Gespräch zu stellen, aufgeschwungen hatte und dann durch schnöde Nichtbeachtung zurückgewiesen, ja abgestraft wurde. Unter normalen Umständen hätte der Fickel auf dem Absatz kehrtgemacht und seine Ex eine gute Frau sein lassen, aber als Anwalt im Dienste seines Mandanten und einer höheren Gerechtigkeit durfte sich der Fickel nicht so leicht abwimmeln lassen. Hatte die Gundelwein womöglich von dem Brand in Rippershausen und der Festsetzung von Jürgen Krautwurst als Doppelmörder erfahren und verbarrikadierte sich nun vorsätzlich, um nicht eingestehen zu müssen, dass sie sich mal wieder vorschnell und übereifrig auf den falschen Verdächtigen eingeschossen hatte?

---

69 Vom Ministerium für Staatssicherheit konzipierte Bobbahn im Osterzgebirge, nicht nur deshalb eine der gefährlichsten der Welt.

Fickel überlegte. Wo konnte sie nur stecken? Bei der Arbeit war sie nicht und auch nicht zu Hause, obwohl der Wagen vor der Tür parkte. Womöglich war sie joggen oder mit dem Fahrrad unterwegs, irgendwas mit Triathlon. Durchaus ein bisschen erleichtert zog er einen Kuli aus seiner Jacketttasche und schrieb auf einen Zettel: »Bitte dringend um Rückruf.« Dann stopfte er die Akte in den Briefkasten und kehrte höchst zufrieden zu seinem Auto zurück. Also bitte: Wie hatte er das wieder gedeichselt? Er hatte sich als zuverlässig erwiesen und der Gundelwein die Akte sogar bis nach Hause hinterhergetragen. Wenn sie vom Joggen kam, würde sie den Recknagel anrufen und alles Nötige für die Freilassung in die Wege leiten. Genau so würde es passieren, genial. In der Zwischenzeit konnte der Fickel im Bratwurstglöckle einkehren und endlich seinen Appetit auf eine schöne Rostbratwurst versilbern, den er seit dem Aufwachen mit sich herumtrug.

Als der Fickel schon am Gymnasium war und über die Eisenbahnbrücke Richtung Zentrum rauschte, brach plötzlich wie aus heiterem Himmel ein Schauer los – oder besser gesagt: ein regelrechter Wolkenbruch. Fickel schaltete den Scheibenwischer ein. Wie praktisch, dachte er, die Feuerwehrleute in Rippershausen konnten ein bisschen Unterstützung von oben sicher gut gebrauchen. Nachdem auch dieser Gedanke zu Ende gedacht, ausgewertet und in den Tiefen des Gedächtnisses fein säuberlich abgeheftet worden war, fiel dem Fickel plötzlich siedend heiß ein, dass er die Akte praktisch nur zu neun Zehnteln in den Briefkasten versenkt hatte, die restlichen zehn Prozent ragten hinaus und damit mitten hinein ins feuchte Leben. Er trat so heftig auf die Bremsen, dass die Reifen quietschten, was den nachfolgenden Verkehr mal wieder zum Hupen und Vogelzeigen veranlasste. Aber der Fickel hatte ganz andere Sorgen. Was nun? Er hatte den Empfang der Akte quittiert und haftete für deren Integrität. Wie sollte er auch damit rechnen, dass es ausgerechnet jetzt zu regnen begann?

Einerseits spürte der Fickel den Drang, einfach weiterzufahren und das Problem zu ignorieren, bis es unweigerlich auf ihn zurückfiel. Auf der anderen Seite konnte er den Schaden vielleicht noch in Grenzen halten, wenn er sich beeilte. Er wuchtete den ersten Gang rein, legte einen U-Turn hin und drückte das Gaspedal durch. Der Wartburg röhrte, schnaubte und rauchte wie eine Dampflok der 50er-Baureihe und jagte den Weg zurück. Zone dreißig – »Achtung Schulkinder«. Ach was, es gab Wichtigeres als ein Kinderleben.

Er fühlte nicht direkt Panik, es war nur der blanke Überlebensinstinkt, der sich Bahn brach. Dreißig Sekunden später hielt er vor der Villa der Gundelwein, stieß die Wagentür auf und rannte durch den abflauenden Regen zum Briefkasten. Doch sieh mal einer an, der war leer. Ihr Flitzer stand indes unberührt vor der Tür. Also war sie inzwischen nach Hause gekommen. Der Fickel schickte sich an, so diskret zu verschwinden, wie er gekommen war. Da sah er auf den Stufen etwas, das ihn beschäftigte: einen dunklen Fleck, besser gesagt einen bordeauxroten Fleck, allerdings von dickerer Konsistenz, sprich der von angetrocknetem Blut, der sich unter dem Regen langsam löste und einen kleinen rötlichen See bildete.

So ein Blutfleck konnte natürlich vieles bedeuten, und der Fickel wäre sicher der Letzte, der sich um seine Exfrau Sorgen gemacht hätte. Die konnte sehr gut auf sich selbst aufpassen, vielleicht sogar zu gut. Allein der Umstand, dass sie seit dem Vormittag unauffindbar und nicht zu erreichen war, ließ ihn ins Grübeln geraten. Und nur aus diesem Grund klingelte er erneut an der Pforte. Wieder nichts. Jetzt war es allerdings schon merkwürdig: Vorhin war sie nicht da gewesen, jetzt auch nicht, aber in den drei Minuten dazwischen war die Akte aus dem Briefkasten verschwunden. Hätte der Fickel sie dann nicht auf der Straße wenigstens von weitem gesehen haben müssen? Auch wenn der Fickel nicht gerade ein fleißiger Denker war, so hatte er doch gerne Ordnung in seiner überschaubaren Welt, anders ausgedrückt: Er fühlte sich mit Kausalität[70] wohler als ohne.

Was, wenn die Gundelwein Opfer einer Entführung geworden war? Oder von einem Irren in ihrer Wohnung gefangen gehalten und gefoltert wurde? Als Oberstaatsanwältin hatte sie es schließlich zuweilen mit einer gewissen Klientel zu tun. So entschied er sich, ein Übriges zu tun und mal unauffällig durch die ebenerdigen Fenster ins Wohnzimmer zu spähen. Die Wohnung wirkte leer und verlassen. Seit seiner Scheidung hatte sich insgesamt nicht viel verändert. Schließlich hatte er so gut wie nichts mit eingebracht, sondern war praktisch in eine voll möblierte Ehe eingezogen. Ein leichter Grusel überfiel den Fickel. Bei den Erinnerungen an die Streitigkeiten mit seiner Exfrau lief es ihm kalt den Rücken runter. Aber nein, das war nur das Wasser, das durch die defekte Regenrinne tropfte.

Der Fickel schickte sich an, wieder zu gehen, da hörte er von drinnen Geräusche, so wie ein dumpfes Klopfen, als schlage jemand gegen eine Heizung oder gegen ein Rohr. Das kam eindeutig aus dem Badezimmer. Hatte die Gundelwein Handwerker zu Gast? Das Fenster war von innen mit einem Plissee gegen Blicke abgeschirmt. Der Fickel stellte sich auf die Zehenspitzen und versuchte, durch die kleinen Schlitze an den Seiten am Stoff vorbeizuspähen. Er sah etwas in der Badewanne, das aussah wie nackte Haut. Natürlich, nach dem Joggen eine Dusche zu nehmen, das sah der Gundelwein ähnlich.

---

[70] Beziehung zwischen Ursache und Wirkung, z.B. im Strafrecht.

Eilig zog der Fickel seinen Kopf vom Fenster zurück. Es fehlte nur noch, dass er beim Bespannen seiner Exfrau erwischt wurde – praktisch versuchte Vergewaltigung. Nicht auszudenken. Er nahm die Beine unter die Arme und wollte flugs vom Grundstück verschwinden, da stand er am Wohnzimmerfenster plötzlich einer zierlichen, von oben bis unten schwarz gekleideten Frau gegenüber, die fast so erschrocken wirkte wie der Fickel selbst. Nach kurzem Zögern öffnete die Fremde das Fenster.

»Äh, hallo, sagte der Fickel, ich wollte nur nachsehen ... äh ... wegen der Akte.«

»Ah. Haben Sie die gebracht?«, fragte die andere.

Fickel bejahte. Es half ja nichts zu leugnen.

Die Frau kramte in ihren Taschen herum und drückte dem Fickel einen Euro in die Hand. »Für Sie.«

Nicht, dass der Fickel den Euro nicht gebrauchen konnte, aber dass ihn eine wildfremde Person dafür bezahlte, dass er seiner Exfrau die Gerichtsakte zurückbrachte, verwirrte ihn doch ein wenig.

»Sind Sie eine Freundin von äh ... Frau Gundelwein?«, erkundigte sich der Fickel. Er hätte niemals für möglich gehalten, dass seine Ex zu so etwas wie Freundschaft überhaupt fähig war. Genauso wenig hätte er es für möglich gehalten, wie lange die andere brauchte, auf eine im Grunde doch recht einfache Frage zu antworten. Sie schlug die Augen nieder und dachte länger nach. Schließlich hatte sie eine Antwort gefunden und sagte: »Nein, ich bin die Putzfrau.«

Und da ging dem Fickel ein Licht auf. Sogar eine ganze Lichterkette. So vornehm die andere gekleidet war, die gepflegten Hände mit lackierten Fingernägeln, ihre Verlegenheit – das war nie und nimmer eine Putzfrau. Jetzt erklärte sich, wieso die Gundelwein ihm zuletzt so merkwürdig vorgekommen war, so freundlich, beinahe ausgeglichen, gar selbstironisch. Ihre Frage, ob der Fickel jemanden gefunden habe, und ihr souveränes Lächeln, als er ihr die gleiche Frage stellte. Letztlich hatte er es doch immer zumindest geahnt, dass seine Ex mit Männern nicht allzu viel anfangen konnte ... Ihr Gang, ihr stumpfer Ehrgeiz, ihre verbissene Sportlichkeit, irgendwo war sie fraglos ein maskuliner Typ. Offenbar hatte sie endlich die Richtige gefunden, um ihre Gefühle auszuleben. Dem Fickel sollte es nur recht sein.

»Ich wünsche Ihnen alles Glück der Welt«, sagte der Fickel zu der Dame, nickte ihr freundlich zu und drehte ab. Am Gartentor blickte er sich noch einmal um. »Sagen Sie Ihrer ... äh ... Frau Gundelwein bitte, dass jetzt der richtige Mörder von diesem Anwalt und seiner Mätresse festgenommen wurde. Dann weiß sie schon Bescheid, was zu tun ist.«

Die Frau nickte schüchtern, beinahe verschämt, ja irgendwie ertappt. Und das in unseren aufgeklärten Zeiten. Eigentlich ganz sympathisch, wunderte sich der Fickel insgeheim, setzte sich in seinen Wagen, winkte nochmals und gab Gummi. Er wollte im Bratwurstglöckle noch schnell etwas zu sich nehmen, bevor er den Menschner aus Goldlauter abholte – und diesem auch gleich etwas mitbringen. Denn Knast macht bekanntlich hungrig.

Der Fickel war noch keine hundert Meter gefahren, da meldete sich sein Handy. Er hielt vorschriftsmäßig an, bevor er das Gespräch annahm. Kriminalrat Recknagel war dran und wollte wissen, ob der Fickel die Gundelwein inzwischen erreicht habe. Er hatte nämlich mittlerweile dasselbe Problem, nur umgekehrt: Statt einer Freilassung brauchte er sie dringend für den Haftbefehl gegen Jürgen Krautwurst.

Fickel erklärte, dass er seine Ex zu Hause angetroffen, diese aber nicht geöffnet habe. Recknagel drückte seine Verwunderung darüber aus, dass die Gundelwein sich nicht bei ihm gemeldet hatte, wie es bei einem Großereignis wie dem Einsatz in Rippershausen ihre Art war. Inzwischen wurde nämlich in sämtlichen Medien von MDR bis Internet über den Brand in der Wurstfabrik und die damit auf rätselhafte Weise zusammenhängende Familientragödie um die Bratwurstprinzessin und ihren eifersüchtigen Ehemann berichtet. Unter dem Siegel der Vertraulichkeit teilte der Fickel dem Recknagel mit, dass das ungewöhnliche Verhalten der Gundelwein womöglich etwas mit ihrem neuerdings interessanten Liebesleben zu tun habe.

»Ach, Sie wissen davon?«, fragte der Recknagel.

»Was? Dass sie lesbisch ist?«

Jetzt war es am Kriminalrat, sich zu wundern. »Aber Rechtsanwalt Enzian war doch ein Mann«, sagte er.

Es dauerte ein paar Sekunden, bis beim Fickel endlich der Groschen gefallen war. Seine Ex hatte auch eine Affäre mit dem Liebhaber der Bratwurstprinzessin gehabt? Das wurde ja immer abstruser. Er berichtete mit knappen Worten von seiner Begegnung mit der spendablen Mitbewohnerin der Gundelwein.

»Wie sah die Frau denn aus?«, fragte der Recknagel. Und nachdem der Fickel die Freundin der Gundelwein auf treffende Weise charakterisiert hatte, sagte der Kriminalrat: »Scheiße. Was um alles in der Welt hat diese Annemarie Stöcklein bei der Oberstaatsanwältin verloren?«

Als der Fickel erfuhr, mit wem er es gerade zu tun gehabt hatte, fing es in seinem Oberstübchen mal wieder an zu rattern. Dieser rätselhafte Blutfleck vor der Tür, dieser ertappte Blick der schwarzen Witwe ... Mit einer enttäuschten Ehefrau war nicht zu spaßen, da konnte der Fickel ein Lied von singen.

»Ich bin gerade noch mit allen verfügbaren Kräften in Rippershausen. Versuchen Sie, die Frau aufzuhalten, bis wir da sind«, befahl der Kriminalrat durchs Telefon.

»Und wie?«, rief der Fickel in sein Telefon.

Aber es kam keine Antwort mehr. Typisch Polizei, dein Freund und Helfer. Er ließ den Wagen stehen und pirschte sich wieder ans Haus seiner Exfrau heran. Von der Besucherin war nichts mehr zu sehen. Zwischen den Büschen hindurch schlich er zum Haus und blickte durchs Badezimmerfenster. Er sah ein Stück nackter Schulter. Die Oberstaatsanwältin badete noch immer. Plötzlich fing sie an, sich wild zu gebärden. Der Fickel sah den Arm der anderen Frau, der sich am Kopf der Gundelwein zu schaffen machte. Kurz darauf hörte der Fickel unterdrückte Schreie von drinnen. Er hatte seine Exfrau in diesem Haus oft genug brüllen hören, als dass ihn das hätte schocken können, aber diese Schreie waren anders. Nicht wütend-hysterisch, sondern eher panisch-hysterisch.

Was hatte der Recknagel gesagt? Er solle Frau Stöcklein aufhalten, bis die Polizei eintraf, sonst nichts. Von einer Einmischung in den Streit zweier eifersüchtiger Frauen war nicht die Rede gewesen. Er lauschte. Von der Polizei war nichts zu sehen und nichts zu hören. Und die Schreie drinnen wurden immer dringlicher.

Keinen Moment zu früh fiel dem Fickel die alte Garage ein, die seine Exfrau inzwischen als Fitnessraum nutzte und die über einen direkten Zugang zum Keller verfügte. Die Tür war mit einem alten Bartschloss gesichert, das *zufällig* mit Fickels Datschenschlüssel kompatibel war, was die Gundelwein allerdings nicht wusste. Dank dieses glücklichen Umstands hatte der Fickel einst während der Scheidungsauseinandersetzungen in einer Nacht-und-Nebel-Aktion noch seine Bierdeckelsammlung und andere wertvolle persönliche Dinge vor dem zornigen Zugriff seiner Ex gerettet.

Sorgfältig jedes Geräusch vermeidend, ging er um das Haus herum und zückte seinen Schlüsselbund. Eine halbe Minute später schlich er im Innern des Hauses die Kellertreppe hinauf. Hier roch es immer noch wie früher, irgendwie schrecklich vertraut. Seine Nerven waren angespannt wie beim Elfmeterschießen im Champions-League-Finale. Was, wenn seine Exfrau plötzlich wohlbehalten und frisch gebadet im Morgenmantel um die Ecke bog? Wie sollte man seine Anwesenheit in diesem Falle erklären? »Hallo Schatz, ich wollte dir nur den Garagenschlüssel vorbeibringen.« Der Rest war Selbstverteidigung. Einziger Trost: Die Polizei musste jeden Moment eintreffen.

Vom Bad her hörte er zwei Frauenstimmen, die sich anscheinend ruhig unterhielten. Er zog seine Schuhe aus und wanzte sich näher heran.

»Dann war das vorhin also dein Exmann?«, hörte er die Stimme von Annemarie Stöcklein sagen.

»Vor dem müssen Sie keine Angst haben, der hat nie und nimmer gecheckt, was hier vor sich geht«, erwiderte die Gundelwein, »dafür ist er einfach zu blöd.«

»Besonders intelligent hat er wirklich nicht gewirkt. – Und sein Aussehen … Na ja. Was hast du an dem bloß gefunden?«

»Jeder macht mal Fehler.«

Okay, die beiden lästerten. Dann war ja alles in bester Ordnung. So was soll es geben: Frau und Geliebte, die sich blendend miteinander verstehen. Unter Männern undenkbar so was. Da rauchen die Colts. Der Fickel machte sich daran, vorsichtig den Rückzug anzutreten.

»Ich fürchte, du musst jetzt sterben«, sagte die fremde Stimme. »Ich kann nicht riskieren, dass du zu schnell gefunden wirst und meine Pläne ausplapperst. Ich brauche einfach einen kleinen Vorsprung. Das verstehst du doch.«

Der Fickel stoppte.

»Aber ich kenne Ihre Pläne doch gar nicht«, rief die Oberstaatsanwältin verzweifelt.

»Tut mir leid«, sagte die andere. »Ein Mord mehr oder weniger, darauf kommt es jetzt auch nicht mehr an.«

Der Fickel hörte ein gurgelndes Geräusch. Falls der Fickel den Helden spielen wollte, dann war dies jetzt sicher ein guter Zeitpunkt. Nur wie? Am besten reinspringen und den Überraschungsmoment ausnutzen. Gedacht, getan. Mit aller Kraft stieß der Fickel mit dem Fuß die Badezimmertür auf und sprang mit einem Tarzanschrei ins Bad. Annemarie Stöcklein saß auf dem Badewannenrand und versuchte, die sich verzweifelt wehrende Gundelwein durch Einsatz ihres gesamten Körpergewichts unter die Wasseroberfläche zu drücken, Psycho nix dagegen.

Nur der tief in seinem Wesen verankerte Pazifismus insbesondere weiblichen Wesen gegenüber verhinderte, dass Fickel Annemarie Stöcklein sofort in den Rücken sprang und ihren Kopf gegen den Badewannenrand schlug, bis sie ohnmächtig wurde. Stattdessen blieb er wie angewurzelt stehen und sagte drohend: »Lassen Sie sofort meine Exfrau los.«

Die Angreiferin ließ von der Gundelwein ab, die heftig nach Luft schnappend wieder auftauchte, und griff nach einem Golfschläger, der an der Wand lehnte. »Vorsicht«, rief ihm die Oberstaatsanwältin japsend zu. »Die ist gefährlich!« Annemarie Stöcklein hielt den Golfschläger wie einen Säbel. Der Fickel musste schmunzeln. Was sollte das werden? Die vier Musketiere?

Als der Fickel wieder erwachte, sah er von unten, wie der Gundelwein von zwei Polizeibeamtinnen aus der Badewanne geholfen wurde. Sie wirkte ziemlich mitgenommen, aber unverletzt. Nur: Wo kam nur all das Blut auf den weißen Fliesen her?

Neben seinem Kopf kniete der Kriminalrat. »Keine Sorge. Das kann man bestimmt wieder annähen«, sagte er ruhig und tätschelte Fickels Hand. Dann wurde es erneut dunkel um ihn.

§ 19

Nur die Wurst hat zwei

Der Kriminalrat hatte bei der Krankenhausleitung ein gutes Wort für den Fickel eingelegt, und so kam er nach der Operation von der Intensivstation direkt zu Jürgen Krautwurst ins Doppelzimmer, obwohl der ja mit seiner Lungengeschichte nebst gebrochenem Herzen eher zur Inneren Medizin gehörte, während der Fickel eher zur Ästhetischen Chirurgie. Wobei so ein Ohr durchaus auch funktional nicht zu unterschätzen ist, zum Beispiel während der Nachtruhe.

Da hatte der Fickel mal wieder mehr Glück als Verstand gehabt, dass der Enzian auf dem Golfplatz ein gefürchteter Schnibbler gewesen war und den Eisenbesatz am Schläger eigens angeschärft hatte, damit das weiße Bällchen eine steilere Kurve flog. Und weil Enzians Schlageisen so scharf war wie er selbst, hatte Annemarie Stöcklein, als sie Fickels zerebrales System um wenige Millimeter verfehlte, seine rechte Ohrmuschel mit einem herrlichen Schnitt so sauber vom Schädel abgetrennt, wie es wahrscheinlich kein Chirurg in ganz Südthüringen hingebracht hätte. Auf diese Weise war der Fickel unfreiwillig in den Genuss einer kosmetischen Operation gekommen, wodurch er nun über ein perfekt anliegendes und ein weiterhin leicht abstehendes Ohr verfügte.

Des einen Glück, des anderen Pech, könnte man sagen, denn gerade der geschärfte Eisenbeschlag war dem Enzian und auch der Bratwurstprinzessin irgendwo zum Verhängnis geworden, als Annemarie Stöcklein damit zur Tat geschritten war. – Dessen Trefferbild auf einem Schädel war von dem eines Schweinespalters kaum zu unterscheiden.

Kaum war Fickels Horchknorpel wieder da, wo er hingehörte, kaute ihm Jürgen Krautwurst mit seinem Gejammer auch schon wieder ein Ohr ab. Aber wer würde es ihm verdenken? Der Mann hatte in letzter Zeit wirklich was durchgemacht: pleite, gehörnt, verwitwet, abgebrannt – und nun auch noch die Lunge im Arsch. Bei seinen Löschversuchen hatte er in einer halben Stunde so viel Rauch und Giftstoffe eingeatmet wie ein überdurchschnittlicher Karo-Raucher in seinem ganzen (kurzen) Leben.

Immerhin erfuhr der Fickel von seinem Zimmergenossen, wie sich das Drama im Einzelnen abgespielt hatte. Und ein bisschen war der Krautwurst ja auch selbst schuld an dem ganzen Malheur. Schließlich hatte er seine Frau erst auf den Insolvenzverwalter angesetzt, dass sie ihm schöne Augen machte, damit der eins zudrückte, was die Schiebereien mit seinem Privatvermögen anging. Aber dann war die Bratwurstprinzessin wohl etwas zu eifrig im Schöne-Augen-Machen gewesen, und als der Enzian ihr vorschlug, die ganze Kohle zusammenzuraffen und miteinander durchzubrennen, da hatte die Sandy nicht mehr explizit nein gesagt. Nachdem der Menschner in der Wurstfabrik gegen ihn tätlich geworden war, hatte der Enzian also die Chance am Zipfel ergriffen und seinen eigenen Tod vorgetäuscht. Schließlich waren nicht nur diverse Liebhaberinnen hinter ihm her, sondern inzwischen auch die Behörden in persona des schneidigen Staatsanwalts Hauenstein.

Womit er aber nicht gerechnet hatte: dass seine Frau am Hochzeitstag nicht unbedingt in der Stimmung war, von ihrem Mann verlassen zu werden. Vor allem in Begleitung des gesamten nicht ganz unbeträchtlichen Ehevermögens, das er im Grunde nur ihr, beziehungsweise ihren Kontakten zu Richterin Scharfenberg, zu verdanken hatte. Während der Enzian also zu Hause nur noch schnell ein paar persönliche Sachen zusammenraffen wollte, wurde er von seiner Frau mit dem Golfschläger zum Dableiben überredet und im Flussbett der Werra zur ewigen Ruhe gebettet.

Doch damit war der Rachedurst von Annemarie Stöcklein noch lange nicht gestillt. Kühl jeden Schachzug berechnend, hatte sie erst die Bratwurstprinzessin mit der Messenger-ID ihres Gatten in eine Falle gelockt und dann sogar die Gundelwein überwältigt – sowie zu schlimmer Letzt auch noch die Wurstfabrik angezündet. Alles nur, weil der Enzian einfach keiner attraktiven Frau widerstehen konnte – und umgekehrt.

Aber auch der Fickel konnte sich über mangelnde weibliche Anteilnahme neuerdings nicht beschweren. Da musste man sich nur verstümmeln lassen, und schon rückte man beim holden Geschlecht in den Fokus. Seine Vermieterin besuchte ihn fast täglich und versorgte ihn mit dem neuesten Klatsch und Tratsch aus der Stadt, Astrid Kemmerzehl hatte telefonisch ihren baldigen Besuch angekündigt, und sogar die Leitende Oberstaatsanwältin Gundelwein hatte es sich nicht nehmen lassen, dem Fickel als Dank für ihre Rettung die Palme aus ihrem Büro zuzusenden. Leider hatte sie nicht bedacht, dass Topfpflanzen der Sterilität wegen in einem Krankenhaus nicht erlaubt sind – und so landete das gute Stück, wo es ihrer Auffassung nach sowieso hingehörte: im Sondermüll.

Eines Tages, kurz vor seiner Entlassung, als der Fickel mit Kopfverband in seinem Krankenhausbett lag und sich die Septembersonne ins Gesicht scheinen ließ, kroch durch das geöffnete Fenster ein vertrauter Geruch in seine Nase. Als er aufstand und hinausblickte, sah er dort seinen Mandanten auf der Wiese stehen, der an einem Camping-Grill stand und die herrlichsten Würste wendete.

»Zahltag, Herr Anwalt«, rief der Menschner gut gelaunt. »Hier kommt die erste Rate.«

Fickel betrachtete die goldbraun glänzenden, länglich schlanken Thüringer, die bei optimaler Temperatur vor sich hin brutzelten, dass einem der Zahn tropfte.

»Stammen die etwa von deinen Durocs?«

Der Schlachter bejahte mit verschmitztem Lächeln. »Ich mache jetzt meine eigenen Würste: Menschners Supergriller – gut, ge'?«

Plötzlich öffneten sich überall die Fenster des Krankenhauses. Greise wie Kinder, frisch Entbundene und Operierte, aber auch Ärzte und Krankenpflegekräfte blickten lechzend heraus, Patienten mit Gipsverbänden und sämtlichen Arten von Gehhilfen strömten aus allen Himmelsrichtungen auf den Grill zu.

»Nur keine Panik«, rief der Menschner fröhlich, »es ist genug für alle da!«

Sieh mal einer an, dachte der Fickel zufrieden, dafür hatte sich der ganze Aufwand doch gelohnt.

Ende

Rechtlicher Hinweis

Alle natürlichen und juristischen Personen sowie Würstchen in dieser Geschichte sind frei erfunden. Ähnlichkeiten zu tatsächlich existierenden natürlichen und juristischen Personen sowie Würstchen sind rein zufällig und nicht beabsichtigt.